ナターシャ・ヴォーディン

川東雅樹 訳

彼女は
マリウポリから
やってきた

Sie kam aus Mariupol

白水社

彼女はマリウポリからやってきた

Sie kam aus Mariupol by Natascha Wodin

妹に

彼女はマリウポリからやってきた　目次

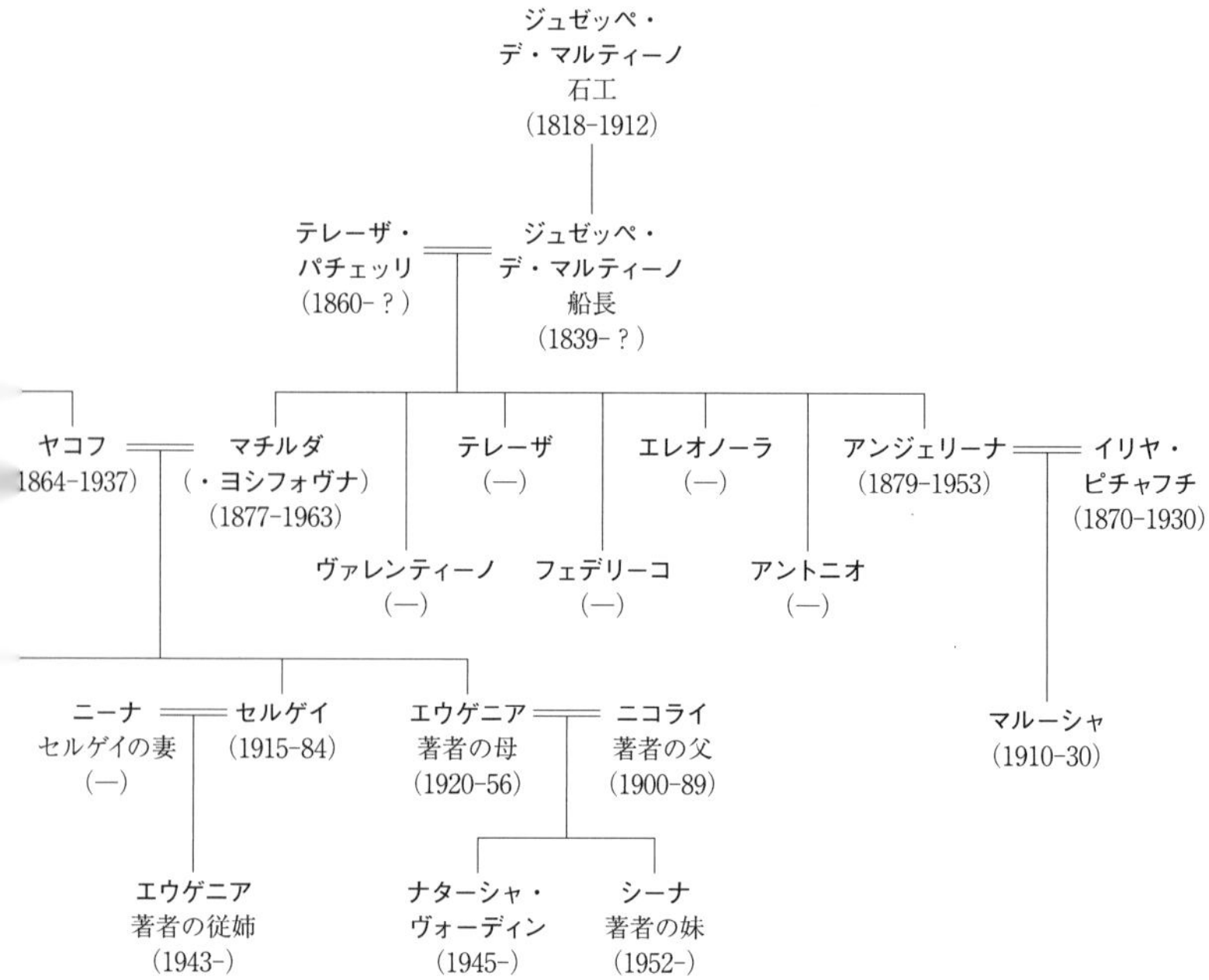
ジュゼッペ・
デ・マルティーノ
石工
(1818-1912)
テレーザ・
パチェッリ
(1860-？)
ジュゼッペ・
デ・マルティーノ
船長
(1839-？)
ヤコフ
1864-1937)
マチルダ
(・ヨシフォヴナ)
(1877-1963)
テレーザ
(—)
エレオノーラ
(—)
アンジェリーナ
(1879-1953)
イリヤ・
ピチャフチ
(1870-1930)
ヴァレンティーノ
(—)
フェデリーコ
(—)
アントニオ
(—)
ニーナ
セルゲイの妻
(—)
セルゲイ
(1915-84)
エウゲニア
著者の母
(1920-56)
ニコライ
著者の父
(1900-89)
マルーシャ
(1910-30)
エウゲニア
著者の従姉
(1943-)
ナターシャ・
ヴォーディン
(1945-)
シーナ
著者の妹
(1952-)

ナターシャ・ヴォーディンの家系図

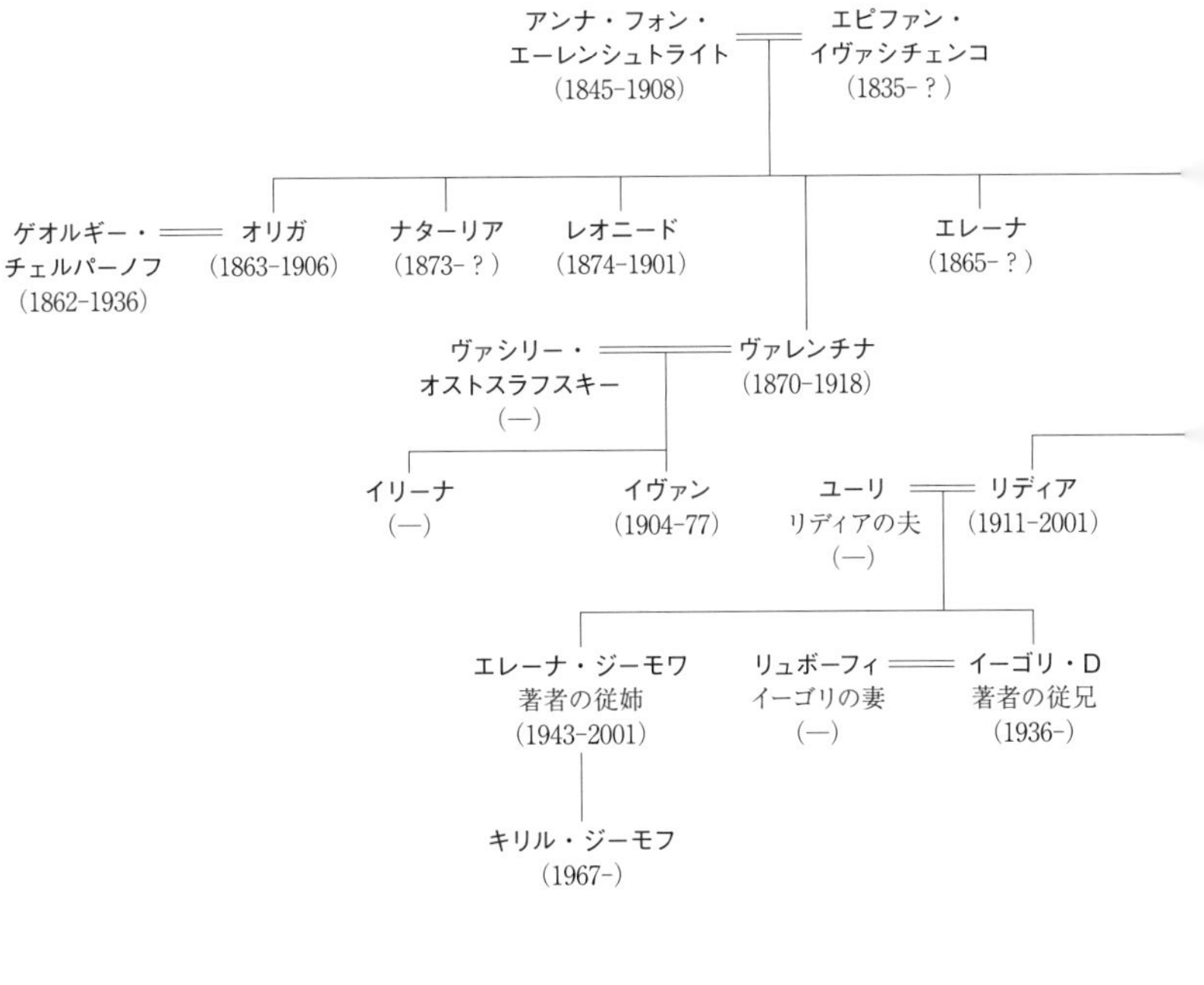

装丁　細野綾子
カバー写真　著者蔵

第一部

ふとした思いつきから、インターネットのロシア語の検索エンジンに試しに母の名前を打ちこんでみただけのことだった。何十年ものあいだ幾度となく母の痕跡を探し求めてきた。赤十字のほかにも行方不明者捜索機関に手紙を書いた。関わりのありそうな公文書館、調査組織、そしてウクライナやモスクワの見ず知らずの人たちに問い合わせたこともある。色褪めた犠牲者名簿をめくり、カードを繰った。けれども痕跡の、そのまた痕跡すら見つけることができなかった。ウクライナでの母の人生の、わたしが生まれる前の母の存在の証しは、漠とした形跡すら見つからなかった。

第二次世界大戦のさなかに、二十三歳の母は父とともにマリウポリから強制労働者としてドイツに連れてこられた。わたしが知っていたのは、ふたりがライプツィヒにあったフリック財閥の軍需工場に動員されたことだけだった。終戦から十一年後、西ドイツの小さな街の、無国籍外国人——かつての強制労働者はそう呼ばれていた——のための住宅施設からそう遠くないところで母は自ら命を絶った。母をまだ覚えている人間は、妹とわたしのほかはたぶんもう世界にだれもいなかった。本当は、わたしたちだって母のことを知らなかった。二人ともまだ子どもで、妹は四つになったばかりで、わたしは十歳だった。一九五六年十月のある日、母は黙って家を出て、二度と戻ってこなかった。わたしの記憶のなかで母は実体のない形でしかなく、記憶というよりも感情を呼び起こす存在だった。

母の探索をあきらめていつの間にかずいぶん経っていた。母が生まれたのは九十年以上前で、三十六年しか生きなかった。ただならぬ歳月だった。内戦、粛清、ソ連での飢饉、そして世界大戦とナチズムの年月。母は二つの独裁体制に、最初はウクライナでスターリン、次いでドイツではヒトラーという裁断装置に呑みこまれてしまったのだ。何十年も経った今、名前のほかはたいして知らない若い女性の痕跡を、忘れ去られた犠牲者たちの大海で見つけることなど幻想でしかなかった。

二〇一三年のある夏の夜、母の名前をロシア語のインターネットに入力すると、検索エンジンはすぐさま結果を知らせた。驚きは数秒しか続かなかった。わたしの探索をいっそう困難なものにしていた理由は、母の名前がありきたりで、同じ名前のウクライナ人女性が何百、いやおそらく何千人もいたという事情にあった。画面に示された人物はたしかに母と父称が同じ、エウゲニア・ヤコヴレヴナ・イヴァシチェンコだったが、母の父親の名であるヤコフだってどこにでもある名前なので、この発見は何の意味もなかった。

リンクを開いて読んだ。「イヴァシチェンコ、エウゲニア・ヤコヴレヴナ、一九二〇年生まれ、出生地はマリウポリ」。文字をじっと見た。文字が見つめ返してきた。母については実際ほとんど何も知らなかったものの、一九二〇年にマリウポリで生まれたことは知っていた。当時のマリウポリのように小さな町で姓も名も同じ娘が同じ年にふたり生まれて、しかも父親がどちらもヤコフという名前だなんて

ことがありうるだろうか。
　ロシア語はわたしの母語だから、自分の人生ですっかり縁が切れてしまったことはないし、統一後のベルリンに越してきてからは、またほとんど毎日話すようになったとはいえ、画面で読んだのが本当に母の名前なのか、それとも、ロシア語のインターネットはわたしには砂漠の蜃気楼のようなものだから、この名前もひょっとしてそんなふうに見えているだけなのか、確信がもてなかった。ここではたしかにロシア語が使われていたけれど、わたしにはほとんど外国語に触れているような体験だった。瞬時に変化し、絶えず新しい語彙を生み出し、日ごとにアメリカ流の新しい表現に染まってゆく新語法《ニュースピーク》であり、キリル文字に書き換えると、もともとどこから来た言葉なのかほとんどもう見分けがつかなくなることがよくあった。いまや画面からこちらを見つめているサイトにも英語のタイトルがついていた。「アゾフのギリシア人」。マリウポリがアゾフ海に面していることは知っていたが、「アゾフ

のギリシア人」とは、突然どこからやってきたのだろう。ウクライナとギリシアのあいだに何か関係があるとは初耳だった。もしわたしが英国人だったら、「ギリシア語みたいにちんぷんかんぷんだ」と、気の利いたことを言えたかもしれない。

あのころマリウポリについては、何も知らないも同然だった。母の痕跡を求め、母の生まれた街のことを調べようなどとは思いつきもしなかった。マリウポリは、四十年のあいだジダーノフと呼ばれ、ソ連が崩壊してようやく元の名前を取り戻したのだが、わたしにとってはずっと、現実の光にさらしたことのない心の場所だった。いつのころからかわたしは漠然としたものに、世界についてのわたし自身の幻想やイメージに馴染んでいた。外にある現実はこの心の安らぐ場を脅かしたので、できるかぎり避けてきたのだ。

そもそもわたしのマリウポリの心象を形作ったのは、子どものころ、ソ連を構成するひとつひとつの共和国に違いがあるとはだれも思わず、十五の共和国の住民はみなロシア人と見なされていたという事実だ。ロシアは中世のウクライナ、つまりロシア文明のゆりかごと呼ばれ、ロシアの都市すべての母であるキエフ大公国が起源であるにもかかわらず、わたしの両親もウクライナをまるで世界最大の国家であるロシアの一部であるかのごとく話した。父は、ロシアはアラスカからポーランドにまで達する、地球の陸地の六分の一を占める巨大帝国だと言った。ドイツなど、それと比べれば地図上の小さなしみにすぎなかった。

わたしのなかのウクライナはロシアなるものに呑みこまれていた。マリウポリで暮らしていた若いころの母に思いを馳せると、背景にはいつもロシアの雪があった。天鵞絨《ビロード》の襟と袖の折り返しのついた古風な灰色の外套――わたしが見たことのあるたった一着の外套――をまとって、暗い凍てついた通りを、はるか昔から雪嵐が吹き抜けてきたどこか無限の広がりのなかを歩いていた。ロシアのすべてを、そしてマリウポリをも覆うシベリアの雪、それは共産主義者が支配した永遠の寒さという不気味な帝国のことだった。

子どものころわたしが想像していた母の生まれ故郷のイメージは、何十年ものあいだ心の内の暗い部屋で生きながらえた。ロシアとウクライナは二つの別の国で、ウクライナがシベリアとはこれっぽっちも関係がないと知ってずいぶん経つが、それでもわたしのマリウポリは揺らがなかった。もっとも、母が本当にこの街からやってきたのか、マリウポリという名前がこんなにも気に入ったせいで、母がこの街の出身だということにしたのかどうかも、もう確信がもてなくなっていたけれど。ときどきこんな名前の街がそもそもあったのか、自分の出自にまつわる他の多くのことと同じようにわたしの作り話なのかすら、もはや定かではなくなった。

ある日、新聞をめくっていてスポーツ欄に行き当たり、そのまま次をめくろうとしたところ、マリウポリという言葉が目にとまった。ドイツのサッカーチームがイリチヴェッツ・マリウポリと対戦するためウクライナに遠征したとあった。あの街にサッカーチームがあるという事実だけですっかり興醒める思いになり、心のなかのマリウポリがあっという間に腐れ茸のようにぼろぼろと崩れていった。この世でサッカーほどわたしにとってつまらないものはないのに、よりによって初めて出会った現実のマリウポリがそれだったのだ。気候が格別穏やかで、世界で最も浅くて暖かい海、アゾフ海に面した港町だと知った。長々と続く広い砂浜、丘にひろがる葡萄畑、どこまでも続く向日葵畑が記事になっていた。ドイツのサッカー選手たちは四十度に迫る夏の暑さに呻いていた。

こうした現実は、わたしの想像していたものよりはるかに非現実的に思われた。亡くなって以来初めて、母という人物がわたしの視界を超えていった。雪のなかを重い足取りで歩くのではなく、突然、軽やかで明るい夏服をまとって、手足もあらわに、サンダル履きでマリウポリの通りを行く姿が目に浮かんだ。世界一寒くて暗い土地ではなく、クリミア半島に近い暖かい南の海辺の、ひょっとするとイタリアのアドリア海とよく似た空の下で育った若い娘。母と南国、母と太陽と海ほどそぐわないものはなかった。母の人生の風景をみんな別の気温、別の気候に移さなくてはならなくなった。もともと未知だったものが、新たな未知へと変貌した。

母が暮らしていたころのマリウポリの現実の冬の姿を、何年か経って読んだ、タイトルは忘れてしまったがロシアのある小説が教えてくれた。「パルミラ・ホテルの窓の外は湿った雪が降っていた。百歩も歩けば海に出たが、海鳴りが聞こえた、とはあえて言わない。ゴボゴボ、ゼイゼイと息苦しげに鈍い音をたてる、浅い、退屈で、しがない海だった。マリウポリという、海辺にしがみつくぱっとしない小さな街にはポーランドの教会堂とユダヤの礼拝所《コシチュ》シナゴーグがあった。悪臭のただよう港、立ち並ぶ倉庫、浜辺には旅回りのサーカス団の穴だらけのテント、ギリシア風居酒屋《タヴェルナ》、それに先のホテルの玄関の前でひっそりと鈍い光を放つ角灯があった」。まるで母をよく知る人が書いたみたいだった。こうしたものすべてを母は自分の目で見たのだ。きっとパルミラ・ホテルの脇を通り過ぎたこともあったにちがいない。もしかしたらあの灰色の外套をはおり、小説と同じ湿った雪のなかを、港からただよう悪臭を嗅ぎながら。

たまたま行き着いたインターネットのサイトで、マリウポリについての新たな事実を知って驚いた。母が生まれたころ、街にはギリシア文化の強い影響がまだ残っていたのだ。十八世紀にエカチェリーナ大帝はここを当時クリミア・ハン国に居住していたギリシア正教徒にあたえた。マリオポリと呼ばれていたこの街に、ほかの民族がふたたび住みつくことが許されたのは十九世紀半ばを過ぎてからのことだった。今日まで少数のギリシア人がここで暮らし、そしてなんらかの理由で母の名前がギリシア系ウクライナ人のためのインターネットの掲示板にわたしを導くことになった。わたしのなかで漠然とした疑念が芽生えた。わたしには母の語ったウクライナでの生活についてはほんのかすかな、ほとんど判然としない記憶しかないのに、母の母親がイタリア人だということはしっかり覚えていた。もちろん時間がずいぶん経ったあとでは、それが記憶なのか、それともわたしの頭のなかに偶然しまい込まれたものなのかは確信がもてなかった。ひょっとしたら、そして一番ありそうに思えるのだが、子どものときにすでにイタリア人の祖母がいると妄想して、それを波瀾万丈の物語に仕立ててしまったのかもしれない。イタリア人の祖母というのはロシア＝ウクライナという自分の素姓から逃れたい、現実の自分とは別の何かになりたいという熱望から生まれたのかもしれない。わたしの思い違いだとしても、それはただ母の母親がイタリア人でなくギリシア人だっただけのことではないかと自問した。今、今になってやっとマリウポリについて知ったことを考えれば、これは理にかなっているのではないか。そのギリシア人女性が時を経て、わたしの記憶のなかでいつの間にかイタリア人女性に変わってしまったのではないか。もしかしたらイタリアは若いころからわたしにとって憧れの地だったという理由で。

自分のルーツの新たな闇に入り込んだように、突然自分が、今よりはるかに馴染みのない、結局はもはや正体不明の土地に根を張っているかのように思われた。画面に映った母の名前をじっと見つめると、わたしの人生でどうにかこうにか組み立ててきた一時しのぎの自分という存在が、石鹸の泡みたいに弾けて消えていくような気持ちになった。一瞬のうちに、わたしのまわりですべてが溶けていった。わたしがようやく自信を取り戻したのは、例のサイトで発見したエウゲニア・ヤコヴレヴナ・イヴァシチェンコという人物のルーツがギリシアだというのなら、そのことがこの女性がわたしの母であるはずがないと証明してくれることになって、それならつじつまが合うと考えられるようになってからだった。母の口から「ギリシア人《グレキ》」という言葉は一度も聞いたことがないのはたしかだ。閉ざされたみすぼらしい当時のバラック住まいの世界でそんな言葉が使われれば、何か異様なもの、異国の香りがするものとしていつまでも心に引っかかっていただろう。その一方で、故郷の街がギリシアという過去を背負っていることを母が語らなかったとは考えにくかった。結局わたしが読み取ったのは、母が暮らしていたころのマリウポリではギリシアの存在がまだ非常に生き生きと現実に残っていたという、掲示板の背景にある歴史的情報だった。

　わたしが期待していたのはそんなものではなかったが、検索しても空振りに終わることがあまりに多かった。「アゾフのギリシア人」は親類縁者を探すための場を提供するサイトだったが、あえてメッセージを残すことにした。といっても、何か書き込むにはまず登録しなければならない。そうした経験はロシアのサイトではまだなかったので、このハードルを克服する術などわたしにはなさそうだと思われたが、驚いたことに、何もかもずいぶん容易にことが運んだ。ドイツのサイトよりもはるかに簡単だった。一分もするともう入力画面が開いた。

検索語句には母の名前と出身地のほかはたいして何も書き込めなかった。母の父称がヤコヴレヴナなので、母の父親の名がヤコフであることは推測できたが、母の旧姓となるともうわからなかった。兄と姉がいたことは知っていたが、どちらも名前は聞いたことがなかった。手元にあるウクライナの婚姻証明書では、母は一九四三年七月にドイツ軍占領下のマリウポリで父と結婚したことになっていた。ライプツィヒの職業斡旋所発行の就労証明書には、一九四四年に父とともにドイツに移送されたと記載されていた。母について知っていたのはこれだけだった。

そして問題は、そもそもわたしが探しているのはだれなのかということだ。母の兄と姉が今も生きているる可能性など皆無と言ってよかったし、存命だとしてもとんでもなく高齢だろう。仮に子どもがいたとしても、それはわたしの従兄姉になるのだろうけど、わたし自身と同様、もうかなりの歳になっているはずだ。母とはまず会ったことがないかもしれないし、そもそも母の存在を知っていたかどうか、だれかから母のことを聞かされたことがあるかどうかも疑わしかった。当時、そしてその後何十年経っても、母のような人間と縁続きであるのは危険なことだった。みずから進んでドイツに移送されたのかもしれない者、あるいは少なくとも、スターリンが真の愛国者に要求したように必要であれば自死を選んで、敵を利する強制労働者にならずにすませることができなかった者。あのころ祖国の裏切り者と見なされた身内の存在を教えてまで、自分の子を危険にさらそうとする者などどこにもいなかった。

かつてはロシア語の文をタイプするにはキリル文字のキーボードに切り替え、それからひとつひとつ文字を探すのに四苦八苦したものだが、今ではすばらしいコンピュータ・ソフトのおかげで、ラテン文字のキーボードを普段どおりに打つと、自動でキリル文字に変換される。もちろん文字変換ソフトを使ったからといって、入力した情報がロシアのサイトに届けられるなんて半信半疑だった。わたしにはそれくらい遠い道のりに思えた。でも、いつものように何度かマウスをクリックすると、実際、「アゾフのギリシア人」のサイトに飛んだ。わたしはメッセージの下に自分のメールアドレスを添えて、どこに届くかもわからないまま送信した。ひょっとしたらそこは死の場所かどこかで、わたしが瓶に詰めて電子の海に流したメッセージなどだれも見つけないであろう虚無の世界なのかもしれなかった。

数週間前からメクレンブルクの仕事場に来ていた。シャアール湖畔の小さなアパートを友人と共用し、交代で使っていた。この年、湖畔でのひと夏はほぼわたしのものだった。ギラは女優で、どこか外国での舞台公演に忙殺されて、九月になるまでは帰ってこなかった。わたしはちょうど本を一冊書き上げたばかりで、何をするでもなくぶらぶらしていた。一日の半分以上をそんなふうに過ごすのはいつ以来のことか、思い出せなかった。書かねばならない題材《ネタ》が冷酷な顔つきで列をなしていたので、残り少ないわたしの人生の時間を思い出せとばかりに、ひと息入れる間も許されず急き立てられていた。いつもなら本をひとつ仕上げると、翌日にはもう新しい仕事に取りかかっていた。何も書かずに、言葉と格闘せずにいるなんて我慢ならなかったのだ。人生の大半はそんなふうに過ぎていったが、自分ではそのことにほとんど気づかずにいた。今になって突然、外のバルコニーでかすかな空気の震えを肌に感じながら、瑠璃色の湖面を見つめて過ごす以外、何もする気がなくなった。夕暮れに炎暑がおさまると、登山用のストックをついて湖畔を存分に散策した。ひとけのない湿地帯まで来ると、血に飢えた蚊の大群に襲われた。帰り道に、湖で獲れた新鮮なコクチマスやカワマスのならぶ魚屋に寄って夕食の材料を買った。

かつてシャアール湖を二つのドイツの境界線が貫いていた。湖の片方はメクレンブルクに、もう一方はシュレスヴィヒ＝ホルシュタインに属していた。数キロ先の看板にはこう書かれている。「この地点において一九八九年十一月十八日十六時までドイツおよびヨーロッパは分断されていた」。東側陣営のかつての国境閉鎖地帯で、四十年以上ものあいだ動植物が思いのままに生命を繋ぎ、国境警備隊の格好でしか現れないヒトという種に邪魔されることはめったになかった。すっかり野生に還ってしまった景観は、統一後に自然保護地域に指定され、ユネスコの国際生物圏保護区のリストに加えられた。管理された野生の地に、いつの間にかハンブルクの生態学の専門家がやってきた。環境保護に心動かされた都会の住人がここに住みついたり、週末の別荘暮らしを楽しみにやってくるようになると、それを目当てに自然食品の店や自然食レストランが開店し、定期的に有機栽培市場が開かれた。五十ユーロでツルの保護に出資でき、町にはいわゆる人間と自然の未来センターができた。もともとそこに暮らしていた旧東ドイツの住民は、ペニーやリドルといった安いスーパーマーケットでしかほとんど見かけなくなった。ここではよそ者でしかない彼らは、いまや改修したドイツ民主共和国の小住宅に暮らす、自分たち自身の世界の傍観者になってしまったのだ。

アパートの巨大な窓からは湖しか見えなかった。底なしに見える青い水面を日がな一日飽かず眺めるうちに、どこまで沈んでも、どれだけ水を呑みこんでも底までたどり着かない冷ややかな無限の深みに、少し酔ったような気分になった。遠くから水遊びをしてはしゃぎ回る子どもたちの笑い声や叫び声が聞こえた。夏休み、ざわめきと匂い、永遠に続くと思った子ども時代の夏の輝き。幸い、モーターボートは禁止されていて、湖はここに生息するたくさんの水鳥たちのものだった。ほんのときおり、小さな手漕ぎボートか小さな白い帆をかけたヨットがひっそりと通り過ぎていくのが見えた。何百羽ものツバメが空《くう》を滑り、バルコニーで椅子に腰かけて本を読んだり、湖を眺めたりしていると、鋭い羽先があやうくかすめるほど低く飛び、湖面を無数の光の鏡が舞い、互いに銀色に反射し合っていた。ハイイロガンが、目に見えない糸で互いに結ばれているかのように、幾何学模様に列をなして空を横切り、ヨーロッパアマツバメは追いかけっこするうちに空中で狂ったように奇妙な演技を披露した。夕闇がおとずれると水鳥たちのコンサートが始まった。カモがにぎやかにわめき散らし、オオハクチョウは甲高く歌い、餌のある畑地からねぐらにしている湖に集まってきたツルは競ってラッパを吹き鳴らした。ときおり、ウミワシが現れて、大きく翼を広げ、身じろぎもせず湖の上を浮遊した。まさに湖の王者にして、魚やほかの生き物の脅威だ。一度、ウミワシが一羽のツルを食い殺すのが湖岸から見えたという話を聞いたことがある。冬のことで、ツルたちは湖の浅瀬だと敵から身を守れるので、立ったまま眠っていた。そのうちの一羽が、眠っているうちに脚が湖のなかで凍りついて動けなくなった。ウミワシが舞い降りたとき、氷に脚をとられてツルは逃げることができず、八つ裂きにされてしまった。

この湖畔での夏に、眠るのが惜しくなるほど魅了されてしまった。一晩中バルコニーで、ひんやりした空気につつまれて、暗い水面に月の投げかける光の帯を見つめ、いつまでも沈黙に耳を澄まして過ごすことが幾度かあった。ときおり、暗い葦原に隠れている水鳥が寝ぼけて幽かな物音を立てるだけだった。

この湖畔のような日の出はそれまで見たことがなかった。明け方の三時を過ぎるともう水平線にその兆しが現れ、初めのうち、湖面に映るかすかに薔薇色を帯びた空の気配は微妙に変化しながら、次第にこの世のものとは思われないほど美しい光の狂宴へと移っていく。驚いたことに、ほかの人々はみな眠っていて、わたし以外のだれもこの宇宙のスペクタクルに立ち合っていないようだった。空は明るい緑から金、薄紫、燃えるような赤とあらゆる色に日々変化し、日々新たに燃え上がった。空で太陽が幻出させる光の舞台とシュルレアリスム絵画を、刻一刻と変貌する光景を、どこか宇宙の桟敷席から見るかのように、わたしはバルコニーから見逃すまいとした。耳を聾する水鳥たちの叫び声が狂乱を喚起し、まるで動物たちが世界の終末を、人智を越えたところにある、まだ起こったことのない出来事を予期しているかのように聞こえた。色彩は濃度を増し、破裂し、やがて色褪せ、静かに消え始め、湖の上に溢れて広がるまばゆいばかりの白い光のなかに消滅していった。動物たちは押し黙り、危険は去り、長くむっとする暑さの夏の一日が明けたのだった。バルコニーに押して出してある大きな古い肘掛け椅子から立ち上がり、歯を磨き、そして西向きの寝室に向かった。窓には、昼の日射しと暑さから守るために、にぎやかな色の日除け布が掛けてあった。眠っていても、まだあの沈黙が耳に残り、何か鮮やかで筋立てのある夢を見た。昼ごろに目を覚ますと、すぐにベッドから飛び起き、パジャマのまま別の部屋の窓辺に駆け寄り、湖との、青い輝きとの再会になんとか間に合った。

「アゾフのギリシア人」に問い合わせてほぼ一週間が過ぎていた。この件をもう忘れたころに、送信元に判読できない文字が書かれた一通のメールが届いた。ロシア人からよくメールを受け取るが、今回わたしのメールソフトではキリル文字が読み取れなかった。ギリシア系の姓をもつコンスタンチンという人物がわたしの母についてさらに詳しい情報を求めてきた。手助けしたいのだが、そのためには当の人物についてもう少し情報が欲しいというのだ。

わたしの探索はまだそこまで進んでいなかった。マリウポリのその男性には、母についてより詳しい情報を伝えれば、どうやら手助けしてくれる心づもりと方法があるらしかった。ただその情報がわたしにはなかった。知っていることはすべて、すでに伝えたからだ。どういうわけかそれが恥ずかしかった。自分の母をこの程度しか知らないことが、まるで無能という恥辱を証明しているみたいに思われた。そして同時に、まさに今、母について何か新しいことを知ったかのような気がした。他人の目でマリウポリを眺められるような気がした。毎日、母の家のそばを通ったかつての隣人が、そのころ母も歩いた通りにわたしを連れ出し、母の見た家並みや木々や広場を、アゾフ海や、ひょっとすると今もまだあるかもしれないギリシア風居酒屋を眺めているかのように思われた。実際には、母の住んでいたころのマリウポリのものはもうたいして残っていない。戦時中、ドイツ軍が街の大半を焼き払ってしまったのだ。

ギリシア系の姓をもつ親切なコンスタンチンの厚意に礼を述べ、マリウポリに挨拶のメールを送った。その一方で、この新しいやり方で失敗したら、結局、母は永遠に闇のなかに沈んでしまうのではないかと思った。

実を言うと、ちょうどそのとき母の名前をロシア語の検索エンジンにかけたりしていたのは、まったくの偶然というわけではなかった。母の人生について、とりわけわたしが生まれる前のウクライナとドイツの強制労働収容所にいたような女性の人生を書くというアイデアを長年温めていたのだ。ただそんな女性としての母のことは何も知らないに等しかった。母が強制労働時代の話をしたことはなく、父も同じだった。とにかくそうしたことは覚えていなかった。ウクライナ時代の暮らしを語ってくれたものでまだ記憶に残っているのが二つ、三つ、ぼんやりとした鬼火のように頭のなかにあるだけだった。試したことといえば、母が住んでいた場所や時代について現存する史料をたよりに周知の事実を織り込んで架空の伝記を書くことくらいだった。もう何年も、かつての強制労働者をあつかった何かいい本や参考図書はないかと探してきたが、無駄に終わった。強制収容所の生存者は世界文学を世に出した。ホロコーストについての本は図書館に山ほどある。しかしユダヤ人以外の被害者は、強制労働による根絶を生き延びたとしても、沈黙していた。何百万人もドイツ帝国に無理やり連れてこられ、ドイツ全土の財閥や企業、手工業者、農場、個人経営者は、移送されてきた労働奴隷の割当量をほしいままに利用した。最小の経費での最大の搾取がその基本計画だった。強制労働者たちはナチスの強制収容所と大差ない苛酷な条件の下で、ドイツの男たちのする仕事をやらねばならなかった。そのドイツの男たちといえば戦線に送られ、移送されてきた者たちの故郷の村や町を破壊し尽くし、家族を殺害したのである。ドイツに強制連行され、ドイツの戦時経済のために死ぬまで酷使された男女の数は今日でもよくわかっていない。戦争が終わって何十年経ってもなお、出典によっては六百万から二千七百万人と、数字に極端な幅のある強制労働者に対するこの犯罪については、中身の乏しい報告が教会のパンフレットや地方新聞の日曜版にときおり散見されるだけだった。たいてい「番外」欄でユダヤ人のついでに、傍注として、つまりホロコーストの付録として言及されるのだった。

人生の大半を、自分が強制労働者の子であることをまったく知らずに生きてきた。だれも教えてくれなかったのだ、両親も、そしてドイツ社会も、ここでは強制労働という大規模な現象が記憶という文化に保存されていなかった。何十年ものあいだ、わたしは自分自身の人生について何も知らなかった。戦後のさまざまなゲットーでわたしたちと一緒に暮らしていた人たちがみな何者だったのか、ルーマニア人、チェコ人、ポーランド人、ブルガリア人、ユーゴスラヴィア人、ハンガリー人、ラトヴィア人、リトアニア人、アゼルバイジャン人、そしてバベルの塔のごとく言語が入り乱れていたにもかかわらず、なんとか互いに意志疎通していたその他多くの人たちがみな、どういう経緯でドイツにやってきたのかまったく知らなかった。知っていたのはただ、自分が一種の人間の汚物に、戦争が残した塵芥か何かに分類されていたということだけだ。

ドイツの学校では、ロシア人がドイツに攻め込み、何もかも破壊し、国土の半分を占領したと教わった。わたしは一番後ろの席で、インゲ・クラッベスの隣に座っていた。インゲはドイツ人だったが、みんなから仲間外れにされていた。汚らしい服を着て、嫌な臭いがしたのだ。先生は教卓で、ロシア人が自分の婚約者の両目を赤く燃える石炭で焼き、幼い子どもたちを長靴で踏み殺したと語った。振り返ったみんなの顔がわたしに向けられ、インゲ・クラッベスすらわたしから少し身を遠ざけた。放課後になればまた追いかけ回されることになるだろうと覚悟した。

わたしのつく嘘はとうの昔に役に立たなくなっていた。ロシアの野蛮人と見なされるだけでなく、詐欺師であることがばれてしまっていた。ドイツ人の子どもたちの目に映る自分の評価を上げるために、両親のことはとても恥ず《ㇸ》かしいなと思っているのだけど実の親では全然なくて、二人はロシアから逃げてくる途中でわたしを道路脇の側溝で見つけて、一緒に連れて来られただけで、本当はお城や領地を持っている裕福なロシア貴族の生まれなのだと作り話をした。ただそのとき、貴族の娘が側溝に落ちたわけを説明するのを怠ったのだが、一日あるいは数時間のあいだは、ひそかな力をもつ謎めいた存在として、ドイツ人の子どもたちが目を丸くして感嘆するさまを見て楽しんだ。もちろんそのうちに嘘は見破られて、それからは前にもまして嫌がらせを受けることになった。滅亡した第三帝国のひよっこ復讐者たちが、ドイツの戦争未亡人とナチ党員の父をもつ子どもたちが、わたしがすべてのロシア人を代表しているかのようにしつこく追い回した。わたしは共産主義者とボリシェヴィキの、スラヴの劣等人種の化身にして、戦争でドイツ人を打ち破った世界という敵の化身だったのだ。わたしは逃げた、生きるために走って逃げた。ユーゴスラヴィア人夫婦の幼い娘ジェミラのように死にたくはなかった。ジェミラもドイツの子どもたちに追われて、レグニッツ川に突き落とされ、溺れ死んだのだ。わたしが駆けると、鬨の声が波のように追いかけてきた。でも短距離走は得意だったし、走っているうちに脇腹の痛みすら消えてしまい、追手をうまく振り切ることができた。砂利採取場までたどり着きさえすればよかった。そこにはドイツ人の世界とわたしたちの世界を隔てる境界線があって、それを越えるとわが領土が、警官と郵便配達人を除いていまだかつてドイツ人はだれも足を踏み入れたことがない、ドイツ人の子どももそこに行くのを怖がるわが絶境の地が始まるのだ。砂利採取場の前でアスファルトの道路から脇に逸れる未舗装の小道があって、「集合舎宅」に通じていた。なぜドイツ人がわたしたちの石造りの家屋群をそんなふうに「集合舎宅」と呼んでいたかは知らない。ひょっとすると、木造のバラックに住むジプシーとわたしたちを区別していたのかもしれない。ジプシーはわたしたちよりさらに一段地位が低く、わたしのなかにある種の恐怖を呼び起こす存在だった。おそらく似たようなものをわたしたちはドイツ人のなかに呼び起こしていた。

　この魔法の境界を越えれば安全だった。道を曲がって裏手に出て、追手にはもうわたしの姿が見えなくなったところで、草の上に倒れ込み、激しい動悸がおさまるのを、息がととのうのを待った。この日はなんとか凌いだが、次はどうなることやら知れたものではなかった。だらだらとそこにいられるだけいて、川辺の草地をぶらつき、平たい石をレグニッツ川に向かって投げて水切り遊びをし、酸葉《すいば》を口に詰めこみ、飼料用の生の玉蜀黍を畑から盗んでかじった。家に帰るつもりはこれっぽっちもなかった。どこかに行ってしまいたかった。物心ついてからずっと、ただいなくなってしまいたいと思っていた。子どものときはずっと、いつかきっと逃げ出せるようにと、ただ大人になるのを待ちわびていた。ドイツの学校から、「集合舎宅」から、両親から、わたしの血肉となり、わたしを捕えて放さない間違いのようなものすべてから逃れたかった。たとえ両親や身内がどんな人たちだったかを知ることができたとしても、知りたいとは思わなかっただろう。興味がなかったし、そんなものはどうでもよかった。わたしとは関係のないことだった。とにかく逃げたかった、それも大急ぎで、何もかも永遠に捨てて、世界のどこかでわたしを待っている自分だけの本当の人生へと、自分を引っさらっていきたかった。

わたしの知っている母の最初の姿を思い出す。四歳のときの話だ。わたしたちは鉄器工場の倉庫で寝起きしている。両親はそこにドイツで一時的に身を寄せる場所を見つけたのだ。工場の敷地を出ることは厳しく禁じられているが、すでにそのころからいつもわたしは逃げようとする。工場の裏手の広いライアー通りには見知らぬ別世界が開けている。そこには店が立ち並び、路面電車が走っている。空襲の焼け跡は覚えていないが、わたしには宮殿のように思えた建物、どっしりした扉とレースのカーテンのかかった高い窓のある石造りの建物だけは覚えている。それに梨の木の自生する野原。まだ梨というものを食べたことがないので、どんな味がするのか知りたい。でも背が足りなくて実のなる枝に届かない。ためしに石を投げてみる。石は枝に当たってはね返り、ブーメランのようにわたしに勢いよく向かってきて、顔に当たって穴をあける。もう少しで左目に当たるところだった。どうやって家に帰ったのかもう記憶にないが、工場の構内で立ち止まり、みすぼらしい住まいにはあえて入ろうとしないことはかすかに覚えている。暖かい血が顔をつたい、ワンピースに垂れている。開け放った倉庫の窓の向こうに母がいる。洗濯板に屈み込んでごしごし洗濯物をこすると、黒い髪がひと房顔に垂れる。頭を上げて、わたしを見る。わたしは母を見る。これがわたしの記憶に残る最初の母の姿だ。記憶は叫び声で始まる。あとは目しか覚えていない。わたしにとってはいずれ母そのものになる、恐怖の宿る二つの目。どこか遠くから、わたしを越えたはるか遠くからやってくる、不可解な、底なしの恐怖。母が「もしもお前が、お母さんの見たものを見たなら……」と言うときに母の脳裏に走る恐怖。くりかえしわたしの子ども時代に聞かされた言葉、「もしもお前が、お母さんの見たものを見たなら……」。

母の写真が二枚、手元にある。ウクライナから持ってきたもので、写真館で撮った肖像写真だ。一枚目は、母が十八歳くらいの若い娘で、隣にわたしの知らない白髪のほっそりした婦人がいる。たぶん栄養不良のせいだろうが、痩せた母は質素なサマードレスを身につけ、インクのように黒い豊かな髪を、おそらく当時の流行りの内巻きのおかっぱにしていた。撮影者は自分の美的感性を存分に揮って、どこか謎めいた雰囲気を母に帯びさせようとしたらしく、顔の左半分に陰翳が施されている。母は子どもっぽく見えたが、その顔に現れた無垢と無防備さがぞっとするような悟りとひとつに合わさっていた。こんなにもはかなげな人間がこうした悟りに耐えられるとは信じがたく、まるで一トンもの錘を撚り糸一本でぶら下げているみたいだ。隣の白髪の女性には、繊細さにもかかわらずそれ自体どこか男っぽいところがあり、年齢からすると母の祖母かもしれない。白いレースの襟のついた灰色のワンピースを着て、姿勢を正し、厳格で、顔には恥辱と侮辱を耐え忍んだ者の矜持があった。スターリンの恐怖政治と飢餓、不安が頂点に達した一九三八年のことにちがいない。

二枚目の写真の母はおそらくもう少し歳を重ねていて、ひょっとすると強制移送される直前の戦時中に撮ったものかもしれない。こちらは母のまなざしは完全に内部に、どこか遠くの果てしない風景に向けられ、憂いを帯びた表情がかすかな微笑みと混じり合っている。ウクライナの民族衣装風のスカーフが、ゆったり包むようにして顔を縁取っている。もしかするとウクライナでの自分の最後の写真を、記念写真を撮ってもらうために写真館に行ったのかもしれない。

この古いモノクロ写真を見ると、「なんてきれいな女性だ」とだれもが言う。わたしが子どものころにはすでに母の美しさは伝説になっていた。「なんてきれいな女性」とだれかが言うのをいつも聞いていた。そして「なんて不幸な女性」とも。母の場合、美しさと不幸がひとつになって、それぞれが謎めいた形で互いの前提条件になっているようだった。

わたしの手文庫にウクライナ時代の写真がもう一枚ある。そこに写っているのは立派な身なりの中年の紳士で、思慮深く、憂鬱なまなざしで、額は高く、白髪混じりの短い総髭を生やしていた。前には女性がふたり椅子に腰かけ、ひとりはハイネックの飾り気のないドレスを着て、鼻眼鏡をかけ、知的な顔立ちをしていた。白いブラウスの若いほうの女性は少女のように内気そうで、目にはむなしさのようなものが浮かんでいる。写真の裏には母の手書きのドイツ語で、「祖父とふたりの知り合い」と書いてある。だれの祖父のことなのか、わたしのなのか、それともわたしの母のなのかはわからない。なぜこの写真にドイツ語でメモを記したのかもわからない。母はつねにわたしがドイツ語を使うのを認めず、あくまでもわたしにはロシア語で話したのだ。

この三枚の写真のほかにも、すでに述べた二通の公文書があった。両親の婚姻証明書を読むには、はがき大のこの用紙を鏡の前に置かねばならない。黒地に白い手書き文字が左右反転した不可解な写しなのだ。鏡で読み取れるのは、わたしの母、エウゲニア・ヤコヴレヴナ・イヴァシチェンコは一九四三年七月二十八日にマリウポリで父と婚姻を結んだということだ。証書はウクライナ語で発行され、証印の色は褪めているけれど、ドイツ語の「戸籍役場《シュタンデスアムト》」という単語ははっきり読み取れた。この言葉を目にするたびにわたしは首をかしげてしまう。マリウポリの戸籍役場で、ドイツ人たちは何を失ったのだろう。わたしには占領の日々の細かいところはほとんど想像できない。この目立たない文書が戦争や移送、労働収容所やその後のドイツでの戦後捕虜収容所を転々とする放浪の旅を生き抜いたばかりか、のちにわたしが少なからずくりかえした引っ越しをも生き延びてきたことは、いつも奇跡のように思われた。七十年以上前の、たいして長くもなかった災難続きの結婚の、どうやら滅びることのなさそうな証拠のかけらとして。

母のドイツでの就労証は紛失した。ひょっとすると、いつの間にかわたしの机の抽斗の湿っぽくて暗い片隅で朽ちて塵になってしまったのかもしれないが、一九四四年八月八日にライプツィヒ市が発行した父の就労証と名前以外は同じだったことは覚えている。石鹸大の二つ折りの紙で、すっかり黄ばんで擦り切れているが、今も手元にある。氏名、生年月日、父の出生地が記載されているが、カムイシンという地名が父の口からドイツ人速記タイピストの耳に伝わる途中でヒャヌーヒンに変化していた。内容は次のとおり。

国籍　未定、東部労働者
出身国　東部占領地域
管区　マリウポリ
居住地　——
職業　見習金属工
労働部署　ＡＴＧ機械製造株式会社
　　　　ライプツィヒ市　Ｗ32　シェーナウアー通り一〇一番地
入国　一九四四年五月十四日

警察本部とライプツィヒ市職業斡旋所の、帝国の鷲の紋章付きの二種類の公印、さらに背広の襟の折り返しに番号が縫いつけられた父の写真。裏面には左右の人差し指の指紋。その下には「本証明書は本記載の経営責任者の下での就労のみを保障するものであり、同部署を辞する場合は効力を失する。所持人は本就労証を身分証明書として常時携帯する必要がある。有効期限未定。無効措置留保」と記されていた。

婚姻証明書と就労証という二通の歴史的文書、三枚のモノクロ写真、そして母が長旅の荷物にしのばせていた古い聖像画《イコン》がわたしの家族の遺品のすべてだった。聖像画は金地に肉筆でロシア正教会の最も重要な聖者の群像を描いたものだ。ひとつひとつの細部の描写が実に巧みで、聖者たちの指の爪まで見ることができた。

いくらか正確に思い出せるとすれば、ウクライナでの家族の貧しさ、四六時中飢えていたことについて母が語っていたことだ。わたしの記憶では、スターリンへの恐怖と貧困がウクライナでの母の生活を支配するものだった。でも貧しさと、そこから携えてきた高価な聖像画がどういうふうに結びつくのだろう。聖像画もまた、移送と労働収容所を奇跡的に生き延び、途中で失われず、傷もつかず、だれにも奪われず盗まれもしなかった。わたしたちはいくつものバラックを転々としたが、どこに住んでもその片隅に飾られ、ひっそりと謎めいた輝きを放っていた。母が戯れによく死んだふりをしてわたしと妹に別れを告げるたびに、わたしは聖像画に向かって心の底から子どもの祈りを届け、母の命を助けてくださいと必死になって嘆願したものだ。今、この聖像画はベルリンのわたしの住まいで、屋根裏部屋で以前見つけた古びたカトリックの教会椅子の上にかかっている。おそらくこれまでわたしが手に入れたもので最も高価なものだろう。

この乏しい手文庫にかろうじて加えることができたのはぼやけて不確かな二、三の記憶だけで、ひょっとしたらもはや記憶と呼べるものではなく、わたしの心のなかで何十年もの時間という発酵過程が残した泡にすぎない子ども時代の思い出だった。

ロシア語の「弁護士《アドヴォカート》」という言葉がわたしのなかに浮かんだ——母の父親はそういう人だったらしい。母はいつも心臓病を患っていた父親のことを案じていたが、ある日学校で授業中に呼び出され、すぐに父が死んだのだと悟った。

デ・マルティーノという名前が浮かんだ。母の母親はそういう名前だったという。イタリアの裕福な一族の出身だった。どういう事情でその一族が一、二世紀前にウクライナに住みつくことになったのかは知らなかった。一族の財産と、わたしの記憶のなかで「デ・マルティーノ」という名前の隣に腰を落ち着けていた「石炭売り」という言葉が嚙み合わなかった。

メドヴェジヤ・ゴラ、ドイツ語で「熊の山《ベーレンベルク》」という名前が浮かんだ。記憶では、母の姉が追放された場所がそういう地名だった。それ以上のことは知らなかった。かろうじて覚えていたのは、母の母親が収容所にいる娘を訪ねて、ある日メドヴェジヤ・ゴラに旅立ったということだけだ。この間に第二次世界大戦が勃発し、祖母はもう帰ってこなかった。このことは母の人生で最大の悲劇だったらしい。母親を失くしたこと、そして母親の身に何が起きたのか、まだ生きているのか、それともドイツ軍の爆弾の雨のなかで死んでしまったのかわからなかったことだ。わたしの子どもらしい想像では、祖母はメドヴェジヤ・ゴラの熊に食われていた。

有名なオペラ歌手だったという、母とはとりわけ親愛の情で結ばれていた兄のことも頭に浮かんだ。母は兄を偲んでは、ほとんど祖母のときと同じくらいさめざめと泣いた。

本当のところ、こんなことはほとんど何も信じていなかった。イタリア人の裕福な一族、弁護士だったという祖父、有名なオペラ歌手、それればかりか石炭売りにしても、立派な家柄に対する邪気のない憧れに似ていたということで、何のことかわたし自身にもわかっていなかった。当時のわたしの見方からすれば、石炭売りだってたいしたものだったのだ。オペラ歌手についてはおそらく、その後、まだ少女だったころ、まったく思いがけなくオペラの魅力に目覚めて、ベルニーニやヘンデルのお気に入りのアリアを歌う伯父をでっち上げたのだろう。そして伯母の流刑という話の出どころも、ただごとではない悲劇へのあどけない願望か、ただ単に「熊の山」という不気味な言葉だったのかもしれない。わたしはこの言葉を、何かまったく別の文脈で、もしかしたら母が話してくれたたくさんのおとぎ話のひとつで聞いたのかもしれなかった。

母の語ってくれた話のなかではっきり覚えているのは、実のところある友達についての話だけだった。その友達の話をするときの目にはいつも、わたしをあれほど怖がらせたあの恐怖が浮かんでいた。マリウポリでもナチスはユダヤ人を迫害し、一九四一年十月にはたった二日間で八千人が街で射殺された。バビ・ヤールの虐殺で頂点に達したことが、ユダヤ人の人口が多いウクライナのあらゆる場所で起こったのだ。母の友達もそうしたユダヤ人のひとりで、ある日逮捕された。ほかのユダヤ人とともに長い穴を掘らされ、そのあとドイツ兵の機関銃に背を向ける形で彼女もやはり穴の前に立たされた。彼女は先手を打った。当たるはずの弾が飛んでくるより一瞬早く穴に身を躍らせたのだ。友達は夜が来るのをじっと待ち、自分の体にのしかかる死体の山をかき分けてなんとか抜け出し、母のもとへと走った。血まみれの友達が母の家の扉の前に立っていた。

長いあいだわたしの頭を悩ませてきたのは、戦時中いったいどういう事情で母がドイツ占領軍と関わってしまったのかということだ。当時、占領地域の住民はすべてドイツ人のために働かねばならなかった。そうするしかなかった。働いた者だけが食料配給券を手に入れ、配給券なしではだれも生き残ることはできなかった。それなのに、母は戦争勃発のとき二十一歳になったばかりだというのに、特殊な働き口を得た。のちに強制労働に就かされる者がよりによって、強制労働者を募集してドイツに移送する任務にあたるドイツ職業斡旋所に雇われたのだ。まるで自分自身を移送する任務を負ったようなものだ。しかも職業斡旋所はドイツ占領軍の権力と支配の中枢機関で、だれもがそこに登録しなくてはならず、ドイツ職業斡旋所を素通りできる者などひとりもいなかった。母はそこでどんな仕事をしていたのだろう。ドイツ人がスターリン体制を倒す解放者に見えたから彼らの側についたのか。納得して職業斡旋所で働いていたのか、それともドイツの戦時体制にたまたま組み込まれた歯車のひとつにすぎなかったのか。結局はほかのみんなとまったく同じように引っ立てられていったのか、それとも自分から進んで移送に応じたのか。騙されやすい貧しいソ連の市民にドイツの楽園を約束する、どこにでもあるプロパガンダの犠牲者だったのか。こんなプロパガンダを、自分が移送された一九四四年になってもまだ、母は信じていたのだろうか。毎日何千人も捕らえられ、家畜運搬車でドイツ帝国に強制移送されている人々を何が待ち受けているか、だれもがとっくに知っていたというのに。この時期にすでに戻ってきた人たちも少なからずいたが、病気になるか、あるいはドイツでの過酷な労働条件と生活環境に身も心も破壊されて、作業不能になってすでにナチスにお払い箱にされた労働奴隷たちだった。ひょっとすると母は、実際自らすすんで行ったにしても、こうしたことすべてを知りながら、ほかにどうしようもなかったのかもしれない。赤軍のマリウポリ奪回が予想されていたときに、母に残された選択肢は脱出しかなく、ドイツ職業斡旋所で仕事をしていた者など、おそらく敵国協力者か国家反逆者としてその場で射殺されただろう。あるいは母よりも父に、ソ連を去らねばならないもっと深刻な理由があったのかもしれない。母は父に、あのころ自分を守ってくれる存在であり、困ったときに唯一頼れる存在だった男性にとにかくついていっただけなのかもしれない。おそらく母自身はそんな重大な決断を下すにはあまりにも若く、あまりにも未熟で、あまりにも取り乱していたので、自分の置かれた時代と場所の暴力に立ち向かうことができなかったのだ。

今、湖畔でうっとりと夏を過ごしながら、自分のしてきたことに気づいて愕然とする思いが増した。数十年前にわたしが初めて出した本は自叙伝の習作のようなものだったが、当時は自分がどのような道をたどってきたか知らずにいたし、自分の人生とそれを取り巻くものとの関係も知らなかった。母という人物はわたしにとっていつも心のなかの存在であり続け、どこにでもあるようなわたし個人の捉えどころのない履歴の一部だった。政治や歴史とは関わりのない、わたし自身が出自も定かでない根無し草の一個人となる無人地帯で、わたしの妄想が作り上げた生涯の一部だった。両親が何者で、わたしにいかなる「素材」を残してくれたのかを理解し始めたのはずっとあとになってからのことだ。今、これまでなおざりにしてきたことを取り戻し、ひょっとしたら最後になるかもしれない本で、最初に出した本で言うべきだったことを書くという課題に向き合っていた。ただ、わたしが生まれる前の母の人生についてはあいかわらず何も知らないに等しく、ドイツの労働収容所での日々となるとなおさらだった。手立ては何もなかった。あるのは歴史資料とわたしの想像力だけだが、それではこのテーマの深みに太刀打ちできなかった。

ヘルマン・ゲーリングが作り出した言葉にならって「東部労働者」と呼ばれた人々が、ずいぶん時間が経ってから損害賠償を一九九〇年代に請求し始めたとき、「東部労働者」というテーマにドイツの世論の光が、少なくともうっすらと光が当てられた。そのうち第三帝国での強制労働をあつかった解説書や報告書、ドキュメンタリーが出版されたので、それを読んで学ぶことができた。その間に、長いこと探しながら見つけられずにいた文学での表出も発見した。ヴィタリー・ショーミンの本で、ドイツ語版のタイトルは『識別記号《ツム・ウンターシート》』といい、すでに一九七〇年代に出版されていた。このロシアの作家はそのなかで、ロストフ・ナ・ドヌから連れてこられ、ドイツでの強制労働をかろうじて生き延びた少年の話を語る。少年が見て体験させられたものをこの子とともに葬り去ってはいけない、後世のために証言する責任があると信じていたからだ。労働収容所は絶滅収容所よりはましだった、と作家は書く。ただし、労働収容所ではただちにではなく、耐えがたい労働ノルマ、飢餓、打擲《ちょうちゃく》、絶え間ない嫌がらせ、そして医療の欠如によってゆっくりと殺されたという点においてのみ、と。

この本を翻訳したのが、七〇年代に親しい友人だったアレクサンダー・ケンプフェだと知ったときは驚いた。彼は自分の翻訳したものをよくわたしに朗読して聞かせてくれたのだ。ということは、ヴィタリー・ショーミンの本も読んでくれたのに、わたしがそれを覚えていなかったということも十分ありえた。当時のわたしが、その本が自分の両親をあつかっていることを、そして両親も同じように識別記号を、優位人種の西ヨーロッパ人の強制労働者から区別するために、OST（東部）と記した記章布を服に縫いつけていたことを単に知らなかったがゆえに。

調べれば調べるほど、これまでほとんどだれも聞いたことのないような非道なことに出くわすことが増えていった。わたし自身がこれまでずっと多くの点で無知であったばかりか、見識があり歴史に詳しい人と認めていたドイツの友人たちも、かつてナチスの収容所がドイツ帝国領にいくつ存在したのかだれも知らなかった。二十だと考える者もいれば、二百という者もいて、二千と見積もる者も少数ながらいた。ワシントンのホロコースト記念博物館の研究によれば、小規模のものや付属収容所を除いても四万二千五百に達し、そのうち三万が強制労働収容所だった。二〇一三年三月四日付の「ツァイト」紙に掲載されたインタビューで、この研究に参画したアメリカの歴史家ジェフリー・メガージーは次のように述べた。このぞっとするような数字は、ほとんどすべてのドイツ人が収容所の存在を知っていたことを証明している。たとえ人々が背後にある組織の規模を知らなかったり、収容所内の事情について詳しいことをわかっていなかったとしても。よくある話だった。つまり知っている者はだれもいなかったのだ。四万二千五百以上の収容所で覆われた国全体が、それ自体ひとつの強制収容所《グラーグ》だったはずなのに。

わたしは世界史のなかで、二十世紀の数々の不気味な悲劇のなかで、ますます道に迷ってしまった。第三帝国の強制労働の報告には、このテーマはいよいよわたしの手に余り、手に負えなくなっていった。どのみちもう遅すぎたのではないか、こんな巨大な素材にきちんと応えるには、そもそもわたしの息がもう続かないのではと自問した。それに、もともとこうしたことすべてを語る言葉が、だれにも知られず消えていった、ほかの何百万もの人々を象徴する母の運命を語る言葉があるのだろうか。

「アゾフのギリシア人」のことはとうに忘れていた。そんなとき、送信元に奇妙な象形文字のあるメールがふたたび届いた。その文字にひそんでいたのはギリシア系の姓をもつコンスタンチンだった。わたしはメールを読んだ。

拝啓　ナターリア・ニコラエヴナ

再度調査したところ、わたしどものアーカイブに記録のあるエウゲニア・ヤコヴレヴナ・イヴァシチェンコはやはりあなたの母上である可能性が高いとの結論に至りました。遠い過去にさかのぼって説明いたします。十九世紀、チェルニーヒウ県出身のウクライナの大地主で、エピファン・ヤコヴレヴィチ・イヴァシチェンコという名の貴族がマリウポリに住んでいました。あなたの曾祖父にあたる人物です。おそらく、この時代にマリウポリに入植した最初の非ギリシア人のひとりだと思われます。当時のマリウポリはまだ人口五千人足らずのアゾフ海沿いの小さな商人の町でした。エピファンは自分と家族のためにミトロポリツカヤ通りに家を一軒買い、市参事会員、船主、そして港湾税関の所長になりました。その後、町なかで不動産をいくつも手に入れ、店を何軒かかまえ、名声を得るに至りました。アンナ・フォン・エーレンシュトライトという女性と結婚しましたが、この人についてはバルト海沿岸のドイツの地方貴族の出身で、教会区記録簿によると一八四五年生まれ、一九〇八年没ということしかわかりません。

あなたの曾祖父母には六人の子がいて、息子が二人、娘が四人でした。長男はヤコフといい、あなたの祖父、つまりあなたの母上の父親です。その弟のレオニードは教会区記録簿では二十六歳の若さで癲癇《てんかん》で亡くなっています。妹のエレーナとナターリアについては何もわかりません。ただ三人目のオリガが、有名な心理学者であり哲学者でもある、ギリシア系のゲオルギー・チェルパーノフと結婚したことはつかんでいます。このことにより、母上の名前だけでなく、チェルパーノフ家の親類縁者すべてに関する報告がわたしどものアーカイブに集まったのも説明がつきます。

あなたのお祖父さまの四人目の妹、つまりあなたの大叔母のヴァレンチナはマリウポリの知識階級でも超一流の人々の一員で、今日でもこの街ではよく知られています。添付した記事でもっと詳しいことをお読みになれます。

お祖母さまについては残念ながら、マチルダ・ヨシフォヴナという名前であったこと以外はまったくわかりません。母上のお姉さまはリディアという名で、教会名簿によると一九一一年生まれです。お兄さまはセルゲイといい、一九一五年の生まれです。オペラ歌手となり、戦時中は前線で歌い、勲章を授けられました。叙勲通知書をデジタル化したデータを同じく添付しております。

少し前にゲオルギー・チェルパーノフについての本が出版されたのですが、そのなかで彼の妻についで何度も言及されています。あなたの大伯母にあたるオリガのことですが、彼女はどうやら精神を病んでいたようで、四十三歳のときモスクワで窓から身を投げました。この本の著者にはあなたに献本するよう頼んでおきます。

母上のご兄姉はおそらくもうご存命ではないと思われます。しかしその子孫を見つけるのも簡単なことではなさそうです。ことにイヴァシチェンコというのはよくある名字ですし、伯母さまのリディアについてはもはや名前しかわかりません。女性を探す際は、夫の名前がわからなければいっそう困難になります。そこでわたしからの提案ですが、まず一度あなたの伯父さまのセルゲイ、あるいはその子孫を探すことに専念してはいかがでしょうか。手始めにテレビ番組「わたしを待っていて」のプロデューサーに連絡を取ることができます。これは親類を探すのに定評のある非常に有名な番組で、ロシアならびにウクライナでも放映されています。

自分の読んでいるものが理解できなかった。このコンスタンチンというのはだれなのか。インターネットの妖怪、いかれた奴、それとも詐欺師なのか。やんごとなき一族の血がせいぜい一滴混じっているのを証明するのがロシアでまた流行り出した時代なので、高貴な先祖という餌でまずおびき寄せ、そのあと前払い金と引き換えにさらなる「情報《ネタ》」を提供しようというのか。わたしの母がこの男の述べるような家柄の、上流階級の出身だなんて、とてもありえないことに思われた。わたしの知っているこの女性は上流階級でないのは言うまでもなく、最下層の身分ですらなかった。およそ身分というものすべてから外れたところにいたのであり、スラヴの劣等人種であり、路上で石もて追われるみじめで見捨てられた影か何かだったのだ。もし一度でも母が高貴な素姓を匂わすことがあったなら、なんとしてでも世間に認められたいという無邪気な願いにむなしく身を焦がしていたわたしは、貪欲にそれを自分のなかに取り込んでいただろう。メールの書き手は、まるでわたしの子ども時代の空想の産物を読み取り、あのころのほら話を語っているかのようだった。どうやらわたしはデジタル世界というジャングルに咲く、とびきり胡散臭い花と関わり合っているらしかった。

一つ目の添付ファイルを開くと、「ヴァレンチナ・エピファノヴナ・オストスラフスカヤ——わが町の忘れられぬ娘」とゴシック体で書かれた記事の見出しが読みとれた。その下に、楕円のロケット形に象った女性の肖像写真があった。息を呑んだ。この人を知っている、物心ついたときにはもう知っていた。この女性の写った紙写真がわたしの机の抽斗のなかにあり、裏には母の手で「祖父とふたりの知り合い」と書かれていた。今、画面からわたしを見つめている女性はもう少し若く、いくぶんほっそりしているが、同じ顔であることは疑いようがなかった。頬骨が高く、きびしい表情で、どこか尊大な口元の知的な顔。この写真でもハイネックの黒っぽいドレスを着て、鼻眼鏡をかけていた。

窓の外で湖が揺れたような気がした。わたしを取り巻くものすべてが突然、初めて目にする、馴染みのないものになった。わたしは画面に映る女性の顔を凝視した。するとスローモーションで見るように緩慢に、その意味するところがわかりかけてきた。この写真は、夢でも見ているかのようで信じがたいのだが、「アゾフのギリシア人」の掲示板で思いがけなく出会ったエウゲニア・ヤコヴレヴナ・イヴァシチェンコが本当にわたしの母であることを証明していた。そして写真に写っていた、母が知り合いと呼んだ、わたしも知っている女性は、実際は母の叔母、つまり母の父親の妹だったのだ。

一気に記事全体に目を通した。一八七〇年生まれのヴァレンチナ・エピファノヴナが貧しい家庭に生まれた女子のための私立の中高等学校を設立したことを知った。生涯をかけて社会正義のために戦った。つまりマリウポリの数知れぬ少女が高等教育の門をくぐり、無知と貧困の生活から逃れることができたのは彼女の活動のおかげだった。精神的に近しい存在だったのは、法律と歴史を学び、学生時代にすでにボリシェヴィキとともに地下活動をしていた兄、つまり母の父親のヤコフだった。彼は二十三歳のとき皇帝《ツァーリ》の秘密警察に逮捕され、二十年のあいだシベリア送りにされていた。

ヴァレンチナ・エピファノヴナ、つまり母の叔母は、ヴァシリー・オストスラフスキーという、学識と闊達そして進歩主義で知られた、途方もなく裕福なロシア貴族の家系に連なる男と結婚した。革命後、ウクライナの大飢饉で命を落とした何百万もの人々とともに餓死したといわれる。ヴァレンチナの創立した中高等学校は内戦のさなかに焼け落ち、その直後、彼女は四十八歳で当時猖獗《しょうけつ》をきわめたスペイン風邪で亡くなった。息子のイヴァン・オストスラフスキーはすぐれた航空力学者になり、その著作はソ連全土の宇宙航空工学を学ぶ全学生の必読書だった。一枚の写真に、きらきら光る利発な目をした野蛮な顔立ちの、セントバーナード犬のような風貌の中年男性が写っていた。ヴァレンチナの娘、イリーナ・オストスラフスカヤがその写真を公共教育副大臣のもとに持参したところ、スターリン政権下で民衆反逆者として逮捕され、シベリア流刑に処された。

　ほかにもまだわかったことがあった。曾祖父のエピファンはチェルニーヒウ県出身の大地主だったが、マリウポリで徐々に酒に溺れ、全財産を失ったという。そのうち行方知れずになり、あとには妻のアンナ・フォン・エーレンシュトライトと六人の子が頼るところも日々の蓄えもなく残されたということだった。エピファンはかつて所有していた貨物船でインドに逃亡したらしい。

　こうしたことすべてを呑み込み、咀嚼し、理解するには、もうひとつ頭が要るような気がした。これまでの経験では、真実はつねに嘘だった。ところが今、お笑い草だが、わたしが子どものころについた嘘が核心をつく真実だったことが判明したのだ。

　母にそんな人生の転落があったとは思いもよらず、これほどの衝撃を受けたためしはなかった。なぜ、母は自分の生い立ちを話してくれなかったのだろう、なぜ一言でもそのことに触れてくれなかったのだろう。そればかりか、どうして叔母のヴァレンチナと縁続きであることを隠して、知り合いなどと呼んだのだろう。わたしの目には、母はいつも貧しい境遇で育った庶民の女だった。本当の出自は、なおも理解に苦しむ作り話のように思われたが、それが母の運命にまったく新しい、想像を絶する規模の残虐行為をもたらしたのだ。

　感覚を失った指で、「アゾフのギリシア人」からのメールと一緒に届いた二つ目の添付ファイルを開いた。画面に現れたのは、茶色く変色したぼろぼろの文書をデジタル複写したもので、かなり色褪せたロシア語のタイプ文字は何度も拡大してやっと解読することができた。読んでみた。

セルゲイ・ヤコヴレヴィチ・イヴァシチェンコ（一九一五年マリウポリ生まれ、党員、一九三九年以来赤軍に所属、軍曹、開戦日より従軍、キエフより招集、戦傷なし）に赤星勲章を授与する。「赤軍合唱団」の独唱者として、同志イヴァシチェンコは前線の兵士および士官にロシア・オペラのアリアを披露することにより、ロシアのクラシック音楽に貢献した。リムスキー＝コルサコフのオペラ『サトコ』の「インドの歌」およびアレクサンドル・ボロディンのオペラ『イーゴリ公』の「ガリツキーのアリア」は、同志イヴァシチェンコが出演した部隊や編隊で人気を博した曲である。同志イヴァシチェンコはいかなる危険、苦難にもひるまず、最悪の逆境にあっても、ときに生命の危険にさらされても出演を取り止めることはなかった。その歌唱は芸術的につねに最高水準であり、前線の兵士たちの敬愛と崇拝を受けるものであった。同志イヴァシチェンコは模範的な労働倫理と規律において際立っており、レーニンおよびスターリンの党に忠誠を誓い、社会主義の祖国のために献身的に力を尽くした。同志はすでにスターリングラード防衛功労勲章で表彰を受けている。ここにソヴィエト政府は同志に赤星勲章を授与する。

報道広報宣伝部長
B・F・プロコフィエフ大佐

衝撃のあまり、数日のあいだ茫然自失の状態で過ごした。いつもしていたことはした。バルコニーに出て椅子にかけ、湖畔を散歩し、ちょっとした食事は作った。でもそれはわたしではなかった。見知らぬ女の日々することをわたしは横から眺めていたのだ。その女が何時間も物思いにふけりながら壁を凝視し、底が抜けたように唐突に大笑いするさまを傍観した。目に見えない人たちと、わたし自身にも理解できない心の会話を交わしながら、突然身ぶり手ぶりを交えて、激しく言い返したり、そのとおりね、とうなずいたりする始末だった。知らない人間が見たら、気がふれたと思っただろう。

コンスタンチンからのメールと添付されていた文書を何度も読み返した。夢を見ているのではないと、何度も自分で確認せざるをえなかった。不思議な思いにとらわれて祖母の名前にじっと見入った。つまり彼女は、わたしの母の母親はこんな名前だった。マチルダ・ヨシフフォヴナ。父親がヨシフという名のマチルダということだ。ロシア語では聞いたことのない女性名だった。コンスタンチンはマリウポリの教会名簿のデジタル版を入手して、マチルダ・ヨシフフォヴナの信仰していた宗教がローマ・カトリックとして届け出られていると教えてくれた。マチルダという名前とのつながりからして、ことに父称の由来であるヨシフがジュゼッペのロシア語形だという例もあるだけに、祖母のルーツがイタリアにあることはすでに明らかだった。でもこうしたことはまだわたしの意識に入り込む余地はなかった。あまりに多くのことがいきなり襲いかかってきたからだ。

母の母親という存在を、まさに彼女の名前を見いだすことによって発見したかのような気持ちになった。マチルダ・ヨシフフォヴナ、この女性を案じて母はあんなにも涙を流したけれど、彼女は追放された娘のリディアのもとへ旅立ったまま、帰ってくることはなかった。わたしの見つけたものは母のあの不幸の一部を取り消してくれたかのように思えた。姿を消した自分の母親を憂う苦痛が引き起こし、これ以上生きる気力を母から奪ってしまったあの不幸。母のもとに駆け寄って、大事な知らせを伝えるところを何度も想像した。マチルダ・ヨシフフォヴナを、お母さんのお母さんを見つけたのよ。マチルダよ、わかる？　本当に見つけたのよ、ほら、ここに、見て……

名前の魔法。母の兄と姉も突然、生身の人間になった。リディアとセルゲイ。ふたりはこの名前でしかなく、ほかの名前などありえなかったのはまったく当然のことに思えた。自分でこのことに思い至らなかったのが不思議だった。リディアとセルゲイ、二つの名前は母の名前を自然に補っているかのように響いた。伯母のリディアと伯父のセルゲイ。セルゲイの栄誉証書を、赤星勲章を受けた証拠を何度も読み返し、そこに伯父の人生の手がかりを求めた。それはまた母の人生の手がかりかもしれなかった。

想像の伯父、オペラ歌手の伯父を思い浮かべるときはいつも、「あの人から遠く離れて」や「愛しい森よ」のような輝かしいアリアを歌うテノールの声が聞こえたのだが、証書に記された声部から推測すると、伯父の声はバスだった。たちまち、どっしりとした太鼓腹の体格で、低い豊かな声のまったく別の男が目の前に現れた。慰問歌手にして党員、「赤軍合唱団」の独唱者。証書はわたしがオペラ歌手に抱いていた輝きを伯父から奪った。どうやら歌手としての功績よりも党の綱領への忠誠と模範的なソヴィエト市民であることに対して国家勲章が授けられたらしかった。コンスタンチンの考えでは、あの当時、貴族階級出身者がソ連共産党に入党して国家勲章を受けるというのはまったく異例のことで、どちらかといえば駱駝が針の穴を通るようなものということだった。では、母の兄とはいったい何者だったのか。針の穴を通るために何をしたのか。姉のリディアが懲罰収容所に流罪となり、間違いなく国家反逆者と見なされたので、セルゲイにとって針の穴の大きさは半分しかなかったにちがいない。すると、ソ連共産党は、断言してもいいが母にとっては悪の象徴だったのに、その母が兄のことをあんなにも心から慕うなどということがどうしてありえただろう。わたしが確かに覚えていることといえば、ソヴィエト政府、スターリンに対する両親の憎しみだ。この憎しみはひょっとするとふたりの一番の共通点だったかもしれない。母は、世界のどこにいても逃れることのできないあの政権の巨大な力への恐怖を忘れたことはなかった。母の人生の破滅の責任はソ連にあり、彼らは無数の人々を殺害し、故郷を破壊し、異国での暮らしへと追いやったのだ。

こうしてはっきりしたのは、母の父親もまた社会主義者で、それも政治的信条を貫いて皇帝《ツァーリ》政権によって二十年の流刑に処された結成以来のボリシェヴィキだったということだ。何が何だかわからなくなってきた。いったいどういう家族だったのか。母の父親が長期の抑留歴のあるボリシェヴィキの革命家、兄が受勲した共産党員、姉と母自身は国家反逆者で、ひとりはソヴィエトの労働収容所に送られ、もうひとりは敵軍に協力していたかもしれない、敵国ドイツの強制労働者。この家族には間違いなく何か亀裂が走っていたのではないか。どうして母はソヴィエト権力を憎みながら、この権力に奉仕した父と兄を愛することができたのか。

母の家族についてわたしが想像していたことは、もともとはっきりしないものだったにしても、いまやまったく現実離れしていて、的外れだったことが判明してしまった。これまで以上にわからなくなった。わかっているのは、母はわたしがずっと想像していたのとはまるで違う人間だったということ、そしてわたし自身、自分が思っているような人間ではないということだけだった。

母の父親が法律と歴史を修めたことは、わたしの記憶にある「弁護士《アドヴォカート》」という言葉に符合した。もっとも、この言葉はわたしのなかではつねに、朝から晩まで執務室にこもり、サモワールで淹れたお茶を飲み、依頼人に応対し、柄付き眼鏡越しに裁判記録を調べる、信頼できるブルジョワ紳士のイメージと結びついていた。二十年の流刑と知って、この「紳士」のイメージは一変した。どうやら彼は、法律の条文を丸暗記し、仕事で出世するための準備を怠らない真面目な学生などではなく、ボリシェヴィキの地下組織で活動する若い反逆者にして、貧しい家庭の娘たちのために中高等学校を設立した女性の兄だった。兄妹ふたりそろって社会正義のための戦いに加勢し、皇帝《ツァーリ》政権に隷属する民衆との連帯に、そして自分たちの出自である貴族階級の廃絶に力を尽くした。祖父がそのために払った代償は高くついた。どこかシベリアの荒野で二十年間、おそらく人生の大事な部分のほとんどを過ごしたのだ。わたしが子ども時代に想像した、酷い運命を背負った幻の弁護士像と共通するものは何ひとつない人間だった。

教会名簿によると、祖父は一八六四年に生まれた。二十三歳で流刑に処され、やっと放免されたのは一九〇七年のことで、四十三歳になっていた。十三年後にようやく母が生まれたが、そのとき祖父はもう五十六歳になっていた。母とわたしのあいだには奇妙に似たところがあった。わたしの父も、父というには歳がいっていて、母より二十も年上だった。母の父親も同じように、はるかに若い女性と結婚したにちがいなく、そうでなければわたしの母がこの世に生まれてくることはなかっただろう。たぶんシベリアから帰還したあと、当時まだ若かったマチルダ・ヨシフォヴナと結婚し、その四年後に母の姉のリディアが、そしてさらに四年後に兄のセルゲイが生まれたのだろう。三人きょうだいの末っ子の母はそのずっとあとに生まれ、乳母日傘の甘えん坊だったかもしれない。といっても、一九二〇年には日傘を差してくれる乳母などもはやいなかったし、家族はとうの昔に財産を没収されていたはずで、おそらく厳しい報復にさらされていただろう。それでも母の兄と姉は少なくとも革命が起こる前の最後の数年を経験していて、短い期間であっても自分たちの出自の特権を味わったのだ。それに比べて母は、自分にはちっとも恩恵をもたらしてくれなかったものが破壊されることしか知らなかった。内乱と恐怖政治、飢餓、迫害のまっただなかで生まれたのだ。母にしてみればウクライナで過ごした時代は始めも終わりもそれしかなく、ほかのものなどそこでは何ひとつ知らなかった。

なぜ母が自分の生い立ちについて語らなかったかが少しずつわかってきた。ソ連時代には貴族の生まれほど不都合なことはなかったのだ。犯罪であり、生まれながらの罪であり、これ以上ない恥辱であり、殺される理由にもなるものだった。おそらく母のなかでは自己卑下と羞恥心が恐怖とない交ぜになっていたのだろう。自分のような人間は社会で価値のない出来損ないで、生きる権利もなく、歴史の屑に埋もれるのが分相応だと次第に思い込むようになったからだ。劣等人種と宣告されたのはドイツが初めてではなく、すでにウクライナでもそうだった。血に飢えた二十世紀の最も暗い闇からやってきた、哀れで、ちっぽけで、気がふれてしまったわたしの母。

別の見方もありうると思った。母は自分が何者なのか、だれからも聞かされていなかったのだ。母を守るためにまわりが黙っていたのだ。ひょっとしてわたしと同じように、生涯、自分のルーツがどういうものか知らなかったかもしれない。ひょっとして先祖の生きていた世界を伝聞ですら知らなかったのかもしれない。ソ連時代のウクライナではそうしたことを話すことも聞くことも禁じられていたし、母の属した階級など社会に現実に存在したとはもはや思えないほどに、子ども時代に根絶やしにされてしまったからだ。

ひょっとして、ウクライナから持参した写真に「祖父とふたりの知り合い」と書いたのは、実際にそこに写っていた二人の女性がだれなのか知らなかったからかもしれない。二人目の、ぎこちなく微笑む若いほうの女性もやはり叔母のひとりで、母の父親の妹なのかもしれない。もしかするとあの時代の途方もない暴力が人々をそうした混乱状況へ投げ込み、故郷を奪い、散り散りにさせてしまったので、関係がことごとく引き裂かれ、もうだれがだれだかわからなくなってしまったのかもしれない。それとも、写真にメモを記したときにはただ、二人の女性はわたしたちには、つまりわたしとわたしの妹には何の意味もない存在だろうし、どっちにしてもわたしたちはその二人を知らないわけだし、知り合うこともないのだからと考えただけなのかもしれない。母の生きていた世界からは、何ひとつ異郷のドイツの地へ救い出せたものはなかったのだから。

でも、これまでわかったすべてのことからひとつはっきりしたことがある。写真の男性は母の祖父ではなかった。母の父親であり、わたしの祖父なのだ。母はこの写真に、妹とわたしを見つめながらメモを記したのだろう。とはいえ、母の父親は、新たに知った祖父のイメージよりも、わたしがそれ以前に想像していたもののほうにはるかによく似ていた。かつての革命家にしてシベリアの囚人の面影はどこにも見いだせず、実際にはむしろ子どものころに眼前に思い浮かべたあの立派なブルジョワの弁護士を想起させた。落ち着きと温かみがあり、知的でやわらかい表情と母の悲しげなまなざしを備えていた。おそらくそれは年齢と、母を心配させた心臓病のせいだけではなかっただろう。もうひとつ、生きているものが逃れられないあらゆる要素よりもおそらく予測のつかない危険があった。政治に首を突っ込めば、いつなんどき強制収容所というスターリンの死の碾臼《ひきうす》に放り込まれてもおかしくなかったのだ。その前に立たされればだれひとり無事でいられる者はなく、ことに祖父のように、貴族という世襲の重荷を背負っているばかりか、帝政時代に不服従と反逆の精神を発揮した人間ならなおさらだった。国家への造反にはいかなるものであれ、スターリンは疑いの目を向けた。あらためて、コンスタンチンが融通してくれたデジタル版の教会名簿を見て、意味ありげな細部に気づいた。ほかの家族については死亡した日付が残されていて、その死因もひとつひとつ記載されていた。母の父親にだけそれがなかった。亡くなった年だけがわかった——一九三七年。ソヴィエト史においてひょっとすると最悪の年で、人類史上最大の政治的虐殺に数えられる粛清が頂点に達する。母はこのとき十七歳だった。

のちに、生まれてこのかたずっと縁のなかった親戚関係の藪のなかで自分の位置を知ろうと、年号をひとつひとつ、互いにつき合わせていたとき、遅く生まれた子として母が生まれ落ちた世界は、暴力と破壊に埋め尽くされていただけでなく、巨大な空虚でもあったことを理解した。この時期に消滅したのは母の祖先の世界のみならず、祖先の大半そのものだった。ウクライナ＝イタリア系の親類縁者はもうだれも残っていないに等しかった。女子中高等学校を創立した叔母のヴァレンチナは、母が生まれる二年前にスペイン風邪で亡くなっていた。伯母のオリガは十四年前にもう窓から飛び降りていた。バルト・ドイツ人の祖母アンナ・フォン・エーレンシュトライトは十二年前にすでに埋葬されていた。チェルニーヒウ県出身のかつて大地主だった祖父のエピファンは、それより前に逃亡したにちがいない。叔父のレオニードは母が生まれる二十年近く前に癲癇で死んだ。ただ叔母のナターリアとエレーナの死亡記録は残っていなかった。教会区記録簿には生年月日に関する情報しか載っていなかった。それによると二人とも母よりずっと前に生まれているので、仮に母が二人のことを知っていたとしても、もうかなりの歳になっていただろう。

奇妙な奇跡が起きていた。老いの世を迎えたころに、わたしの人生のブラックボックスが開いたのだ。

そして、これまでなかを覗いても新たな謎の箱が見えるだけだったが、ひょっとするとそのなかにもうひとつ別の箱が、そしてさらにもうひとつ別の箱が、ロシアのマトリョーシカ人形のように隠れているかもしれない。わたしがたどり着いたのは実は探索の終点ではなく、まだ出発点にすぎないとしても、今、生まれて初めて、自分が人類の歴史の外側ではなく、ほかのみんなと同じように内側に存在していたのかもしれないと思った。とはいえ、これまでに知ったことはどれも母の父親の家族にのみ関わることだった。そこで母の母親の痕跡をわたしたちは、つまりコンスタンチンとわたしは探したが、徒労に終わった。教会区記録簿には旧姓も生年も記されておらず、名前と父称と信仰する宗教のみだった。ローマ・カトリック教会のマチルダ・ヨシフォヴナという、おそらくイタリア人と思われる女性がわたしの方程式の大いなる未知数だった。

湖畔には秋の気配がただよっていた。バルコニーに散り落ちた黄葉にはっとさせられ、台所で何週間もむなしく格闘した蟻の行列が突然姿を消した。夕暮れ時、やわらかな光は鏡のようになめらかな湖面に物憂げにたゆたい、大気は静まり返って、木の葉一枚そよとも動かず、おしゃべり好きな水鳥すらもう声をあげなくなると、あたりを支配する現実とは思えぬ静謐に深く胸を衝かれ、自分がもはや人の住む世界にいないかのように思えた。

荷物を車に積み込むうちに、言い知れぬ不安に襲われた。ここを去ってしまえば、この場所で見つけたものをみんな置き去りにしてしまうような気がした。それをノートパソコンという名の平べったくてぱっとしない箱のなかの、半導体チップやら電極やらに格納して自宅まで持っていけるとは、わたしには想像できなかった。わたしたちが交信した場を去ってしまえば、コンスタンチンも失うような気がした。いつの間にか知ったことだが、コンスタンチンはギリシア人を祖先にもつウクライナ人で、マリウポリにはそもそも住んだことがなかった。ウクライナで生まれたのは確かだけれど、ずっと前からロシ

ア北部のチェレポヴェツで暮らし、製鉄会社の技師として働き、片手間にギリシア系ウクライナ人のための掲示板を運営していた。結婚していて、四人の子とたくさんの孫がいた。息子のひとりは歴史家で、アメリカに暮らしていた。

なぜわたしの母探しを引き受けてくれたのかはわからない。彼と出会ったのはこれ以上望めないほどの幸運だった。ロシア史に精通し、コンピュータマニアと呼べるだけでなく、意欲満々の系図学者でもあった。子どものころにすでに、一番好きな遊びはできるかぎり細かく枝分かれした家系図を描くことだった。自身の家系図は十六世紀までさかのぼったが、そこから先は追いきれなかった。発見した過去の縁者の数は、巻き紙にして数メートルに達した。

コンスタンチンの探偵活動での会心作は、戦後六十年以上経って、銃弾を浴びて穴だらけの折れた戦闘機の主翼を発見したことだ。表面には機体番号がまだ判読できた。行方不明だった叔父の搭乗していた機体だった。戦争中に消息を絶ったすべての者たちと同じように、この叔父もソ連政権下で脱走の嫌疑がかけられていた。コンスタンチンはこの遅ればせながらの大発見で真実を白日の下にさらしたのだ。叔父は死後に名誉回復が果たされ、その息子は、子孫も脱走の可能性があるとされたがゆえに職に就くことができなかったので、ウクライナの村で畑を耕して細々と暮らしを立てていたが、歳をとってから申し訳程度の賠償金を受け取り、義歯を一本入れる足しにした。コンスタンチンはさらに、フベルトゥス・フォン・ボーニンという名の、騎士鉄十字章を受勲したドイツ軍の戦闘機乗りが叔父の乗ったイリューシンを撃墜したことを突き止めた。ボーニンは第二次世界大戦のドイツ軍の撃墜王のひとりで、のちに空中戦で命を落とした。わたしはまたたく間にその甥にあたる人物をインターネットで見つけ、コンスタンチンと彼とのあいだのちょっとしたメールのやりとりを通訳する役を買って出た。騎士鉄十字章受勲者のドイツ人の後裔は、どうもロシア人が望んでいることをよくわかっていないようで、ひょっとすると、突然現れた外国人が、七十年前に自分の伯父が空中戦で親戚を殺した責任を負わせようとしていると疑ったのかもしれない。それればかりか、コンスタンチンが何らかの個人損害賠償請求を考えているのではと邪推したのかもしれなかった。ともかく、会って話がしたいというコンスタンチンの申し出は、プロイセン式の慇懃な態度の前にことごとく撥ね返された。気の毒なのはコンスタンチンで、彼はただ少しおしゃべりしたかっただけなのだ。叔父の飛行機にとどめの一撃を放ったのがどんな人間なのか知りたかったのであり、相手も自分の伯父のことを尋ねてもらえればきっと喜ぶだろうと思ったのだ。ただしこの質問は実現しなかった。それでもコンスタンチンの探偵魂は勝利を得たのだ。七十年以上経って、叔父の乗ったイリューシンに弾痕を残した男の子孫をドイツで見つけ、それればかりか幾度かメールを交わしたのだから。パズルの最後のピースを見つけるまで頑張り続けるコンスタンチンが見つけられなかったのは、いわゆる撃墜の証拠だけだった。すでに何年か前にドイツ軍事史料館に問い合わせたが、回答は得られなかった。そこでわたしが史料館に問い合わせた。コンスタンチンに手伝ってもらって、煩雑な書式の用紙に記入し、三十ユーロを振り込むと、二か月後に小包が届いた。なかには鉛で封印された一巻のフィルムが入っていた。その古いフィルム資料は戦後アメリカの軍事史料館から買い戻されたもので、いまや生まれ故郷に帰ってきたのだった。画質はひどいものだったが、コンスタンチンはそこに自分が見たかったものをすべて見た。とうとう証明されたのだ。

コンスタンチンが調査を手伝っていたのはわたしだけではないと思う。彼は仕事から帰宅するとすぐにデジタル機器の並ぶ机の前に座り、途切れた糸をつなぎ合わせていった。それはコンスタンチンの情熱の対象であり、強迫観念であり、心の糧だった。失われたものを世界に取り戻し、子どものころと同じように大規模で複雑な系図を作成した。ただ、今ではそのためにコンピュータを使っていた。わたしはインターネットがコンスタンチンのために世界の代わりを務めてくれたのだと思いやった。生涯旅行を認められず、その後許可が下りたときは貧しくてそれも叶わなかったのだ。仮想世界でなら、だれにも邪魔されずにどこでも探求したい場所に旅することができた。最後にわたしにも家系図を作ってくれたが、それは木ではなく森で、わたしはその森をさまよい続けることになったのだ。過去の縁者がひとりもいなかったわたしに、突然わんさと現れたので、だれがだれだか区別がつかず、家族同士のつながりや親族関係の近さの度合いがわからなくなることもしばしばだった。この家系図は大きく引き伸ばして壁にピンで留め、ときおりその前に座り込んで、世界地図であるかのようにじっくり探訪した。

そのうち、探索しているのはわたし一人ではないことを知った。ロシア革命後、貴族や有産階級が殺され、領地から追い出され、農民は土地を没収されて収容所送りになり、知識人が数知れず強制収容所《グラーグ》に、あるいは亡命により姿を消し、戦争ではさらに二千万人が命を落とした。もっとも、それよりはるかに多いと見積もる者もいる。こうしたすべてが二十世紀の世代間の当たり前の絆を断ち切った。いまや、およそ百年の恐怖と沈黙の時を経て、かつてのソヴィエト連邦諸国の全土で親類縁者や行方不明者、拘禁された人たち、そして戻ってこない人々の探索が始まっていた。自分たちの祖先を、アイデンティティを、ルーツを探しに出たのだ。イヴァシチェンコ家の年代記では、一九二〇年生まれの母が記録に残る最後の人物だった。母で家族の歴史は途絶えた。母は大いなる消滅を目前に控えた家族の最後の消えゆく光であり、彼女の兄姉の子どもたちのことはもはや言及されず、さらにその子どもたちとなれば言うまでもなかった。

いまや一番求められているのは、コンスタンチンのようなひたむきな足跡探索者だった。彼が藪を切り開いて道を作り、わたしはあとをついていった。そして彼もわたしについてきた。このことがわたしには最も不可解だった。コンスタンチンは調査が進展しようが停滞しようが、いつもわたしについてきた。わたしの熱狂を、そして発見した痕跡がまた消え失せてしまったときは、わたしの落胆を共有してくれた。ときどき、彼こそが最大の発見物だと思うことがあった。コンスタンチンがいなければ、ロシア語のインターネットのジャングルでたちまち道に迷ってしまっただろう。彼の粘り強さがなければ、暗礁に乗り上げて探索をあきらめていただろう。だが、コンスタンチンは手綱をゆるめず、一歩ずつ前に進む探索の駆動力となってわたしを引っ張ってくれた。彼が魔術師で、わたしはその弟子、そして名探偵の見習いだった。コンスタンチンはわたしにとってひとつの謎であり、探索の過程でわたしに解く手助けをしてくれなかった唯一の謎だった。

自宅でわたしを待っていたのは、彼が送ると約束した本だった。ウクライナ人の哲学者にして心理学者、ゲオルギー・チェルパーノフについて書かれたものだ。母の伯母オリガと結婚し、母の情報をインターネットに書き込む際に助けになった人物である。ドイツ語のウィキペディアの記事で、一八六三年に生まれ一九三六年に没し、ロシアで最初の実験心理学の研究所を設立した新カント学派の学者であることはすでに知っていた。『脳と魂』、『論理学教本』『実験心理学序説』などの多くの著書があった。母が彼のことを知っていた可能性はあった。妻のオリガが自殺したあとも故郷のマリウポリをよく訪ねていたようだし、ひょっとしたらその折に義弟にあたる母の父親を訪ねたかもしれないからだ。

本の入った小包は紐で縛られているだけで、側面の上から下にかけて安い切手が何枚も貼ってあり、どうやらチェレポヴェツの郵便局はそのときほかの切手を切らしていたらしい。正方形の小さな白い紙に、メールを書くときにわたしが使った書体をみとめた。コンスタンチンは書き間違いを避けるために住所を手書きで写さず、わたしのメールを印刷し、住所の部分を切り取って灰色の包装紙に貼りつけたのだ。面倒でも紐は手でほどいた。何度も使われて腐りかけた麻紐は、わたしが子どものころにしか見たことがないようなもので、切ったりすれば、何かしてはいけないことをしたような気がしただろう。なかから出てきたのは普通の厚さの本で、空の青と小麦畑の黄を表すウクライナ国旗の色の光沢紙のカバーがついていた。マリウポリとモスクワの小さな写真が格子状に並べられた上に、『ゲオルギー・チェルパーノフ　人生と作品』という表題が載っていた。

コンスタンチンから、本のなかでは母のことには触れられていないとあらかじめ知らされていたが、母の生きていた世界が突然身近になって、頭がくらくらした。表紙を開いてすぐ、口絵の写真に目がいった。写っていたのはチェルパーノフのではなく、妻のオリガ・イヴァシチェンコの一族だった。母の祖父母の存在など、これまでの人生で一度たりとも思いをめぐらしたことはなかったが、その部屋の真ん中をのぞき込んだのだ。ひと目で女子中高等学校創立者のヴァレンチナに気づいた。もう少しじっくり見ると、ほかにもうひとり見覚えのある顔を発見した。母がウクライナから持参した写真で、ヴァレンチナの隣に座っている女性だ。本の口絵の説明文によれば、思ったとおり母の叔母のひとりで、ナターリアだった。この家族写真がいつの時代のものかは記されていなかったが、おおよそのところは見当がついた。母のただひとりの父方の叔父であるレオニードも写っていたので、一九〇一年より前に撮られたものにちがいない。その年、レオニードは癲癇の発作で二十六歳で亡くなったのだ。写真のなかのレオニードはダークスーツにネクタイ姿で、シガレットホルダーのようなものを手にして姉たちの後ろに立ち、死がそれほど間近に迫っていると予感させるものは何もなかった。

すでにこの家族についていろいろ知っているのが自分でも不思議だった。はっきりしているのは、この写真では三人欠けているということだった。母の祖父エピファンがこのころすでに妻を捨てて、自分の船で出奔していた可能性は十分あった。母の伯母で一番年上のオリガも同じくマリウポリをあとにして、夫のゲオルギー・チェルパーノフとともにモスクワで暮らしていた。そして母の父親は——その人生の別の機会にならぜひ会ってみたかったが——世紀の変わり目のこのときには遠く離れたシベリアの収容所にいた。一族のうち、そのころまだマリウポリに住んでいた者が集まって写真におさまったようだ。高価な古い家具と絨毯はおそらく、エピファンが零落して永久に姿を消してしまう前の、一家の羽振りがよかった時代のものだろう。居ずまいを正して椅子に並んで腰かけている人物たちを、後ろの張り出し棚に置かれた観葉植物の椰子が見下ろしていた。

ナターリアのことは母がウクライナから持参した写真で知ったが、この写真の顔にはまだあのむなしい微笑みはどこにもなかった。見るからにもっと若く、屈託のない少女のような雰囲気があった。髪は鳥の巣型にゆるく結い上げ、パフスリーブのロングドレスをまとい、扇子を手にしている。ヴァレンチナはいつの間にかわたしにはもうお馴染みのいかにも校長らしい服装で、痩せて背筋をまっすぐ伸ばし、彼女の母と並んで袖付き長椅子に腰かけている。その隣の肘掛け椅子には夫のヴァシリー・オストスラフスキーが座っている。若く、整った顔立ちの、上品な服装をした裕福なロシア貴族で、のちの餓死を予感させるものなど微塵も窺えなかった。次の叔母のエレーナはこの写真で初めて見た。ほかのだれよりも優美で、細かい折り目のメディチ襟のついた緞子のドレスをまとい、膝の上に本を開いている。写真の中央には母のバルト・ドイツ人の祖母アンナ・フォン・エーレンシュトライトが、マリウポリでまだ自分の近くにいた子どもたちに囲まれて座っていた。黒っぽい簡素なドレスを着た、どこか農民風の小柄な女性だった。しっかり櫛を入れた髪はおそらく頭の後ろでひっつめにしていたのだろう。

わたしが子ども時代に最も恐れた幽霊のひとつが、父の説によると不治の精神病を患っていたという母の親戚の女性だった。有名な精神科医の治療を受けても彼女を助けることができなかったという。母とわたしにはこの精神病が遺伝していると父は信じて疑わなかった。大人になるまでずっと、わたしはこの遺伝性の精神病の発作が起こることを覚悟していた。のちに、父の不吉な遺伝理論を相手にしなくなってだいぶ経ったころ、こうした空論の陰にはむしろ、自分が狂気に陥るかもしれないという父自身の不安が、つまり、プーシキンがすでに彼の最も有名な詩のひとつで喚起した、ロシアに広く蔓延する狂気恐怖症《マニアフォビア》が隠れていたのではと疑うようになった。そして大人になるとまた子ども時代のトラウマに、無意味で愚かしい、手の施しようがないかに見える不安とともに呑みこまれた。すると、父はやっぱり正しかったのだ、わたしの精神的破綻は先祖という大地にシバムギのように根を張っていて、この雑草はその気になれば引き抜くこともできるが、いずれ根こそぎにしなければ、子ども時代の破滅的な刻印から解放される機会を失ってしまうことになる、とときおり考えるようになった。

今でははっきりしているのだが、精神病といわれる母方の縁者は母の伯母のオリガしかいなかった。本のなかでは心を病んでいたと記述され、コンスタンチンからすでに聞かされていたように、四十三歳のとき窓から転落した。オリガを助けることのできなかった有名な精神科医とは、夫のチェルパーノフにほかならないと父は思っていたのかもしれない。

本のなかにチェルパーノフや同時代のほかのロシア人哲学者の写真は山ほどあったが、それとならんで彼の妻を撮った写真も何枚か見ることができた。子どものころの亡霊がいまや画像となったものを凝視した。この親類の女性はわたしの想像世界の外部に、かつて実在したのだ。もはや幼年期の作り上げた虚構の人物ではなく、わたしの大伯母のひとりに、血と肉でできた人間で、柔和で童顔の、小柄でひときわ華奢な、大きくて真剣な目をした黒髪の女性が存在したのだ。贅沢な夜会服に身を包み、豊かな髪に花を挿した写真があった。別の写真では優雅な旅行服を着て夫と並び、三枚目では鬱蒼とした緑に半ば呑みこまれた別荘《ダーチャ》のテラスで家族と一緒に写っていた。本の著者はオリガを、並外れた知性と学識、そしてあたたかい心の持ち主と描写していた。まずマリウポリからモスクワにいる婚約者に宛てた手紙、のちにモスクワからマリウポリの両親に宛てた便りが引用されていた。愛称やロシア語の縮小辞を散りばめた呼びかけ、母親や弟妹を切々と懐かしみ、遠くシベリアにいる弟のヤコフに心を痛め、やさしく歌うような語り口だった。婚約者に宛てた初期のころの手紙には気おくれのようなものが読み取れた。結婚を考え直すよう執拗に迫り、あなたにこそ、この時代の最高学府への扉が、モスクワ最高のサロンへの扉がすでに開いている、だれからも愛されるすばらしい男性であるあなたには、もっとすてきな別の女性がふさわしいのだと訴えている。わたしは美しくもなければ、魅力的でもありません、前々から病弱で、早々と老いが忍び寄り、生意気で陰気な考え方からなかなか抜け出せないのです、と。

　それにもかかわらず結婚式が執り行われる。オリガは三人の子をもうけ、子守女と家政婦の助けを借りながら、モスクワの知識人や文化人がしょっちゅう客として訪ねてくる大所帯を切り盛りする。やさしい母親で、身を尽くして夫を愛したといわれているが、すでに早いうちから、彼の命取りとなる政治的事件を予感している。外国旅行に同行することもよくあり、ニューヨークやスイス、夫と緊密に共同研究をおこなっていた有名なドイツの実験心理学者ヴィルヘルム・ヴントのいるライプツィヒ、そしてベルリン医科大学病院《シャリテー》にも幾度か出かけている。死の数年前からは、子どもたちと夫を案じて強迫観念に四六時中苦しめられていたという。自分でも説明のつかない事柄や出来事をくよくよ考え、ほんのちょっとした不当な言動にもいちいち過敏に反応し、些細なことでわっと泣き出した。一九〇六年の窓からの身投げについてはそれ以上詳しくは触れられず、また何の証拠も示されておらず、著者の主張の範囲にとどまるものだった。

コンスタンチンはこの著者を知っていた。彼はウクライナ南部の辺鄙な村に住んでいて、外の世界との交わりをいっさい断っていた。著者と接触し、オリガについての発言の情報源や彼女自身のことを尋ねようとする試みはすべて空振りに終わった。コンスタンチンとわたしのメールのいずれにも返信がなかった。

この話は考えれば考えるほど、ますます不気味なものになってきた。「先天性」という主張を信奉するチェルパーノフは、情緒不安定の妻に先天性精神疾患を認めたのだろうか。もしかしてオリガは夫の実験心理学の犠牲になったのだろうか。わたしたちはみんな、オリガと母とわたしはチェルパーノフ病に罹っていたのか。いまや、ひょっとするとオリガだけでなく母をも自殺に追いやったあの着想の張本人を発見したのだろうか。父は感づいていたのに、まるまる一世紀以上もかかってやっとわたしの頭に届いたのがゲオルギー・チェルパーノフの着想だったのか。目の前の写真のオリガの小さくて華奢な足をくりかえし眺めた。百年以上前のベルリンの通りを、大学病院を訪問する夫の傍らを、ひも付きの半長靴を履いて気取って小歩きした足。かつて、わたしにとっては大昔のことだが、こんなにも近くに、ベルリンの今のわが家から歩いて二十分もしないところに彼女はいたのだ。

オリガが死んで十年、革命が勃発してまもないころ、夫の幸運の星は彼女の予見したとおり学問世界の空で燃え尽きていった。チェルパーノフは神秘主義、観念論そして反マルクス主義とこき下ろされ、モスクワ大学の教授の地位を失い、自分が設立した研究所にも出入りを禁じられ、著書は図書館から消えた。娘のひとりは党の路線に忠実な芸術家になり、壮大な英雄的彫刻で頭角を現した。二番目の娘はフランスの哲学者ブリス・パランと結婚して、パリに、資本主義の国に行ってしまい、そのことがチェルパーノフの評判をさらに悪くした。独文学者で古典学者の息子は独露大辞典の編纂に参画したが、その辞典は出版されると反革命的にして全体主義的との烙印を押された。チェルパーノフの息子を含めた三人の編纂者は死刑を宣告され、銃殺された。奇跡的にチェルパーノフ自身は物理的抹殺をまぬがれた。最後の数年、孤独と貧困のなかでかつての自身の研究所の入口あたりをうろつき、通りすがりの人にまだ自分のことを覚えてくれているかと尋ね回ったらしい。今日では名誉回復がなされ、著作は復刊され、執筆や研究の対象となっている。

　ためつすがめつ、観葉植物の椰子の写っているイヴァシチェンコ家の家族写真を眺めた。母が元の写真を知っていて、それを手にしていたなら、複写したものには目に見えない指紋が残っていただろうか。写真を見れば見るほど、目の前のその世界から母がやってきたということが、ますます現実とは思えなくなってきた。母からはその世界のものが何も、まったく何も見てとれなかったのだ。不安のあまり出自をいかに否定しようとしたとしても、少なくともたまには何かがほの見えるとか、透けて見えてもよかったのではないか。どうやってひとりの人間が生まれついたものをそこまで完璧に消し去ることができたのだろう。それとも、子どものわたしには単にその兆しが読めなかったのだろうか、今なら即座に気づくはずのものが見えなかったのだろうか。

　バルト・ドイツ人の母の祖母を調べたが、インターネットでたどり着いたのは、手がかりとならない一八二六年版のオーストリア貴族名鑑の記事だけだった。「**第一ワラキア歩兵連隊大尉ヤーコプ・ツヴィラッハは一七九八年にフォン・エーレンシュトライトの爵位を授けられた**」。「ワラキア」という言葉がワラキア産の去勢馬《ヴァラッハ》のことではなく、ワラキア地方を意味するならば、貴族に列せられたヤーコプ・

ツヴィラッハとはわたしの曾祖母の親類、ひょっとすれば彼女の祖父か父であることは容易に思いつくだろう。それに、もしかすると曾祖母は自分の長男ヤコフ、つまり母の父親の名前をその人にちなんでつけたのかもしれない。ルーマニアのワラキア地方は当時、バルト三国やウクライナと同じようにロシア帝国の保護領だったので、エーレンシュトライト家とイヴァシチェンコ家はいずれにしても同じ国のなかで活動していたのだ。アンナ・フォン・エーレンシュトライトは、ごく若いときにすでにエピファンにしたがってマリウポリにやってきたにちがいない。というのも、教会名簿によれば彼女は十九歳のときにもうそこで最初の子を、娘のオリガを出産したのだ。短い間隔で次のふたりが、母の父親であるヤコフと妹エレーナが続いた。五年の間をおいてヴァレンチナ、ナターリアそしてレオニードが次々に生まれた。子を亡くした母親の悲しみほどつらいものはないというのが真実なら、曾祖母のアンナはこれ以上ない悲痛を生涯に二度も味わったことになる。五十六歳のとき、息子のレオニードが癲癇の発作で死に、五年後には娘のオリガが窓から飛び降りる。ひょっとしたら、当時すでに夫のエピファンに去られてひとりぼっちだったのかもしれない。オリガの死の二年後に彼女は癌で亡くなる。もしかすると、これは推測でしかないが、死ぬ前にもう一度息子のヤコフに会えたことはいくらか慰めになったかもしれない。ヤコフはこのとき、二十年の刑期を経てマリウポリに戻ってきていたにちがいない。

なぜ自分が、もうよく見知った顔だと思っていたのに、曾祖母をくりかえし凝視せずにいられないのかわからなかった。それが今やっと、目から鱗が落ちるようにわかった。百年以上昔のマリウポリの写真に自分自身を見つけたのだ。わたしと曾祖母は瓜ふたつだった。そればかりか片方の肘を長椅子の肘掛けにもたせかけ、もう一方を膝に置く仕草は、わたしのものでもあった。ちょうど一世紀前に生まれた曾祖母の遺伝子が、二つの世代を飛び越え、わたしのなかで自らをふたたび主張していた。つまりそこに、わたしが外見では両親とまったく似ていない理由があった。ひょっとすると母が、お前はわたしがお腹を痛めた子ではない、お前には実はほかに母親がいると言い張ったのは、このひと目でわかる人相の違いのせいだったかもしれない。母があまりにもそう言うものだから、大人になってもまだ、実際そうなのだという疑いを完全には払拭できなかった。今になって、何十年も経って、家族写真で曾祖母の姿を見て、疑惑はすべて一掃された。わたしはこの女性の曾孫であり、それゆえ母の子だったのだ。この証明が何を意味するかはわからなかったが、曾祖母を見つめていると、わたしのなかに人生で初めて、これまでまったく馴染みのなかった感情、血のつながりと呼ばれるあの感情がこみ上げてきた。それは、言うなれば人類そのものと身体の奥底で通じ合っていると感じさせるような何かだった。

チェルパーノフの評伝を読んでいる間に、コンスタンチンはわたしの持っているウクライナ時代の写真を自分の掲示板に載せた——若いころの母の隣に見知らぬ白髪の女性が写っているあの一枚だ。すでに長いことイタリア人の祖先を探しているハルキウ出身のイリーナという女性が、やはり同じような道をたどってコンスタンチンの掲示板に遭遇し、そしてわが目を疑うことになる。そこで見た写真は彼女自身の家族アルバムにも貼ってあったのだ。この女性も古いモノクロ写真を子どものころから知っていた。写真の二人の女性とは「切ないほど親しい間柄」だったと書かれていた。

何かただごとではないことがこの調査で起きていた。わたしの机の抽斗という闇から遺物のような写真が世界の明るみに出てくるやいなや、遠い親戚がひとり浮かび上がったのだ。同じ家族写真を持っていて、やはり子どものころからその写真を眺めていた、おそらく世界でただひとりの女性。

もっとも、その女性はわたしとは違って、写真に写っているのがだれだかわかっていた。母の隣の白髪の女性はマチルダ・ヨシフォヴナといい、母の母親だと書いていた。目を疑った。雪のような白髪の女性は、当時十八歳くらいだった母の母親というにはやはり歳をとりすぎていて、少なく見積もっても七十歳だった。ところが今も健在のイリーナの祖母が、それがマチルダ・ヨシフォヴナ、自分のイタリア人の祖母アンジェリーナ・デ・マルティーノの姉であることを証言し、疑問を払拭してしまったのだ。

イリーナとは、今となってはもはや証明しようのない親戚関係で結ばれているのだが、彼女はわたしに信じられないような話を語った。このマチルダの父、つまりわたしの曾祖父にあたるジュゼッペ・デ・マルティーノはナポリの貧しい石工の家庭の出だった。十二歳のとき見習い水夫になり、齢を重ねるにつれ出世して、船長にまで登り詰めた。香港で感染した天然痘を生き延び、アフリカ大陸を帆船で迂回した最初のイタリア人になったという。ある日ジュゼッペは商船に乗ってマリウポリにやってきた。そこで裕福なイタリア商人の娘と出会う。十四歳のテレーザ・パチェッリは美男子の船長に心を奪われた。一年後には結婚式だった。十五歳になったテレーザはお気に入りの人形を抱いて船上に現れ、以来、夫に付き添って旅をした。合わせて十六人の子を産んだというが、生き残ったのは七人だけだった。そのうちのひとりがわたしの母の母親、マチルダだ。母と六人の兄弟姉妹はマリウポリの親戚のもとで育てられ、その間、人形とイタリア人船長に夢中のテレーザは引き続き世界の海を旅してまわった。イタリア人の曾祖父は最後には船乗りの生活に見切りをつけ、妻とともにマリウポリに落ち着き、たちまち金持ちになった。当時ウクライナに移住したイタリア人は、有名なウクライナの小麦や葡萄酒、あるいはドネツ盆地から無尽蔵に採れる石炭を商っていた。ジュゼッペ・デ・マルティーノは石炭をあつかうことに決め、世界中に輸出し、巨万の富を得た。石炭を目的地に運ぶ船の持ち主が、将来義理の息子になる男の父親、つまりわたしのウクライナ人の曾祖父エピファンで、アンナ・フォン・エーレンシュトライトの夫だった。両家は親しくなり、こうしてわたしの母の両親が、イタリア人の石炭輸出商の娘マチルダとウクライナ人の船主の息子ヤコフが出会うことになる。

イリーナはパソコンの画面にわたしたちの共通のイタリア人の先祖の写真を一ダースも送ってきた。そのうちの一枚に、まだ若いころのイタリア人の曾祖父母が写っていて、どうやら上陸休暇をとっているところのようだった。船長と船乗りの花嫁は見栄えのしない、そして奇抜でもあるいでたちで、二人とも祭日に教会のミサにでも行くかのように黒い服をまとい、テレーザは布地が擦れ合ってさらさらいう音がまさに聞こえてきそうな黒い薄琥珀織《タフタ》のスカートをはき、ヴィスコンティの映画に出てくるシチリアの若い未亡人を思わせた。生き延びた七人の子のうち、マチルダと妹のアンジェリーナの写真だけが残っていた。マリウポリ一の金持ちのギリシア人と結婚したアンジェリーナには、大天使のような中性的な美しさがあった。ふたりは街で「白い別荘《ダーチャ》」と呼ばれる家に住んでいたが、それは別荘とは似ても似つかず、むしろ宮殿だった。撮影されたのはすでにソ連時代で、ギリシア風の列柱に支えられた欄干付きバルコニーにはソヴィエト国旗がはためき、外の庭園には白い看護帽をかぶった看護婦がふたり立っていた。革命後にこの建物は勤労者のための肺結核療養所に転用され、レーニンの妻ナジェージダ・クルプスカヤにちなんで命名された。

蔓草模様の装飾を施した金の縁取りのある何枚かの別の写真では、大叔母のアンジェリーナの三人の小さな娘たち、つまり母の従姉たちには驚嘆した。三人は大きなロシア風リボンを波打つ髪に結び、めいめいが贅沢な椅子に人形のように座らされていた。ポーランド人の子守女の腕に抱かれている写真もあれば、毛皮とマフにくるまれているもの、馬橇で冬の遠乗りに出かけるところ、バレエの稽古でチュチュを着ているものもあった。別の写真では、帽子と外套を身につけた上品な男性が写っていた。イリーナの説明によれば、母のギリシア人の叔父で、オペラ歌手でもあり、サンクトペテルブルクのマリインスキー劇場で人気を博したテノールだという。

初めて知るこうした人たちの写真を見つめていると奇異な気持ちになり、心のなかで不意に笑いがこみ上げてきた。子どものころにわたしがついた嘘は、あながち的外れではなかったのだ。それどころか、まだ慎ましいくらいだった。わたしは本当に、当時なら今日の原油と同じくらい大儲けができたかもしれない石炭商の大金持ちの曾孫だったのだ。わたしの親戚は、ウクライナの大多数の住民が貧窮の底で息も絶え絶えに生きているのを横目で見ながら、贅沢三昧に暮らしていたにちがいない人々だった。

しかし、母のウクライナ人の父が、革命思想のために二十年間追放される羽目になったヤコフが、よりによって外国人の富豪の娘と結婚するとは、そんなことがどうして起こりえたのだろう。自分自身の階級の廃絶を政治綱領に掲げるボリシェヴィキに加わったのは、単なる若気の至りだったのか。マリウポリへの帰還は古い富裕な世界への、ひょっとして流刑以前にもう好きになっていたかもしれない若いころのガールフレンドのマチルダのもとに戻ることだったのか。裕福な一族に婿入りするのは、追放されている間に自分の家族が零落してしまった彼にとっては僥幸だったのだろうか。

くりかえし、若いころの母がマチルダ・ヨシフォヴナ・デ・マルティーノとされる老婦人と一緒に写っている写真を穴のあくほど見つめた。教会名簿に登録されている年号によると、マチルダが母を産んだのは四十三歳になってからと遅かったし、母が移送されたときに持っていた写真がどれでもいいようなものではなく、自分の両親が写っているものだったのももっともなことだ。だが、それにもかかわらず、この白髪の、ほとんど老齢と言っていい女性が十八歳の娘の母親だとは信じられなかった。むしろ母のイタリア人の祖母テレーザ・パチェッリ、つまり高齢になったかつての船乗りの花嫁ではないのか。

イリーナはまたもや、母についてのわたしのあらゆるイメージを混乱させた。母は、海の上で生まれた女性の子だったのか、父親だけでなく母親も知らずに、陸の上の親類縁者のもとで、愛されるよりも面倒がられて育った船長の娘の子だったのか、見捨てられ、本当の暖かい家庭というものを知らない孤独な娘の子だったのか。この女性は後々自分の子どもたちに安心感のようなものを与えることができたのだろうか。唐突だが、母の故郷喪失はドイツに来てからではなく、すでにウクライナにいたころに始まっていて、母はあるとき巣から落ちてしまったのではなく、すでに親たちが寄る辺なき者だったためにそもそも巣などなかったのではないかという気持ちになった。両親に見捨てられたマチルダ、そして零落した船主の父がある日突然家を捨て、未来永劫姿を消してしまったヤコフ。それにヤコフは、シベリア送りにされた二十年間、どのみち故郷喪失者となり、世界の蚊帳の外に置かれた人間だったにちがいないのではないか。これは母の両親のことだったのではないか。すでに根無し草のふたりが、見捨てられたふたりが、互いを見いだしたのではないか。母を育んだゆりかごとしてのウクライナなど存在しなかったのならば、わたしは今、母の物語を新たに一から語らざるをえないのだろうか。

驚いたのは子ども時代の自分の記憶の確かさだ。妄想の産物だと、どういう形であれ自分の心が生んだ現実だと思っていたものが、またしても事実となったのだ。デ・マルティーノという名前はわたしの前史に本当に存在した。母は実際にイタリア人女性の娘であり、「石炭売り」ですら作り話ではなく、普通この言葉を聞いて想像するものとはまったく異なる類の石炭売りであったにせよ、わたしの家系に存在していたのだ。

イリーナが持っている彼女の高祖母アンジェリーナの家族写真のなかに、母の兄セルゲイが写っているのも一枚あった。茶色く変色し、すっかり色褪せた、一九二七年に撮影されたものだ。彼は当時十二歳だった。そのころ母のイタリア人の叔父のワイン倉庫があったドニエプル河畔のヘルソンでだれかが撮ったものだった。一九二七年のある夏の一日を、七歳だった母の子ども時代のまっただなかをわたしは覗き込んだ。時の止まった、うっとりするような自然、岸辺のボート、そして大きな古木。そこに写っている者がそれぞれふさわしい場所を占めているのは偶然ではなく、だれもが樹木と、そしてお互いにそこしかありえないような巧みな位置関係にあるのが見てとれた。中央には、枝の分かれ目に若い女性が上品に腰かけていたが、それがだれなのかイリーナは知らないという。写真の下部、木の根元にアンジェリーナの娘たち、つまり母の従姉にあたる三人の少女が立っていた。いずれも美しく、このときすでに蔓草模様の装飾の写真のときより明らかに成長していて、三人とも太くて長い三つ編みにし、明るい色のルバシカを着ていた。外に伸びた木の枝には、耳が横に突き出た少年が笑顔で座っていた。半ズボンにマドロス帽をかぶり、むき出しの足をぶらぶらさせていた。

これが、イリーナの話ではセルゲイだった。コンスタンチンとわたしがその痕跡を追いかけてもこれまで成果のなかった母の兄。あの時代、カメラの前で微笑むなどたぶんだれも思いつきもしなかった。少なくともウクライナではありえなかった。これまでわたしの知るかぎりでは、被写体の人物の表情にはどれも、子どもですら生真面目なところが印象に残ったものだ。ところが、よりによって母の兄が笑顔を浮かべていたのだ。なぜだかわからないががっかりした。セルゲイだけは、母とかつてとても親密な関係にあったのだから、ことのほか思慮深く、繊細で沈鬱な性格だと思っていたし、母が男であればこんな人だろうと思うような人物だと見なしていた。それなのに、木の枝に座って、足をぶらぶらさせて、カメラに向かって楽しげに笑っているのだ。快活で、ちょっとがさつで、図太いところのある少年。外見も母と似たところは少しも見つけられなかった。本当に母の兄なのだろうか、それともイリーナの聞き間違いで、まったく別の少年なのではないか。

岸のすぐ近くの川面には一艘のボートが見え、二つの人影が写っていて、そのうちひとりが櫂を握っていた。わたしの母が姉のリディアと一緒にいたのだろうかと自問した。まさかそんなことがあるなんて。なぜセルゲイだけが従姉たちと岸に上がったりしたというのか。この写真が撮影されたのは、子どもたちがドニエプル河畔のイタリア人の叔父のところで一緒に過ごした夏休みである可能性が最も高いのではないだろうか。

くりかえし、涙が浮かんでくるほど、ボートに乗った二つのシルエットを凝視する。何度も画像をパソコンの画面で拡大し、ある大きさになるとぼやけて消えてしまうので、また縮小する。拡大鏡で観察し、画質設定をいろいろ変えて印刷してみるが、ボートの二人の姿はあまりに小さく、遠く、色褪せていて、現代の技術をもってしても甲斐なく、二人だけの秘密そのものであり続け、子ども時代の母を初めて見る機会を与えてくれようとはしない。

母の姉のリディアは従姉のマルーシャと、木の根元で写っていた三人のうち一番美しい娘と親しかった、とイリーナはハルキウから書いてきた。ある日、リディアとマルーシャがともに十八歳のとき、ふたりは心中すると決めた。理由は闇のなかだが、イリーナの考えでは、新体制が出身階級を理由にふたりに将来の展望を与えてくれなかったからだという。わかっているかぎりでは、マルーシャは大学入学が認められず、長い黒髪を掻きむしり、自分の人生を呪い、最後は重い鬱に陥った。ひょっとしたらリディアも似たようなことになったのかもしれないが、いずれにせよこの気鬱が企ての引き金を引かせてしまったという。ふたりはどこからか毒薬を手に入れ、決行の日時を取り決め、死の物質をあおる正確な時刻を約束した。マルーシャは約束を果たし、そして死んだ。おそらく恐ろしく苦しんだことだろう。だがリディアは最後の瞬間に怖くなって毒をあおるのをためらい、生き残った。

芝居の才能があるロシア人から生まれた怪奇譚みたいだが、それでもわたしのなかでかすかな恐怖が呼び起こされた。この女たちはみんな一列に並んでいたのだろうか。窓から飛び降りた母の伯母のオリガ、同じように自らの手で死を選んだ母の従姉マルーシャ、いよいよという瞬間にひるんでしまった母の姉リディア、そして最後にわたしの母。もしかして全員がチェルパーノフ病に罹っていたのなら、自死は家族の一種の伝統だったのか。あのころ九歳くらいだった母は、この悲劇についてなにがしか理解していたのだろうか、そしてリディアは、死の盟約を破り、一緒に死んでくれると信じた従姉を死なせてしまったことと、どんなふうに折り合いをつけて生きたのだろう。リディアとは、母の姉とはいったい何者だったのか、ひょっとすると、もうそのころから彼女の頭上には懲罰収容所というダモクレスの剣がぶら下がっていたのだろうか。

インターネットで調べることもできたかもしれないが、よく知らない検索エンジンに入力するにはなんとなくこの言葉はあまりに身近すぎるような気がした。わたしはコンスタンチンに、メドヴェジヤ・ゴラという場所を知っているかと尋ねた。答えはこうだった。

メドヴェジヤ・ゴラはカレリアの鉄道駅のひとつです。ずっと前のことですが、大学の医学部前期試験のあとでペトロザヴォーツクにある部署に配属されたことがあります。そこで何年か暮らしましたが、あるとき百六十キロ離れたメドヴェジヤ・ゴラに、どこまでも続く森のなかを通って自転車で行きました。あなたの伯母さまが実際そこの収容所に送られたなら、普通の死に方をされた可能性は低いと思われます。この収容所の囚人は白海・バルト海運河の建設に駆り出されました。全長およそ二百三十キロメートルの運河で、バルト海と白海を結び、レニングラードからバレンツ海に通じる海路を開くというものでした。囚人たちは何千本もの木を伐採させられ、近代的な道具などないも同然で、実際のところ手作業で運河を掘らなければなりませんでした。この巨大な建設現場（矯正労働収容所）の管理センターがメドヴェジヤ・ゴラにあったのです。白海の群島にある悪名高いソロヴェツキー収容所の出先機関でした。かつてソロヴェツキーは有名な修道院でしたが、十八世紀になると、帝政時代に最も恐れられた政治犯専用の監獄になりました。ソヴィエト政府のもとでそこに収容所群島のモデルが作られました。いったいどれくらいの人が白海・バルト海運河の建設のために命を落としたのかだれにもわかりませんが、五万人から二十五万人とされています。労働の最中に亡くなった人が多く、ぬかるみと泥沼に呑み込まれ、今日もそこに埋まったままなのです。

果てしなく続く森と湖、ひっそりと静かにたたずむ木造の教会。うっとりするようなロシアのカレリア地方にメドヴェジヤ・ゴラが、熊の山があった。それは現実に存在する場所で、子どものころわたしもその名前を正しく記憶していた。母の姉は収容所で生き延びることができなかったのだと考えたのは、それが初めてではなかったが、今になって伯母が、死ぬほどこき使われ、この建設現場で命を落としたほかのみんなと一緒に運河の底に埋められているさまが目に浮かんだ。全長二百三十キロの死屍でできた運河の底、そのなかに伯母が……

地図帳を調べた。メドヴェジヤ・ゴラはマリウポリから二千三百キロ離れていた。一万五千人が暮らし、周囲にはどのくらい広いのか見当もつかない森が、北極海の内海である白海からフィンランドまで広がっていた。無限に広がるロシアの針葉樹林帯《タイガ》、湿地帯、狼、熊、一年の半分以上積もっている雪、極夜、そして短い温暖期の藪蚊の大群。一党独裁政権は距離だけでなく、無慈悲な自然をも刑罰制度に活用したのだ。二千三百キロの距離を進むのに当時どのくらいの時間がかかったか想像してみた。いったい幾日、幾夜、収容所にたどり着くまでにリディアは旅をしたのか。この巨大帝国の生み出す距離というものの規模の大きさを、そして巨大な空間のなかにいったいぜんたいどれほどの孤立無援が隠されているのかを初めて自覚した。故郷の地からの距離で計れば、リディアの受けた罰はまだ寛大なほうだったのだ。畢竟、マリウポリからだともっともっと遠いところにも、一万キロかそれ以上離れた場所にも、ソヴィエトの収容所はあったのだ。

今日のメドヴェジヤ・ゴラは名の通った温泉のある保養地だ。観光客はここでオーロラと白夜に見とれ、白海の群島に建つ不気味な永遠の外壁に囲まれた歴史的な修道院を、さらにロシアのインターネットの記事で次のように報告されるもうひとつの見どころを訪れた。

かつてメドヴェジヤ・ゴラの森林地帯で、白海・バルト海運河の建設にたずさわり、時代の風潮から運河兵士と呼ばれた無数の囚人が命を落とした。そこの追悼墓地を訪れると、悲嘆、恐怖そして無力感がない交ぜになった奇妙な感情があとに残る。ここには通常の意味での墓石はない。あるのは死者の写真と生没年を記した板をくくりつけた樹木のみだ。本当に、本当にたくさんの木々、それが森のすべてとなる。森は風にざわめき、まるで何千もの死者の声でわたしたちに語りかけるかのようにざわめく……

母の姉は「運河兵士」だったのか。伯母を見つけるために、わたしはカレリアに立つ一本の木を探しに行くべきだったのか。そこで、この木の幹に、何としても見たいと願っていたものを、母の姉の写真を、見ることができたのか。

あとになって、よくよく数えてみて初めてはっきりしたのは、リディアの写真はそこにあるどの木にもたぶん見つけられなかっただろうということだ。運河は一九三一年から三三年にかけて建設された。ソヴィエト連邦に対するドイツの侵略戦争は一九四一年六月に始まったのだから、母の母親のマチルダはその直前、つまり運河が完成して八年後に娘に会いにメドヴェジヤ・ゴラへ向かったにちがいない。こうしたことすべてを考え合わせると、リディアは生き延びたか、あるいは収容所にやってきたのは早くても一九三三年以降ということになり、そのときにはもうカレリアの木々は別の目的で伐採されていた。ひょっとするとリディアは、少なからぬ数の囚人が刑期を終えたあともそうしたように、流刑地に住みついたのかもしれない。永遠に荒地の虜になった者もいれば、むしろ権力の中枢から遠く離れたままでいることを望む者、あるいはまた抑留の期間が長びくにつれて故郷との接点を失ってしまった者もいた。

いつの間にかわたしはコンスタンチンと数百通のメールをやりとりしていて、ときには一日に一ダースかそれ以上になることもあった。すでに何か月にもわたって協力して調査を続けるあいだ、彼からのメールを読んで返事を書く以外何もしていなかった。にもかかわらず、母のきょうだいの手がかりはあいかわらず何ひとつ現れなかった。リディアは永遠に世界史の混乱のなかで消えてしまったかに見え、セルゲイの探索も停滞したままだった。コンスタンチンは、作家コンスタンチン・シーモノフの有名なロシアの戦争詩にちなんで名づけられたロシアの人気テレビ番組「わたしを待っていて」を使って大々的にセルゲイを探すというすごいアイデアを思いついたが、編集部に依頼が殺到していたため計画は頓挫した。親類を探してほしいという応募が毎日何百通も寄せられ、一年以上も待たなければならなかったのだ。応募者それぞれの経緯は、たぶんわたしたちが提供したものより耳目を驚かすものだったにちがいない。旧共産党員としてのセルゲイの経歴が資料としてすべて記録されているはずの共産党中央公文書館に問い合わせたが返事はなかった。コンスタンチンはマリウポリ在住のイヴァシチェンコという姓の人すべての住所を見つけ出し、わたしはその人たちに宛てて四十八通の手紙を書いたが、返事があったのはたった二通で、いずれも探している人物との縁戚関係を否定していた。マリウポリの戸籍課にも書面で問い合わせたが、何の返事もなかった。アゾフ海に面したウクライナの村にセルゲイが向かったかもしれないと、その痕跡もたどった。今も健在の曾祖父母がセルゲイと知り合いだったと主張する若者と連絡がついたが、大いに期待をもたせ、ウクライナでの惨めな状況を訴えるメッセージのあと、彼からの音信はぱったり止んだ。わたしたちはキーウのある通りの住民について調査した。セルゲイがかつてこの通りに住んでいたという真偽のはっきりしない手がかりがあったからで、コンスタンチンはキーウに住んでいた友人まで派遣したが、彼は空手で帰ってきた。最後にコンスタンチンはかつてのソヴィエト連邦構成共和国の主要なオペラ劇場に手紙を書いたところ、これが大当たりだった。ミンスクにあるベラルーシ国立ボリショイ劇場が、セルゲイ・ヤコヴレヴィチ・イヴァシチェンコは一九五〇年代に「第一級ソリスト」として当オペラ合唱団に所属していたと知らせてきたのだ。女医と結婚し、エウゲニアという名の娘がいたこともわかった。一九五八年、セルゲイはミンスクからカザフスタンのアルマ・アタにある国立劇場に移った。アルマ・アタからは、彼が一九六二年にロストフ・ナ・ドヌの国立劇場に移籍したという微々たる情報しか届かなかった。そこから先は何も得られなかった。

セルゲイは一九一五年生まれなので、もはやこの世にいないことを前提にせざるをえなかったが、ともかくいまや大事な情報は手に入れた。エウゲニア・セルゲーエヴナという娘がいて、今も健在の可能性も十分にあった。とはいうものの、どこから手をつければいいものか。セルゲイに息子がいれば、はるかに都合がよかっただろう。娘であればおそらく結婚していて、わたしたちには知りようもない夫の名前で暮らしているだろう。また袋小路に入ってしまった。

「赤軍合唱団」とともに前線を慰問していたことから、わたしはセルゲイを三文歌手と見なしていたが、「第一級ソリスト」として契約していた劇場が複数あるという事実がそれを打ち消すことになった。わたしとオペラの関わりについては話すことがいろいろある。世界といえば戦後作られた旧強制労働者向けの収容所のほかはほとんど何も知らなかった若い時分、再建されたばかりのミュンヘンの国立歌劇場でたまたま観劇の機会を得た。『ドン・カルロ』がかかっていた。内容をよく理解したとはいえなかったが、老いた国王フェリペが、夜のエスコリアル宮殿で燃え尽きた蠟燭のかたわらで「彼女はわたしを愛したことがない」を歌い始めたとき、大人の世界が目の前に開けたのだ。わたしは孤独で、空腹で弱っていた。でも、こんな心の糧があるとは思いもしなかった。人生で初めて自分のことを語ってもらったような気がした。初めてわたし自身が何者かを外の世界が教えてくれた。オペラという声の世界がわたしの初めての故郷になったのだ。おそらくわたしはミュンヘン国立歌劇場の立ち見席でだれよりも貪欲な常連客だった。わたしの切なる望みは、この建物の石のひとつになることだけだった。そうすればもうそこを二度と離れなくていいし、劇場で演奏され、歌われる音楽の響きを一音たりとも聴き逃さずにすむからだ。当時の偉大な歌手は、ビルギット・ニルソンからテレサ・ストラータス、フリッツ・ヴンダーリヒからニコライ・ギャウロフまでみんな聴いた。公演が終わるたびに、入場券の裏にサインをもらうために、そして数秒でもいいからわたしの神々を近くから拝顔するために、震えながら楽屋口で待った。もしかしたらわが伯父はこの神々のひとりだったのだろうか。あのとき、暗転した舞台でスペイン王のアリアを、権力に倦み、妻から愛されぬ男の大いなる嘆きを低い声で歌い出したのがもしも伯父だったら、その声もあのころのわたしをほんの一瞬孤独から引っさらって、永遠に別のわたしに変えてくれたのだろうか。

ロシア語圏ではふつう子どもに命名するとき、名前そのものの好き嫌いではなく、特定の、たいていはだれかお気に入りの近親者の名前をつけるので、セルゲイが自分の娘の名前を妹からもらってエウゲニアと名づけたことにはほとんど疑問の余地はない。母のもとに飛んでいって、なんとしてでも知ったばかりのことを伝えたかった。セルゲイ伯父さんはお母さんのことを忘れていなかったのよ。ほんとうよ、ずっと思い続けていたのよ。証拠があるの、いいから聞いて。自分の娘にお母さんの名前をつけたのよ、と。

コンスタンチンとわたしが果てしのない無のなかで手探りの調査を続けているとき、友人のオリガがキーウから訪ねてきた。ドイツ統一直後にベルリンに初めてやってきて、クーダム大通りに面したレストランで客たちに巨大なステーキの塊が供されているのを見て、困窮に喘ぐ当時のウクライナから来たばかりの友人は目を丸くした。それから何年ものあいだ、土木技師の資格をもつこの女性はベルリンで掃除婦として働き、孫が飢えないようにとウクライナに送金した。オレンジ革命の直後にキーウに帰り、そこでクリミア出身のカライ派ユダヤ教徒の元夫と孫と、ドニプロ川に沈む夕日の望める三十六平米の鉄筋コンクリートパネル工法で造られた古いアパートでふたたび暮らすようになった。彼女の娘はずいぶん前にオランダ亡命を選んでいた。

訪ねてくるときはいつもそうなのだが、このときもオリガのお土産はキエフケーキだった。メレンゲとヘーゼルナッツ、そしてバタークリームで作った極上のお菓子で、ウクライナの政変以来わたしたちは、新しい大統領が経営する製菓工場で作られているという理由からポロシェンコ・トルテと呼んでいた。ケーキを食べたあとはいつもわたしはポロシェンコ腹痛に襲われた。歯止めが効かなくなって、ついつい食べすぎてしまうのだ。今回オリガがやってきたのは純粋に交誼を確かめ合うためというわけではなく、彼女の姉のタマラがベルリンのユダヤ系の老人ホームで亡くなったからだった。葬儀はもうすんでいて、姉と幼少期を過ごしたウクライナの村にある墓地に埋葬するために、骨壺を受け取りに来たのだ。オリガが到着したのは、ウクライナで紛争が起きたばかりのときで、すべてが平和的に始まった独立広場《マイダン》がいまや銃撃戦の舞台になっていた。

それは奇妙な悪夢のような出来事だった。わたしの母の探索の始まりと、ウクライナでの新たな軍事衝突で最初に大地の揺れを示す針の動きが一致したのだ。テレビの画面は母が生まれたときのあの内乱を映しているかのようで、まるであのとき母が体験したことが目の前で繰り広げられているかのようだった。暴力はすぐにマリウポリにも到達し、最初に炎上した建物は、こともあろうにかつて大叔母のヴァレンチナが設立した女子中高等学校のあったまさにその場所にあった。ウクライナの報道機関はそこを「三度焼かれた建物」と報じた。最初は、まだヴァレンチナの学校だったときに革命時の内乱で焼け落ちた。のちにまさに同じこの場所に、ゲオルギエフスカヤ通り六十九番地にドイツ占領軍が職業斡旋所を置き、マリウポリから撤退する際、ここが強制移送管轄所だった痕跡を隠蔽するために放火した。

ここにわたしの最も重要な問いのひとつの答えがあるように思えた。これはわたしの仮説だが、火事のあとおそらくヴァレンチナの中高等学校は再建された。そしてのちに、若いころの母が、亡くなった創立者の姪ということでこの学校で教えたのだ。ドイツ占領軍がやってくると、学校は閉鎖され、中央にあった建物に職業斡旋所を設置し、学校の職員をそのまま雇い入れた。こうして母はドイツ職業斡旋所の職員になった。この職場を自分で選択したのでもなければ、選ばれたわけでもなく、お役所仕事のなりゆきで自動的に決まったことなのだ。いずれにしても、母がドイツ占領軍の指示で、たまたまかつて自分の叔母の中高等学校があったのと同じ場所にある職場に就職したという可能性ははるかに低いと思われる。

少し前までドイツでマリウポリを知る人はほとんどいなかったが、一夜にして紛争がこの街に強烈な光をあてることになった。母のことを考えている間に、テレビが、母の生きていた街を、歩いた通りを、馴染みの建物を、ひょっとしたら当時すでにそこにあったかもしれない小さな公園を初めて映し出した。そしてもうもうと煙を上げて燃え上がるゲオルギエフスカヤ通り六十九番地の、攻撃されたときにはマリウポリ警察の本部が置かれていた建物をくりかえし映した。わたしの家族の歴史の中心部が突然、ドイツのテレビニュースのまっただなかに現れたのだ。建物に取り付けられた記念銘板は炎を耐え忍び、そこにはこう記されていた。

一九四一年から四五年の占領期には当地にドイツ職業斡旋所が置かれていた。ここから六万人以上のマリウポリ市民が強制労働者としてドイツに連行された。十人に一人が隷属状態のなかで命を落とした。

ベルリンで高齢で亡くなったオリガの姉タマラも、ウクライナから連行されたひとりだった。二十歳のとき、キエフからウィーンへ強制移送され、缶詰工場での労働に駆り出された。ウクライナに帰還したのち、売国奴や敵国協力者として銃殺されたり、強制収容所を転々とする運命は逃れたものの、ドイツでの強制労働という経歴に生涯つきまとわれた大勢の人々のひとりとなった。敵国による連行に抵抗できなかった帰還者たちは、もはや社会に受け入れてもらえず、大半の者は死ぬまで悲惨な飢餓生活で露命をつないだ。タマラは学業も認められず、働き口も見つからず、最底辺の仕事すらなかった。何年ものあいだ、両親のおかげでどうにか食べていくことを余儀なくされたが、その親たち自身が飢えに苦しんでいた。結局、両親の知り合いで、すでに年配の生化学の教授がタマラを見そめ、妻にしたいと申し出た。彼女の心はその男の愛情に報いることはできなかったが、結婚によって救われ、少なくともそのときから肉体的生存は保証されることになった。とはいえ、この勇気ある夫にはすでにユダヤ人の烙印が押されていて、この結婚の件でもまったくお咎めなしというわけではなかった。長きにわたってキエフの大学教授のなかでただひとり、独立した住居を割り当てられず、妻と二人の子がいながら共同住宅で暮らさなければならなかったのだ。

オリガの姉のことは冷静沈着で肝のすわった女性としてしか知らなかった。世界で何が起きても動じることがないらしく、彼女の顔には何か永遠の凪のようなものが表れていた。夫が八十代で死に、息子たちがドイツに移住すると、彼女もついていった。ユダヤ人の息子の母として在留許可を得たのだ。最後の、なお長く続く人生行路を、かつて奴隷生活を余儀なくされた世界に自らの意志で戻り、通称「ハルツⅣ」なる求職者基礎保障制度の受給者として、ベルリンのヴェディング地区にある高層住宅で過ごした。タマラは一間のアパートでロシアのテレビ局の放送する番組を見たり、ロシア語のクロスワードパズルを解くのにいそしんだ。ドイツ語は聞こえないらしく、窓の外の異国は気にも留めなかった。それなのにウィーン時代が人生で一番幸せだったと言った。ウィーンについて語るとき、タマラのどんよりしたまなざしに突然光が射し、青白く蠟のように生気のない頰が薔薇色の輝きを帯びるのだった。オリガは、姉がウィーンで最初にして最後の恋を経験し、選んだ相手がドイツ人だったと確信していた。もしそのとおりだとしたら、タマラは大変な危険を冒していたことになる。強制労働を課されたスラヴの女がドイツ人男性と関係をもてば、死刑になるかナチスの強制収容所送りを命じられたからだ。ウクライナでだってドイツ人と恋愛関係に陥ったりすれば、タマラは陰口をたたかれ、高い代償を、ひょっとしたら命で払うことになったかもしれない。そればかりか家族全員が報復を受けることを覚悟しなければならなかっただろう。そんなことをタマラはわかっていたから、生涯秘密を守り通し、強制労働の恐怖をすべて意識から消し去り、さまざまな熱い思い出に浸って生きることにしたらしい。九十歳に手が届くころ、はるか昔におそらく魂を置き去りにしてきた世界のかたわらでタマラは亡くなり、秘密を墓まで持っていった。

オリガには骨壺を受け取るのに片づけなければならない手続きがまだいくつか残っていたので、二、三週間滞在した。幾晩も遅くまで、オリガが訪ねてきたときはいつもそうするように、YouTubeでオペラを聴いた。二十五年近く前に友情が始まってすぐ、わたしのオペラ熱は彼女に感染した。わたしたちはロシアのバリトン歌手ドミトリー・ホロストフスキーをくりかえし聴いた。シベリアのクラスノヤルスク出身で、いつの間にか世界的スターになったこの歌手は、あるときこんなことを言った。「わたしは、みなさんを楽しませ、いい気分になってもらうために歌うのではありません。みなさんがわたしと一緒に泣いてくれるように、みなさんの心を揺さぶり、悲しい気持ちになってもらうために歌うのです」。彼は「ああ、永遠に君を失ってしまった」を歌った。「若かりし日々」を歌った。その声でわたしたちを悲しくさせることなど、わけもなかった。わたしたちはパソコンの画面の前に座って、慟哭した。

その後も、日に何時間も伯父のセルゲイとその娘でわたしの従姉にあたるエウゲニアの探索にかかりきりになっていた。ある日、またもやわたしの単純な当てずっぽうのやり方で、ロシア語の google でエウゲニア・セルゲーエヴナ・イヴァシチェンコをためしに検索してみたところ、何かよくわからないサイトがキーウの住所を表示した。クルトイ・スプスク、二十六号棟、五号室。オリガは、「急な坂」を意味するこの通りを知っていた。キーウの高級住宅地にあり、独立広場のすぐ後ろだった。住所に続いて電話番号が載っていた。勇気を奮い起こし、やっとの思いでその番号に電話をかけると、ウクライナ語と英語の自動音声が、その番号がもう使われていないことを告げた。

親類の身を案じるという現象は、旧ソヴィエト連邦領内で前々から広く蔓延していた。無法のまかり通る野蛮な日常にはつねに危険が潜み、犯罪が多発していた。キーウを戦争に近い状態が支配している今、二十三歳になる孫が外出するたびに、オリガは死ぬ思いをした。孫がウクライナの自由を守ろうとして独立広場に行くのなら絶対に許さなかっただろうけれど、今ではその彼女がわたしの探索熱に感染して、Skype で孫を呼び出すと、厳重な注意を与えたあと、インターネットに記載の住所へ行くようにと指示する始末だった。

孫がちょっとした遠出から帰ってくるまで二時間半かかった。オリガにとっては永遠にも思われただろう。言われた住所ではだれにも会えず、隣の家の呼び鈴を押しても返事がなかった。管理人の話だと、何年か前には老婦人が五号室に住んでいたが亡くなり、名前は覚えていないという。それ以来持ち主が二度替わり、現在また改装しているということだった。

出発前にオリガは姉の遺骨の入った骨壺を二枚のタオルで包み、なんとか旅行鞄に収めた。街のもう一方の端にあるバスターミナルまでオリガを送っていった。彼女の姉タマラは最も幸せな日々を、かつて強制労働者としてウィーンの缶詰工場で過ごし、今、ウクライナにふたたび帰ることになった——今度は家畜運搬車ではなく、エアコンの効いた快適な長距離バスで、そして今度は永遠にもうどこにも行かない。

キーウに着くと、オリガはバスの長旅のあとだというのに、十分に眠る時間すらとらなかった。ブラックコーヒーを、電気コンロの上に載せたジェズヴェと呼ばれる長い柄のついた銅製ポットで淹れ——現代技術には無関心なのだ——それを二杯飲み、タバコを吸いつけ、そして地下鉄の駅に向かって駆け出した。後ろから、あるいは遠くからなら、だれでも若い女性だと思っただろう。鹿のように敏捷で、七十二歳にしてなお自分の別荘《ダーチャ》の庭にある木に登って果物をもいだりした。

クルトイ・スプスクの二十六号棟五号室のドアをなかから開ける者は今回もだれもいなかったが、隣家の女性が家にいた。彼女の話からオリガは、件の老婦人がかつて管区医官をしていたエウゲニア・セルゲーエヴナ・イヴァシチェンコで、亡くなったわけではなく、数年前に引っ越したことを知った。これでもうすっかり、セルゲイの娘であることがはっきりした。エウゲニア・セルゲーエヴナ・イヴァシチェンコという名の女性はたくさんいるかもしれないが、女医の娘で、自身も女医になったこの名前の女性はおそらく一人しかいないだろう。それでもオリガは念のため尋ねた。ひょっとしてエウゲニア・セルゲーエヴナの父がだれだかご存じではありませんか、と。

「もちろん知っています」と女性は答えた。「マリウポリ出身で、有名なオペラ歌手でした」。彼女はオリガにかつての隣人の新しい電話番号を教えてくれた。

ソヴィエト時代、人と会うのに台所を利用した。いつの間にかキーウにレストランやカフェがたくさんできて、おかげで社会文化空間としての台所は御用済みとなった。ところが、従姉のエウゲニアがオリガに電話で説明したところによると、二間しかない小さなアパートに六人も又借人を抱えていては、自宅に人を招くことなどとても無理だという話だった。決壊寸前まで人があふれているがゆえに、少しでも隙間があれば賃貸しに出されるキーウですら、これは異例なことだった。

旧ソヴィエト連邦の医者の待遇がひどいことは知っていた。脳裏に浮かんだのは、一生、物不足のみすぼらしい管区病院であくせく働いたあげく、いまや年金では食べていけないという理由で、小さなアパートで夜間避難所まがいのものを経営する、働き疲れ、やつれ切った管区医官の姿だ。ソ連崩壊後の貧窮に取り残された老婦人の姿。

その女性と会ったあとにくれたオリガの報告では様子がちがっていた。実際に会ったのは化粧をして上品な身なりの、突飛なところのある女性だった。体つきや雰囲気でいえばあなたにけっこう似ている、とオリガは言った。オリガは物であふれたアパートで夜遅くまでわたしの本やら写真やらを探し出して従姉に見せたが、彼女はせっかく持参したものにはせいぜい一瞥をくれただけだった。わたしのことを話そうとしたり、彼女自身のことを聞き出そうとするオリガの試みは、ことごとく芽が出る前に摘み取られた。エウゲニアはのべつまくなしに、自分にとっておそらく神のような存在だった自分の父の話をしたのだ。二時間後には、温厚で忍耐強いオリガが退散した——パソコンの画面で見てもオリガは憔悴し、髪もぼさぼさで、まるでわたしの従姉と体を張って格闘してきたみたいだった。

翌日エウゲニアに電話して、オリガがどんな目に遭ったのか即座に理解した。話し始めて十分もしないうちに、ほとんど何も言わせてもらえず、あらかじめ書き留めておいた質問すらできないことを悟った。彼女はけたたましい叫び声で挨拶し、そのあとはわたしに何もしゃべらせず、この女性がそもそも、電話でだれと話しているのかわかっているのかどうかも、わたしには定かではなかった。わたしに残されていたのは、この多弁熱弁から自分の知りたかったことを、精神を集中してなんとか自分の耳で聞き分けることだけだった。

　母のことをまだ覚えているのでは、という淡い期待をエウゲニアは叶えてはくれなかった。エウゲニアは一九四三年生まれで、母がマリウポリを永遠に去った年とまさに同じだった。明らかになったのは、わたしとつかの間連絡を取り合ったあと音信を絶ってしまったアゾフ海沿いの村出身のウクライナの若者は、有力な手がかりを提供してくれたということだ。おそらく彼の曾祖父母はセルゲイを本当に知っていたのだ。エウゲニアはこの村で、つまりセルゲイが前線から休暇で戻っていた間に懐胎した子として、母親の疎開中に生まれた。ある日、彼女が三歳のとき、まさにその村に見知らぬ男がやってきて、部屋に入ってくるなりこう言った。「わたしはお前の父さんだよ」と。そして彼女は即座に、まさにそう、この人以外にわたしのお父さんはいないと確信したのだ。わたしたちは初めから「熱烈に《ファナーティッシュ》」愛し合った、とエウゲニアはくりかえし言った。そのとき「ナ」の音を強めてサイレンのように長く引き伸ばした。

　彼女の口から、トーニャという名の子守女が革命以前にすでに母の家で暮らしていて、その後も大混乱の時代をずっと母の一家とともに過ごしたという話を初めて聞いた。このトーニャが、戦争中に母がアメリカ人の将校と結婚し、一緒に合衆国に行ったと語ったという。

ロシア人の伝説化好きは承知していたし、探索中もつねにそのことは念頭に置いておかねばならなかったが、このときばかりは、旧ソ連市民なら普通はだれでもよく知っている歴史的事実を無視したのには開いた口がふさがらなかった。たしかに、解放後にアメリカ人兵士と結婚して合衆国に同行したソヴィエトの強制労働者の女性の話は聞いたことがあるが、それはドイツで起こったことなのだ。戦争中にアメリカ人将校がソヴィエト領内にいて、マリウポリにいる母と知り合うなんて、とてもありえない話だった。子守女のトーニャがそんな噂を本当に吹聴してまわったとしても、わたしの従姉がそれに疑念をもたなかったとは奇異なことだった。

しかし子守女についての情報は、母の人生でぽっかり空いていた隙間をあらためて埋めてくれた。戦争が勃発したころの母の暮らしには、つねづね腑に落ちないものを感じていた。母の父親が死んですでに四年、兄は前線にいて、姉は流刑地、そして母親はその流刑地へ向かう途中で消息を絶った。わたしはずっと、この恐ろしい時代を母はたったひとりで生きていたと信じ込んでいた。母の身内のほかはだれも知らなかったので、その人たちと一緒にいる母しか想像できなかったのだ。おそらく子守女のトーニャが、ひょっとすると母のことを産声をあげたときからすでに知っていたかもしれない人がそばにいたのだと、これでわかった。おそらくトーニャが、燃料が手に入ればかまどに火を入れ、灰燼に帰した街で何か食べるものをかき集め、空襲警報が鳴れば母と一緒に防空壕へ走ったのだろう。

セルゲイは本当に娘にわたしの母の名前をつけたのだと従姉は伝えた。セルゲイは幼い妹をとても可愛がり、死ぬまで妹の話を何度もし、類い稀な美しさと知性を備えていたと評し、妹の消息が届くのを待ちわびていた、と。社会から爪弾きにされる母しか知らなかったのに、その母を愛してくれた人がいたことを、生まれて初めてわたしは聞いた。他者から初めて注がれた愛のまなざしが、母がドイツでどれほどの無慈悲にさらされてきたかを浮き彫りにして、かつてないほどわたしの心を乱した。従姉は、自分の父があれほど長きにわたってむなしく待ち焦がれた妹の消息を知る機会なのにもかかわらず、母の本当の運命についてわたしに尋ねることはついぞなかった。自分には無限の可能性のある国で生きていた叔母がいるという幻想をわたしがぶち壊すのを許さなかったのだ。もしかすると、母がまだ存命で、わたしがアメリカから電話していると思っていたのかもしれない。

エウゲニアは共通の祖母であるマチルダ・ヨシフォヴナ・デ・マルティーノが戦時中に亡くなったのではないことを知っていた。とはいっても、祖母はメドヴェジヤ・ゴラへの旅からマリウポリに戻ってきたわけでもなかった。従姉はその経緯については何も知らなかったが、最後はモスクワ近郊のロシアの都市、ヴォスクレセンスクで暮らしていたことだけは知っていた。一九六三年に八十六歳で、つまりわたしの母から七年遅れて死んだ。

もし母が、今わたしの聞き知ったことを知っていたなら、ひょっとするとすべてが違ったものになっていたかもしれない。あのころ、自分の母親が生きていると思えたら、ドイツでの運命を多少なりとも楽に耐え忍ぶことができただろうに。このことを知っていたら自殺を思いとどまったかもしれないのに。そうはならずに、さながら母親の声で呼ばれたように川に誘われ、ドイツのレグニッツ川に通じる道が目の前に開け、死んだと思い込んだ母親のもとへと向かってしまったのかもしれない。

従姉は、祖母にはほんの二、三度しか会ったことがなかったが、亡くなった日は正確に覚えていた。

わたしの誕生日と同じだった。わたしがドイツの田舎町で十八歳になったその日に、祖母は遠く離れたヴォスクレセンスクで、ロシア語で「日曜日」と「復活」を意味する名前の街で死んだ。祖母もまた、自分の娘がアメリカで幸せに暮らしていると信じていたのだろうか。

わたしたちの祖母を、従姉は冷淡で無愛想で辛辣だったと評した。ちびで糸巻きみたいに痩せぎすの、小鳥のようにパンくずしか食べない、鼻の高い霜髪の老婆。だれだってこの人を前にすると怖気づいたわ。セルゲイも同じよ、声をけなすばかりで、少しも褒めてくれなかったの。死ぬまでに愛した男はただひとり、兄のヴァレンティーノ・デ・マルティーノだけ。娘のリディアは彼との間にできた、つまり近親相姦の子だったの。従姉がリディアについてほかに言えることはなく、会ったこともなかった。姉が捕まってからはもう、父のセルゲイはリディアから連絡をもらうことはなかったし、彼女の話をすることもなかった。たぶん、リディアは懲罰収容所で亡くなったのだと従姉は思っていた。

母の父親のヤコフは、エウゲニアの主張によれば、自ら命を絶ったという。ヤコフお祖父さんは逮捕されて、仲間を売れと強要されそうになったの。でもそんな密告をするくらいならと、捕まる前の晩に銃で自殺した。死体を見つけたのはあなたのお母さんだったはず、と言う。奇妙なことだが、この話は以前すでに母の口から聞いていたかのように聞き覚えがあった。そして同時に、父親は心臓発作で亡くなったと話してくれたときの母の様子を鮮明に思い出した。これまでは、学校で授業中に呼び出され、すぐさま何があったのかを悟ったときに母の経験した恐怖の慄きを感じていた。まるで母の父親は二度死に、母は喪失を二度味わったかのように思えた。亡くなり方は二つとも、わたしの記憶のなかではつじつまが合っていた。なぜそんなことがありえたのだろうか。ふと、教会名簿のヤコフの登録欄を思い出した。死因の記載が抜けているのは、実際は自殺だったことを語ってはいないだろうか。「自殺」という言葉を教会区記録簿に載せるわけにはいかないことが、この空欄を説明しているのではないか。

ほとんどの時間、従姉が父親のセルゲイについてしゃべった。十二か国語を話し、当代随一の歌手で、イタリア・オペラにふさわしい声という点ではだれひとり足元にも及ばなかったと言った。キエフでの学生時代、彼にいちはやく注目したのが、ウクライナの元党中央委員会第一書記で、一九三〇年代の飢餓危機の主犯格の一人と見なされていたスタニスラフ・コシオールだった。セルゲイに目を留めたとき、すでにコシオールはソ連共産党政治局中央委員に昇進していた。キエフ音楽院のコンサートでセルゲイの歌を聴き、それ以来目をかけるようになった。きっとすっかり惚れ込んでしまったにちがいなく、彼を歌手として支援するだけでなく、何度も自宅に招待したほどである。政治局員が一介の学生に自分の私生活への出入りを許すなど前代未聞の出来事だった。ところがまもなくコシオールは、ほかの多くの者と同様に、自分の仕えてきた体制の犠牲となる。スターリンは彼を逮捕させ、拷問にかけて何らかの自白を強要した。コシオールが頑として口を割らなかったため、彼の娘が連れてこられ、眼前で凌辱された。コシオールは自白し、娘は窓から飛び降り、彼は銃殺され、遺灰はモスクワのドンスコイ墓地の共同墓穴に放り込まれた。こうしてセルゲイの運命も決まった。国家反逆の罪で裁きを受けた者のお気に入りとして、コシオールの影に生涯つきまとわれることになったのだ。並外れた声のおかげで――とエウゲニアは言った――たしかにソヴィエトの主要な劇場と出演契約を結ぶことはできたものの、真の栄光はモスクワのボリショイ劇場でしか得られず、その道はかつてコシオールの寵児であった者には永遠に閉ざされていたのだ。

セルゲイの党に対する異常なまでの忠誠について、コンスタンチンの言葉を思い出した。どうやって駱駝が針の穴を通ったのか、いまや明らかになった。こんなことを取り計らえたのはスタニスラフ・コシオールただひとりで、セルゲイが懲罰収容所にいた姉と縁を切るのが条件だったのかもしれないが、たぶん指をパチンと鳴らすだけで十分だったのだ。わたしの目に浮かぶ伯父は、権力と仕方なく手を結び、一生そのことを償う羽目になった、不安に怯える弱い人間だった。強力な手立てを必要とし、そのため、自分の娘がわたしとの電話の会話で「スカートをはいたスターリン」と呼ぶような女を妻に選んだ人間だ。

エウゲニアには結婚の経験はなかった。彼女の言葉をそのまま使えば、そんな馬鹿げたことは自分には向いていなかったという。エウゲニアは父のためだけに、どうやら弱い心臓を父親のヤコフから受け継いだらしいセルゲイのためだけに生きた。医者になったのは父の診察を自分の手でできるからだった。一家は旅がらすの生活を送った。共和国から共和国へ、街から街へ、セルゲイが二、三年の契約を結んだところへ、その都度移動した。いつも仮住まいで、たいてい何年間も劇場所有の来客用の部屋に三人で暮らした。どこに行ってもエウゲニアはめったに手に入らない果物や野菜を父のために探し求め、外国から心臓病の薬を調達し、しまいには婚外妊娠までして、父に待望の孫をプレゼントした。その息子もいまや成人し、結婚した。息子とその妻と一緒にクルトイ・スプスクの家で暮らしたものの、エウゲニアは義理の娘との折り合いが悪く、大きな住居を手放して二つの小さな住まいと交換せざるをえなかった。

セルゲイは五十二歳のとき心筋梗塞を患い、寛解することはもはやなかった。歌うのをあきらめるしかなく、家族はキエフに引っ越し、その地で自分の住まいを持つという長年の夢がやっと叶った。歌手として大成功を収めたにもかかわらず、受け取る年金は惨めなもので、家計の足しにまだ稼がざるをえなかった。最後の数年は遊園地の監視員として働いた。「通りで死んだのよ」とエウゲニアは言った。「ある日、遊園地からの帰り道にぱったり倒れて死んだの」。父親はだれかに殺されたのだと従姉は信じて疑わなかった。遊園地の回転木馬の事故で子どもが何人か死んだのを目撃したので、証人として消されたのだと。そんな話を信じられるだろうか。それとも従姉には、神聖なる父親がまったくもって平凡な死を遂げたと思うことに耐えられなかったのだろうか。こんなにも早く二度目の心筋梗塞の発作で死ぬなんて、自分はそのためにわざわざ医学を学び、医者になったというのに、それを未然に防ぐことができなかったと考えることに耐えられなかったのだろうか。

従姉がこれほど語るとは期待していなかったが、何も口を挟ませてもらえないも同然の長電話がかれこれ二時間も続くと、突然自分がまったく空虚な存在に感じられた。わたしは細かく枝分かれした家系図を前に座っていた。コンスタンチンが作成してくれたものを拡大して、書斎の机の上の壁にかけていた。今なら枝を三本、従姉とその息子、それにその妻を付け加えることもできるだろう。でも、そんなことをして何になるのか、もはやわからなかった。そもそも自分が何を探し求め、自分はこうした未知の人たちみんなと何の関わりがあるのか、どういう結びつきがあるのか、わからなくなっていた。生まれてからずっと自分が邪険に扱われてきたと感じてきたのは、わたしに家族がいなかったからだが、それはそういうお荷物をひとつも背負っていない自分は実は幸せだということを知らなかったただけのことなのだ。知らずにすんだはずのウクライナ＝イタリア系の一族など知ってしまったがゆえに、それを失った底知れぬほど深い悲しみにこのところときおり襲われたのだが、その悲しみはいまや一族に対する戦慄へと変わってしまった。もう何も知りたくなかった。こうした不気味なことすべて、怪しげで無軌道な愛と憎しみと狂気の物語のすべて、何も知りたくなかった。これが本当なら、わたしの親戚はほとんど一人としてまともな死に方ではなかったことになる。わたしの頭のなかであらゆるものが交じり合い、作り話と嘘と現実、半ば狂った、自分自身の思いと父親への執着にとらわれた老女の妄想が積み重なっていった。彼女の話の何が信じられて、何が信じられないのか皆目わからなくなり、死者との、古いモノクロ写真に写っている美しい興味をそそる人たちみんなとの、静謐で幸福な時間を思い出して懐かしくなった。彼らはわたしに対する魔力を失い、代わりに存命の従姉の相貌を帯びてきた。おそらく従姉も実際、一度きりの人生では抱えきれないほどの恐怖を体験したのだろう。たぶん自分自身の人生を見つけられずに、娘の役柄という存在証明の陰に隠れていたのだ。そんな父の孫という人生から逃れられない彼女の息子は、何という運命を背負うことになったのだろう。

何にもまして気に障ったのは、祖母のマチルダに対するエウゲニアの言い草だった。冷淡で、とっつきにくく、辛辣な女を慕って、わたしの母が涙など流しただろうか。母がわたしに伝えた自分の母親の姿はひょっとして、永遠に失われたものを愛おしむ悲しみが美化したものだとでもいうのか。マチルダは船長の花嫁テレーザ・パチェッリに見捨てられた子だったから、守られていて安全であるということをわが身で経験したことがないせいで、のちに自分の子どもたちにそうしたものを与えることができなかったというのか。

海の力に誘われ導かれて、母の一族の物語が紡がれているように思われた。母のウクライナ人の祖父エピファンは船主で、海路を選んで永遠に姿を消した。イタリア人の祖父ジュゼッペは船長で、生涯の大半を海の上で過ごし、同行の妻は人形を船に持ち込んだが、代わりに子どもたちは手放した。ひょっとすると子どものマチルダとヴァレンティーノは同じ親戚にではなく、別々に育てられ、ふたりは互いに知らない者同士といえるほどだったので、ある日出会って恋に落ちたのかもしれない。それとも、ともに親から見捨てられて育った仲だからこそ、ある日兄と妹のあいだに情熱が燃え上がり、その情熱がリディアをもたらしたのだろうか。リディアは本当に近親相姦の、乱倫の子で、それゆえよそ者であり、家族から厄介者扱いされたので、弟のセルゲイだけでなく妹であるわたしの母も口を閉ざしていたのか。極印を押された出生、従姉のマルーシャとの自殺の約束、そして行き着く先が懲罰収容所——こうしたことはすべて互いに関係し合っていたのだろうか。事実そうだったのか、それとも、奇矯で妄想に凝り固まった従姉の、偶像視する父への愛ゆえに近親相姦物語を編み出した従姉の心に逆る激情を、わたしの思考が後追いしたのだろうか。

従姉の言ったとおりならば、母の姉が本当に収容所で命を落としたのならば、わたしの探索の旅も終点に着いたことになる。ひょっとしたらいるかもしれないもっと遠い親戚からは、母についてまだ何か情報が得られるとはほとんど期待できなかった。従姉のエウゲニアは、それまで抱いていたものより多くの疑問を、おそらくもはや答えを得ることのないであろう疑問を残して、わたしを荒野に置き去りにした。母はわたしの視界から消えてしまった。永遠に詩と真実のあいだに横たわる深淵に、光の明滅する測りがたい虚無のなかに消えてしまったように思われた。母について発見したことはすべて、結局のところ推測と仮説の素材、おとぎ話の材料にすぎなかった。

わたしがエウゲニアと電話で話した数日後に、オリガは彼女と独立広場で出くわした。当時この広場は言葉の真の意味で街の発火点だったが、キーウにはとにかく三百万近い人口があったので、知り合ったばかりの人物と二、三日経って偶然行き会うというのはほとんどありそうにないことだった。びっくりしたオリガは雑踏に身を隠したが、いずれにせよ従姉は二度と彼女に気づきはしなかっただろう。会って話している間もオリガの顔を見ようともせず、父親が愛《め》で、自分でも自慢の種であるらしい両頰のえくぼを、絶えずいろんな角度から見せようとするばかりだったのだから。そのとき従姉は藍色の上品な外套に大きな黒い帽子という装いで、少し離れたところに立って歌っていた。ちょっとしわがれた声で、空を見上げて目を輝かせ、我先に道を行き交う喧噪のはずれで、ウクライナでならだれでも知っている、きっと彼女の父親もかつて歌ったであろうマスネの有名な「エレジー」をロシア語で歌っていた。

「いずこに消えたのか、愛の、甘い夢の、小鳥たちが美しくさえずる日々は……」

それでも、電話での会話の終わりに彼女はひとつ質問をした。わたしがマリウポリに行ったことがあるかどうか知りたがったのだ。今こそわたしはそこに出かけて、母の故郷をこの目で見るべき時なのかもしれなかった。しかしわたしたち、つまり従姉とわたしは実のところたいして変わらなかった。彼女は父親を盾にして人生から身を守り、わたしはといえば書斎の机の陰に立てこもっていた。まったく別の理由で、わたしにはコンスタンチンとも共通するものがあった。コンスタンチンだけでなくわたしにとっても、インターネットは世界の役割を果たしていたのだ。

従姉からはその後二度と連絡はなかった。

一月のシャアール湖だった。こんなにも長く続く氷のように冷たい闇につつまれたことはこれまでもなかった。昼間もほとんど明るくならなかった。夜になると湖を覆う氷が割れる乾いた音しか聞こえない一種の極夜に、宇宙空間にいるような沈黙にさまよい込んだ。ときおり低く響く音が、操車場で聞こえるような、かすかにゴトゴトと鳴る音がした。湖の底のどこかで氷の塊がぶつかり合い、押し重なり合うさまが目に浮かんだ。家の前にある、このあたりで最後の街灯だけが、かろうじて生命のある世界に自分がいることを思い出させてくれた。だが、この街灯も、まるで眠くなってしまって、今にも永遠の眠りにつこうとするかのように、ときおりまばたきを始めるのだった。瞬く光のなかで霧が見通しのきかない白い煙のごとく立ち昇り、大気がいったん澄むと、細かく硬い雪片があたりを漂い、凍った褐色の草の上に白い鋸屑のように舞い散っているのが見えた。今では夜のあいだも水鳥の鋭い鳴き声がよく聞こえた。鳥たちは凍結した湖の小さな島にひしめき集まって、氷の割れ目を確保しようとしたが、鳥たちの小さな体の熱ではいつまでも氷に対して勝ち目はなかった。ところどころ空いた穴も氷結し、

鳥たちの餌は枯渇した。夜の叫び声を聞くと、自分にも何か逃れられない厄災が迫っているような気がして、わたしのなかで不安が膨れ上がっていった。

　車のエンジンルームに一匹の貂《てん》が棲みつき、寒さを避けて眠っていた。のちに修理工場で聞かされた説明によると、車にとっては命綱のケーブルを食いちぎっていた。どうやら最近の貂はプラスチックと銅から栄養を摂取しているらしく、とにかく車はイグニッションキーをひねる音を除けばもはやうんともすんとも言わなくなった。来る日も来る日もＡＤＡＣ（ドイツ自動車連盟。日本のＪＡＦに相当する）に電話しようとしたが、毎日それを先延ばしにした。ひょっとすると、延々と続く闇がわたしをそんなふうに怠惰にし、しばし世界から切り離されても何の抵抗も感じなくなったのかもしれない。皮膚が乾いて、触ると鱗のようだった。疲れがなかなか抜けず、冬眠する熊のいる穴に這い入り、そのかたわらで原始の眠りをむさぼりたいという欲求をいかんともしがたく感じた。

あるとき、すでに朝になりかけていたが、コンピュータから目を上げてぎょっとした。最初は一瞬、何かとんでもないことが起こって、湖の対岸が燃えているにちがいないと思った。次の瞬間、わたしが見たのはもっと不可解なものだった。真っ赤な長いセロハンテープが向こう岸全体をなぞるように、一直線に闇を貫いているかに見えた。炎や光ならこんなふうには見えないし、どちらも定規で引いたようなくっきりした輪郭で縁取ることはない。コンピュータの画面をあまりに長く凝視し続けたせいだろうか、幻覚を見たのだろうか、それとも自然の法則が通じなくなってしまったのかと案じたが、何分か経つとそれまでとまったく同じ、ぞっとする闇が見えた。どうやら黒い雲の層にできた精密に測ったかのような亀裂が、闇の向こうの空の大火を出現させたらしい。

その間わたしは、母について書こうと計画していた本に取りかかっていた。素材にはそぐわない幸福感を味わいながら、かつて経験したことがないほど執筆に没頭し、その一方で、出口には決して到達できない山を掘り進めねばならないような気がしていた。言葉の本当の意味でわたしは闇のなかにいた。一晩中書き続け、鈍色の光の射す昼につかの間の睡眠をとり、目覚めるとすぐにまた、お茶を淹れる暇も惜しんでパソコンに直行した。本を書き進めているのは、実のところ、わたしが発見した家族の面々だった。彼らはさまざまな、ときに相反する方向にわたしを導き、矛盾に絡め取られ、そして二度と出てこられない迷宮へ誘い込むのだ。この人たちを互いに結びつける糸がわたしの目に見えることはほとんどない。だれもが多かれ少なかれ自立し、だれもが母とはわたしの知らない、想像するしかない関係にありながら、奇妙なほど独りぽつねんと宙に浮いていた。

コンスタンチンの掲示板はわたしにとって汲めども尽きぬ情報の泉だった。とりわけそこに蓄積されたマリウポリの過去に関する記録は、若いころの母の世界からのメッセージを――母が十四歳から十六歳の間に起こった出来事を――伝えてくれた。

二千五百名のマリウポリの労働者がウラジーミル・イリイチ・レーニンの死に際して追悼集会に集まりました。四月二十八日にはソ連共産青年同盟《コムソモール》の松明行列が行われます。

暴風高潮により市の下流地域で氾濫が発生。百二十世帯が家を失う。

公用徴収地区委員会は大規模土地所有者のフレシチャトニツカヤ、クラスニャンスキー、シュテンコそしてパステレフから土地使用権を剥奪し、マリウポリから追放することを決定した。

八歳から十一歳のマリウポリの子どもの二五・六パーセントは学校に通わず、読み書きができない。

「アゾフ・プロレタリア」新聞の編集局は大型富くじ付きで定期購読者を募集中。主な賞品は紳士もののラグランコート、端布、靴、防水靴そして同志レーニンの全集。

右の海岸ではボランティアを募集中。アゾフ鉄鋼製鉄所の建設には最低でも一千人の無償で働く人々の助けが必要とされる。この自発的な取り組みへの積極的参加はわれわれひとりひとりの名誉の問題である。

イリイチ冶金コンビナートは文化宮殿を維持する予定であり、アゾフ鉄鋼および港湾には文化センターが新設される。さらに新しい保養施設の建設ならびに地域療養所の拡充が計画されている。

マリウポリ党員学校教員らに対する政治裁判が開始。彼らにはトロツキー主義的、ブルジョワ国粋主義的集団設立の容疑がかけられている。

マリウポリ女子特別作業隊の集会において一五〇ルーブル、二〇〇ルーブル、二五〇ルーブルの報奨金が支給された。それとは別に派遣代表団全員が酢漬けの鰯の小樽ひとつを受け取った。

勤労者用映画劇場は音響設備を入手し、二月十日から十二日までわが市における最初のトーキー映画を上映します。マクシム・ゴーリキーの小説『母』の映画版です。

母の生まれた街はあのころどんなふうだったのかしら。わたしがもともと抱いていた冬のイメージは、マリウポリでのサッカーの試合の新聞記事を読んで、海辺の明るい南の土地に追い払われてしまったけれど、それと似たところはたぶんほとんどなかっただろう。この街に抱くイメージがまたしても変わってしまった。革命前にすでにマリウポリは工業都市だったが、ソヴィエト時代にはさらなる工業化が強力に推し進められ、特別作業隊が労働生産性の世界記録を樹立する。街には大工場の煙突がそびえ立ち、もくもく煙を上げ、有毒な煙が夏の青空を覆い、夜となく昼となく、通りに、人々に降り注ぐ。そこには屋台や露店が立ち並ぶトルゴヴァヤ（商い）通りがあり、革命後はもうそれほど売りに出すものがなく、凝乳や肉がいくらか、そして家庭菜園でとれた少しばかりのトマトや馬鈴薯くらいだったが、それでも飢えた住民の大半には手の届かないものだった。噴泉があって、世紀の変わり目になってもなおそこで人間と家畜のために水が汲まれていたフォンタンナヤ（噴水）通り。もしかしたら母の従姉たちが屋敷から追い出される前まで暮らしていたかもしれないグレチェスカヤ（ギリシア）通り。おそらくイタリア人の曾祖父母の家が建っていたであろうイタリヤンスカヤ（イタリア）通り。ひび割れた石畳の上を荷馬車がゴトゴト音を立てて行き交い、そして一九三三年、母が十三歳のとき、最初の路面電車が一両のみで、単線の線路を往復していた。

中心部の背後に出るやいなや荒野が始まる。石畳の通りはもはやなく、人間の足で踏み固められた細い道や小道が網のように広がって迷路をなすばかりだった。ささやかな庭のある小さな家が互いに身を寄せ合い、石造りのちっぽけな家、木造の小屋、土壁の小屋、掘立小屋、四阿《あずまや》、倉庫そして物置小屋がもつれ合い、三・五平方メートルに一人の割合でどこにでもだれかが住んでいた。下水はなく、あるのは汚物と塵芥、悪臭、貧困、疫病、チフス、マラリア。内乱のどさくさで親をなくした宿なしの子どもがあたりを徘徊し、ごみをあさり、盗みを働き、冬になると、昼間、土木作業員たちが道路工事で熱いタールを混ぜ合わせるのに使う歩道に置かれた大きなボイラーのなかで寝た。

そして海、アゾフ海、まるで泳げない母のためにあるような、世界で最も浅い海……母はそこで水浴びしたのだろうか、しょっちゅう浜辺に行ったのだろうか。ほかの少女たちや、少年たちと。どんな水着を着ていたのだろう。あのころの人たちはそもそもそんなものを持っていたのだろうか、それとも服のまま、下着姿で海に入ったのだろうか。そうしたことすべてにもかかわらず、母の日々の暮らしのなかに屈託のない素敵な瞬間が、青春の横溢のようなものがなかったとは限らないのではないか。詩や流行りの歌や男の子に夢中になっただろうか。冬にはスケートリンクに出かけて、スケート靴を借り、楽団の生演奏の響きに合わせて若者たちと一緒に氷の上を滑っただろうか。文化宮殿での芝居や演奏会、それに舞踏会に出かけたのだろうか。きっと母の崇拝者がたくさんいて、なかには気に入った男の子もいたのではないだろうか。それとも相手にその気がなくても、ひそかにこの人と思う子がいたのだろうか。その子のことを夢見て、手紙を書いたけど投函しなかったんじゃないかな。まさか父が初恋の人だったなんて。だいたい母は父を愛したことがあったのだろうか。

空想と仮説に溺れて自分を見失い、昔のマリウポリの記事のなかに、目に見えるものよりもむしろ空白でできている母の人生の礎石や破片を探し求めている間に、コンスタンチンは母の姉リディアの探索を続けていた。無数の痕跡をすでに追いかけてきたが何の手がかりもなく、メドヴェジヤ・ゴラの旧収容所記念施設から伯母と同じ名前の既決囚の記録はないとの通知がしまいに届いて、わたしは希望を失ってしまった。ところが、そこであきらめるようなら、コンスタンチンの名が廃るというものだろう。

彼はめげなかった。ある日、インターネットで「一九二三年から五三年までのソヴィエト国家の犠牲者」という名簿を見つけたのだ。ただし、この三十年の期間だけで四千万人以上の犠牲者が記載されていた。イヴァシチェンコという名字は名簿に三十九あって、そのなかにリディア・ヤコヴレヴナ・イヴァシチェンコも一人いた。

同じサイトにアルフレート・クラマーという名の、オデーサ在住で、犠牲者捜しを支援する専門家を名乗る男のメールアドレスが記載されていた。コンスタンチンは男についての情報をインターネットの書き込みで見つけた——ドイツ系で、オデーサのさまざまな審議会の委員を務め、怪しいところがないでもないやり方で市政に口を挟んでいた。わたしたちが彼にメールを書くと、翌日にはコンスタンチンに、オデーサにある国立犠牲者公文書館で調べたところ、そこでわたしたちが探している人物の記録を発見したと知らせてきた。ドイツから詳細な報告を依頼する場合は、クラマー宛てにウェスタンユニオンで二百ユーロを振り込めば、数日以内にデジタル形式で記録を手に入れられるというのだ。

コンスタンチンはわたしに、さしあたり一ユーロも送金しないで、それが本当に伯母の記録であるという証拠をまず手に入れる必要があると助言した。彼がオデーサの男に証拠を求めると、相手は犠牲者の出生地がワルシャワと記載されていると伝えてきた。コンスタンチンは手間をとらせたことに謝意を示し、わたしたちは別の方法を検討し始めた。ところが数時間後にはもう追加の詳細な公文書が送られてきた。犠牲者の母親はマチルダ・ヨシフォヴナ・イヴァシチェンコ、旧姓デ・マルティーノなる人物であると。

生まれて初めてわたしはウクライナに送金し、返事を待つことにした。待ちきれずに日に二十回もメールの受信箱をのぞいた。わたしたちは彼女を、今まで見つからなかった謎のリディアを本当に見つけたのだ。デ・マルティーノという名が疑念をすべて取り払ってくれた。たしかに、リディアが生まれたのがポーランドという外国である点で新たな謎が生まれたが、コンスタンチンが今度もまた闇に光を投じてくれた。一九一一年、伯母が生まれた年にはウクライナだけでなくポーランドの一部もロシア帝国の領土だったのだ。だとするとリディアは外国生まれではないことになるが、それでもどうしてマリウポリからそんなに遠く離れたところなのかという疑問は残った。遠いところで生まれたのは近親相姦という出自を物語っているのでは、という考えがすぐに浮かんだ。そのことにどんな意味があるかはわからなかったが、マチルダがワルシャワに逃げて、そこで、身近な世間の目が届かないところで禁断の愛の子を産んだということは想像できた。同時に、おしゃべりで頭のいかれた従姉の妄想に尾ひれをつけるなんて、自分はどうかしていると思った。

送金してからすでに二週間以上が過ぎた。アルフレート・クラマーは入金を確認したと知らせてきたが、それ以来何の連絡もなかった。てっきり詐欺師の罠にはまったと思った。国の管理する犠牲者公文書館に自由に出入りして、メールアドレス以外何もわからない外国の依頼主に記録の複写を送って商売するなどありえない話だ。ところが、今回もわたしはドイツ流の頭で考えていた。コンスタンチンの推測では、アルフレート・クラマーは依頼主から受け取った金の一部を公文書館の職員に手渡し、代わりにそれに応じた文書の閲覧と複写の許可をもらうという、あちら側の世界では普通の手順を踏んでいるということだった。こうした東欧の渡世の流儀はあいかわらず西側のわたしの狭い視野を越えたところにあった。そうはいうものの、時間はむなしく過ぎ、オデーサからはその後も何も届かなかった。問い合わせてみると、記録文書の状態が思いのほか悲惨で、文字が色褪せた五百ページもの文書に目を通し、腑分けし、正しい順序に並べ直すとなると大変な作業になるため、もうしばらく辛抱してほしいということだった。作業代が高くついたので手数料の割り増しをやんわりと要求されているのかと思ったが、二、三日後にはもう十六通ものメールがわたしの受信箱に次々と届けられた。ひとつひとつが圧縮ファイルで恐ろしいほどのデータ量だった。どう見ても、半ばぼろぼろになったこの紙片を一枚ずつすべて選り分け、スキャナーに載せて読み取るのは、実際のところ途方もない作業だったにちがいない。自分の誤解を心の底から恥じた。わたしが送金した二百ユーロは、件のドイツ系の男はもう一人の人物と分け合わねばならなかったかもしれないが、成し遂げてくれた仕事の価値からすれば、そもそもわたしの得たものがお金に換算できるようなものではないにしても、お話にならない金額だった。

文書の最初のページは雑な切り方のしわくちゃになった一枚の包装紙で、その上には五人の女と二人の男の顔写真が貼り付けられていた。危険な犯罪者に見えるように撮られていた。全部で八人いる容疑者の写真のうち、一枚だけ欠けていた。リディアのものだった。明らかに剝がされた跡があり、ほかの写真に挟まれてそこだけ空白になっていて、その下にかろうじてリディアの名前が読み取れた。落胆のあまり泣きそうになった。

そのあとに膨大な尋問記録、決定事項、命令、処分、逮捕令状、家宅捜索令状、起訴状そしてまた尋問記録。八十年前の古い紙から、パソコンの画面を通してさえ、黴臭い匂いが、何千もの犠牲者記録が発掘されるのを待っているオデーサの地下文書庫の匂いが吹きつけてくるようだった。

リディアの尋問記録から彼女が実際にワルシャワで生まれたこと、そして五歳まで両親と一緒にそこで暮らしていたことが明らかになった。一家がマリウポリに戻ってからは、わたしのイタリア人の曾祖父母のもとに身を寄せた。その地でリディアはオデッサの大学に入学するまでの年月を過ごした。

いつもわたしの思考が行き詰まってしまうのは、母がマリウポリでどんな家で育ったかを思い浮かべようとするときだが、今になって母がイタリア人の祖父母の家に住んでいたのは確かだと思われた。ジュゼッペ・デ・マルティーノが石炭事業で蓄えた財産を考えれば、豪邸だったにちがいないが、母が生まれるころにはもう人民財産にと接収されていたはずだ。おそらく見知らぬ人間であふれ返っていて、財産を没収された人民の敵は、かつて自分たちのものだった家の片隅に追いやられていただろう。母のまわりにいたのは、母を憎み、母のような者たちを格好の標的にし、いまや家屋敷だけでなく、両親の家具や食器や絨毯もわがものにし、それればかりか彼らの衣服を身につけたり、共同で厨房を使う羽目になったかつての貴族さまや有産階級の者たちの作る料理を台なしにし、いつ母たちを殺したところでたぶんまったく罪に問われずにすむような連中だったかもしれず、そんななかで母が育ったことは十分考えられた。

記録から、リディアがオデッサで文学を修めたあと、マリウポリに戻り、そこで日刊紙「アゾフ・プロレタリア」で短期間働いたことを知った。この新聞の名は「アゾフのギリシア人」が保管する記録で出会ったばかりだった。一九三三年十一月五日、まだ二十二歳のリディアは逮捕された。「プロレタリアート解放結社」という名の反ソヴィエト団体の構成員の容疑をかけられ、反人民・反革命的活動のかどで告発された。一九三一年にオデッサで設立され、ウクライナ各地に拠点を置いたとされるこの団体の目的はソヴィエト政権を打倒することにあったらしく、理由は、結社の構成員の言葉を借りれば、この政権が社会主義を裏切り、労働者に敵対する国家資本主義体制を構築したところにあった。結社の構成員は一人残らず文学部の学生で、できるかぎり多くのウクライナの工場で文芸サークルを立ち上げ、そのサークルで労働者を徐々に啓蒙し、反革命運動の味方につけるはずだった。結社の謀議は、わたしの読んだところでは、構成員のアパートや、オデッサに住む父親の妹のもとに身を寄せていたリディアのところでも、つまり叔母のエレーナの家でも何度か開かれた。観葉植物の椰子の写っている家族写真で知った、メディチ襟のついた緞子のドレスをまとったあの上品な婦人を、いま姪のリディアの裁判記録でその名前をふたたび見いだすことになった。

一九三三年十一月五日に彼女が、二十二歳の、今のわたしから見ればまだ子ども同然の女性が逮捕されたとき、どんな状況だったのだろう。いつ警察はやってきたのだろう。彼らに都合のいい時間というのは、夜なのかそれとも早朝なのか。みんながまだ眠っていて、寝ぼけ眼で無防備なときを見はからって来るのか。十三歳の母もその夜、当時何百万もの人々を夜な夜な怯えさせた、扉をノックするあの有無を言わせぬ音で起こされたのだろうか。リディアの逮捕が目前に迫っていることを知っていた、いや少なくとも予感していたのだろうか、それともまったく寝耳に水だったのか。母は、家宅捜索や、姉が手錠をかけられ、引っ立てられていく場に居合わせたのだろうか。アンナ・アフマートヴァの「レクイエム」を思い出さずにはいられなかった。朝早くのことだった、あなたが連れ去られたのは／子供らは驚きのあまり泣いた／亡骸にすがるようにあなたのあとを追った／蠟燭は片隅で溶けて流れた……

判決が下されるまでの半年間、リディアはマリウポリ、オデッサ、ドネツクの拘置所で、そしてそのおよそ半分の期間を地下の独房で過ごした。三百ページにおよぶ尋問記録は、コンスタンチンに言わせれば茶番だった。当時、被疑者の供述は捏造、改竄され、恫喝や暴力で強要されたものだった。そして――冗談をひとつ口にしただけで人は射殺されたので――どのみちつねに死の恐怖にさらされていたのだ。尋問官が女性の被疑者を凌辱することも稀ではなく、拷問されるか、いわゆる自動尋問誘導装置にかけられ、強烈な断眠尋問ですぐに自分が何をしゃべったのかわからなくなってしまうのだった。とはいえ、これはどうということはなかった。たいてい尋問記録というのは被疑者に口述したものを書き取らせるか、あるいは尋問官の手ででっち上げられるものだったからである。彼らも成果を出すよう上から圧力をかけられ、上司の意に沿う尋問調書を提出しなければならなかったのだ。真実などだれも関心がなかった。破壊装置の日々のノルマを果たし、人身御供を求めてとどまることを知らないスターリンの欲求を満たすことだけが重要だった。

実際のところリディアの供述には直接語った形跡がなく、ましてや死の恐怖に置かれた人間の言葉と共通するものは皆無だった。内容からすれば調書はどれも同じ、あらかじめ用意された型通りの表現でできていた。そのまま受け取ればリディアは同志全員を裏切った。名前も住所も挙げ、結社内部での生活事情と活動を逐一述べ、詳しく性格を描写した。眠気を誘う一本調子と馬鹿馬鹿しいほどの回りくどさで、結社で行われたイデオロギーと政治をめぐる議論がいずれの調書でも再現され、勉強会での読み物が列挙され、陰謀と宣伝活動の実地訓練の様子が述べられ、結社で起草した政治綱領の十項目がくりかえし引用された。とってつけたようにリディアは、自分はとうの昔に貴族階級と縁を切り、ドンバスの石炭の大輸出業者である祖父ジュゼッペ・デ・マルティーノをウクライナ人民を搾取した者として糾弾すると言明し、自分の両親は何も所有せず、かつて自分たちのものであった屋敷に間借りする身にすぎないと断言した。わたしが調書のなかで本物だと感じたのは唯一この部分だけだった。もしかしたら自分の出自との関係を絶ってなんとか窮地を逃れようとする絶望的な試みだったのかもしれない。調書はすべてまったく同じ告白で終わっていた。ひょっとすると人の好い尋問官が作成したのかもしれない。

かなり以前より、私の同志および私本人が反革命的活動によりソヴィエト人民に対してどれほど甚大な損害を与えたかをすでに認識しておりました。私の行動は政治的未熟と無知が引き起こしたものであり、私どもの指導者ベラ・グラセルの影響によるものであります。彼女は並外れた教養とカリスマ性によって私に強い影響を及ぼし、誤った思想と行動に誘い込んだのです。ソヴィエト・プロレタリア独裁に誓って「プロレタリアート解放結社」について知るすべてを嘘偽りなく報告書のなかで供述しました。ソヴィエト政権に対する私の罪が、結社内での誤った確信と活動だけでなく、こうしたことすべてを秘匿したことにあるのは自覚しております。私は非常に大きな罪を犯しましたが、率直かつ偽りない供述によって罪の一端なりとも贖い、将来、祖国ソヴィエトのために真摯に働くことが許されることを希望いたします。

最後の皇帝《ツァーリ》の失脚以来、時代は劇的に変化したが、反逆者の処罰の方法は昔のままだった。結社の被疑者は全員、「ウクライナ国外」にある懲罰収容所での三年の刑を受けた。体制打倒をめざした反国家謀反人だという事実を考えると、判決の軽さは説明がつかなかった。ただベラ・グラセルの命は助からなかった。この首謀者はシベリアの収容所でも政治活動を続けたため、あらためて罪状が立証され、銃殺刑の判決が下された。わたしは彼女の顔写真を見つめた。ベレー帽に丸いトロツキー眼鏡をかけた、間違いなく知性のある若い女性で、文書にはユダヤ人と記されていた。ソヴィエトの秘密警察があわてて片づけなくても、十年後におそらくドイツのナチスに殺されていただろう。

　リディアは本当に反ソヴィエトの活動家だったのか、「プロレタリアート解放結社」などそもそも存在したのか、それとも秘密警察のでっち上げ、つまりスタニスラフ・コシオールの厚意で党員となった男の姉であり、信念を貫いて二十年の流刑を宣告されたオールド・ボリシェヴィキの娘であるにもかかわらず、リディアのような人間を、出自を理由に罰するためには必要な口実だったのか――こうしたことすべてに対する答えはなかった。でも、リディアが本当にスターリン独裁に立ちはだかろうとしたのなら、わたしの母とは似ても似つかない人間だったにちがいない。この姉妹はまさに正反対のように見えた。リディアは強く、勇敢で、ほとんど命知らずとすら言ってもいいかもしれないのに対し、わたしの母は子どものころすでにひどく感じやすく、臆病で、無力だったことは確かだと思われた。少なくともリディアは、幼いころは何不自由なく甘やかされた子どもだったが、母は空腹と不安しか知らなかった。ひょっとしたらそれが二人の姉妹を決定的に分かつものだったのかもしれない。

　記録から明らかになったのは、リディアは亡くなったわけではなく、キーウの従姉の推測に反して流刑を生き延びたことだった。書類のなかに、リディアが刑期を終えて五十五年後、ソ連が崩壊した直後の一九九二年に提出した名誉回復申請書を見つけた。このとき八十一歳になっていた。申請は処理に時間をかけるまでもなく聞き届けられた。三年間の収容所拘留に対して、リディアは十一万五千四百二十五ルーブルの賠償金を受け取った。コンスタンチンの見立てでは、当時その金額でおよそ五百個の白パンが買えたという。刑期一日につき小さな丸パン半分にもならない額だった。おまけにソ連崩壊後の物価高騰がそのころ頂点に達していたので、通貨はあっという間に下落して、雀の涙のような額のリディアの賠償金はおそらくほんの数日でもう価値を失っていただろう。

名誉回復申請書は手書きだった。斜めに傾いた小さな字で、八十一歳にしては驚くほど美しく、崩れもなかった。用紙の上部に住所が記されていた。一九九二年の申請時点で、リディアはモスクワから五十キロ離れたクリモフスクという小さな街に住んでいた。住所をGoogleマップに打ち込むと、通りばかりかリディアの家の衛星写真まで映し出され、びっくりしてわが目をこすった。母の姉の家の窓まで、リディアがかつて出入りした家の扉までぐっと近づいてみた。典型的なソヴィエト一九五〇年代建築で、実に堂々として、表面はくすんだ薔薇色に仕上げ、温室や屋根付きバルコニーもあって、東欧の荒廃したところはどこにもなかった。道路の反対側に小さな白樺林が見え、その佇まいが街の真ん中に静寂をもたらし、そのすぐ隣にはリディアが買い物したであろうスーパーマーケットがあった。どの窓が彼女の住まいのものかはわからなくても、窓をこの目で見たのは確かだった。限りなく遠い地球の片隅を書斎の机から眺めることができるなんてすごい技術だ。おかげで、母の姉が少なくとも八十一歳まで住んでいた家を目にしたのだ。焼けつくような後悔を覚えた。わたしは通訳の仕事で何度もモスクワに行ったことがあり、一九七二年に初めて訪問したとき、リディアはまだ六十一歳だったのだ。いかなる深淵も、いかなる永遠も、わたしをウクライナでの母の過去から切り離してなどいなかった。目と鼻の先にいたのだ。あのときすでにリディアがクリモフスクに住んでいたなら、電車に一時間も乗れば会えたのだ。

いまや、マチルダが戦争の始まる直前に娘を訪ねてメドヴェジヤ・ゴラに出発したときには、リディアの刑期はすでに五年前に終わっていたこともわかった。釈放後に何がこの世界の終わりのような土地に彼女を引き留めたのだろうか。そこに住んでいた男と結婚したのだろうか。メドヴェジヤ・ゴラの板張り寝台と、モスクワ近郊の集中暖房と給湯器を完備した一九五〇年代様式の都会の建物とのあいだに何があったのだろうか。だいたいリディアは逮捕されてからマリウポリに戻ったことがあるのだろうか、それとも、その後二度とあの街を見ることはなかったのだろうか。家族は、わたしが探すことのできた子や孫はいたのだろうか。そうではないことを物語っているのは、彼女を見つけ出す唯一の手がかりとなった旧姓が、名誉回復申請書に記載されていたという事実だった。わたしの目の前に、帝政時代に生まれ、革命、収容所、戦争、それに続くこの国のあらゆる破局を生き抜いてきたロシアの老婆たちのひとりの姿が浮かんだ。いつも戸棚にパンを一切れ残しておくことを飢餓から学び、聖女のように、白い紙のように、ほとんど空気のように見える小柄な老婆たち。あまりに多くの死に抗ってきた彼女たちの体は、不死のように思われた。今リディアが生きていたら百二歳になるけれど、彼女がまだ生きていることを、ありえない話ではないと思った。

今なら簡単に計算できるが、リディアがオデッサの大学に入学したとき、母はまだ八歳か九歳だった。それがすでに永遠の別れだったのだ。学業を終えてリディアはたしかにもう一度マリウポリに戻ってはきたが、長くはいなかった。一九三三年に姉が逮捕されたとき、母は十三歳だった。ドイツで暮らすようになってからは、姉の鮮明な記憶などもはやなくなっていたかもしれない。ことに逮捕されたあとは、話題にするにしても口に手を当ててひそひそ声で話すだけだったろうから、なおさらかもしれない。反革命家のリディアは、彼女を知る者すべてにとって危険人物であり、親族にとっては言うまでもなかった。おそらく母は、ウクライナにいたときからすでに姉については口を閉ざしていて、ドイツでもそれを守ったのだ——理性ではどうにもならないあの不安が身体に深く染みついていたのだ。

母の兄と姉のことを、いつの間にか母自身のことよりもよく知るようになってしまった。なによりも、セルゲイが声楽の、リディアが文学の道を選んだことがわかったのだ。ほとんど神秘的ともいえる絆でわたしたちが結ばれているという気持ちに満たされた。実際わたしは彼らの血を受け継いでいるにちがいない。異なる時代、異なる世界という越えがたい隔たりをすべて越えて、ふたりとわたしの故郷ともいえる二つの世界を——リディアとは文学を、セルゲイとは音楽を——分かち合っているのだから。それなのに母とは何を分かち合っていただろう。母が何を専攻したかさんざん頭を絞ってみても、もう少しで記憶に手が届きそうに思えるたびに、するりとすり抜けていった。かろうじて知っていたのは、母が飛び抜けた成績で大学を卒業したことくらいで、少なくとも父はこのことをくりかえし誇らしげに語っていた。もっとも、父の言う母の精神病と父が学業優秀と理解しているものはそもそも相容れないはずだった。

母が叔母のヴァレンチナがかつて運営していた中高等学校で教師として本当に働いていたなら、間違いなく教職に必要な分野を専攻していたはずだ。もしかすると、バルト・ドイツ人のアンナ・フォン・エーレンシュトライトの息子である父親からすでにドイツ語の手ほどきを受けていたから、ドイツ学だったのだろうか。あんなに短期間でドイツで目覚ましい語学力を身につけるなんてことがありうるだろうか、いや、言語の知識はむしろすでにウクライナで習得していた可能性のほうが高い。ドイツでの母は、父や収容所のほぼ全員とはちがって、決して言語喪失者ではなかった。あらゆる点で下に見られてはいたが、異郷の地では父より上だった。母はまわりを理解し、まわりに理解され、まわりの世界の記号を、ドイツという国が終生ちんぷんかんぷんだった父よりもはるかに上手に読み取ることができたからだ。ドイツという外の世界では両親の役割が逆転した。役所やドイツ語世界のその他あらゆる重要な場面で父は口もきけず、耳も聞こえず、母に頼りきりだった。たぶん父のような男はそんなことを女に許すはずもなく、父はおそらくそのことで母を憎んでもいただろう。

　戦争前、まだうら若い母が、すでに教職課程を終えていても何も問題はなかった。あの時代のソ連で学生生活を楽しむことなど考えられなかった。大学で学ぶことは努力と好成績で手に入れねばならない特権であり、できるだけ早く社会主義の建設に参加するという目標が伴っていた。きっと二十歳か二十一歳で、早々に母は生徒の前に立って授業をすることができたのだ。

　あれこれ思案し、迷宮の脇道で迷いながらさまざまなことを探し求めてきたが、そうした情報は、母の人生の終着駅となったドイツの田舎町の片隅で旧強制労働者としてわたしたちが隔離されて暮らしていたときに、地下室にしまってあった書類を調べればおそらく得られたのだろう。ウクライナから持ってきた書類など、それも母に関わる証書などドイツではたぶんだれひとり興味を示すはずもなかったが、蓋にドイツの城の浮き彫り《レリーフ》装飾が施されたブリキの箱に収められていた。黴臭い、キリル文字で埋め尽くされた何枚もの紙片をわたしは地下室でよく眺めた――ドイツの学校に通い始める前にもう母がロシア語のアルファベットを教えてくれていたので、ひとつひとつの単語は解読できた――だがある日、八歳くらいだったと思うが、こんな反故書類などわたしたちにはもう必要ないという結論に至った。とにかくわたしにはもう要らないのだと。石炭を取ってくるように言われて地下室に行かされたとき、わたしは子ども時代で最悪の罪を犯した。書類の入った箱を取り、地下室の階段の下にあるゴミ容器に放り込んだのだ。あんなにも憎んだわたしの出自の証拠はなくなったほうがいい、永遠に消えるべきなのだ。のちに、母が死んだあと、父が書類を探したが、どこかのゴミの山に行き着き、とっくの昔に腐ってしまったとはもちろん知るよしもなかった。だれかに、ひょっとしたら自分をつねに見張っていると思い込んでいたソヴィエトのスパイに地下室から盗まれたのだと父は考えた。

　コンスタンチンとわたしは、リディアにいたかもしれない子どもや孫を探し始めた。旧ソ連ではほとんどの住居が個人所有で、移動の多い西側の世界と比べると引っ越す機会ははるかに少なかったので、クリモフスクの家にはリディアを知っていた人間、それもたぶん彼女の住居を相続して、彼女の死後に引き移ってきた縁者が住んでいるにちがいないとコンスタンチンは考えた。その住居に、リディアの名誉回復申請書に載っていた住所に手紙を書いてみてはどうかと勧めてくれた。封筒にはリディアの名前を書き、「または御親戚／御隣人様」と書き添えるとよいとも。さらにわたしたちはクリモフスクの市当局にメールを書き、伯母と、もしいればその子孫に関する情報があれば知らせてほしいと依頼した。この試みはあまり見込みがないように思われた。ロシアでだって個人情報は最低限保護されているにちがいないし、役所でもどこのだれともわからぬ人間に市民の情報を提供することが許されるはずはなく、まして、探している人物との親戚関係を証明する書類を何も持たない外国人が、こっそり問い合わせてきたとあればなおさらだった。そうでなくとも、今までだっていろいろな役所に何度も手紙を書いたが、返事をもらえたためしがなかったし、これまで手に入れたものはどれもほかの伝手をたどって見つけたのだった。でも失うものはなかったので、コンスタンチンの勧めてくれたとおりにした。するとまたもや、今回の探索ではもうほとんど慣れっこになっている恒例の奇跡が起こった。数日後にはもうクリモフスクの戸籍役場からメールが届いたのだ。こんな内容だった。

ナターリア様

拝啓

インターネット経由で市当局にお寄せいただいたご質問にお答えいたします。クリモフスクの戸籍役場の記録から、リディア・ヤコヴレヴナ・イヴァシチェンコ氏は二〇〇一年八月二十二日に亡くなられたことが判明しました。長女のエレーナ・ユリエヴナ・ジーモワ氏は二〇〇一年十月十日に亡くなられました。現在ロシチンスカヤ通り五番地の住居には、リディア・イヴァシチェンコ氏の孫のキリル・グリゴリエヴィチ・ジーモフ氏がお住まいです。これ以上の情報は残念ながらわたしどもにはございません。

敬具

スヴェトラーナ・リハツォヴァ

戸籍課長

最後の一文ほど驚いたものはなかった。このメールで受け取った情報以上のものがありうるとでもいうのか。リディアの孫の住所「以上に」何があるというのだろう。もしこの瞬間だれかに、ロシア人気質の本質とは何ぞやという、しばしば悩ましい思いをさせられる問いを投げかけられたら、即座にわたしは例としてクリモフスクの戸籍課のスヴェトラーナ・リハツォヴァの名を挙げただろう。彼女は役人としてではなく人間として行動し、わたしに、ドイツの外国人に、リディアの人生の手がかりを、それとともに、もしかするとわたしの母の人生の手がかりをも届けてくれたのだ。

クリモフスクからのメールにあったリディアの死亡年月日から、名誉回復の申請からさらに十年後、九十一歳まで生きたことがわかった。十二年前ならまだ、クリモフスクの白樺林の向かいにあるくすんだ薔薇色に塗られた一九五〇年代様式の建物で、彼女と会うことができたのだ。リディアは妹より、わたしの母より五十五年長く生きた。最後に母と会ったのはおそらく逮捕された日だっただろう。そもそもリディアは、それからおよそ七十年後に死んだとき、母のことをまだ覚えていただろうか。どうやら結婚していたらしく、わたしの従姉となる娘のエレーナもいたのだが、彼女もすでに亡くなっていた。

クリモフスクの戸籍課からのメールをコンスタンチンに転送すると、事態が一気に動き始めた。彼はたちまち、「同級生《オドノクラスニキ》」というロシアで人気のあるソーシャルネットワークでキリル・グリゴリエヴィチ・ジーモフという男を見つけたのだ。この男性はクリモフスク在住で、四十一歳だった。二つの条件が、リディアの孫であることを物語っていた。コンスタンチンは彼にわたしのメールアドレスを付したメッセージを残し、わたしにはSNSサイトにあった彼のプロフィール写真を送ってきた。愕然とした。これまでの探索で、自分の親類は容姿端麗な教養人という事実に慣れてしまっていたのだ。今、どうやらとんでもない難事にたどり着いたらしい。わたしが見たのはむくんだ巨大児のような、うつろで無表情な顔の男だった。見たところ、リディアが、彼の祖母がかつて解放しようとしたあのロシアのプロレタリアートのひとりだった。擦り切れたソファに腰かけ、背後には油の染みのついたお決まりのロシア・バロック風の図柄の壁紙があった——ルームメイトは決まって酒瓶という、ソヴィエト崩壊後の住まいのひとつ。

もしこれが母の家族を初めて目にした写真だとしたら、これっぽっちも驚かなかっただろう。それならわたしの予想が当たっていただけのことなのだから。母がドイツで暮らしていた世界に比べれば、その写真は何か居心地のよさのようなもの、子どものころあんなにまぶしく見えたあの中産階級の安定のようなものに満ちていた。だが、この男性の外見は、これまで見た写真に写っていたほかの人々とどうもしっくりこなかった。家族の最後の生き残りがこんなに痛ましいものなのか。

今、クリモフスクの戸籍課からのメールを一字一句、四回、五回と読んでようやく、細部に奇妙な点があることに気づいた。リディアが亡くなったのは二〇〇一年八月二十二日、娘のエレーナが死んだのは同じ年の十月十日、つまりたった七週間後だ。これはどういうことだったのだろう。子どもの死で生きる意志を失ってしまう年老いた母親を想像するのは難しくはなかったが、なぜ九十一歳の母のあとを追って娘がすぐに死ぬだろうか。娘のほうもたぶん年配の婦人で、重い病気を患っていて、母の死を受け入れられなかったのだろうか。いずれにしても、二つの死に何の関係もないとはまず考えられなかった。

いつの間にかわたしは必要以上に用心深くなっていて、ことに戸籍課のメールに些細なことだがほかにも気になることを発見してからは、何か今まで知らなかった家族の悲運が背後に隠れているのではないかと疑った。キリル・ジーモフは、きちんと数えてみると従甥《いとこちがい》になるのだが、わたしとの間に奇妙な共通点があった。両方の母親が亡くなったのは、四十五年離れているものの、ともに十月十日のことだった。これは偶然の一致などではなく、すべては気味悪く関連し合い、どこか見えないところで家族の厄災がなおいっそうもつれ合っているという考えに抗えなかった。

ＳＮＳサイトの写真はリディアの孫ではまったくなく、単に同姓同名だったにすぎない、というかすかな希望をなおも捨てずにいたが、この探索につきまとう幸運がわたしから離れることはなかった。またしても親戚をひとり見つけたのだ。わたしのノートパソコンがキリル・ジーモフからのメールの着信を告げた。読んでみた。


こんにちは、ナターリア！

あなたの母上がわたしの祖母の妹で、あなたがわたしからのメールを待っているとのメッセージを受け取りました。祖母に弟と妹がいて、セルゲイとエウゲニアという名だったことは知っています。セルゲイについて覚えているのは、オペラ歌手だったこと、祖母が彼の歌声が録音されたレコードを持っていて、わたしによく聴かせてくれたことくらいです。あなたの母上のエウゲニアのことは、アメリカの士官と結婚して、合衆国に移住したと聞いています。祖母のリディアは長いこと彼女を探していましたが、成果はありませんでした。あの当時インターネットはなかったのです。

祖母には子どもが二人いました。わたしの母エレーナと伯父のイーゴリです。母は亡くなり、伯父はミアスに住んでいますが、住所はあいにくわかりません。わたしは妻と二人の子どもと一緒に祖母の古いアパートに住んでいます。写真を何枚か添付します。

敬具
キリル・ジーモフ

添付ファイルを開いた。そこに彼女がいた……リディアが、あまりに長いあいだ消息不明で、死んだと思われていた、カレリアの木にくくりつけた小さな銘板に名前があるのではとつい最近まで思っていたリディアがいた。わたしの母にはそれほど似ていなかったけれど、わたしには妙に見覚えがあるように思われた――彼女について何の手がかりもなかったわたしが、自力で一から描き上げた絵を眺めているような気分だった。真面目で、やさしく、誇り高い女性で、探るようにまっすぐ相手に向けるまなざしは、鋭い刃物に対しても平気なのか、それとも自らが刃物そのものなのかは正確には判断がつかなかった。目に見えない相手の力量を測るような、そしてどんなことがあっても決して相手より先に伏せることのないまなざし。黒い巻き毛を短く切り、白い襟の地味なサマードレスを着ていた。写真のリディアの年齢や、まだ収容所に送られる前なのか、あるいはそのあとに撮ったものなのかは窺い知ることはできなかったが、メドヴェジヤ・ゴラがすでに過去の出来事になっていたとすれば、その苦難の時期を乗り越える試みをまったく無傷で耐え忍んだということなのだ。

二枚目の写真で見た女性はまったくの別人だった。五十歳くらいで、険しい表情をして、難攻不落の要塞のように堅固で、スフィンクスのように謎めいていた。ここに写っていたのは破壊装置を生き延び、さらに、それに続く時代、気力を奪い取るソ連の日常生活という長い年月に厳しくしごかれ、神経を磨り減らした女性だった。わたしにはそう見えた。この写真のリディアには、彼女の孫が体現しているように思われるあのいかにもソヴィエト的な人間《ホモ・ソヴィエティクス》らしいところがあった。当の孫はここでは三歳くらいで、祖母の横に写っていて、白いマシュマロでできているような、真面目くさった顔の太った子どもだった。

将来の巨体はすでにはっきり見てとれた。

　三枚目の写真のリディアは老女だった。頑なで気難しいところはすべてふたたび消え去り、雪のように白くなったもののまだふさふさとした髪の、微風にすらそよぐほどか弱い小柄な老婦人で、皺立つ肌の向こうに若きリディアの輝きが透けて見えた。肘掛け椅子に背筋を伸ばして腰掛け、申し分のない装いで、髪もととのえ、首には真珠のネックレスを帯び、ストッキングに包まれた痩せた足を寸分の狂いもなくしとやかに組んでいた。

　キリルによれば、祖母は離婚してから三十年以上ひとりで暮らし、死ぬまで自分で自分の面倒を見ることができた。最後まで実に身軽で、規律を守り、毎日の体操を怠らず、食事はいつも決まった時間にとった。七十歳近くまでロシア語と文学の教師として働き、頭の働きはつねに申し分なかった。二〇〇一年七月に自宅で転倒して大腿骨頸部を骨折した。日ならずしてリディアは心不全のため病院で亡くなったという。

　祖母の収容所時代についてキリルが知っていたのは、流刑地で罪を犯した子どもや若者のための教師として雇われ、祖母が生き延びることができた唯一の理由はおそらくそれだろうということだった。リディアはメドヴェジヤ・ゴラで結婚し、収容所で生まれた息子のイーゴリは今では七十五歳くらいのはずだ。キリルは長いこと伯父とは連絡をとっていないが、ウラル山脈の向こうのミアスというシベリアの街で暮らしていることは知っていた。

　キリルは曾祖母のマチルダとは会ったことがなく、彼が生まれる五年前に死んだという。でも子どものころ、手作りの十字架を曾祖母の墓に供えるために、祖母のリディアと一緒に汽車でクリモフスクからヴォスクレセンスクまで行ったことは今でもよく覚えていた。即座にわたしは、初老の婦人と幼い少年が列車で木の十字架を運び、ヴォスクレセンスクの墓地まで担いでいく光景を思い浮かべた。十字架に使う木はおそらく森から、ひょっとするとリディアの家の衛星写真に映っていた小さな白樺林からあらかじめ採ってきたものかもしれない。今、その名が日曜日と復活を意味する街、ヴォスクレセンスクの墓地に立っているのは、しきたりどおりに三本の横桁を素人臭く釘で留めたロシア正教の十字架なのだ。きっとマチルダ・デ・マルティーノあるいはマチルダ・イヴァシチェンコの名を記した小さな銘板と、ロシアの習慣どおり、写真を埋め込んだ琺瑯引きの円形牌《メダイヨン》が十字架につけられているのだ。

マチルダの墓を思い浮かべていくらか心が慰められた。母とは違い、彼女はわたしのなかで身の置きどころを得たのだ。いまや、マチルダは戦時中にドイツの爆弾にずたずたにされたのではなく、八十六歳で天寿を全うし、そのあとはヴォスクレセンスクの墓地に、娘が無器用にこしらえ、名前を記した木の十字架の下で眠っていることがわかった。

そうこうするうちに郵便で出したわたしの手紙もキリルのもとに届いていた。実際、郵便配達夫はリディアのことをまだ覚えていて、キリルが孫であることも知っていたのだ。これもロシアならではの奇跡のひとつだった。ただわたしたちは、というのはコンスタンチンとわたしのことだが、クリモフスクの戸籍課のスヴェトラーナ・リハツォヴァのおかげでこうした奇跡をもはや必要としなかった。

わたしはキリルに、子どものころリディアが聴かせてくれたというセルゲイの歌のレコードのことを話してみた。そもそもそんなものは存在しえなかった。父の歌いぶりならどんなものでも崇めていた従姉のエウゲニアが、父の声を録音したものがひとつもないとくりかえし嘆いていたほどなのだから。コンスタンチンもなんとかしてセルゲイの音声記録を見つけ出そうとありとあらゆる手を尽くしてくれたけれど、旧ソ連で特に重要ないくつかの劇場に出演していたにもかかわらず、ソヴィエト・オペラ史年鑑からは抹殺されたも同然だった。ところがキリルは、あの声はまだ正確に耳に残っているし、レコード盤には金文字をあしらった濃紺のラベルが貼ってあったことを覚えていると言い張った。リディアの死後、部屋を片づけたときになくしたにちがいない、たぶん誤ってゴミ捨て場に捨てられてしまったのだと。

そもそもキリルはそれほど困った奴ではなかった。彼のメールの文面と彼の写真との接点を見つけるのは容易でなかったが、あの写真は単に写りのよくないスナップショットにすぎなかったのかもしれない。キリルの職業はプログラマーで、非の打ちどころのないロシア語を書き、つねに変わらず礼儀正しく、ロシアの国民的麻薬ともいうべきアルコール依存をうかがわせるものはなかった。子どもたちの写真もたくさん送ってくれた。就学前の息子と娘で、キリルはとても可愛がっているらしく、二人をまっとうに育てることに心をくだいていた。子どもたちが台所で指絵具を使って絵を描き、誕生日ケーキのろうそくを吹き消す様子をわたしは見つめた。

少し気になったのは私情をはさまぬ几帳面なところだった。キリルはわたしのどんな質問にも誠実に答えてくれたが、感情を表に出すことは決してなかった。一度だけ、自分の母親の写真をわたしのためにスキャンしようとして、アルバムから抜き取るときにうっかり破いてしまい、そのときの狼狽ぶりが度を越していたので、わたしは困惑し、申し訳ない気持ちになったことがあった。

キリルは自分の母について、結婚生活は長くはなかった、両親は自分が二歳のとき離婚したとしかこれまでのところ語らなかった。父親は存命で、定期的に会っていた。どうしてそんなに早くお母さんは亡くなったのかと慎重に尋ねると、次のように書いてきた。

わたしはロシアのほかの子どもたちとは違った育てられ方をしました。母と祖母はソヴィエト社会との関わりをいっさい持とうとせず、ロシア国民とわたしの同世代の仲間たちについてわたしに間違った観念を教え込みました。二人はまわりにいるほかの子どもたちを幼稚で堕落していると見ていました。彼らから遠ざけられ、子どものころから特別な才能を発揮していた数学の仮想世界で生きてきたのです。そんなふうに育てられたら家庭を築いて子どもをもうけることなどできません。わたしにそれができたのは、海軍の兵士としてロシアの人生学校を卒業したからです。あなたは母の早すぎる死の理由を尋ねました。理由は、わたしが母を殺《あや》めたからです。わたしは責任能力なしと告げられ、四年間精神病院に入れられました。

深夜だった。氷の割れる音がやみ、脆い小島となって湖を漂っているが、夜を支配しているのはあいかわらず無限と思われるいつもの闇だった。目の前のメールを凝視し、キリル・ジーモフはわたしをからかっているのかと自問した。もちろん、世の中には殺人者がいるということ、自分の母親を殺す者がいることも知っていたが、よりによってその一人とわたしが親戚だったなんてことがありうるのだろうか。そもそも生まれてこのかただれとも親戚付き合いなどなかったこのわたしが。こんな探索を始めた自分を呪った。なんというものを自分の人生に呼び込んでしまったのだろう。なぜこんなことをしたのだろう。さまざまな思いが募ってコンスタンチンに向かって押し寄せたが、こんな時間にはとっくに眠っているだろうし、チェレポヴェツは時差でここよりも二時間早かった。それに、こんな時間に起きている友人もいないからだれにも電話できなかった。少しずつわかってきた——例の写真のうつろで無気力なまなざし、キリルの型どおりの礼儀正しさと感情の欠如、子どもたちを「まっとうに」育てるという言葉、母親の写真をうっかり破ってしまったときの異様な狼狽ぶり。彼女の死亡年月日がわかったので、キリル・ジーモフが母親を殺したのは三十歳のときだとすぐに計算できた。こんな殺人をしでかしたのは、ロシアの人生学校と呼ぶものを、ロシアの軍隊で最も残忍だと見なされている海軍を卒業したあとなのか。きっともう精神病院に入れられる前に病気になっていて、ロシアの病院では精神療法の治療など受けさせてもらえず、薬ばかり投与されて、生ける屍《ゾンビ》になって退院させられたにちがいない。ひょっとすると今も強い薬の影響を受けているかもしれず、わたしにはいつなんどき爆発するかもしれない時限爆弾のように思われた。妻と二人の幼い子のことを考えて恐ろしくなった。そんな男との結婚に巻き込まれてしまったこの女性は何者なのだろう。子どもたちと自分自身のことで不安にならなかったのか。

犯行の動機として最初に思いついたのは住宅問題だった。ロシアの住宅不足は緩和するどころか壊滅状態のままで、人々はしばしば一族郎党もろとも一生狭い空間に押し込まれ、大勢が狂気に駆り立てられていた。すでにミハイル・ブルガーコフは小説『巨匠とマルガリータ』のなかで、モスクワの人間はごく普通の人間で、ほかより良くもなければ悪くもない、ただ住宅不足が市民をだめにしていると悪魔に言わせた。リディアの孫をだめにしたのも住宅不足だったのか。リディアの死で空室になったアパートのことで言い争いになり、母親を殺してしまったのだろうか。母と娘がほぼ同じ時期に死んだ理由はそれだったのか。いずれにせよ、リディアが生きている間は、孫になにかと制約を加えたことは容易に想像がついた。彼女の死がキリルを解き放ってしまったにちがいない。

なぜだかわからないけれど、わたしにはキリルは母親の首を絞めたのだという確信があった。彼女の、わたしの従姉のエレーナの首に巨大児の熊のような手がかかっているさまが目の前に見えた。キリルが送ってくれた写真では、彼女は、際立って華奢な母親のリディアとは逆に、堂々とした体格の、非常に力強い印象の女性で、強烈な官能性を感じさせた。ひょっとしたら激しく抵抗したかもしれず、断末魔の苦しみが長く続いたかもしれない。こうしたことすべてがわたしの母の命日に起こった——姪と叔母の関係にあるふたりが十月十日に非業の死を遂げ、ひとりは外からの暴力で、もうひとりは自身に対する暴力で死んだ。

わたしはクリモフスクの戸籍課のスヴェトラーナ・リハツォヴァのことを考えた。今になって、「これ以上の」情報は持ち合わせていないと伝えてきた文の意味を理解した。やはり持ち合わせていたからこそ、この一文を書いたのだ。何だかんだ言っても、戸籍課では婚姻証明書だけでなく出生と死亡の証明書も交付されるし、戸籍課の職員としてだけでなく、クリモフスクの住民としてスヴェトラーナ・リハツォヴァが事情に通じていたのは間違いない。母というのはロシアでは聖なる存在で、母殺しのニュースは比較的小さな都市ではあっという間に広まってしまったのだ。もしかするとスヴェトラーナ・リハツォヴァの異例の厚意はわたしとわたしの不案内を思いやってのことかもしれず、リディアの古い住所からいずれわたしが知るであろうことをわかっていたのかもしれない。

なぜキリルは、わたしのようなどこからともなく現れたはるか遠い親戚に対して、どんな事情があってもする義務のない告白をしたのだろうと自問した。これは良心の呵責からの告解だったのか、それともまったく罪の意識などないがゆえの恥知らずだったのか。自分の行為にこだわりなく向き合うように躾けられていたとすれば、ひょっとするとこういうことがロシアの人生学校が彼に、初めはロシア海軍が、その後ロシアの精神病院が教え込んだ行動規範のひとつだったのだろうか。そして、ソヴィエト的な人間になってほしくないがゆえに、娘と組んで子どもを支配してきたリディアとは、こんなにも長いこと探し求めてきた母の姉とはいったい何者だったのか。厳格な階級意識を植えつけられ、ソヴィエト的な人間を見下すよう教えられてきたのだろうか。一族の自由主義と社会的責務の裏には、ひょっとして平民に対する貴族の侮蔑が隠れていたのだろうか。七十年近く続いたソヴィエト政権の下で自身の階級意識にしがみつくことができたのか、それともまったく逆に支配されていたのであり、娘と一緒になって孫をわがものにし、孤立させ、破壊することで、自分ではそうと気づかずに全体主義体制の一部になってしまったのか。ちょうどその体制がかつて彼女から財産を奪い、孤立させ、破壊したのと同じように。そしてキリルはロシア海軍の人生学校をすませて、まさかのソヴィエト的人間になり、母を殺めることによって、貴族を、自分自身もまたその呪わしい残滓であるあの時代遅れの社会階級をあらためて廃したのだろうか。結婚して子をもうけることができるようにするために、なぜそこまでしなくてはならなかったのか。母親との間に何があったのか。

頭のなかでコンスタンチンと話した。朝起きるといつも急いでメールの受信箱をのぞくことは知っていた。そればかりか、この季節だと極寒のなかを仕事に出かける前にもう返事をよこすこともあった。

わたしはキリルから届いたメールの「転送」ボタンをクリックし、とうとうわたしたちは本当に犯罪に——わたしたちはそんなふうに冗談めかしてこの探索のことを呼んでいた——たどり着きました、という言葉を添えてコンスタンチンに送った。

窓の外の漆黒の闇を見つめると、卓上スタンドの光だけが映っていた。母はそもそもどういう家系に生まれついたのだろうと訝しんだ。こうしたことすべてはわたしに何の意味があったのだろう。ソ連の破滅とソ連崩壊後の大失敗、終わりなきロシアの宿命、集団で見る悪夢からの覚醒不能、下僕根性と無政府状態の、受難忍苦と暴力の二者択一しかないという呪縛、この世界を覆う無知蒙昧と暗黒、無力と占有、恣意と死で塗り固められたこの家族の歴史、この呪われたロシア——子どもたちを無慈悲に抱きしめて放そうとしない永遠の悲しみの聖母。少女だったころ、実際にわたしがその一部をなしているものが何なのか予感もなく、遠方に思いを馳せ、自らの出自から自分を救い出そうとしたけれど、それは直感的にまさに正しいことをやっていたのだ。いまや、わたしの反抗が何の役にも立たず、救いがなく、自分は有毒で腐った、母殺しすら生んだ土壌から生えてきたという思いに、これまで以上に襲われることになった。

思いもよらぬ時間にノートパソコンがかすかな信号を発し、新しいメールが届いていることを知らせた。「アゾフのギリシア人」からだった。コンスタンチンはあるとき、長くメールのやりとりをするうちにわたしの考えを読み取る術を学んだと書いてきたことがあった。今、彼は眠りのなかでそれを実践し、また起き出したにちがいない。この夜コンスタンチンはベッドに戻らず、わたしたちは朝までメールをやりとりした。彼の目にはキリルは不幸で気の毒な、そして道を踏みはずした人間に映り、わたしが彼を見つけたのも手を差し伸べてやるためだと理解した。コンスタンチンはわたしを買いかぶっていた。彼のような人間性、すべてをやさしく包み込むウクライナ＝ギリシア的気質は持ち合わせていなかった。わたしはキリルのことが怖かった、こんなに離れていても怖かった。「わたしは捨てていませんよ、あなたが抱きしめることのできるだれかをわたしたちは最後に見つけるのだという希望を」とその朝の最後のメールでコンスタンチンは書いてくれていた。彼はもうかなり前から、すべて見つけたら、マリウポリで会って一緒にお祝いをするという夢を語っていた。ことここに至っては、そもそも自分がまだだれかを見つけたいと思っているのかすらわからなくなっていたけれど、コンスタンチンとはマリウポリで会って抱きしめたかった――わたしはなんということを考えているのだろう！

これまで発見したものを、そしてこの探索であんなにも執拗にわたしにつきまとってきた幸運を怖れ始めた。だが今ではもちろん、シベリアのどこかに従兄がいるらしいこと、もし生きていればわたしの家族の歴史の最大の証人になるかもしれないことを簡単に忘れることはできなかった。よりによってその妹を殺害した男が、彼のもとにわたしを導いたのだ。このイーゴリは、キリル・ジーモフによるとメドヴェジヤ・ゴラの収容所で、つまり一九三一年から三三年の間に生まれたので、わたしの母を知っているということは、当時まだ幼い少年だったとしても十分ありえた。

イーゴリ探しを始める前に、コンスタンチンが不可能なことを、まさに天才のなせる業をやってのけた。キリルは正しかったのだ。伯父のセルゲイの声が録音されたレコードは本当に存在した。コンスタンチンがインターネットで、一九五六年録音のミコラ・リセンコ作のオペラ『黒海コサック』を発見した。ウクライナ国立交響楽団の演奏で、バスをセルゲイ・ヤコヴレヴィチ・イヴァシチェンコが歌っていた。コンスタンチンはひとまずわたしのコンピュータに音源を送ってきた。

伯父の声を聴いた。デジタル録音の完璧な音質で、どんなに遠い時代、遠い世界から声が届いているかを忘れさせてくれた。出だしの響きだけでもう魅了されてしまった。数十年前、ミュンヘンで初めて歌劇場を訪れて以来、そのような声を求めてきたが、いま自分の家族のなかにそれを、決して歌っているのではなく、ただ呼吸するだけ、あるいは泣いているだけなのだといつも思っていた歌い手のひとりを発見した。

快活な少年が写った夏の写真を目の前に置いた。少年はマドロス帽をかぶり、ドニエプル河畔の木の枝に裸足で腰かけていた。この少年の喉がのちに花開かせるものは、偉大な歌手に共通する、喉からではなくどこか別の、もはやこの世とは思われぬところから発するかに思われる深々とした低音の響きは、写真からは何もうかがえなかった。一九五六年、レコードが録音されたときセルゲイは四十一歳で、まさに同じ年に母は亡くなった。母の明るいソプラノをセルゲイのバスに重ねて、ふたりが一緒に歌ったらどんな響きになっただろうと想像してみた。母の兄の声が今ここに、わたしの部屋のなかにあることが、この声をかつて母も聴き、それがマリウポリでの母の人生の一部だったことを思いながら、壁を、家具を、窓の外の楓の木を見つめながらその声を聴いていることが、幻覚のように思われた。

いまや従姉のエウゲニアが新しい光の下で見えた。こんな声の父親がいれば、破滅するのはほぼ間違いない。エウゲニアが父親に人生を捧げてしまったことに、父親が今日まで彼女の現実生活の中心であり続けていることに、もう驚かなかった。人間は人生から、決まりある世界から滑り落ちないようにと、美から身を守ろうとする。エウゲニアは自分を守ることができず、抵抗できず、代わりに大きな代償を払ったのだ。

セルゲイの声の入ったファイルをクリックし続けた。どちらが強いのか、見つけたものへの喜びなのか、逃したものへの痛みなのか、自分でもわからなかった。もしセルゲイのことを知っていたら、もっとずっと昔にウクライナで会えたのだ。伯父の亡くなる二年前、ロシアの友人たちを訪ねて、そのころ付き合っていた恋人と一緒に自分の車で、あの時代ではまだ考えられなかった個人旅行でモスクワまで行き、帰りにウクライナを通った。キエフの独立広場でアイスクリームを食べ、古い坂道を上り下りしながら歩き回ったときに、ひょっとしたらセルゲイの家の前を通り過ぎたかもしれない。行き違いになってしまった。三十年前、伯父は監視員の仕事をしていた遊園地から帰宅する途中に道で倒れて死んだのだ。でも声は生きていた、それをわたしは実際に見つけた、ここにあるのだ、わたしのコンピュータのなかに、そしてこれからは好きなときに聴くことができる。この探索で起こった奇跡のなかで、これが最も信じがたいことに思えた。

コンスタンチンは、すでにキリル・ジーモフを発見した「同級生《オドノクラスニキ》」で今度はリディアの息子と同じ姓の、ミアスに住む十三歳の男の子を見つけた。シベリアのティーンエージャーで、プロフィール写真ではおかしな赤い頭巾をかぶり、手首には高そうな腕時計をはめていた。すぐにイーゴリの孫だとわかった。そればかりか少年は曾祖母の名前がリディア・イヴァシチェンコだと覚えていた。こうなるとすべては、この十三歳の少年が祖父とわたしのつなぎ役になってくれるのか、それとも老人たちの相手などやってられないと思うかどうかにかかっていた。ところが彼は協力をいとわない、とても利発な少年だった。二、三日後にはもうメッセージと一緒に電話番号を送ってきた。お祖父さんがびっくり仰天して、あなたからの電話を今か今かと待っているというのだ。

　貂に齧られた車はもう修理してあったし、シベリアへの携帯電話の通話料は目が飛び出るほど高いばかりか、遠くてたぶん聞き取りにくいだろうということで、その日のうちに荷物をまとめてベルリンに戻った。人生で初めてシベリアの電話番号を押した。十三歳の少年が送ってくれた番号で合っているらしく、とにかく呼び出し音が鳴り、そのあとすぐにだれかが受話器を取った。電話の向こうで、あなたをどう呼べばいいのだろうか、ヴドヴィナ（著者の姓のロシア語読み）さんか、それともナターシャかと問う男の声が震えていた。「わたしらはあんたのお母さんを長いこと探したんだ」と従兄は言った。「長いこと消息を待っていたんだよ」。わたしの声も、何から話せばいいのか言葉を探しているうちに、おぼつかなく震えた。

　キリル・ジーモフは、そのときわかったのだが、自分の母親を殺しただけでなく、彼女の兄の人生も破壊していた。十三年前、イーゴリの老いた母リディアが死に、その後まもなく妹のエレーナが息子に殺害されると、卒中に襲われ、二度と回復することがなかった。そうして七十八歳になり、身の回りのことはほぼすべて、自分も癌の闘病後、体の自由がきかない妻に頼っていた。

　測地学者として最後は、六十年前から暮らしているミアスの大規模な建築コンビナートで管理職を務めた。二人の子と三人の孫、そして曾孫がひとりいて、息子と娘は新生ロシアで起業家として成功し、家族は何ひとつ不自由していないようだった。衛星カメラのおかげでイーゴリが妻と暮らす、シベリアという生活環境ではおそらくこれ以上ないくらい贅沢で近代的な高層住宅を見ることができた。屋根付きの大きなバルコニーからは森に覆われたウラル山脈の麓が見わたせ、屋外温度計では、わずか数分で水銀柱が十五度も上がったり下がったりするようなとてつもない気温の変化が観察できた。

残念なことに、イーゴリは母のことは知らなかった。彼はマリウポリに行ったことがなく、母はメドヴェジヤ・ゴラに行ったことがなかった。それに、期待していた証人の役割はまったく果たせそうにないことがすぐに明らかになった。収容所育ちの子として早くから教訓をしっかり身につけ、多くの同胞と同じように心のなかへの亡命をすませていた。有名な三匹の猿の合言葉にしたがって、見ざる言わざる聞かざるの姿勢で生きていた。家族の過去については実のところ何も知らないも同然だったというか、沈黙を守るのが性格にまでなっていた。ヒトラーとスターリンの名を決して口にせず、いつも単に「ふたりの口髭」と呼び、甥のキリルの名前も自分の語彙から抹消した。キリルのことを尋ねても、話を聞こうともしなかった。

あるときイーゴリがちょっと散歩に出ているあいだに、妻のリュボーフィと電話で話した。キリルは夜中に起き出して母親の部屋に向かい、枕で窒息死させたの、と彼女は語った。その後台所でコップ一杯のマヨネーズをスプーンですくって食べ尽くすと、またベッドで眠ったのよ。リュボーフィによれば、キリルの母親は何にもまして夫を愛していたが、その夫が出ていってしまうと、すべての愛情を息子に注ぐようになった。息子を熱愛し、どこまでも甘やかしたらしい。特に数学の才能があったので神童だと思い込み、あなたは天才よ、と息子を熱狂的に礼賛し続けた。ところが年を追うごとに息子の暴君ぶりはひどくなるばかりで、おまけにどんどん成長して巨大化し、母親を頻繁に脅すようになったので、彼女はシベリアのミアスの兄のもとへ何度も逃げ込むようになった。あるときキリルはリディアの家財をすべて破壊した。もう十分長生きしたのだから、いい加減身を退いて若者に場所を譲るべきだというのが彼の言い分だった。従姉のエレーナとその息子キリルの話はきっとこれがすべてというわけではなかったが、ひょっとするとわたしもすべてを聞きたくはなかったのかもしれない。

母親についてイーゴリが語った乏しい言葉から、リディアがつっけんどんで近寄りがたい人間で、どうやら息子とよく似て寡黙だったらしいとわかった。母の腕に抱かれたりやさしく撫でてもらったかどうかも思い出せなかった。彼女が母親のマチルダとその兄ヴァレンティーノとの間に生まれた近親相姦の子だという話は馬鹿げていると相手にせず、何十年も連絡をとっていない従妹のエウゲニアの妄想だと見なした。

祖母のマチルダとは、彼女が娘を追ってメドヴェジヤ・ゴラにやってきてから、長いあいだひとつ屋根の下で暮らした。戦争中に一家はカザフスタンに疎開し、そこでさんざん苦労して、イーゴリの父がロシアのヴォスクレセンスクで技師長の地位に就くまでなんとか五年間生き抜いた。マチルダがマリウポリに戻ることはなく、死ぬまで娘一家のもとにとどまった。最後はほとんど耳が聞こえなくなり、たいていい目でなんとか会話をしたらしく、大半の時間を台所の椅子に腰かけてトランプの一人占いをしていたという。イーゴリの言葉から推測できたのは、マチルダも無愛想で、頑なで、近寄りがたい女性だったということで、すでにセルゲイの娘エウゲニアの描写と一致していた。

なぜ母は自分の母親を、無限の慈愛と母性という聖母マリアにも似たイメージでわたしに伝えたのだろう。マチルダはひょっとして母と、遅く生まれた最後の子と特別な関係にあったのだろうか。もしかして、やさしくて無防備であるがゆえにこの娘は、マチルダがほかのだれにも見せることのなかった愛をすべてわが身に引き寄せたのだろうか。母だけがマチルダを、わたしに語って聞かせたように、思いやりのあるやさしい女性だと知っていたのか。

イーゴリは子どものころ、母からも祖母からも愛されていないと感じていたので、十六歳のとき心を弾ませて家を出て、モスクワの大学に入学し、修了試験に合格したあとは測量士としてシベリアに配属された。そこで、彼が語ったところによれば、好き放題に飲み始めた。リュボーフィがいなければ、いずれ道路脇の側溝に落ちて二度と起き上がれなかっただろうと。

伯父のセルゲイのことを尋ねても、イーゴリは何も答えられないのか、答える気もないのか、一度アルマ・アタで『ルスランとリュドミラ』の公演で歌うのを聴いたことがあるとだけ語った。当時はまだ子どもだったから、叔父の雷のように轟く声が恐ろしかったと。話のついでに、セルゲイが戦後ドイツで慰問歌手をしていたと付け加えた。即座にわたしの心のなかで架空の場面が繰り広げられた。母と伯父が偶然ドイツ領内で出会う。いまや占領地となったドイツでロシア・オペラのアリアでソヴィエト兵を愉しませねばならない赤軍兵士のセルゲイと、かつて強制労働者として敵国のために働いた母。兄妹は互いに首っ玉にかじりついたりしただろうか、それとも敵として向かい合い、永遠に和解できないままだったろうか。もし兄もドイツに、もしかするとすぐ近くにいると母が知っていたら、どんなことになっていただろうか。わたしが今知っていることを母が知っていたら、母の人生は違った方向に進んだだろうか――ドイツにいても未来がないことは明白だったにちがいないのだから、もしかしたら機会を捉えて、兄と一緒にウクライナへ戻ったりしただろうか。

またもや、イーゴリが息子のコンピュータから送らせた家族写真が届いた。子どもたちと孫が休暇でフィンランドやイタリア、アメリカを旅行した際に撮ったもの、トウヒが鬱蒼と生い茂るミアスの広大な敷地に建つ、シベリア式サウナを備えた豪華で大きな息子の家、そして何十人もの客が顔をそろえ、料理や飲み物が食卓に所狭しと並んだ、ロシアらしい華やかな雰囲気にあふれた家族のお祝い写真。

驚いたことに、イーゴリが持っていた古い家族写真のなかに、スカーフを被った若いころの母を撮った写真ばかりか、あの、裏に「祖父とふたりの知り合い」と記されたのと同じものも見つけた。ただここには「知り合い」が二人ではなく三人いた。わたしの手元にあった焼増し写真は一部切り取られたものだということに、ずっと気づかなかったのだ。イーゴリの写真では、ナターリアとヴァレンチナの隣に、母の三人目の叔母で、すでに観葉植物の椰子のある家族写真で知っていたエレーナも写っていた。手つかずの元の写真の端に、垂直にならんだ渦巻飾り文字で「リュミエール・オデッサ」と書かれていた。これで写真が撮られた状況の推測がついた。リディアの刑事調書から、彼女の叔母のエレーナがオデッサに住んでいたことは知っていた。母の父親のヤコフは妹のヴァレンチナとナターリアと一緒にエレーナに会うためにそこを訪れた。その折に四人の兄妹は写真館〈リュミエール〉に行って写真を撮ってもらったのだ。母の父親が四人いる姉妹のうちの三人と一緒にいるところをわたしは見つめた。オリガだけが欠けていた。夫とともにモスクワで暮らしていたか、あるいはもうこのときには自殺していた。それにしても、なぜエレーナは母の写真では切り取られてしまったのだろう。そのことについてはコンスタンチンが、革命後に無数の人々が写真から消えてしまったことを教えてくれた。彼らは一緒に写っている者たちの身に危険な存在となったので、自分で切り取ったか、あるいは他人によって取り除かれたのだ。すると、リディアだけでなく叔母のエレーナにも政治的に何か剣呑な事情があったのだろうか。それともエレーナが切り取られた背後に家族間の、個人的な確執が隠されていたのだろうか。

次の写真をクリックすると、大人になったセルゲイが初めて目の前に現れた。赤星勲章のついた赤軍の制服を身につけたまだ初々しい若者で、めかしこみ、髪にはしっかり櫛目を通し、ほとんど子どもと言っていい穏やかな顔つきをしていた。次の写真ではそれから二十年ほど経っているのか、黒い巻き毛に力強い顎、母と同じ物憂げなまなざしの、実に男らしい堂々たる男性になっていた。ブロマイド写真には『エフゲニー・オネーギン』のグレーミン侯爵、『スペードの女王』のトムスキー伯爵、『ボリス・ゴドゥノフ』のタイトルロール、『ルスランとリュドミラ』のキエフ大公、グノーの『ファウスト』のメフィストフェレスなどの役柄があった。セルゲイは、天与の才能をもつ歌手であっただけでなく、偉大な役者でもあったことがこれでわかった。どの写真でも別の人格になりきっていて、この数少ない画像が見せてくれるものよりもはるかに多くの顔を持っていたにちがいない。人を恐れさせる力、何か不気味なもの、不可解な戦慄を発していた。

添付ファイルの写真のひとつに、今初めて気づいたのだが、「マチルダ・ヨシフォヴナ・デ・マルティーノとヤコフ・エピファノヴィチ・イヴァシチェンコの子どもたち――リディア、セルゲイ、エウゲニア」という標題がついていた。心臓の鼓動がとまった。ファイルを開いた。自分が何を見ているのか理解できなかった。ひと目でわかったのがリディアで、ここでは十八歳くらい、十三歳くらいの少年はきっとセルゲイだ、でもエウゲニアは、わたしの母はどこ？　兄と姉に囲まれてもうひとり、子どもの頭についた小さなプロペラみたいにいつも見えていた巨大なロシア風リボンを髪に結んだ、見知らぬ女の子がいた。徐々に、順を追って、まさしくこの見知らぬ少女がわたしの母なのだと理解した。ひと目見ただけでは、記憶に残る大人の女性からこの子どもまでの道のりはあまりに遠いものだった――それでも小さな顔には母の面影が、その目に、額に、顎にはっきりみとめられた。八歳くらいのはずで、値の張りそうな白いレースの小さなワンピースを着て、黒い髪は前を短く切り下げたおかっぱにしていた。

これまで一度だって母をこんなふうに、ほぼこれに近い佇まいですら想像したことはなかった。こんなにおめかしして、こんなに上品で、良家の子女のよう。両親が貧しかった痕跡はどこにも見当たらない。おそらく最後に残ったもので母を飾り立て、写真館に行く前に美容院に行かせたのだ。兄と姉がカメラを見つめているのに、母はレンズの向こうを見ていた。心ここにあらず、目は放心状態で、子どもにしてすでに憂愁そのものだった。母であるのは間違いなかったが、わたしには近づきがたい知らない子どもだった。あまりに華奢ではかないので、触れようとする気も、抱きしめようとする気も起きなかっただろう。癒しがたい悲哀の星からやってきた、白いレースに包まれた小さな王女さま。わたしには、自分が母の運命を知っているせいで暗示にかけられているのか、それともすでにこの幼い少女のなかに、没落の手に呑み込まれて、恐怖の時代を耐え忍ぶことのない運命がすでに見てとれたのかわからなかった。それでも、透明で澄みきったこの存在が、三十六年間の、あらゆるものが彼女に敵対し、最初からその破滅をもくろんでいた時代の年月を生きたとは信じがたいことだった。どうやらリディアの遺品にあった写真がシベリアにいる息子に送られ、そしてそこからベルリンのわたしのパソコンの画面に届いたようだった。わたしの失われた小さな母は、およそ三十年後にドイツのレグニッツ川で引き上げられた――探索は母の幼いころにまでほとんど行き着いたので、この子ども時代の写真以上のものはおそらくもう見つからないかもしれなかった。

ミアスから届いた最後の写真は、母が育った家、イタリア人の曾祖父母テレーザとジュゼッペ・デ・

マルティーノの家だった。イーゴリの息子は二、三年前に自分の祖先の足跡をたどるために妻とともにマリウポリに行き、荒れ果てた建物の写真を撮った。ソヴィエト時代、母がマリウポリに住んでいたころレーニン通りと呼ばれた道は、いつの間にか昔の名前に戻っていた。入口の門に貼りつけられた紺青色の標識板に白い文字で書かれているのが読み取れた――奇跡を起こす人にして、旅人、囚人、孤児の守護聖人、聖ニコライにちなんで命名された通り、ニコラエフスカヤ通り。

館は外からは見えない中庭に向かって、後方に伸びる二つの翼部から成っていた。写真では通りに面した、迫持門でつながる二つの正面しか見えなかった。古びた建物はソ連崩壊後の陰鬱で荒廃した姿を表していた。壁からは文字どおり腐敗物の、小便、ごみ、そして岩場に生息する海の生物の臭いがした。時の経過と工場から排出される煙でぼろぼろに砕け、腐った石は、母がこの世に生を受けた百年近く前の屋敷のかつてのありようを偲ばせるだけだった。想像を広げれば、正面の窓の贅沢な飾り、凝った造りの錬鉄製の網目細工の装飾、今では藪と草で覆われ、コウノトリの巣を思わせる花の形をした屋根窓の魅力をまだ見てとることができた。二つの翼部のあいだの風化した迫持門は、大まかに積み重ねられた灰色の石から成り、今にも崩れ落ちそうに見えた。軒樋は錆びつき、古色蒼然としたアンテナからは電線が多孔質の瓦屋根にだらりと垂れ下がっていた。青と薔薇色の二色のペンキが塗りかけのまま放置されていた。

マリウポリでの母の暮らしは、この家を見ているうちにわたしのなかに呼び起こされる光景で満たされた。目の前で、幼い少女の母が迫持門の奥の中庭で遊び、ほかの子どもたちや兄のセルゲイとはしゃぎ回っている。子守女のトーニャが母を呼ぶ声が聞こえる。母が学校鞄を背負って、あのころはまだ壊れていなかった迫持門を通り抜けていく。どこに出かけるにも必ずこの門をくぐり、この通りから歩き始めたにちがいない。写真では割れて、半ば雑草に覆われている石畳は、もしかすると当時の姿をとどめていたのかもしれない。ニコラエフスカヤ通りがあのころイタリア人地区にあったとすれば、ひょっとすると母はお隣のギリシア人地区に住む従姉たちをときどき訪ねたかもしれない。ウクライナ語やロシア語、イタリア語と並んで、ギリシア語も日々よく耳にしていたかもしれない。イタリア語は今でもなおこの街では通用するし、衛星写真で見たかぎりでは、少なくともニコラエフスカヤ通り界隈にはイタリア料理のレストランがひしめいていたが、それは過去の残滓というよりむしろ新時代の現象なのかもしれなかった。世界中どこにも、わたしにとって今パソコンの画面で目にしている場所ほど遠く、想像もつかないところはなかった。

わたしたちの話題が限られていたため、従兄のイーゴリとの電話の会話は奇妙な性質を帯びた。イーゴリは寡黙なだけでなく、たいていのロシア人と同じように、互いが共有する大いなる痛みについてはいつもあれこれ知恵を出し合うのだが、個人のものとなると自分のなかにしまい込んでしまう人間だった。おまけに、相手の触れてほしくないことを質問するというのはそもそもロシア人の行動規範にはなく、他人を私事でわずらわせる習慣もなかった。結局、イーゴリとわたしの電話では何も話していないも同然だった。共通の話題もなく、異なる世界で人生を送ってきたのだ。しかし、この話そうとしない、というか話すことのできない孤独な老人のなかに深く感じやすい魂が隠れていることを感じ、少しずつわたしたちの間にやさしい愛のようなものが育っていた。

イーゴリはいつも我慢強くわたしの電話を待ち、三、四日続けて連絡せずにいると心配した。わたしも心配し、イーゴリのか細い生の糸が、よりによって彼を見つけた今、突然ぷつんと切れてしまうのではないかと恐れていた。電話をかけないときはイーゴリのことを考え、彼のほうもまったく同じようにわたしのことを考えていると感じた。

　ロシア語で「従兄弟」は「第二《ドヴォユーロドヌイ》・兄弟《ブラート》」といい、普通は「第二」を省いて単に「兄弟」と言った。「兄はどうしていますか」と、イーゴリの妻が電話を取るとわたしは尋ねた。兄という、わたしにとってまったく新しいこの言葉を口にすることをじっくり味わった。自分に兄がいて、わたしが妹だなんて、想像もできなかった――彼は、わたしの兄は、今どうしていますか、と一日に何度もつぶやいてみた。そのときイーゴリはわたしには兄以上の存在だった。家族のことは何も話さなかったけれど、わたしと祖先との、これまであんなにも呪ってきたウクライナ＝イタリア系の一族との生きた絆であり、一族そのものだった。まるで彼が母の何かを描いてわたしに伝えようとしているかのように思われる瞬間があった。一方のイーゴリはわたしのなかに、失った妹のエレーナの何かをふたたび見いだしたようだった。彼女が息子の手で殺されたことの衝撃はあまりに強く、彼の命のともしびは弱々しく揺らめくばかりだった。この状態がもう十年以上続いていることにいくらか心が慰められた。ひょっとしたらまだしばらく続くかもしれない絶え間ない揺らめき。わたしがイーゴリの妹の代わりになることはできなかったが、ときおり、わたしにとっての彼が贈り物であるだけでなく、彼にとってのわたしも贈り物なのだと感じたものだ。イーゴリがとうに捨ててしまっていた世界との思いがけない、新たな結びつき。

　わたしのためにコンスタンチンが願ったものが叶えられた。ついに、抱きしめることのできるだれかを、シベリアに住む、じきに八十歳になる重い病気の寡黙な男を、わたしの人生の糸がそこに撚り集まる人物を見つけたのだ。探索は終わった。わたしにはもう見つけるものは何もなかった。ほとんど信じられないことだが、本当にみんなを、母の家族全員を、死者だけでなくまだ生きている人たちも探し出したのだ。もっと遠い親戚からは、もうこれ以上母についての新しい情報は期待できなかった。イーゴリは、夏の夜の湖畔でインターネットで気まぐれの戯れに始めた母探しの旅の終着駅だった。

ところが、まだわたしを待ち受けているものがあったのだ。

卒中を起こしたあとイーゴリは、妻とともにエレベーター付きの快適な高層住宅に引っ越したが、念のため古い造りの建物の五階にある持ち家はそのままにしておいた。そんなとき、ミアスに住む二人いる孫の年嵩のほうが結婚の意志を知らせてきた。たしかに孫は、両親の狭い二間のアパートにもぐり込まねばならないという、ロシアの若い新婚夫婦のほとんどが被る宿命に直面してはいなかった——父親の家には余裕があったからだ。それでも両親とは離れて暮らしたがった。結婚式のあと妻と引っ越すつもりで祖父の旧居を片づけていると、戸棚の上にノートが二冊、綿埃をかぶった状態で見つかった。リディアの日記だとわかった。どうして戸棚の上に置かれていたのか、イーゴリには見当がつかなかったが、あやうく古い家具と一緒に処分されるところだった。

イーゴリにはノートが読めなかった。目がもう役に立たなかったせいもあるが、読みたくもなかったのかもしれない。ソ連時代に育った者として、いまだに複写禁止の習慣が抜けず、今ではロシアでも簡単にコピーショップに行って好きなものを好きなだけ原本から複写できるとは想像もできなかったので、貴重なノートを息子に郵便で送らせた。内心どきどきしながら、ひょっとしたら新発見の証言者になるかもしれない日記が今まさにたどっている危険だらけの長い道のりを思い浮かべた。戸棚の上で分厚く積もるばかりの埃の層に埋もれながら、ノートがわたしの現れる瞬間だけを長年待っていたかのような、リディアがそれをわたしのために息子の戸棚の上に置いてくれたかのような気がした。

時間が過ぎ、恐れていたことが現実になった。郵便が届かなかったのだ。毎日、配達されるのを待ったが、建物の一階にあるわたしの郵便受けには、いつもチラシやどうでもいいものがいっぱい詰まっていた。シベリアからの郵便物は行方不明のままだった。ノートが検閲の犠牲になって、差し押さえられたのだろうか。それとも途中のどこかで足止めを食らってしまって、紛失したのだろうか。以前翻訳した本のことを思い出してしまった。女子学生たちが学期休みのあいだ郵便配達のアルバイトをするというくだりがあった。配達しなければならない郵便物の詰まった重い鞄を郵便局で受け取ると、中身を最寄りのゴミ容器に空けてしまって、その日一日楽しく過ごしたのだ。わたしの探索で最高に価値のあるものが、同じような運命に見舞われたのだろうか。

結局、郵便の未着はロシア的な偶発性混乱のせいではなく、何か別のことが原因であることが判明した。転送願いを出していないにもかかわらず、ドイツ郵便がシャアール湖のわたしの住所にノートを届けたのだ。四月の激しい風の吹く雨模様の日にそこに着くと、ベルリンの住所の上に紙の貼られた濡れた封筒が郵便受けからわたしの手に転がり落ちてきた。おそらくもう何週間も前から、家の外壁の金属の箱のなかでひっそりと、雨風を問わずあらゆる天気にさらされてきたのだ。

急いで荷物を冷えきった部屋に運び込み、今にも母の姉の声が消えてなくなってしまうのではないかと言わんばかりに、あたふたと封筒を破いて開けた。ノートはいくらか湿っていたが、破損してはいなかった。一冊は緑色で、もう一冊は茶色だった。どちらもおおよそA５判の大きさで、糸で綴じられ、へりの部分は機械ではなく手で拵えたみたいに歪んでいた。日記というよりも、リディアが亡くなる十年前の八十歳のときに書いた回想録のようなものだった。方眼罫のページは名誉回復申請書ですでに馴染みのある、斜めに傾いた小さな文字で埋められていて、八十歳にしては驚くほど整っていて、そして一気に書かれたかのようにほとんど書き直した跡もなかった。
緑色のノートの最初のページには、ゲオルギー・イワノフの詩が記されていた。

ロシアは幸運。ロシアは光。
でも、もしかするとロシアはない。

太陽はネヴァ川を赤く染めず、
プーシキンは殺されたが、斃《たお》れたのは雪の上ではなく。

ペテルブルクは存在しない。
あるのは雪に覆われた野原、野原。

ただ雪だけ、雪だけ……そして夜は長く、
いつも新たな厳寒のみをもたらした。

ロシアは沈黙、灰の跡。
もしかすると慄きでしかない。

氷の闇、弾丸、絞首台の綱、
そしていつも変わらぬ狂った音楽。

収容所の朝が土地を照らす、
世界がその名を知らぬ土地を。

わたしはウールの毛布にくるまり、大きな肘掛け椅子に座り、嵐の吹き荒れる濃い灰青色の湖に面した窓の前で読み始めた。手記の冒頭は『申命記』からの引用だった。「わたしが報復し、報いをする」。息を呑んだ。息を殺して母の姿が現れるのを待った。母が生まれたことはたしかに記されていたが、それ以上のことはほとんど手記には言及がなかった。行間に、母の姉が自分の目で見て、いまや間近でわたしに見せてくれる当時の生活世界のなかに母を探すことで満足するしかなかった。

第二部

母の父親のヤコフは、革命思想ゆえに二十年の流刑を科せられ、刑期の最後の数年は国家の監視の下、当時ロシア帝国周辺の地であったワルシャワで暮らすことを許される。一九一一年、そこで母の姉のリディアが生まれる。

思ったとおり、マチルダ・デ・マルティーノはヤコフの最初の妻ではない。リディアは幼いころ、腹違いの兄のアンドレイとともに過ごす。アンドレイは父親が流刑地で結婚して生まれた子なので、初めてワルシャワで街というものを見てびっくりする。

ワルシャワの中高等学校の歴史教師としてヤコフはささやかな給料を得るが、イタリア人の両親の莫大な財産のおかげで非常に裕福な女性と結婚する。ふたりは旧市街の中心にある広々としたアパートに居を構え、ポーランド人の料理女とロシア人の子守女、それにイギリス人の家庭教師ウィグモア嬢を雇う。この家庭教師が前と後ろに、そっくり同じ小さなつばのついた帽子をかぶっていたので、ヤコフは彼女をミス・〈ハロー・アンド・グッドバイ〉と呼ぶ。リディアは幼いころ、すでに三つの言語をすべ

て、いつもごちゃまぜにして話し、父親はほかにロシア貴族の言語であるフランス語とバルト・ドイツ人の母アンナ・フォン・エーレンシュトライトから習ったドイツ語を使いこなす。家には高価なグランドピアノがあり、非常に音楽的才能に恵まれたマチルダがショパンやモーツァルトを演奏する。ポーランドの知識人や音楽家、詩人がよく客として招かれる。ヤコフはスウェーデンとイギリスへの旅行を許可され、そこで現地の革命労働運動の活動家とひそかに会う。こうしたことがあっても、ワルシャワで豪勢な暮らしを送り、ポーランドの高級保養地のワジェンキで家族と休暇を過ごす妨げにはならない。一種の贅沢流刑だが、それも一九一五年のドイツ軍のワルシャワ侵攻で終わりを迎える。ヤコフはマリウポリに帰ることが認められ、二十年を経てふたたび自由の身となる。故郷に帰還してすぐ母の兄セルゲイが生まれる。

この時代のマリウポリは多文化都市だ。ウクライナ人、ロシア人、ギリシア人、イタリア人、フランス人、ドイツ人、トルコ人、ポーランド人、そして多くのユダヤ人が住んでいる。街は丘の上にあり、海の幸の豊富なことで知られるアゾフ海がどこからでも見える。チョウザメやスズキの群来《くき》が押し寄せると、海面が沸騰しているかのようだ。

低地の浜辺には漁師が、その少し上の丘には労働者、とりわけ沖仲仕が暮らしている。木造小屋、土壁の小屋、倉庫、物置に、困窮に喘ぎながらひしめき合っている。下水も電気もなく、水は井戸からバケツで汲まねばならない。泥濘と悪臭と蚊。飢えた子どもたちが泥まみれになって遊び、父親たちは飲んだくれる。マラリア、コレラ、チフスが蔓延する。夜になると小屋のなかで松の木っ端が燃やされる。

そこから一段高くなった台地には文なしのユダヤ人の小屋や屋台がへばりついている。ここでは需要の多いマッチや靴紐、髭剃り刷毛《はけ》、灯油、錆びた釘、投げ売り本、メロン、玉蜀黍の穂軸、雑穀、岩塩、革紐付き聖句箱など、想像できるものから想像を絶するものまで、ありとあらゆるものが見つかる。ここにもいたるところに、半裸で不潔で腹をすかせた子どもたち、ペオートと呼ばれるこめかみの巻き毛（超正統派ユダヤ教徒の男性の髪型）を伸ばした少年たちがいる。

そこからいくらか離れたところで、船や積載型クレーンのひしめく港の背後に、フランス人が建設した二つの大きな製鉄所がある。ここで働く者たちは専用の団地に住み、港湾労働者よりもいくぶん待遇がいい。煉瓦造りの建物には電気も水道も引かれ、なんといっても給料は食べていくには十分すぎるほどもらっている。工場の煙突は昼も夜も汚れた空気を街に吐き出し、勤務の交替を知らせるサイレンがマリウポリ市民には時計代わりだ。

ヤコフは家族とともに、革命前までは中上流階級に確保されていた「山の手」で暮らす。ここにはレストランにバー、ナイトクラブ〈ソレイユ〉、〈コンチネンタル〉と〈インペリアル〉というホテルがある。ギリシア風居酒屋《タヴェルナ》とイタリア風食堂《トラットリア》、劇場、大きな市場《バザール》に高級店、たくさんのロシア正教会聖堂、大聖堂、シナゴーグ、イタリア系住民の建てたローマ・カトリック教会、それにポーランドの教会堂《コチシュ》がある。通りを辻馬車が走り、富くじや熱々の魚のピロークが売られ、ジプシーの女たちが手相を占い、日曜には市の公園でブラスバンドの演奏がある。

マチルダの父、ジュゼッペ・デ・マルティーノは大金持ちのイタリア商人で、娘一家に、街で最も立派な建物のひとつ、ニコラエフスカヤ通りの屋敷の片翼部を使わせる。これより贅沢なのはマチルダの妹アンジェリーナがギリシア人の夫と子どもたちと一緒に住んでいる「白い別荘《ダーチャ》」くらいだ。マリウポリで最も華麗な舞踏会や園遊会は「白い別荘」で開かれ、コンサートや慈善宝くじも催される。それに対してマチルダは両親のもとに身を寄せ、ピアノ教室を開く。法律を修めたヤコフには弁護士補佐の仕事しか見つからない。帰還後はすぐにまた以前の政治活動を始め、新たにボリシェヴィキつまりロシア社会民主主義労働者党の禁止分派と手を結ぶ。筋金入りのボリシェヴィキであるヤコフが大資本家の娘と結婚し、そして今知ったことだが、階級の敵に属する義父の家でその家族とひとつ屋根の下で暮らすなどということがどうしたら可能だったのか――このことについてリディアは何も書いていない。わたしにとって、手記のなかでわからないことはこれひとつではすまないだろう。

マチルダの裕福な母、テレーザ・パチェッリは零落したウクライナ貴族の出の婿を見下している。ヤコフの家に子守女のトーニャのほかには召使がいなくて、コース料理が三、四皿しか出てこないことを小馬鹿にする。ワルシャワで娘は気前のいい経済援助を受けていたようだが、今では金を稼ぐために自宅でまたピアノを教えねばならない。

そもそもイタリア人の曾祖父母テレーザとジュゼッペの屋敷は、貧しい親戚の溜まり場だったように見える。同居人はヤコフの家族のほかにマチルダの弟である叔父のフェデリーコがいて、父親の商売を手伝いながら、屋敷にあるささやかな続き部屋に住んでいる。ほかにはパチェッリ家の「ちっちゃいお祖母ちゃん」とアモレッティ家の「おっきいお祖母ちゃん」がいる。「おっきいお祖母ちゃん」というのは堂々たる体軀と膝裏まで届く見事なお下げ髪からつけられたあだ名だ。ロシア貴族と結婚したが、相手はルーレットで全財産をすってしまい、最後は肺結核で死んだ。以来、早々と無一文の寡婦になってしまった「おっきいお祖母ちゃん」は姉のテレーザの屋敷で暮らしていた。「ちっちゃいお祖母ちゃん」も似たような運命に見舞われた。実際、小柄で華奢で、顔はうっとりするほど美しかったが、背中の瘤のせいで不格好な体つきだった。葡萄園をいくつか所有していた父親がすばらしい教育を受けさせてくれたおかげで、彼女は数か国語を話し、機知に富む会話と洗練された立ち居振る舞いで注目を浴び、皇太后マリア・フョードロヴナの女官となった。皇太后はしばらくして彼女を輝くばかりの美丈夫だが赤貧洗うがごとしの将校に娶らせるが、この男は背中が瘤の女を妻にするだけでは我慢できなかった。彼は妻の持参金をすべて使い果たすと姿をくらまし、二度と現れることはなかった。そんなわけで、「ちっちゃいお祖母ちゃん」はある日またマリウポリに現れた。自分を襲った不幸を克服できず、奇矯な人間になっていた。何を訊いても答えはただそっけなく、たいてい「わからない、なんにも知らない」と言った。ほとんどの時間、沈黙していた。

屋敷のなかで、持ち主自身、つまりリディアとセルゲイの祖父母が起臥する一角は、世界中から蒐集した品々で人を驚かす博物館に似ている。中国の絹、インドの絨毯、アフリカの象牙細工の像、ペルシアの貴重なモザイクと櫃《ひつ》、セイロンのおどろおどろしい仮面、遠く潮騒が聞こえる巨大な貝殻、アラビアのタペストリー、日本の陶製の飾り物、ヴェネチアン・グラスの鉢、そしてテレーザとジュゼッペが船旅から持ち帰った諸々の品。テーブルには果物籠と摘んできたばかりの花を生けた花瓶が置かれている。客を迎え、音楽やダンスに興じるサロンには、額入りのロシア皇帝一家の肖像画が部屋の中央の壁に掛けられ、そのまわりにはイタリア人の先祖の肖像画が飾られている。そのなかには深紅の法服を羽織った枢機卿と在ポルトガル・イタリア大使の絵もある。巨大な肩と禿頭、目には片眼鏡をかけたナポリの石工だったジュゼッペの父もいる。鏡のようになめらかな象嵌寄木細工のサロンの床はリディアにはスケートリンクとなり、彼女はこっそり滑って遊ぶ。一番心を奪われたのは、ある部屋で向かい合わせに置かれた二枚の装飾鏡だ。どちらかの鏡の前に立つとリディアの姿がもうひとつの鏡に反射し、それがまた最初の鏡に映って、次々と同じことが起こり、そうして自分の姿が無限にくりかえし映るのを眺めるのだ。

曾祖父母の使用人には二人の小間使、料理女、洗濯女、下男、御者そして運転手がひとりずついる。小間使だけが主人夫妻とじかに話すことができ、ほかの者たちは全員、伝えたいことがあっても小間使を通すしかない。あるときリディアが厨房をのぞくと、ちょうど使用人たちがおしゃべりしながら昼食をとっている。彼女を見てみんな黙り込む。「何か御用ですか、お嬢さま」と小間使のひとりが尋ねる。だれかが囁く。「どこにお嬢さまがいるんだい。あれは大旦那さまのお情けでここにいる居候じゃないか」。リディアは傷つく。「お父さまは仕事をしているわ」と負けずに言い返す。料理女が向日葵の種をひとつかみ持たせると、リディアは走り去る。

のちに母も遊び場にした中庭では、壁のように連なる黒々とした糸杉の向こうで境を接する隣の敷地の樽工場から話し声や騒音が聞こえる。ブロンシュテインというユダヤ人一家の工場だが、この一族がのちにレフ・トロツキーと名乗ることになる男を輩出し、その甥がリディアの人生で少なからぬ役割を果たすことになるとはそのころはまだだれも知らない。ライラックと野生の薔薇の茂みが芳香を放ち、屋敷の正面には葡萄の蔓が絡まっている。中庭の後方には厩舎があって、三頭の馬に御者が毎日餌をやり、ブラシをかける。馬車置き場には二台の、慶事外出用と普段使いの馬車、そして冬用の大きな馬橇がある。馬車置き場のわきに車庫が増築されている。当時マリウポリにあった自動車は二台で、そのうちの一台をリディアの祖父ジュゼッペが所有している。

母のマチルダをリディアはいつも少しばかり怖れている。罰を受けたことは一度もないし、叱られたことすらないのに。マチルダは娘をいつも半ば厳しい、半ば嘲るような目で見つめるだけなので、リディアは自分の振る舞いが拒絶されているのか、それともただ馬鹿にされているだけなのか、よくわからない。母に庇護や温かみ、やさしさを求めようとは思いもよらない。こういったものはみんな、自分を抱きしめ、笑わせてくれるウクライナ人の子守女のトーニャがくれる。リディアは彼女からウクライナ語を習う。これを両親はロシア語のあか抜けない方言のひとつと見ているが、のちにリディアを救ってくれることになる。

リディアはひとりでいることがよくある。母親にはピアノの生徒がたくさんいて、日がな一日音階と練習曲をさらう音が聞こえる。父親は事務所にいるか、ボリシェヴィキとの秘密の会合に出ているかで、暇というものがない。セルゲイはリディアと遊ぶにはまだ幼く、腹違いの兄アンドレイはもう大人だ。父親と同じ道を歩み、まもなく内戦に加わることになる。そして数日後には命を落とす。

よその子どもたちが母親に童話を読んでもらうのを、リディアはうらやましく思う。自分の母はそんなことはしてくれない。ひょっとしたらそのおかげなのか、五歳ですでにだれの助けも借りずに読むことを覚える。どうやって読めるようになったのか、あとから思い出したりすることはない。指で行をなぞり、一文字ずつ、ひとつひとつの文字の並びの意味がだんだんわかってくるまで、ずいぶん時間をかけて学ぶ。すっかり魅せられて、一冊読み終えるそばから次の本に手を伸ばす。童話を卒業すると、両親の蔵書から本を取り出す。六歳か七歳でもうドストエフスキーの『ネートチカ・ネズワーノワ』、イヴァン・クルィロフの『寓話』、レスコフの『左利き』を知っていた。大人の世界へ潜り込み、本に書かれている言葉はすべて理解できると自信を得る。

母親はすでにワルシャワで三歳のリディアにピアノのレッスンを始めていた。リディアは音階と運指法の練習は嫌いだが、作曲はする。そのためにリディアがすることはあまりなくて、ひとつの和音から次の和音が生まれるので、心のなかで聞こえる響きをただ追いかけさえすればいい。本を読んでいるようなものだが、ただピアノの前では目ではなく耳で読む。結びついて単語や文になる文字は、鍵盤上ではひとつひとつの音なのだ。あるとき母親がドアから顔を出して、「どうしてそんなむずかしい曲を弾くの」と尋ねる。「お前にはそういうのはまだ早すぎるよ」。マチルダは娘の才能に気づきもしない。

夕方、仕事を終えると祖父ジュゼッペはよく家族を自分のまわりに集める。船上で生まれ、その後手放した息子や娘たちが立ち寄り、ペトログラードで暮らすピアニストのエレオノーラもときどき加わる。家族で食事を囲み、酒を飲み、おしゃべりをする。話題はほとんどいつも政治で、それもすでにその前触れが現れている革命の阿鼻叫喚だ。そのうちだれかがヤーコプ・ベッカー社のグランドピアノの前に座って弾き始める。いつだったか祖父が「さあ、マチルダ、何か歌ってくれ」と言う。リディアの母はとびきり美しい低い声の持ち主で、温かみのあるコントラルトでナポリ民謡、チャイコフスキーやルービンシュタインのアリアやロマンスを歌う。伴奏するのはたいてい兄のヴァレンティーノだ。

母の母親の歌のくだりを読んでも、わたしの記憶のなかで響き合うものが何もない。それでも母がわたしにそのことを何も話してくれなかったはずはない。なぜって母の歌はそこから、母親のマチルダから、そして間違いなく兄のセルゲイから生まれたにちがいないのだ。泣いていなければ、あるいは不気味な沈黙に引き込まれていなければ、母はいつも歌った。洗い物をしながら、箒を使いながら、鏡の前で髪をピンで留めながら歌った。わたしたちはみんな一緒に毎日のように歌い、わたしはアコーディオンを弾いた。それも夜になると起き上がり、夢遊病のように、譜面台を前にしながらも目を閉じて弾いたのだ。父は子どものころ故郷の街のロシア正教会の少年聖歌隊員で、のちに合唱団指揮者になり、ドイツでの強制労働に従事したあと、その声はわたしたちが生き延びる糧になった。最初はロシアの歌を聴きたがっているアメリカの占領軍のために歌い、現物支給の報酬を受け取り、そのあとはコサック合唱団員として賃金を得た。ひょっとしたら両親はすでにマリウポリでも一緒に歌っていたのかもしれない、母はふたりで声を合わせて歌うことに恋したのかもしれない。いずれにしてもふたりはともに美しい声の持ち主で、歌への愛はわたしたち、つまりわたしと妹にも受け継がれ、妹は大学で音楽を学び、オペラ歌手になった――妹は存在すら知らなかったけれど、伯父のセルゲイと同じ道を歩んだのだ。ドイツの学校でのわたしの取り柄はいつもクラスで一番歌声が美しいことで、これはロシア人が自慢できる特性のうち唯一わたしにも備わっているものだった。わたしたちが、父と母と妹とわたしが家で歌い、声が互いに溶け合うとき、わたしたちはひとつに結びついて家族という形になり、それ以外では存在することのなかった「わたしたち」というものになった。

いつもはあんなに冷やかなリディアの母親が、歌うときの声は温もりに満ち、不思議な力と細やかな情愛に満ちていたとリディアは書く。マチルダの歌は、幼いリディアにとって最高の幸せだ。たしかにマチルダは童話を読んではくれないが、トーニャが子どもたちを寝かしつけたあと、おやすみを言うためにもう一度部屋に来てくれる。部屋を出ていく前に、窓際の肘掛け椅子に腰を下ろし、小声でロシアとイタリアの子守唄を歌い始めるのだ。「おねむり、わたしのすてきな赤ちゃん《スピ・ムラジェーニェッ・モイ・プリクラースヌイ》、ねんねんころりよ《バユシキ》、おころりよ《バユ》……」、「ねんねんころり《ニンナ・ナンナ》、ねんねんころり《ニンナ・オー》、この子はだれにあげよかね《クエスト・ビンボ・ア・キ・ロ・ド》……」。リディアにとって安らぎと故郷を意味する、日々の終わりに安らかな眠りへと誘う母親の暗い、謎に満ちた声。

毎朝、母親のマチルダはリディアのもじゃもじゃの黒い藪のような髪をほぐそうとする。櫛を換え、ブラシを換えて、硬くて言うことをきかない子どもの髪を整えようと奮闘する。「お前はちっちゃな魔女さんだね」とふざけて言うのだが、この言葉を娘がいかに本気で受け止めたかは知るよしもない。童話を読むようになってから、リディアは魔女が空を飛べることを知り、自分もできるとひそかに信じている。女の子でただひとり、近所の少年たちに交じって、通りにひしめき合う家々の屋根の上を走り、屋根から屋根へと飛び移る。ときどき足下の瓦が滑ってずれ、少年たちは叫び声をあげるが、リディアは恐れない。自分には何も起こらない、重力の法則は自分には及ばないと確信して跳ぶ。

ある日ひとりで屋根によじ登り、空中に一歩踏み出す。運がよかった。落ちたのは石畳の上ではなく、ちょうど道路のこの場所に積んであった砂山の上だ。魔女としての輝かしい経歴は、重い打撲傷と脳震盪で終わる。

夏にはマチルダの兄ヴァレンティーノがマチルダと子どもたちを迎えにたびたび馬車をよこし、マリウポリ郊外にある自分の別荘《ダーチャ》に連れていく。別荘は丘の上の広大な庭園のなかにあり、屋上のテラスからは輝く青い海、白い砂浜そして港の船が見下ろせる。建物の中庭では噴水が呑気な水音をたて、外階段を二頭の石のライオンが守っている。眼下の海まで達する庭園は、ヴァレンティーノがわざわざドイツから呼び寄せ、敷地内の小さな家に住まわせているエーリヒ・クラーフェルトという名の庭師が世話をしている。庭園全体を縦横に道が走り、日射しが木々の緑の屋根に遮られていつも涼しい日陰の並木道と、木々の並びに沿って、薔薇の茂みのあいだに寝椅子が並べてある日当たりのいい並木道がある。いろいろな冬の病気の治療に日光浴が有効なのだ。果樹や漿果《しょうか》の灌木で縁取られた道もあれば、巧みに色を組み合わせて季節ごとに違った表情を見せる小さな花の海原を貫く道もある。狭い石段を降りると更衣室のある浜辺に出る。夜、来客があるときは色とりどりの灯火の花飾りで庭が照らされ、イタリアの赤葡萄酒やクリミア産の発砲葡萄酒、そして自家製アイスクリームがふるまわれる。

この場所でリディアは幼少期の最も美しい時間を過ごす。伯父のヴァレンティーノは姪とドミノに興じ、背中に馬乗りにさせてくれて、伯父がいれば母親は人が変わったように溌溂として、愛想がよくなる。ヴァレンティーノは何につけ召使にやらせるが、母親のマチルダは自分で漿果を摘み、戸外の調理場で砂糖煮《ヴァレニエ》を作る。日が暮れるとヴァレンティーノは蓄音機を持ち出し、レコードをかけ、テラスでマチルダと踊る。リディアは唐突に、自分の父親が義兄の別荘に足を踏み入れたことは一度もないと付け加える。何の注釈もなく、この文の意味は宙に浮いたままだが、リディアの手記で母親とその兄ヴァレンティーノとの関係を仄めかすものがあるとすれば、それはこの箇所である。

冬、リディアが一番好きなのは橇で出かけることで、自動車に乗るよりもずっと気に入っている。雪が積もるとどんな日でも、毛皮にくるまって橇に乗り込み、引き具の鈴をシャンシャン鳴らしながら荒い息を吐く馬を前方に見て、白雪が舞い上がるなかを飛ぶように走りたくてたまらない。あるとき、祖母にもう一回特別に遠乗りに連れていってほしいと思いきって頼んでみると、祖母は蔑むように孫を見る。「お前たちの馬かい？　お前たちの御者かい？　お前たちには何もないんだ、寄生虫なんだよ」

リディアは呆然とする。寄生虫が南京虫や蚤のことだとは知っている。彼女は父の事務室に駆け込む。仕事中は邪魔してはいけないのだが、このときはノックすることも忘れる。「パパ、お祖母さまがわたしたちのことを寄生虫だって言うの。そうなの？」とリディアは息を切らして尋ねる。父親は眼鏡をはずし、灰色の真面目なまなざしで彼女を見つめる。「ああ、そのとおりだよ」と言う。「わたしたちが生きているのは不公平な社会でね。でも、じきに変わる。革命が終わったら金持ちも貧乏人もなくなるから、そうしたらわたしたちももう寄生虫でなくなるのだよ」

それからというもの、リディアは革命を待ち焦がれる。そして長く待つ必要もない。ほんの数週間もすればそろそろやってくる。それは陽気に、派手なところは何もなく始まる。通りには笑顔で、聴いたことのない新しい歌を口ずさみ、赤い旗を振る人たちの姿がある。リディアの両親も祖父母や親類と一緒に祝う。「ラ・マルセイエーズ」を歌い、シャンパンで乾杯する。自由万歳！　客間の皇帝一家の肖像画はすでに外されている。とうとうそれが、新しい民主主義の時代がやってきて、喜んでいる。

読みながら、わたしはこれをどう理解すべきなのか考え込む。祖父母は世間知らずで、このあと自分たちの身に起こることを知らなかったのか。まさに自分たちのような者の廃絶を議論している義理の息子が加担している政治目標さえわかっていなかったのか。

数日後にはもう銃撃戦が始まる。石を武器にした連中が窓ガラスを壊す。怒れる暴徒は裕福なデ・マルティーノの屋敷も襲おうとする。屋敷の守衛は民衆の怒りをうまくなだめ、なおも主人たちの味方をするが、それもそこまでで、いよいよ略奪、無秩序、暴力そして絶え間ない恐怖が始まる。マリウポリは異なる政治勢力や党派が争い合う場となり、ある勢力が権力を掌握すれば、また別の党派が奪い返すというありさまだ。人々は地下室や地下壕に身を潜め、路上の銃撃戦から身を守る。その時々の勝者が銀行の建物に旗を掲げ、自らを誇示する。皇帝旗は白軍を、赤旗はボリシェヴィキ、黄色と青の旗は民族主義者シモン・ペトリューラの軍、そして黒旗は無政府主義者ネストル・マフノの軍を表す。五年続いた内戦で、マリウポリでは統治勢力が十七回入れ替わる。最も危険なのが旗なしですませる征服者だ。連中の場合、桁外れの残虐な襲撃と略奪を覚悟しなければならない。

母の生まれる前に屋敷ではすべてが変わってしまう。マチルダは二人の子と残り、夫のヤコフと継息《まま》子のアンドレイはボリシェヴィキの側について内戦に加わる。使用人もみな少しずつ姿を消すが、その際運べるものは何でも持ち逃げしていく。あるときリディアが浴室の扉を開けると、料理女のダーリャが祖母の洗面器を祖母の絹のガウンにくるんで、大きな籠にまさに突っ込もうとしている。「それはお祖母さまのものよ！」とリディアはびっくりして叫ぶ。料理女は「今は共産主義の時代さ、あんたのものはわたしのものだよ」と言う。一瞬考えて、こう付け足す。「でもわたしのものはあんたのものじゃない」

ある晩、リディアは扉の隙間から、ランプの灯の下で祖父と息子のフェデリーコがテーブルの上に積まれた金貨の山を前に座っているのを見る。ふたりは金貨を小分けにして、新聞紙に包んでいる。「今にこっそりずらかるよ、性悪資本主義野郎のあんたのご立派な親戚は！」とまだ残っていた小間使のひとりが通りすがりにリディアに囁く。翌日、祖父母と叔父のフェデリーコはその言葉どおりに姿を消す。どうやら永遠に。いずれにしてもリディアは二度と彼らについて触れることはなく、さらなる謎を残していく。とにかくこれで、母がイタリア人の祖父母と会うことはなく、生まれたときには彼らがもうそこにいなかったことはわかった。もしかしたら殺されたのかもしれないし、収容所に送られたのかもしれず、あるいは金貨を持って逃げおおせたのかもしれない。

いまや毎日のように、招かれざる客がニコラエフスカヤ通りの豪邸に入り込み、あたりをうろつき、じろじろ眺め、何かないかと物色する。ある夜、武装した二人の男が現れ、銃剣で玄関の間の電話線を壁から引きちぎり始める。「なぜそんなことをするのですか」とマチルダは問いただそうとし、男たちに令状を見せるよう求める。ひとりが彼女の顔に拳骨を食らわせ、「これが令状だ」と言う。そして拳銃を指して言う。「そしてこれが証拠だ」

新たな組織が絶え間なく立ち上げられる。あるとき目抜き通りでデモのようなものを見かける。十人ばかりの若い男女が、いずれも素っ裸で、それぞれの肩に「羞恥心を捨てろ！」と書いた赤い横断幕だけを掛けて駆けていく。通りがかりの者たちは大笑いし、囃したてる。その間にリディアとセルゲイは弾丸と薬莢を通りから拾い集め、赤軍と白軍に分かれてロシア内戦ごっこをする。リディアの友だちのマーシャは、「これからはもうあんたと遊べない。あんたのお母さんは白軍で、あたしのは赤軍だから」と言う。

ただひとり屋敷に残っている使用人は運転手だ。ある日彼はリディアを祖父の車でドライブに行かないかと誘う。リディアはもうずいぶん長いこと車に乗っていないので有頂天になる。軽いサマードレスを着て、いつもそうするように裸足で幌付き乗用車の後部座席に乗り込む。運転手は高速で街の通りを走り抜け、まもなくヴァレンティーノ伯父の別荘《ダーチャ》に着く。運転手は庭師の住む家の前に車を停め、黙って降りると、リディアをひとり残して去る。どういうつもりなのかしら。かつての雇い主の孫を人質に取って、ヴァレンティーノの財産をどうするか、庭師と組んで決めようとしているのだろうか。別荘にはひとけがなく、窓の鎧戸は閉じられたままで、舗石の割れ目から雑草が伸びている――ヴァレンティーノ伯父がいる気配はない。リディアはあたりを見てまわる。すでに暗くなり、寒くなってくる。結局、向日葵の種を積み上げた山のなかに潜り込む。そこはまだ昼の暖かさが保たれていたのだ。リディアは疲れて眠り込んでしまう。いつやってきたのか、運転手が顔に向けた懐中電灯の明かりで目を覚ます。「また出かけますよ、お嬢さん」と言う。運転手は馬鹿にしたようににやりと笑い、言い直す。「もちろん、かつてのお嬢さんという意味ですがね」。彼はリディアを屋敷まで送り届け、降ろすと、轟音を立てて祖父の車で走り去り、二度と戻ってこない。リディアが泥だらけで寒さに震えながら裸足で屋敷に入ると、トーニャが安堵の叫び声をあげる。トーニャとリディアの母親は何時間も子どもを探し回り、もう夜のマリウポリの混乱のなかで永遠に姿を消してしまったと思い込んでいた。

ある朝リディアは大きな物音で目を覚ます。ベッドから飛び起き、寝間着のまま音の聞こえた客間に走り下りる。そこで目にしたのは見知らぬ男で、シルクハット型の革帽をかぶり、黒い野戦服の上衣に乗馬ズボンと長靴という格好だ。ベルトには空の短剣の鞘と手榴弾をぶら下げている。男がサーベルを振り回すと、剣先が空中に弧を描き、ヒューヒューと恐ろしげな音をたてる。リディアは母親とトーニャが部屋の片隅に身を寄せ合って怯えているのを発見する。男は怒鳴る。「今すぐズボンを持ってこい。それも黒いやつだ。さもないとお前らを殺す」。マチルダは黒いズボンはない、もうみんな取られてしまったとはっきり言うが、男は納得せず、ますます怒り狂う。突然、女中部屋の扉が静かに開いて、「ちっちゃいお祖母ちゃん」が客間に現れる。きちんとした身なりで、髪もいつものように整えている。「何があったのですか」と丁寧な口調で尋ねる。「何をお望みなのですか、そちらさまは」。押し込み強盗は一瞬声を失い、それから黒いズボンをよこせと、今度はもう声を落として要求をくりかえす。「まあ、結構なこと、でも、ご存じないのね」と「ちっちゃいお祖母ちゃん」は答える。「それなら既製服店に行くことですよ」。こう言うと闖入者に向かって親しげにうなずき、現れたときとまったく同じようにそっと、目立たないように姿を消す。マチルダは真っ青になり、武装した男に大目に見てくれと懇願する。「許してやってください、年寄りですし、もう正気ではないのです」。男は呆然として「しかし、なんと上品な……」と答える。「こんなにも上品な……」。男は不安げにあたりを見まわし、ほとんど奪い尽くされた客間の張り出し棚にまだ残っていたブロンズの燭台を急いでつかむと、脱兎のごとく逃げていく。

別の折には二人の酔っぱらいが押し入り、酒を要求する。厨房でブランデーの最後の一瓶を見つける。それを飲み干すと、続いて卵を焼こうとする。ヴェネチアン・グラスの鉢をコンロにかけ、そこに卵を割り入れる。もちろん鉢は大きな破裂音とともに砕けた。酔漢どもは体を折り曲げて笑い、何度も怒鳴り声をあげる。「ブルジョワどもに死を！　ブルジョワどもに死を！」

屋敷はすでにだれでも好き勝手に出入りするようになり、元の持ち主はもう何も言うことができない。いっとき赤軍騎兵隊指揮官のセミョーン・ブジョーンヌイの秘書が祖父ジュゼッペのかつての執務室に移ってきたが、これは、秘書のいる間は少なくとも短期間であれ襲撃から守ってもらえるので、住人には幸運なこととなる。どこかの将軍が愛人と滞在することもあれば、秘密情報部員の妻が、滞在を終えて出ていくときに最後に残った時計と鏡を持ち逃げしたこともある。

トーニャは日曜日に教会に行くたび、リディアの両親や祖父母の服を着た連中と出会う。あるときなどは、リディアが橇の遠乗りに出かけるときにいつも身につけていた白いホッキョクギツネの外套を着た少女を見かける。でもそのうちに橇もなくなり、馬車置き場も空っぽになる。馬車は馬と橇もろともネストル・マフノの黒軍に強奪される。

ある日、何かの委員会の連中が「ブルジョワ資産の残滓」をまったく合法的に差し押さえるために現れる。利口なトーニャはどうしても必要なものは大きな長持に詰め込み、ここに入っているのは自分の私物だと殿方たちに説明する。自分は無産階級の一員なのだから、あなた方はわたしから何も取り上げることはできないと。連中が各部屋を点検し、つかめるものなら何でも巨大な袋のなかに放り込むあいだ、トーニャはくりかえし叫ぶ。「やめて、それは要るものよ。わたしにも人民の財産をいくらか使う権利があるわ！」家具と絨毯は、リディアのお気に入りの装飾鏡とともに馬車に積み込まれる。シャンデリアは天井から取り去られ、カーテンは窓から剝ぎ取られる。最後にグランドピアノも運び出される。永遠に、とリディアは書く。家から音楽が消える、と。

あるときリディアとトーニャが、街中でむなしく食べ物を探し続けていると、かつての経営者倶楽部会館の前を通りかかる。入口のベニヤ板の表示によると、いまや「労働者宮殿」と称している。トーニャは大胆にもリディアの手を引いて建物に入っていく。赤い長絨毯を敷いた大理石の階段が上階に通じている。そこらじゅうに長靴に革の上着と革帽の男たちがいて、贅沢な家具調度の整えられた各部屋にたむろしている様子が開いた扉越しに見える。部屋のひとつを覗いたとき、リディアは祖父のロココ様式の書き物机と祖母の化粧箪笥があるのに気づいて驚く。「まあ、なんてこと」とトーニャは囁く。「お祖父さまとお祖母さまの家具ですよ」。割れた窓ガラスの破片が床に散らばるだれもいない広間に、黒いグランドピアノがあるのをふたりは目にする。かつてリディアが弾き、作曲もしたピアノだ。カウンター代わりに利用され、空き瓶や汚いグラス、そして吸い殻であふれた灰皿が所狭しと置かれている。新しい労働者宮殿の食堂のカウンターでは、訪問者はだれでも無料でピロークがもらえる。リディアはその場で自分の分をむさぼり食べるが、かしこいトーニャはすばやくもう二つ手提げ鞄に滑り込ませる。その後聞いた話では、非常委員《チェキスト》のひとりが高価なヤーコプ・ベッカー社製グランドピアノを気に入ったという。ピアノを自宅に運ばせ、練習用にと妻にプレゼントしたらしい。

何かを持っている者はもはやほとんどいないにもかかわらず、略奪はさらに続く。マチルダは子どもたちと、ペトログラードの銃撃戦が起こる前にマリウポリに逃げてきた身重の妹エレオノーラを連れて、ひとまずアゾフ海の対岸のロシア側で避難場所を探すことに決める。マチルダはあいかわらず、いま起こっていることはみな悪夢にすぎず、すぐにまた消え去るだろうと信じている。群衆でごった返す港で、一行はみすぼらしい老船に四人分の席をなんとか手に入れるが、同じように逃げ出そうとする人々であふれている。夜になり、暴風雨が襲ってくる。小さなおんぼろ船は大波に翻弄され、ぎしぎし唸り、軋み、今この瞬間にも砕けそうになる。マチルダは洗面台の縁にしっかりつかまり、呻き、リディアは空中で逆立ちしているような気分になる。だれかが「助けて、もうだめ、海に放り込んでちょうだい！」と叫ぶ。あとでそれがデ・マルティーノ家の親戚で、恐怖と船酔いで動転したジャンニーナ・サングイネッティだったとわかる。

エイスクにたどり着いたことが夢みたいだ――鏡のようになめらかで穏やかな海の靄の向こうに昇る朝日と、静まり返った白い砂浜。前夜の荒れ狂う自然の暴威を思い出させるものは何もない。この地にはまだ影響を及ぼしていない内戦から、ほぼ二か月の休暇となる。居心地のいい古い民宿では毎日、質素な食事をとることができ、ユダヤ人のパン屋にはいい匂いのする焼きたてのベーグルがある。市場では葡萄と桃が売られている――リディアはそんなものがそもそも存在することを忘れていた。みんなは一日中浜辺で過ごし、泳いだり日光浴をしたりする。だんだんとみんなの体重は増え、本来の自分の体に戻り始めるのを感じる。そんなとき、マチルダの妹エレオノーラが現地の病院で女の子を出産する。ちっちゃな両手にはいずれも親指と小指しかなく、真ん中の三つの指が欠けている。ピアニストの子なのに両手に欠損をかかえて生まれてきたのだ。エレオノーラが妊娠中に耐えてきた日々の不安と恐怖の結果にちがいない。

　青く輝く穏やかな海を戻る旅は、帰還する者たちにとってはのちのちまで最後に味わった幸運となる。人々にマリウポリを脱出させたものは、まだ始まったばかりなのだ。港から通りに出るやいなや悪夢の光景を体験する。目抜き通りをいくつもの棺が運ばれ、そのなかから息苦しげな叫びや内側からコツコツ叩いてなかに人がいることを知らせる音が漏れてくる。白軍の兵士たちが赤軍人民委員たちを棺に閉じ込め、赤軍と通じた者がどんな目に遭うか、住民への見せしめにしているのだ。

　市街地での銃撃戦はさらに激しくなっていく。マリウポリはまたもネストル・マフノに占領される。彼の黒軍はタチャンカと呼ばれる馬に曳かせた重装備の戦車を駆って通りを略奪してまわる。街の人々はみな鎧戸を閉め、殺されないよう身を隠す。

　ある晩、マチルダとトーニャは窓際に立って、互いに囁き声で話している。電気は止まったままで、部屋の明かりはちらちらと瞬く石油ランプのみ。遠くから銃声が聞こえる。「さあ、子どもたち、お祈りするのよ」とマチルダは言う。「悪い人たちがここにやってこないように」。二つの子ども用寝台の頭板には小さなイコンがつけられている――リディアのには殉教者聖リディア、セルゲイにはラドネジの克肖者《こくしょうしゃ》聖セルギイ。毎晩寝る前に姉弟はひざまずき、両手を合わせて祈りを唱える。リディアは毎晩の儀式に慣れていたので、神を何か家族の友人のようなものと見なしている。ときおり相談事をすることもある。この晩もひざまずき、目に涙を浮かべて、神に悪い人間どもから守ってくれるように願う。最後に十字を切り、なすべきことをなしたという気持ちで、安心してベッドにもぐり込む。

　その直後、何者かが鍵のかかった玄関の扉をこじ開けようとする。扉は重い樫の木でできているが、強い衝撃を受ければもちこたえられないことは明らかだ。マチルダは扉を開ける。猟銃、銃剣そして拳銃で武装した私服姿の男ふたりが飛び込んでくる。口汚く罵りながらマチルダに襲いかかり、金を、黄金を、ダイヤをよこせと要求する。マチルダが、もう何もない、みんな持っていかれてしまったと言い張るが、もちろん信じてもらえない。男たちは屋敷じゅう引っ掻きまわし、地下室では缶詰を、なかに財宝でもあるかと期待して銃剣でこじ開ける。何も見つからないのでますます荒れ狂う。「寝ていろ、ガキども、寝ていろ」とひとりが最後に言い、マチルダに壁際に立つように命じる。そして拳銃をマチルダに向ける。マチルダは何も言わず、叫ばず、抵抗もせず、ただ黙ってウールの肩掛けにくるまり、壁際に立ち、男たちの頭越しに遠くを見る。

突然大きな足音が響く。「手を挙げろ!」とだれかが叫ぶ。また不審者が何人か押し入ってくるが、今度は軍服姿だ。彼らは押し込み強盗から武器を奪い、中庭に追い立てる。外から悲鳴と銃声が聞こえる。トーニャがこっそり厨房に入り込み、窓から外に抜け出して、赤軍にうまく助けを求めることができたとあとでわかる。

その夜、母の髪が真っ白になった、とリディアは書き、わたしの謎のひとつが解ける。つまりそういうわけで、若いころの母の写真に白髪の女性が写っていたのだ。マチルダは四十三歳で母を産んだときにはもう白髪だった。白髪の産婦、赤ん坊に乳を与える白髪の女性。それ以前はおそらく、母やイタリア人の家族みんなと同じように黒髪だったのに、母は、たった一晩で二十歳も三十歳も老けてしまった髪の母親しか知らなかったのだ。リディアは翌朝、四歳の弟の頭頂部にも白い糸のようなものを数本、そして自分の髪にも白い房を見つける。リディアが神への信仰を失った夜のあと、このとき以来家族のみんなが帯びることになる死の恐怖のしるし。

一九一九年の夏のある日、ヤコフが、リディアとセルゲイの父が思いがけず現れる。ひそかに内戦の前線を抜け出し、一晩だけ泊まっていく。しかしこの夜が重大な結果をもたらす。マチルダが妊娠するのだ。つまりそれがわたしの母の始まりだった。始まりはおそらく、内戦からなんとか抜け出して手に入れた暑い七月の夜、マリウポリの山の手にある略奪で荒れ果てた屋敷でのことなのだ。五十五歳の男と、恐怖のあまり一晩で髪が真っ白になってしまった四十二歳の女が、軽はずみにも、つかの間われを忘れて、この時代にはふたりとも望むこともできなかった子をもうけてしまうのだ。察するに、お互いがお互いにとことん飢えていたのだろう、ひょっとするとふたりが抱き合うのもこれが最後だと思ったのかもしれない。ヤコフの息子アンドレイは内戦ですでに亡くなっていた。そして彼は、ヤコフは翌朝、妻と二人の子を残して、最後は平和をもたらすはずのボリシェヴィキの勝利をめざして戦うためにひとりでまた出発する。子ども二人は、いやこの夜からはもう三人だが、マチルダには無理な要求、災難というものだ。これ以上妊娠するには歳をとりすぎていると感じているし、さらにひとり子を宿しているとは夢にも思わない。

教会名簿によると、母は一九二〇年四月三十日に、マリウポリで最も大きくて美しい聖ハルランピヤ大聖堂で洗礼を受けている。まもなくその教会も永遠に地上から消えてしまうことになる。略奪され、そしてほかのほとんどの教会と同様に爆破されるのだ。母の代母はエイスクで手の指の欠けた子を産んだ叔母のエレオノーラが務め、代父はパウル・ハークという名の、マリウポリの名誉市民が引き受ける。伯父のヴァレンティーノの庭師をしていたエーリヒ・クラーフェルトと同様、ドイツ人だ。もしかしたら一家は、母の父親がバルト・ドイツ人のアンナ・フォン・エーレンシュトライトの息子だったこともあって、ドイツ人に親近感を抱いていたのだろうか。それにしてもどういう巡り合わせでパウル・ハークはアゾフ海沿いのウクライナの街にたどり着いたのだろう。そこでどんな特別な功績があって名誉市民の称号を授けられることになったのか、そして何が母の両親とドイツ人の彼を、自分の子の代父に選ぶほど親密な関係にしたのだろう。

わたしは、パウル・ハークという名前が犠牲者名簿に載っているのをロシア語のサイトで見つける。この人物は一九三七年に人民の敵として逮捕され、トロイカ裁判で判決を下されていた。「判決」という言葉に続いて、ВМНという文字が記されている。コンスタンチンに教えてもらったのだが、これは **высшая мера наказания** つまり「極刑」を意味するロシア語の略称だ。通常トロイカ裁判は五分とかからず、判決は即刻執行される。ひょっとしてドイツ人のパウル・ハークは自分の置かれた状況が理解できなかったのかもしれない。逮捕され、その直後に弾丸が彼の頭を貫通したのだ。

彼の没年が母の父親のそれと重なることにわたしは気づく。これがなんらかの関係を示唆しているとすれば、ことによるとパウル・ハークが密告するのをヤコフは予期していたのだろうか。秘密警察が自分を自白に追い込む手段も方法も見つけるだろうとわかっていたので、裏切り者になるか、自分の命に自分でけりをつけるかしか選択肢がなかったのだろうか。ひょっとすると、パウル・ハークとヤコフは昔からの同志、盟友だったので、共通の捜査記録でひとまとめにされたのだろうか。それとも当時十七歳だったわたしの母の代父は、ドイツ人という理由で、あの時代、外国人はみな出自だけを根拠に敵と断定され、スパイ容疑をかけられるという理由で銃殺刑に処されたのか。

そもそも、とリディアは書く。母の洗礼は一日前に行われるはずだった、と。しかしその日は、外でひっきりなしに銃撃戦があって、屋敷の地下室で過ごさなければならない。中庭では弾丸が雨あられと降ってくるので扉の外には出られない。教会で洗礼を受ける前に、小さな妹は砲火の洗礼を受けている、とリディアは簡潔に書く。

わたしの母が生まれ落ちるのは、すでに想像していたとおり、これ以上ないくらい窮屈な世界だ。いわゆる圧縮の時代である。リディアは空気か干し草だけが圧縮できると考えていた。するとどうだろう、人間も圧縮できるのだ。まず有産階級は自分たちの家財や金目のものを手放す羽目になり、その後、家屋敷を差し押さえられた。祖父母のかつての屋敷はだんだん人で埋まっていく。この屋敷には住人と呼ぶにふさわしい者はひとりもいない。そこに居住しているのは、一センチでも広い空間を求めて絶えず手足が争っている肉体だけだ。何人かの住人をリディアはまだ覚えている。

あるグルジア人将校は妻とたくさんの子どもを連れ、チェルケスの民族衣装を身にまとい、腰には軍刀と拳銃を下げている。内戦で負傷し、チック症を患っていて、立て続けに頭をねじり上げ、吠えるような音を発する。

家族を連れた非常委員《チェキスト》がいる。顔を合わせることはめったになく、夜中に「働き」、昼間は寝ている。娘はリディアと同い年で、ことあるごとにリディアが「時代遅れの」人間のひとりで、そういう連中を父親が内戦で射殺したことをほのめかす。たいてい娘の背後に母親がすぐに現れ、言いつけを守るように注意する。「その子はお前が付き合う相手じゃありません。何かの間違いで生き残ったブルジョワよ」

ユダヤ人のアロノフ一家もいる。人形のようにめかしこんだ三人の娘がいるが、待望の跡取り息子がとうとう生まれる。時代の風潮にどっぷり浸かった両親は、息子をキン（Kin）と名づける——共産主義インターナショナル《コムニスチーチェスキー・インテルナツィオナール》の略語である。ほかの連中は自分の子に「トラクター」、「エネルギー」、「機関車《ロコモティフ》」あるいは「トローレン」——トロツキーとレーニンの最初の音節を組み合わせたもの——と命名する。

六人の子のいるヴァイネル一家もいる。上の二人のリョーヴァとクララは非常委員で、いつも革服姿でベルトに拳銃といういでたちだ。真ん中のハイムとエトカはまもなく結核にかかって死ぬ。ラヘルとマイムは中庭を走り回り、リディアとセルゲイを「腐った気取り屋のインテリ野郎」と罵る。リディアは「なら、あんたたちは幼稚で愚鈍なプロレタリアね」とかわす。

こうした連中やそのあと次々とやってくる新入りはみな、まったく遠慮というものがない。厨房の水道がようやく使えるようになると、夜遅くまで扉をどんどん叩いて開けさせ、水を得ようとする。マチルダは水の代金を請求できるようにバケツの数をかぞえる。もっとも屋敷内の水道はすぐに止まり、みんな外のポンプでバケツに汲まざるをえなくなる。停電になるたびに住人たちは、以前の屋敷の持ち主のブルジョワが労働者階級をいじめるために電気を止めたのだと信じて疑わない。初めのうちマチルダはまだトイレを清潔にしておこうとするが、むなしい試みである。すぐにひどく汚され、耐えがたい悪臭が充満し、釘を打ちつけて扉を閉ざしてしまうしかなくなる。

リディアは父親が内戦から帰還したことについては何も語らず、そうした事実があったとさらりと触れているだけだ。もしかすると、自分の物語を最後まで語るには残された寿命ではもはや足りないことを怖れて、書くのを急いでいるのかもしれない。ひょっとすると、八十という年齢でははるか昔の出来事は曖昧にしか思い出せないのかもしれない。逮捕されてから五十八年、父親とは二度と会うことはなかった。自分が追放されている間に死んでしまったのだ。「われわれは思い違いをしていた」と父親はリディアが逮捕されたあとで語った。「こんなことは決して望んでいなかった。自分の娘を失うために戦ったのではない」

わたしの母エウゲニアは帰還後に父と初めて会う。ヤコフは自分がいない間に生まれたこの小さな娘を腕に抱き、娘は見知らぬ男に怯えて泣き出すかもしれない。それが母と母の父親との最初の出会いだったかもしれない。

内戦に出動した見返りに、ヤコフは勝者となったボリシェヴィキから予審判事の地位を得る。手にする報酬は少し前までならまだ家族を食べさせるのに十分だったかもしれないが、インフレが暴走する時代にはもはやたいした価値はない。「金が落下する」というのは当時流行った言い回しだ。どこから、そしてどこへ金が落下するかはだれも知らない。まだ金はそんなにたくさんあったはずはないのだから、落下する金も同じく少ないはずだ。ヤコフは給料をもらうと、その足で市場に向かい、すべて食べ物に換える。その金額では翌日はもう何も買えなくなるかもしれないからだ。ときには給料が現物支給されることもある。だれもがすべてを食べ物に換える。予審判事のヤコフはしょっちゅう、いわゆる不当抵当取引を扱っている。すでに全財産を食べ物と交換したある男は、最後は自分の住んでいる小屋をブリヌイ十枚と引き換えに手放してしまう。

幸いにもアゾフ海がある。豊富な魚介類が多くの人々を餓死から救う。人々は膝まで水に浸って、枕カバーを水中で構える。とはいえ、アゾフ海ですら海の幸も無尽蔵ではなく、次第にこの食糧源も痩せ細ってくる。休みになる日曜ごとに、父親は朝、釣り竿を持って港に出かけ、運がよければ夕方、数匹の痩せたハゼを手に帰ってくる。

あるとき、トーニャがどこかで油粕を手に入れてくる。マチルダと一緒に肉挽き器で粘っこい塊をこねまわし、ひまし油で揚げて小さなケーキにする。手に入れたものより失うもののほうが大きく、みんな具合が悪くなり、搾りかすは消化されずにそのまま吐き出されることになる。

セルゲイは外でパチンコを使ってカラスを撃ち落とすことで食料調達に貢献し、トーニャがそれを煮込んでスープにする。カラスの肉はあまりに硬く、みんなはそれをうんざりするほど長い時間嚙みしめて、塊のまま吞み下さねばならない。

あるとき、父親が給料の代わりに一袋のスパイスクッキーを家に持ち帰るが、片面に黴が生えていることがわかる。でもそんなことに構っていられない。トーニャは石のように固くなったクッキーを鍋で蒸したり、煮て粥にしたりする。

犬や猫を食べる者も多くいる。犬と猫が食べ尽くされると、次は人間だ。子どもたちを食べ物で家に誘い込み、殺して肉を挽いたり焼いたりする女たちのことが噂になる。マチルダが市場で買った肉のゼリー寄せを家に帰って細かく切り分けていると、子どもの耳が出てきたことがある。警察に届けるが、犯人を捕まえることはできない。自分の赤ん坊を殺して、その肉を煮て、スープをほかの三人の子に食べさせた女の話もある。その女自身は家出して、倉庫で首を吊った。

ある晩、扉をかすかにノックする音が聞こえる。リディアが開ける。目の前に説明しがたい奇妙な生き物が立っている。大きく膨れ上がった胴体と棒のように細い二本のむき出しの脚。皮膚はほとんど燃えるようなオレンジ色で腹ははち切れんばかりに張り、指で軽くつつくだけで腹壁がぱっくり裂けて、大量の水が一気に床に流れ出しそうに見える。ほとんど聞き取れないようなかすれ声で、その生き物はトーニャはいるかと尋ねる。トーニャが転がるように走ってきて、叫び声をあげ、泣き出す。前に立っているのは妹のマルファだ。トーニャは厨房で妹の服を脱がせ、風呂に入れ、虱だらけの服は暖炉で燃やす。初めてリディアは「強制農業集団化」という言葉を聞く。土地収用司令部はマルファの村の農民からすべてを、最後の卵一個、最後の穀物一粒まで取り上げた。連中が見逃したのは南瓜の種一袋だけだった。数か月後、植え付けた南瓜が実って、村人はみんな今マルファで目にするオレンジ色に、瀕死の人々の最後にして唯一の栄養源となった南瓜の果肉の色に染まった。マルファの一家は全員餓死し、彼女ひとりがマリウポリにいる姉のトーニャのところまでなんとかたどり着いたのだ。

マルファがみんなの力でいくらか元気を取り戻すと、トーニャは妹を下町の土壁の小屋に住んでいる親戚の男に預ける。男は内戦で片脚をなくしたが、それを幸運だと思っている。「これで連中はもうおれを使えないわけさ」と男は言う。「撃たれた脚がおれの頭を救ったのさ」

夏が来ると、収穫を前にした作物がすべて干からびる。マリウポリの木々は乾いて枯れ、足下のアスファルトが溶ける。水はもはやなく、下水道は崩壊し、コレラとチフスで死ぬ人間が増えるばかりで、死体が路上に横たわる。それを馬車に投げ入れ、片づけるのに何日もかかることがよくある。灼熱の空気が腐乱臭にまみれる。

水は丘のふもとの泉から運ばねばならない。トーニャはバケツを二つぶら下げた天秤棒を肩に担ぎ、さらに二つのバケツを両手に持ち、どこにそんな力があるのかだれにもわからないが、先に立って歩く。

マチルダは出産でまだ弱っていて、小さなバケツを二つ持つのが精一杯だ。行列のしんがりはリディアとセルゲイが務める——リディアは大きな牛乳缶を、セルゲイは小さいのを運ぶ。父親がいないのは、少しでも日々のパンの配給分を稼ぐために働かなければならないからだ。わたしの母、幼いエウゲニアは隣人の女性が面倒を見てくれる。それぞれ容れ物を手にして人々が群れをなし、だれもが焼けつく日射しに炙られ、今にも力尽きそうになりながらのろのろ歩く。

泉ではしばらく待たねばならない。水は丘から一筋ちょろちょろ流れてくるだけなのだ。立って待つ者は皆無で、目的地にたどり着くとみんなすぐに地面に倒れ込み、体を横たえたまま行列を作って、どうにかこうにか前に進みながら自分の番が来るのを待つ。リディアは草むらにひとりの男が大の字に伸びているのに気づく。身動きもせず、顔の上を緑色の蠅の群れが飛び交っている。死んでいるか、あるいはまさに死ぬところだ。トーニャは十字を切って、すばやく目を逸らすが、リディアは死体を見るのにいつの間にか慣れてしまったので、ほとんど心を動かされない。

水汲みのあとは上り坂で、重い容れ物を抱えて一時間の道のりを家まで戻る。少なくとも日が沈めば少しは涼しくなる。家では母親が、父親の受け取った一日分の配給のパン二百グラムを六つに切り分ける。それにひとりあたりカップ一杯の熱いお湯と緑のトマト半分がつく。

そうこうするうちにマリウポリは内戦で完全に破壊された。一九二二年には操業中の工場はひとつもなく、店はがらんどうになる。あいかわらず略奪団が市内を横行し、毎日新たな人肉食事件が報告される。母の家族で起き上がる力のある者は一人もなく、全員が無気力にベッドに横たわっている。父親のヤコフも衰弱のあまり、もはや仕事に行けなくなり、わずかばかりのパンの配給も途絶える。かつて家にあった蔵書はとうの昔にすっかり食べ物に換わってしまった。リディアは残ったわずかな本をくりかえし読むが、とうとう本を手で支える力もなくなってしまう。おそらく同じように、赤ん坊だったわたしの母を小さなベッドから抱き上げ、おむつを替えてやるだけの力はもうだれにもないのだろう。二歳か三歳のころの母は、どんな姿だったのだろう。今日の飢餓で苦しむ国々の子どもたちのように、膨れ上がった腹と空虚な大きい目をした骨ばかりの子だったのだろうか。

救いの手は最後の最後にアメリカから差し伸べられる。ＡＲＡ（アメリカ救援局）と称する組織が食料品を満載した船をマリウポリに送り、市内で飢餓救済の手はずを整える。厳正な審査を経て、母の家族も援助が必要と認定される。同じ幸運にあずかり、食料配給所へなんとか這いずってでも行くことのできる者たちは、このときから毎日一皿の玉蜀黍スープ、玉蜀黍のミルク粥一人分、そしてココア一杯をもらう。さらに味のしない薄っぺらな白パン一切れを受け取る。

トロツキーの推奨で一時的に農業と商業を自由化する新経済政策（ＮＥＰ）が導入されると、供給状況はほとんど一夜にして改善される。ほどなくして店ではほぼすべてのものがふたたび買えるようになり、路上での商いが盛んになり、長く閉めていたレストランは再開し、浜辺では保養客向けの音楽会まで催される。

リディアは体調を取り戻すが、もともと弱い体は飢餓でひどく損なわれ、重い病に次々に罹る。以前は一家には物静かな老人のかかりつけ医がいて、病人に聴診器をあて、打診し、喉と目を診てくれた。往診が終わるとマチルダは一杯のモカにビスケットを添えて出し、謝礼の入った封筒を手渡した。今はかかりつけ医がいる者は皆無で、だれもが居住区の総合病院の外来診療に割り当てられている。ある日リディアが高熱と強い頭痛に襲われると、太った金髪の上機嫌な女医がやってきて、ひと目で診断を下す。「典型的な髄膜炎。手の施しようがないわね」。母親は何も答えず、例の老医師を見つけ出そうと奔走する。その間にリディアの症状は悪化し、目が開かなくなり、話せなくなる。羽のように軽くなり、すでにベッドの上を漂っている。ただ医師の話すことは聞こえる。「マチルダ・ヨシフォヴナ、おそらくお嬢さんとお別れしなければならないでしょう。治る見込みはほとんどありません」。リディアは声をあげられない。力が入らないのだ。でもこの瞬間、絶対に死ぬものか、意地でも死なないと決心する。するると重みを取り戻した身体が背中からベッドに沈み込む。

ある朝目覚めると、無性にチョコレートが食べたくなる。両親が貧しいことを知っていたので、何かをねだるということはないのだが、このときは我慢しない。泣き出し、せがむ。マチルダはヤグルマギク印のチョコレートボンボンを百グラム買い、リディアは毎日、半分に割ったボンボンの片割れをもらう。実際、少しずつ回復するが、今度はマラリアに罹ってしまう。またも命に関わる事態に陥るが、父親があちこち探し回ってどこかでキニーネを手に入れる。たちまち効くが、聴覚に障害が残り、リディアはその後の人生でずっとこれと付き合うことになる。マラリアのあとはスペイン風邪に罹る。前に叔母のヴァレンチナが罹患して命を落とした。これも克服すると、次は結核に罹っていると診断される。

リディアの手記に探索の過程で出会った地名が顔を出す。ヘルソン。そこで、幼いセルゲイがドニエプル河畔の木に腰かけている写真が撮られたのだ。今、接収される前そこにあった葡萄園を所有していた叔父の名前がアントニオだということを知る。おそらく一家は、まだ無傷だったこの隠れ家を何度も訪れたのだ。おそらく母は子どものときそこで裸足で原っぱを走りまわり、ドニエプル川で水浴びしたのだ。でも、だれかが泳ぎを教えようとしたとしても、母が泳ぎを習ったことは絶対にない。いずれにしても、リディアは夏のあいだずっとその葡萄園で過ごす。清々しい空気とおいしい食べ物、そして平和な村が小さな奇跡を起こす。秋になるとリディアは快癒してマリウポリに帰ってくるのだ。

リディアはいまや十二歳だが、まだ学校というものを外から見たことしかない。マチルダはあいかわらず、新国家はいずれ近いうちに覚めるはずの悪夢にすぎないと固く信じているし、義務教育というものはまだないので、リディアを断固としてソヴィエトの学校から遠ざけ、自分の手で教育する。教えた科目は数学、フランス語、ロシア史とロシア文学、地理、刺繡、宗教。ほかにも六品のコース料理の食卓の準備の仕方、宮廷風に片膝を折ってお辞儀する方法、そしてパ・ドゥ・グラとパ・ドゥ・パチヌールの踊り方を教える――リディアがのちの人生で決して必要としないようなものばかりだ。マチルダは家事をするよう促されたことは一度もない。娘の生きる未来では自分の階級の人間が箒を手にすることなどないとなおも考え、わたしの母もまさに同じように、召使のいる将来の生活にふさわしく育てたのはまず間違いない。自分自身が学んだものを娘たちに伝え、自分が育った世界が永久に消滅したことを断じて認めようとしなかった。屋敷内の下働きはすべてトーニャが片づけたので、父と結婚するまで母は箒を本当に一度も手にしたことがなかったのかもしれない。役立たずの手でドイツでの強制労働をどうやってこなしたのかは知らないが、おそらくそんなにすることがあるわけでもなく、二、三の簡単な流れ作業を朝から晩までくりかえさなくてはならなかったのだろう。母の無能の災難が始まったのは、自由の身になったあと、初めてスープを煮たり、かまどの火をつけたり、ボタンつけをしなければならなくなってからのことだ。

マチルダの個人授業は滞りなく進んだわけではない。読むことはすでにできたので、リディアに教える必要はない。でも、文字を書く練習では母と娘のあいだで角突き合いになる。リディアは常日頃何かする際の手つきからしておぼつかないところがあるだけでなく、左利きでもある。それをマチルダは受け入れない。娘の左利きを逸脱と見なし、それを娘の強情で反抗的な性格のせいにする。リディアは鉛筆を左手で持つやいなや、定規で指をぴしゃりと叩かれる。リディアは泣き出し、激しく腕を振り回し、母親が節約して買ってくれた高価な鉛筆をこっそり暖炉に投げ捨てる。刺繍を習う段になると母子の葛藤はさらに昂じる。リディアの右手は繊細な動きを要するこの作業にはなおさら役に立たなくなる。

結局リディアは母の指導を拒み、娘の頑固さにほとほと手を焼いたマチルダは彼女を個人指導の教師のもとにやることにする。それ以来、毎日リディアは何人かの子どもたちのグループを自宅で教えているソフィア・ヴァシリエヴナのところに通う。いつの間にか、通りを歩いていても突然銃撃戦に巻き込まれるのを怖がる必要もなくなっている。政治権力闘争と無政府状態の時代は終わり、民族の父たるスターリン大元帥がまもなく打ち立てる秩序の、三十年にわたる支配の気配がすでに漂っている。

ソフィア・ヴァシリエヴナとその夫はそれまでのところ強奪や資産没収をまぬがれ、居心地のいい調度の整った革命前様式の古い造りの広いアパートにこれまでどおりふたりで暮らしている。ここも寒いので、子どもたちは外套を着たまま大きな居間のテーブルを囲んで座り、ソフィア・ヴァシリエヴナは新聞紙で作ったベストをはおる。リディアの腹は空腹でぐうぐう鳴るが、それでも幸せだ。ほかの子どもたちと一緒に学ぶことで孤独から自由になり、生まれて初めて自分が社会の一員だと、はぐれ者がひそかに結成した小さな共同体の仲間だと感じる。そしてソフィア・ヴァシリエヴナはリディアに左手で書かせてくれ、彼女がほかにやりようがないことを、その手が規範に従わないことをわかってくれる。けれども幸福は長続きしない。数週間後にはもう、ソフィア・ヴァシリエヴナとその夫は人民の敵として逮捕され、はるか遠くの地に追放される。

そのときからリディアはほかのみんなと同じように学校に通うと主張するようになる。母親は許そうとしないが、リディアがハンガーストライキに入り、一週間以上何も食べずにいると、娘の強情さを知っているマチルダは不安に駆られ、言い分を認めることにする。トーニャはリディアのために帆布で学校鞄を縫い、インクが買えないので代わりに過マンガン酸カリウムの小瓶を手に入れ、祖父の古い業務冊子をほぐしてノートを二冊作ってくれる。

ソヴィエトの学校には学級《クラス》というものはもはやなく、あるのはせいぜい班だった。「階級《クラス》」という言葉は社会階層を定義するものとしてとっておかれている。フランス語は外国語だとして授業から外される。ブルジョワ的と見なされたのだ。文法ももはや教えられることはない。余計なお荷物扱いなのだ。歴史はいまや「革命運動の歴史」と呼ばれる。

リディアはたちまちこの教育の不幸な結果を痛感させられることになる。生徒は自分たちで教室を清潔に保たねばならず、箒で掃き、汚れを拭き取り、窓を磨き、冬には隙間風を防ぐために新聞紙を貼らねばならない。教室のだるまストーブの火を熾し、燃料となるものは外に出て道端で探し集めてこなければならない。リディアには人一倍不利な条件がある——ひとつはそうしたことに不慣れなこと、もうひとつは左利きのため、右利き用につくられた世界とつねにぶつかってしまうことだ。ほどなく学校でも罵詈雑言を浴びせられるようになり、ブルジョワで退廃的だと言われるだけでなく、うすのろの出来損ないと罵られる。教師たちは左手で書くことを禁じ、リディアは右利きになる練習を課せられ、歯を食いしばって耐えるが、作文の成績はいつも最低点で、理由は「字が汚い」こと、そして求められてもいない度を越した空想にふけることにある。

教科書を持っていないことも恥ずかしい。両親には用意してやる余裕がないのだ。リディアは勉強のほとんどできない双子の姉妹の宿題をしてやり、その代わりに彼女たちの本を一緒に使わせてもらう。ときどきおやつのパンも分けてもらう。四六時中お腹を空かせているので断れないが、あとで恥辱にさいなまれる。

彼女の班には隣の樽工場の所有者の息子スラーヴァ・ブロンシュテインもいる。以前ふたりは中庭で一緒に遊んだが、今ではスラーヴァはリディアとは関わらないようにしている。「人民の敵」の一族出身だからだ。ことあるごとに彼は誇らしげに言う。「おれの叔父さんは党とソヴィエト連邦全体で一番偉いんだぞ。レフ・ダヴィドヴィチ・ブロンシュテインというんだ」。この名前の影にトロツキーが隠されていて、レーニンとならんでこの国の最高権力者であることはだれもが知っている。スラーヴァは嫉妬と恐怖の対象である。ところがまもなくしてブロンシュテイン、通称トロツキーは「ユダヤ人の裏切り者」かつ「ファシズムの奴僕」と宣告され、権力を剝奪される。「スラーヴァ」といまや学校の子どもたちは叫ぶ。「お前の叔父さんは党から追放されたな。気をつけろよ、お前たちも命を狙われないようにな」。スラーヴァは馬鹿にしたように唾を吐く。「おれたちはそんな奴と何の関係もねえ。おれたちの名前はブロンシュテインで、あいつはトロツキーだ」

学校はリディアには悪夢の経験となる。ここで自分が孤立無援であることを痛感する。最後まで部外者であり、敵対者であり、いわば白い鴉のままなのだ。出自の過ちは原罪であり、消えることのない烙印で、こうしたことすべてがわたしの母についても言えることをわたしはだんだん理解する。母はウクライナ世界に深く根づき、神経の隅々までつながっているとずっと思い込んでいたが、姉と同じ一族出身ゆえに、やはり弾き出された者だったのだ。ドイツでよそ者として暮らしたことは、母にとってたぶん新しい経験ではなく、これまで味わってきたことの延長だった。わたしはこれまでずっと間違ったイメージを抱いていた。母は故郷を喪失したのではなく、初めから故郷などなかったのであり、生まれたときからもう追放流民だった。

学校を卒業後、リディアは何週間も職業斡旋所に通うが、ここでも出自ゆえに見込みはない。新しい社会で彼女を歓迎してくれるところはどこにもなく、どこへ行っても生きる資格のない犯罪者のように扱われる。半年間は個人相手の補習授業を引き受け、そのつど昼食という報酬を得てなんとか切り抜けるが、ついに、のちに重大な結果をもたらす決断を下す。オデッサに行き、文学を学ぼうというのだ。自分のような出自の人間が新しい大学でもお呼びでないことはわかっているが——いまや学生定員の大半が労働者と農民の子弟に割り当てられている——やるだけやってみようとする。もちろん奨学金を得たり学生寮に入れる見込みはないが、オデッサにはエレーナとナターリアという二人の叔母がいて、自分たちも貧しいけれど、姪が大学にいるあいだは面倒をみる心づもりができている。

リディアの両親はうろたえる。あいかわらず暮らし向きは困窮をきわめているので、リディアが学校を卒業したら働いて家に金を入れてくれるだろうと期待していたのだ。それにこんな物騒な時代に、家からそんなにも遠く離れたところに娘が行ってしまうのを案じる。リディアのほうは両親と弟と妹を飢えと貧窮のなかに置き去りにすることに罪悪感を抱くが、マリウポリにとどまるという考えは、彼女にとっては死を意味する。母親の期待する「好条件の結婚」などリディアにはもってのほかだ。身の回りのものはほとんど市場で売り払い、お下げを切り落とし、オデッサ行きの列車の切符を買い、出発する。

愉快な旅となる。リディアは何度も乗り換えねばならず、旅程の一部は列車の屋根の上で過ごす。彼女は若く、何があっても、これからの人生をまだ生きなくてはならない。自分の出自は黙っておかねばならないこと、真実を口にするとうまくいかなくなることを、いつの間にか悟っている。列車の屋根で吹きつける風を浴びながら、リディアは模範的な労働者の経歴を自分の頭のなかででっち上げる。

リディアが家を出たとき母は八歳だ。姉との別れがつらくて、寂しがっているだろうか。あの時代の母の生活をどう想像すればいいのだろう。同じように母親の個人授業を受けているのか、それとも最初から学校に行かせてもらっているのだろうか。リディアとまったく同じように、厳しくのけ者にされているのだろうか、それとも姉のリディアより穏やかで人懐こいので、その出身にもかかわらず同級生に気に入ってもらえたのだろうか。マリウポリには大学がないので、将来どこで学生生活を送ることになるのだろう。やはりオデッサの叔母のところに身を寄せることになるのか、それとも、ひょっとして兄のセルゲイが、自分も音楽学校に通い、強力なパトロンもいるキエフに呼び寄せるのだろうか。

いずれにせよ、母が学生として過ごした年月がソ連の暗黒時代、弾圧が頂点に達するいわゆる大粛清時代と重なることは見当がつく。歴史家の評価によればこの怪物《リヴァイアサン》は三百万から二千万の、あるいはもっと多くの人間を貪り食ったといわれる——またもや越えがたい隔たりのある、はなはだしく異なる数字だ。母には大学で学ぶことは大きな賭けだったにちがいない。あの年代の出自を同じくするほかの者たちとちがって、身を隠すのではなく、さらすほうを選んだのだ。よりによって母がいったいなぜそんな勇気を奮い起こしたのかは知らないが、はっきりわかっていることがひとつだけある。ずっと飢えていたのだ。ドイツで過ごした最後の年月まで、飢えは母の人生につきまとう。もしかしたら母を戦争中ドイツ占領軍の手に追い込むことになるのも、ほかでもない飢えであり、ドイツだったらもっとたくさん食べられるという希望なのかもしれない。母が何かを食べているときの目に宿る、おどおどした渇望のまなざしを覚えている――いつも、まるで次の瞬間に食べているものが奪い取られてしまうかのような、自分が何か禁じられたことをしているかのような目をしていた。飢え死にしないためには食べ続けなければならなかったが、母の体は栄養をもはや吸収できず、飢餓状態から抜け出せないかのように見えた。いくら食べても、飢えて痩せこけた子どもの体のままだった。

リディアはオデッサで叔母のエ

レーナのもとで暮らすことが認められ、食費は二人の叔母が半分ずつ出すことになる。朝食と夕食はエレーナのところでとり、昼食時にはナターリアのもとへ行く。ソ連では大学の籍を得るには入学試験を受けねばならないので、今度はリディアがそもそも受験を許可されるかどうかがさしあたり問題となる。頼みの綱は画家で大学講師も務めていたエレーナの夫だけだ。たしかに彼は貴族の女性と結婚し、自分自身も「退廃インテリ」のひとりで、新しい教育体制の聖なる殿堂でもおそらく微妙な立場にあるのだが、それでもなんとか姪の希望を実現することに成功する。

新しいソヴィエト的市民はあらゆる面で高い教養が求められるので、大学受験者は伝統的なすべての科目で厳しく審査される。教授陣にとって厄介なのは、学生定員の大半を占めるべき労働者や農民の子弟が、難しい試験に合格するのに必要な前提条件をほとんど備えていないことだ。知識階級出身の受験生の合格者を多く受け入れると、教職ばかりか、命を失う可能性もある。もっとも、労働者や農民の子弟のほとんどが労働組合か集団農場《コルホーズ》の党委員会から推薦を受け、おかげで入学試験を免除されている。

リディアにとって最大の難関は数学で、ずっとちんぷんかんぷんだ。二足す二以上の計算ができないのだ。ところが前代未聞の幸運に恵まれる。教授が教卓の前に立ち、黒板にチョークで書いた問題をぽかんと見つめていると、突然この試験官が外に呼び出される。するともうひとりの受験者で数学の達人が、自分の席から飛び出してきて、電光石火の速さで解答を黒板に殴り書きする。教授は戻ってくると、何の疑いも抱かない——教授は満足げにうなずき、リディアは合格する。救い主へのお返しに、次の試験でリディアは彼にはちんぷんかんぷんのウクライナ語の作文を書いてやる。ふたりとも大変な危険を冒したことになる。もし発覚していたら、即刻大学から追い出されたばかりか、おそらく試験妨害で訴えられただろう。

物理と化学でもウクライナ語の知識が役に立つが、これは子守女のトーニャのおかげだ。教授たちのほとんどが、革命後のウクライナでは国粋主義的大国の言語と名指しされ、不評を買っていたロシア語しかできない。叔母のエレーナの夫は、この状況を利用すればいいとリディアに助言し、彼女は完璧に芝居を演じてみせる。物理と化学の入学試験のあいだずっと、リディアは老教授の目をふてぶてしく見つめ、自分はウクライナ語しか話せないと訴える。気の毒にもこの教授は試験をウクライナ語で出題しようとして舌がもつれてしまい、リディアが何か無意味な言葉で回答すると、もちろん理解しようもない。十分後、教授は不安で汗みどろになりながら、リディアを最高点をつけて放免する。

文学、歴史、地理の試験はリディアにはわけもない。「あなたが労働者階級出身だったら」と最後に彼女は言われる。「今この瞬間からわが大学の学生と言ってもさしつかえないのだが」。しかしリディアは、自分でもなぜだかわからないのだが、それでも自分は合格が認められると確信していて、ほかの可能性は初めから考慮に入れていない。するとどうだろう、二、三日後に大学事務局の扉の掲示板に自分の名前を見つける。入学試験の合格者の名前を発表する掲示だった。

リディアにとって大学は神聖な場所だ。ここには世界の知が収められ、人類史の証拠が蓄えられている。毎日玄関ホールに足を踏み入れるたびに、上方の手すり付きバルコニーの巨大な彫像が最初に目に入る。ギリシア神話の神アトラスが肩に担ぐ地球儀、そしてその地球儀に嵌め込まれた時計。この時計を見るといつも、かつてやはりここで学んだ父のことを思い出す。若い学生としてこの建物に入るたびに、金色の針が父にも時間を教えてくれたのだ。

ソヴィエト時代、大学を支配していたのは、固定した時間割と必修科目からなる厳格な学校運営である。文学研究には歴史、心理学、ドイツ学、言語学、そして軍事学も含まれている。歴史の教授は長い鼻をした背の高い痩せこけた男で、講義は毎回ネストルの『ロシア原初年代記』からの引用で始まる。「ポリャネ人はプリピャチ河畔に、ドレヴリャネ人はデスナ河畔に住んでいた」。教授ははるか昔の出来事を、まるで自らの体験話でもするかのように打ち解けた様子で語る、機知に富む溌溂とした人物だが、しばらくするともう講義に姿を見せなくなる。逮捕されたとひそかに噂されるが、ある日ふたたび現れる。長い鼻を授業概要にうずめて、やはりポリャネ人とドレヴリャネ人の引用から講義を始める。直後にまた、今度は永遠に姿を消す。代わりに登場するのは太った赤ら顔の、ひとりよがりの若い奴だ。彼の場合、歴史は階級闘争のみで成り立ち、人民がつねに前進しようとする力を統治者が押しとどめるのであり、支配者と軍司令官はすべてその時代の産物にすぎない。そうした歴史観を身につけるのは至極簡単なことで、年代研究などお呼びでないし、その講師はおそらくそんなものがあることも知らないのだろう。学生たちはできるかぎり何度も挙手して発言の意志を示さねばならず、さもないと消極的だという理由で悪い成績をつけられることになる。講師は学生たちの意見を注意深く聞いたあとで、ほとんど全員を偏向主義者、メンシェヴィキ、トロツキスト、帝政主義者、その他諸々と決めつける。

心理学の教授は学生たちに、「プシュケー」は魂を意味するが、実際には魂など存在しないと説く。生まれたとき、人間は白紙の状態であり、社会によって初めてこの紙に記号が記されるのだと。こんなふうにまず時代に敬意を表したあとで、実に知的で独創的な講義をおこなう。ときに突然ぞっとするような目つきをして、ジークムント・フロイトやヨーゼフ・ブロイアーらの不吉な学説に触れ、リディアの伯父ゲオルギー・チェルパーノフも端折らず、観念論者にして神秘主義者であるとしかるべく非難する。そして次に良心にのっとり、間違いかつ有害な学説を広める文献のタイトルを列挙すると、出来のいい学生たちは喜んで、講義が終わるとさっそく図書館に駆け込み、件の書物を借り出すのだ。

言語学の教授は十以上の言語をあやつるが、お気に入りはウクライナ語ではなくペルシア語だ。もうそれだけで党の学生支部の怒りを買った。まさしく憤激の嵐を、ウクライナ語は独立した言語ではなくロシア語の方言のひとつだという彼の主張が引き起こす。愛国主義の活動家たちは髪を逆立て罵りわめくが、反論する力がない。結局、できることなら教授を大学から追放してほしいという苦情をしたためるが、教授は数多くの海外のアカデミーの会員であり、英国学士院の一員であり、世界中のたくさんの学者と文通している。意味もなく吠えたてる、たちの悪い雑魚には大物すぎて手に余る相手である。国を出てはとの提案は突っぱねる。何度攻撃されても動じることなく受け止め、いつもはっきりこう言う。「レーニンは読んだことがない。時間がないのでね」。あるとき、幸運にもリディアはパンの配給待ちの行列で教授の隣に立つ。彼女は気づかれないように自分の配給分を教授のポケットにすべり込ませる。

バッハマン教授は精力的でユーモアにあふれた人物でドイツ文学者である。彼のもとでリディアはみっちりドイツ語を仕込まれ、数十年経ってもゲーテやE・T・A・ホフマンをほとんど辞書なしで読むことができる。卒業して何年も経ったあるとき、リディアは懲罰収容所の敷地内を歩いてランプ用の石油をもらいに行く。キルティングの上着に擦り切れたロシア帽《ウシャンカ》をかぶったその囚人は、長いこと彼女の配給券を手になにやら落ち着かない様子で、名前を尋ね、ゆっくりと石油を注ぐ。「わたしを覚えているかね」と最後に相手は尋ねる。リディアは実際だれだかわからない。囚人は悲しげに微笑む。と、そのときリディアは気づく。前に立っているのはバッハマン教授だ。あまりにもよき教師であるがゆえに、大学にとどまることができなかったのだ。

軍事教練の教官は、職業から想像するとおりの風貌をしている。粗野な顔つきのがっしりした男だ。「起立！」と、扉から入ってくるたびに怒鳴る。内戦で両足を失ったある学生は、松葉杖にすがってようやく歩けるのみなので、座ったままでいる。「けしからん！」と教官が怒鳴る。「軍律を何と心得る。立て！」――「あのう、教官同志」。学生代表のひとりがおずおずと申し出る。「この人は傷病兵です」――「黙れ。すぐに立つんだ！」傷病兵は松葉杖につかまって体を持ち上げようとするが、長椅子にあおむけに倒れてしまう。だれかがぎょっとして声をあげ、松葉杖がカラカラと音を立てて床に転がり落ちる。一瞬、気まずい沈黙のあと、教官は大勢の怒りが膨れ上がるのに気づき、退却を試みる。「座ったままでよろしい、同志」

実践的な軍事教練では、学生たちは行進、ぬかるみでの匍匐前進、射撃の訓練を受けねばならない。リディアは身長が百五十四センチしかなく、頭からすっぽりかぶせられた軍服に埋もれてしまう。軍用外套は踵まで届き、一歩進むごとに、靴の上から履いた防水靴が見えなくなる。強い近眼で、右手に力が入らず、射撃の結果は悲惨なもので、一度はほとんど教官に命中しそうになる。教官は怒りで真っ青になり、その後顔を真っ赤にして走ってくる。「同志イヴァシチェンコ！」と怒鳴る。「動くな！ 銃をよこせ！ 退場しろ！」こうしてリディアの軍務での栄達の道は断たれ、それ以来、実践訓練から解放される。にもかかわらず、不可解にも教官はリディアに上から二番目の成績をつける。

講義がロシア語とウクライナ語のどちらで行われるべきかについては、白熱した議論がくりかえし起こる。ウクライナ語は大多数の学生、党、そしてウクライナ作家連盟の指導者に支持される。ロシア語のものはすべて何時間にもわたる長広舌で悪魔の烙印を押される。大学の玄関ホールには「大学構内ロシア語使用禁止」の大きなプラカードがぶら下げられる。ありとあらゆる言葉が話されているのに――ドイツ語、イディッシュ語、英語、フランス語、ギリシア語、イタリア語――だれもが話せて理解できるロシア語が禁止されるのだ。

文学のゼミで取り上げられるテーマは言わずもがなである。三、四時間にわたり、プーシキンとゴーゴリは小地主なのか中規模の地主なのかをめぐって議論される。学生たちはグリボエードフの喜劇『知恵の悲しみ』に出てくる接続詞を、その総数からグリボエードフの世界観を推論できるという説があるので、数えねばならない。リディアにはトルストイの『アンナ・カレーニナ』の「農学の観点」について論文を書くという課題が与えられる。

「文学に特別作業隊員を」のスローガンのもと、学生たちは工場に出向いて、そこで人材を発掘し、文芸サークルを立ち上げるよう求められる。労働者がノルマ以上に仕事をこなすというのは、つまり、その人物のなかに育成すべき文学的才能が眠っているということだ。リディアの同級生のなかには、この任務で悪くない稼ぎを得る者もいる。彼らは工場で「作家」になれそうな者を探し、自分たちのろくでもない書き物を「作家」の手になるものとして称してその人物の名で出版する。報酬は分け合って双方満足したという。

特別作業隊員が文学に触れ、文学部の学生が生産現場を知る。「万能型社会主義者」の養成という目標とともに、リディアは黄麻工場での作業を割り当てられる。万能型社会主義者は朝五時半に起床し、路面電車に揺られることおよそ一時間。ときには彼女とその仲間たちは電車に乗っているあいだ、立ったまま眠る。工場の入口で入構証を渡し、作業長のところに立ち寄り、それから倉庫に入る。そこで黄麻の山に沈み込み、二、三時間、どのみち党の活動家に起こされて警告と脅しを受けるまでだが、眠る。

工場に派遣されている期間中、学生たちは黄麻の生産工程すべてをひととおり経験しなくてはならない。最初の行程が最悪だった。リディアは埃っぽい巨大な球状の黄麻をほぐして広げ、平らにし、帯状に伸ばした繊維を力いっぱいベルトコンベアの上に投げねばならない。それは体格のいい屈強な男の仕事であって、特別に小柄で、空腹で弱った女のすることではない。リディアは四六時中怒鳴られる。巨大な埃の雲のなかに立ち、咳き込み、まともに息もできない状態で、黄麻の玉をほぐそうと苦戦していると、もう次の玉がやってくる。のちに黄麻の埃を咳で全部吐き出すのに半年近くかかった。

二週間後、紡績工場に配置換えになる。耳を聾する騒音を発する紡織機が長い列をなしている部屋だ。リディアは近眼のせいで糸の絡まった箇所が見分けられず、いつもその隣をつかんでしまう。職工長の女に叱られ、経営幹部に目をつけられる。よくないことが起こる気がする。役立たずで甘やかされた手、仕事に慣れない手の女——労働者国家でこれ以上不利なことなどありうるだろうか。

第三段階の機織《はたおり》作業場はリディアには救いとなる。ここでは簡単な手動の織機で布袋を作るのだ。リディアでもよく見える太い糸なので、すぐに絡まった箇所を見つけ、巧みにほどく。結び目の作り方を覚え、すぐに織機を難なく操作できるようになる。職工長の女はリディアを褒めるようになり、ひとりで作業させることが多くなる。二週目の終わりにはもう特別作業隊員になっている。報酬は従業員食堂でのスプーン一杯分の追加の粥とキャベツのピローク一個。ある日、経営責任者がリディアに話しかけてくる。「君はかしこい娘だ！　大学では何を勉強しているんだ？　文学だって？　それではこの先、生きていくのが大変なだけだぞ。文学じゃ十分食べていけない。ここに残りなさい。寮の面倒も見てやれるし、給料はよそよりずっといいし、毎週、特別作業隊員手当として食料の配給もある。労働者階級の一員になって、肺病病みのインテリから抜け出せるんだぞ」。後年、リディアは経営責任者の言葉を思い出すことがよくある。彼の助言に従っていたら、人生でずいぶんいろいろな目に遭わずにすんだだろうと。

少しずつリディアは数人の同級生と親しくなっていく。わたしは彼女の刑事調書に記されていた名前と手記のなかでふたたび出会うことになる。アンナ・ボカル、サラ・ボルトマン、アンナ・エーデルシュタイン、レフ・ポズナンスキー、そしてなんといってもリディアに強い影響をもたらすベラ・グラセル――彼女はアメリカに移住し、少し前に戻ってきたばかりのロシア系ユダヤ人女性の娘だった。ベラの母親は離婚して、娘とともに「呪われた資本主義」の世界から共産主義の楽園に逃げてきたのだ。ベラにはアメリカの華やかさがまだ残っている。絹のストッキングにバックル付きのお洒落な靴を履き、フラッパードレスと藤色の毛皮の外套を持っている。並外れた教養、切れ味鋭く批判する知性、そして自由への強い意志を備えた、カリスマ的な若い女性。だんだんリディアには、彼女がソヴィエト連邦に労働者の楽園とはまったく別のものを見ていることがわかってくる。ベラの目には、労働者を裏切った腐敗した一党寡頭支配が映っているのだ。彼女はほかの者なら考えもしないことを話す。リディアに、自ら立ち上げ、地下で活動している「プロレタリアート解放結社」の実践内容を注意深く打ち明ける。ほどなくリディアは結社の仲間になり、定期的にベラや他のメンバーと会うようになる。それはリディアにとって、率直に話し、自分の考えを口にできる唯一の場だ。それだけでもう、結社は何ものにも代えがたいものとなる。というのも、まわりに同調しなければという圧迫感と、永遠に自分を偽り続けることにもはや耐えきれず、いつか人生に重大な結果をもたらすかもしれないことを言ったりしでかしたりするのではという不安にしばしば苛まれているからだ。結社は一種の避難所であり、一息つく場であり、集中監視システムの目からつかの間隠れられる場所なのだ。

文盲撲滅運動は常時展開されている。学生は勉学を許されているという特権に感謝のしるしを示さねばならない。リディアは選ばれて、靴工場の労働者に読み書きを教えることになる。工場では合わせて二百人の労働者が雇用され、そのなかから九人が、よくわからない基準で選抜される。工場の建物に教室が設けられ、レーニンの肖像画と赤旗が飾られる。

授業の初日、すぐにリディアは、靴職人たちがみな読み書きができることに気づく。当惑し、途方に暮れてまわりを見渡す。最年長の男がのんきな提案をする。「規則を守って、計画どおりの勉強を終えればいいんだよ、同志先生」。それで、靴職人たちは三か月のあいだ、仕事を終えた夜できるだけ急いで書き取り練習をして、できるだけ下手くそな字で、綴りや文法もたくさん間違え、それをリディアに一字一句赤インクで正してもらうということになる。書き取りのあと、リディアは小説や詩集を朗読したり、以前から軽い気持ちで書いていた自作の物語を語って聞かせる。靴職人たちは凝然と聞き入る。

講習の終わりに、軍服をまとい赤いスカーフを巻いた威勢のいい女性が生徒たちの学習成果を確認するために現れる。生徒たちは書き間違いの添削でびっしり埋まったノートを見せ、声に出して新聞の一節を読むときは言いよどみ、わざと途中でつっかえる。軍幹部の女性は生徒と教師にいたく満足する。

労働者が新聞を読めるようになり、さらにその内容を議論できることを期待していると力をこめて言う。そして別れの挨拶をする。

この茶番の見返りにリディアはオペラの定期予約券を受け取り、さらに自分と靴職人の生徒たちにと休暇旅行引換券が支給される。彼らもヤルタ、アルプカ、アルシタそしてセヴァストポリを訪れる四日間のクリミア旅行が許されたのだ。ホテルでとうとうリディアは飽きるまで食事を味わい、自分だけの部屋と海水浴を堪能する。生徒たちは競ってリディアに言い寄る。彼女は彼らの気を悪くさせまいと、自分には決まった相手がいるけれど、生徒たちのことはみんな好きだということをわからせようとする。それで彼らは満足したふりをする。

旅行から帰ってくると、リディアは生徒ひとりにつき九ルーブルを支給され、さらに靴職人の生徒たちからは感謝のしるしと思い出にと高いヒールの付いたとてもいい夏靴が二足贈られる。この金を懐に入れ、新しい靴を履いてマリウポリへ初めての休暇に出かけるが、そこですぐにまた家族の窮乏に直面することになる。両親と弟と妹は飢えている。父のヤコフの稼ぎはもはやなく、衰弱し、ほとんど目も見えない。母のマチルダは裁判記録を読んで聞かせ、夫の代わりに書類を片づけねばならない。トーニャは織物工場に職を見つけたが、そのあともマチルダの家事を手伝い、金銭の援助までしてくれている。十歳になるわたしの母エウゲニアは学校に通い、十五歳になったセルゲイは「飢えた人々に教会の富を」運動の仕事をしている。自分も半ば飢え死にしかけているのに、市の教会やシナゴーグがため込んだ金、銀、ダイヤモンド、ルビー、その他の宝石など高価なものなら何でも吐き出させ、建物から引きずり出し、集積場所に運ぶ手伝いをしている。見返りに一日分の少しばかりのパンの配給をもらう。

リディアは、家ではだれも自分を待っていなかったことを、ここでは自分は招かれざる余計な食客でしかないことを悟る。家族の実情を知れば、喜んで手助けしたいところだが、本当はすぐにでもオデッサに戻りたい。そんなとき叔母たちから、生活状況が変わってしまったという連絡を受ける。エレーナの息子が結婚して、今では義理の娘も狭いアパートに一緒に住んでいるので、リディアをこれ以上置いてやる余地がないのだ。ナターリアのほうは、友人が夫ともども逮捕され、十六歳になるその息子をひきとったので、リディアの食事を賄うことはもうできないという。

この連絡がリディアには決定打となる。何日かあきらめの気持ちに沈み込むが、やがて反抗心が湧き上がってくる。厚かましくも、やっぱりオデッサに戻るのだと決意を固める。エレーナ叔母さんの家の扉の前に立てば、叔母だってそうむげに拒むことはできないだろうし、まさか姪を宿なしにするはずはないとリディアは思い描く。そして目論見どおりになる。エレーナはリディアを家に入れてやり、そればかりか鉄道の長旅で空腹の姪に一皿のスープをふるまう。眠る場所は折り畳み椅子しかないが、それでもオデッサに帰ってきたのだ。

次の日リディアはすぐに仕事探しに飛び出す。土砂降りの雨で、ずぶ濡れになるが、またしても運に恵まれる。リディアは食料配給券交付所の補助員の仕事を得る。一日中暗い窓口に座って、身分証明書を確認し、無限に続く列に並ぶ人々の配給券を切り取って渡すのだ。手当は雀の涙で、いまや食費を自分で賄わねばならないリディアを満腹にさせるには十分でなく、エレーナ叔母にいくらか部屋代を渡すなど、はなから無理な話である。

救いの手はベラ・グラセルから差し伸べられる。彼女は大学図書館の館長にコネがあるので、リディアにそこでの仕事を世話してくれる。そのときからリディアは、講義が終わると午後五時から十時まで何冊もの本をあちこちに、本棚から貸出口へ、返却口から本棚へと苦労して運ぶことになる。仕事は骨が折れるが、以前よりはいくらか実入りが増え、図書館の居心地もいい。折り畳み椅子で短い夜を過ごしたあと、朝は大学まで急いで出かけ、早すぎる時間に着くこともよくある。時計を持っていないが、遅刻は決して許されない。ときどき入口の前の階段で、扉がまだ閉まったままのときは二度寝する。

日々の暮らしは暗くなる一方で、未来の展望はますます見えなくなっていく。人々は狭苦しい空間にひしめき合って暮らしているが、だれもが孤独で、それぞれがただ自分が生き延びることで精一杯なのだ。店には砂糖の入っていない乾燥スモモのゼリーのほかはもう何もない。学生食堂の献立表には、一番いいときはスープが水のように薄い雑穀粥、メインにはそれより多少どろりとした雑穀粥が載っている。もっとひどいときはキャベツのスープに続いて蒸しキャベツが出されるという具合だ。朝食をとるのをリディアはたいていあきらめ、それでもときどき大学の立食カウンターに並んで大豆団子を買う。これだと硬質ゴムのようなものでできているので、いつまでも噛んでいられる。

春になると学生たちは周辺の村に派遣され、そこでコルホーズの立ち上げを推進し、また文盲の撲滅に尽力させられる。いわゆる「会合《ミーティング》」では農民たちを前に、コルホーズにおける彼らの輝く未来と万能型ソヴィエト人間について、リディアは空言を弄せざるをえない。一九三二年、ホロドモールと呼ばれる未曽有の大飢饉の始まった年のことだ。少し前まで、肥沃な黒土に恵まれたウクライナはヨーロッパの穀倉地帯と見なされていたのに、いまや死体置き場になりつつある。ホロドとは「飢え」を意味するウクライナ語で、モールは「ぼろぼろにする、責めさいなむ」という意味のモーリチから来ている。

スターリンの農業集団化政策の壮大な実験は、のちにウクライナの人々に対する大量虐殺《ジェノサイド》として歴史に記録されることになる。

種まきの時期なのに畑で働く者はひとりもなく、作付けがまったくされていない。土地が強制収用され、ウクライナの農業全体が停止する。農民は自分の農場から追い立てられ、濡れた地べたに寝起きすることになるが、その大半が病気で痩せこけた子どもを抱えた女たちだ。農地や農具を集団化のために差し出すことも、コルホーズに参加することも拒否した男たちは収容所に送られるか殺される。地域一帯を飢餓が消し去る。死者を埋葬できる者ももはやいない。死者は死んだ場所で腐っていく。狂気と人肉食が支配する。

学生たちは農場派遣から戻ると、集団化政策への参加の説得に成功した農民の数や、鎮圧した蜂起の数で自分たちの手柄を吹聴する。リディアの報告書は共産主義的レトリックの精神で作文されていて、自分でも書いているが、たくさんの無意味な数字とスターリンの演説からの引用が散りばめられている。「お嬢さん、君はものになるかもしれない」と執行委員会の長が親切な言葉をかける。「もう少し練り上げる必要があるが」

ある日、伯父のヴァレンティーノがオデッサに現れる。リディアが最後に会ったのは子どものときで、祖父のかつての運転手が彼女をドイツ人庭師のところへ謎のドライブに連れてゆき、そのあと車とともに姿を消した日よりかなり前のことだ。だれも住まなくなってすでに荒れ放題だった別荘《ダーチャ》の光景は忘れたことがなく、死んだと思っていたヴァレンティーノが突然エレーナの家の扉の前に立っているので、リディアはわが目を疑う。それまでずっとどこにいたのか何も話さない。でも、ホテルに滞在する余裕があることから、自分の財産のいくらかは手元に残すことができたらしい。彼はヘルソンにいた弟のアントニオのことを姪に伝える。リディアがかつて結核に罹ったときに静養した葡萄園の持ち主だ。あのあとアントニオは私産を没収され、妻と娘ともどもシベリアに送られたが、そこでは骨結核を病む娘が生き延びる見込みはない。ヴァレンティーノ伯父は一家のオデッサ逃亡を手助けして、それから自分も一緒に黒海を渡ってルーマニアまでたどり着くという計画を立てている。

街にいるあいだ、ヴァレンティーノはリディアを何度もレストランでの食事に招き、目下必要な衣類を買ってくれる。夢かおとぎ話のようだ。子どものころ母親と一緒に伯父の別荘で過ごした幸福な時代が、小説で読んだ登場人物の体験のように思えてくる。

数週間後、ヴァレンティーノの弟のアントニオが家族と一緒に、何らかの危険に満ちた秘密の旅をして本当にオデッサにやってくる。ヴァレンティーノは天文学的な額の金を払って三人を自由にし、港の漁師小屋にかくまっている。月のない夜に小型漁船が逃亡者たちをルーマニアに運ぶ手はずになっている。リディアはヴァレンティーノと別れのあいさつを交わし、彼を抱きしめながら、自分の父なのか伯父なのかを間違いなく知っているのは母だけなのに、この人とは二度と会えないのだという確信に口惜しさを覚える。ヴァレンティーノと弟のアントニオ一家は首尾よくルーマニアからフランスにたどり着き、そこでふたたび葡萄園を営むことになったとリディアは聞く。

別れ際、ヴァレンティーノはリディアにデ・マルティーノ家のモノグラムを刻んだ重い銀の匙を六本贈る。この匙のおかげでリディアは半年のあいだ食べていくことができる。毎月一本、「外国人専用」の店トルグシンで金に換えるが、ここではもはや外国人と商売をする者はだれもいない。すでに鉄のカーテンがその他の世界を閉ざし、「外国人」は侮蔑の言葉になっていた。トルグシンでオデッサの人たちは自分たちが大事に残しておいた最後のがらくたを、最後の装身具を、最後の古い食器セットを金に換える。ホロドモールのただなかに、この店にはニコライ二世の時代にのみ存在したありとあらゆるものがある。オレンジ、チョコレート、ハム、コーヒー、キャビア。リディアは銀の匙一本で得る金でひと月分の穀類と油、そして干し野菜を買う。それを使ってスープか蕎麦の実の粥をエレーナの家の台所で作るのだ。

文房具店で手に入る透写紙が思いがけない収入源になることがわかる。偶然リディアと叔母のナターリアは、透写紙の被膜が薄手の上質布地《バチスト》でできていることを発見する。ふたりは紙をふやかし、そのあとバチストが剝がれてくるまで煮る。それを乾かし、アイロンをあてると、市場で売ったり、食べ物と交換できそうな素晴らしい下着を縫うことができる。もちろんナターリア叔母はミシンを持っていないので、ふたりは夜遅くまで台所のランプの下で縫物の手を休めない。問題はただひとつ、大量の透写紙をいつでも買えるわけではないことで、そんなことをすれば疑われるかもしれない。解決策は結局、ナターリア叔母の娘のアーネチカが出してくれる。彼女は勤め先の図書館の書庫で、透写紙に描かれた大量の図面を見つけたのだ。ただインクの跡はいくら頑張って煮ても完全には消えず、そのあとリディアが叔母と一緒に縫った下着やショーツ、ブラジャーには技術製図の謎めいた断片的な文様がついている。それでもふたりの「新作《コレクション》」は闇市で飛ぶように売れる。警察がどこでも目を光らせているので気をつけなければならないが、幸運にもつかまることはない。

オデッサ市民のウクライナ化のおかげもあり、リディアはたびたび臨時収入に恵まれる。けっこうな額の報酬で経営指示書や作業パンフレットをロシア語からウクライナ語に翻訳するよう頼まれるのだ。また郵便局の職員のウクライナ語の知識を試すテストを任されたこともある。リディアが口述試験をすると、受験者たちはロシア語しか話せず、ウクライナ語は理解してもせいぜい半分程度で、書き取りは間違いだらけ。リディアは全員に「不可」の評価を下し、そのため全郵便局員がウクライナ語の授業の聴講届を出す羽目になる。リディアは自分の子守をしてくれた女性のおかげでウクライナ語を完璧に使いこなすので、だれからも母語話者だと思われる。このことは今すぐ必要な実入りを得るのに役立つばかりか、生き延びるのに不可欠なプロレタリアートらしさも授けてくれる。

　にもかかわらず、最終学年には彼女を大学から追放しようとする企てが試みられる。何の説明もなくリディアは高額の学費を短期間のうちに納入するように命じられるが、彼女に払えないことはだれの目にも明らかである。ほとんどもう学業をあきらめかけたとき、唯一かつ最後の切り札を思いつく。実のところ、父親はとうの昔にソヴィエトという国家と縁を切っていたので、これは詐欺なのだが、リディアはあらゆる手段を講じて、反帝政的革命労働運動に加担したかどで父親が二十年の流刑を言い渡された判決文を手に入れる。その文書にしかるべき文面の手紙を添えて学長事務局に提出し、翌日、玄関ホールで掲示板の前を通りかかると、「本学の最優秀学生」が一覧表にまとめられていて、そこに自分の名前を見つける。学費を払う必要はなくなった。

　卒業論文は、「紙に書いて残せば誰も文句を言わない」を座右の銘にして、三日で書き上げる。ウクライナの作家ミハイロ・コツュブィンスキーをマクシム・ゴーリキーと比較し、ゴーリキーの作品はコツュブィンスキーの影響を強く受けているという根も葉もない説を提示する。これには彼女の個人指導教師も首をかしげる。そんな説は初耳だった。さらに彼をびっくりさせたのは、卒業論文をロシア語で書いたことだ。リディアは自分のロシア語がすぐれているのは大学で受けた教育のおかげで、この言語を習ったのはここが初めてだと説明する。このくだらない話をしゃべり散らしたことに対して最高点を得る。卒業証書には彼女は文学教師の資格を有すと記載されているが、何語の文学なのか、ロシア語のかウクライナ語のかは抜け目なく触れられていなかった。

最終的には閲覧室の責任者にまでなった大学図書館の職は前代未聞の終わりを迎える。リディアは三週間の休暇願いを申請し、それが却下されると、そのあいだ理由も告げずに仕事を休む。三週間後に戻ってくると、図書館の扉の「職務怠慢者L・Y・イヴァシチェンコの図書館入館厳禁」という貼り紙に出くわす。しかしこれはもはやどうでもいいことだ。オデッサで過ごす時代はどっちみち終わるのだ。

卒業祝賀会のためにやさしい叔母のナターリアは古いスカートを流行りの「蛍光色」のドレスに仕立て直し、さらに透写紙から梳き取ったバチストで白いボレロを縫ってくれる。それに合わせてリディアは靴職人たちから贈られた上品な靴を履く。党とスターリンの同志たちが卒業生にハンバーグのジャガイモ添え、デザートに甘いパンと紅茶をふるまう。リディアは、ウクライナの田舎出のおぼこ娘を演じていたのが明らかに自分だけではないことに気づく。ダンスと酒の楽しい夕べが始まると、ほとんど全員がウクライナ語で話さねばならないことなど忘れてしまい、嬉々として忌まわしいロシア語に呑みこまれることになる。

リディアはマリウポリに帰る。弟と妹に教育を受けさせ、両親を支えることが自分の大事な役目であるとわかっている。将来については何ひとつ想像できない。まっとうな仕事に就くことも家族をもつことも考えられない。この先もただ生き延びるだけだ。

「アゾフ・プロレタリア」新聞の編集者兼翻訳者として雇われる。給料はまあまあで、ほかに社員食堂の無料の昼食がつく。夜、締め切りを終えると、ふたたび講師の仕事をする。製鉄所の労働者に読み書きを教えるのだ。二か所からの給料でやっと家族を多少なりとも食べさせることができるようになり、両親も少しばかり元気を取り戻したように見える。

ある日、新聞社で働くようになってまだ数週間しか経っていないころのこと、締め切り直前に一通の知らせが飛び込んでくる。翌日の一面に掲載されねばならないものだ。非公式の党大会が翌日六時に文化公園の図書館パビリオンで開催されるという告知で、参加は義務である。リディアは簡単な文章をウクライナ語に訳し、印刷にまわす。次の日の朝は激しい雷雨となる。党活動家たちは寝過ごし、あわてふためいて朝六時に文化公園にやってくるが——もし顔を見せなかったりしたら命の危険にさらされただろう——驚いたことに議長が現れない。それで大会は朝六時ではなく、夕方の六時だということが判明する。だれが間違えたのか、新聞の告知を書いた者か、翻訳したリディアなのかはわからずじまいだが、このときから、ずっと前からくすぶっていた不幸の芽がうごめき始める。リディアはあからさまに非難され、嫌がらせを受けるようになる。まわりは彼女を監視し、誘導尋問をし、リディアがどんな本を読むのか突然関心をもつようになる。同僚の女のひとりがびっくりするくらい愛想よくつきまとうようになり、毎晩家までついてきて、彼女の生活について根掘り葉掘り訊く。孤立無援のリディアは、いくらか雑談に応じる以外どうすることもできない。

オデッサから「ニーナが病気になった。予防接種せよ」という文面の電報がついに届くと、いよいよのっぴきならない状況に置かれていることがはっきりする。ニーナとはベラの暗号名で、「病気」は彼女が逮捕されたことを明らかに意味している。のちにリディアは、一九三三年十一月九日、愛想のいい同僚の女に付き添われて最後に編集部から帰宅したことを正確に思い出すだろう。静かで穏やかな空気が漂い、家々の庭にはまだ花が咲き残っていた——彼女の人生で長きにわたって二度と訪れることのない、いつもの夕べ。

次の日、リディアは仕事が終わるといつものように製鉄所で教える。労働者たちは、昼間はあくせく働いているので疲れているが、真面目に話を聞いている。およそ半時間経つころ、静かにドアが開いて、教育部門長の女性が部屋の外に出るように合図する。リディアは生徒たちにちょっと席を外すと断り、部屋を出る。扉の前に私服姿の男がふたり立っていて、ついてくるようにと言う。リディアはまず生徒たちに伝え、自分の書類鞄を取ってきたいと述べるが、男たちはその必要はないと言う。通りに出ると、彼らは街灯の弱々しい光の下で、印が押された何かの紙片を見せる。ナイフのように鋭い声が「あなたを逮捕する」と言うのが聞こえる。

内務人民委員部の車で家まで連れていかれる。このときようやく、自宅まで護送される短い道のりで、家の抽斗に入れてある剣呑な資料のことを思い出す。煙草の薄い巻き紙に小さく走り書きしたベラの声明文だ。党は労働者に敵対する一味と名指しされ、国家資本主義の恐怖政治に対する新たな革命が呼びかけられているのだ。それに何通ものベラからの手紙がある。そこではマリウポリの会社や工場で文芸サークルを立ち上げ、労働者に接近する手がかりを得て、彼らを扇動するよう、かなりあからさまにリディアに要求している。オデッサから警告の電報があったのに、わが身を滅ぼすこんな証拠物件に気づかずにいたのだ。リディアは自分がいかに迂闊だったかを思い知らされる。

家宅捜索のあいだ、リディアは母親に、自分は連行されることになるとなんとか囁く。家じゅう引っかき回され、隅から隅まで徹底的に調べられ、もちろんベラからの手紙も、リディアが巻いて本の本体と背表紙のあいだに隠しておいた声明文と一緒に見つかる。真夜中近くに内務人民委員部司令部に連行される。わたしの母と彼女は、最後の一瞥を、別れの言葉を交わしたのだろうか。姉妹は二度と顔を合わせることがなかっただろう。リディアが八十歳で自分の過去を書き記すとき、もう六十年近くにわたってわたしの母はリディアにとってただの思い出にすぎず、その記憶のなかでひょっとしたらすでに見分けがつかないほどに色褪せてしまったのかもしれない。

司令部での尋問は朝まで続く。そのあとリディアは二、三時間、取り調べ室のソファで眠ることを許される。制服姿の男に起こされ、ついてくるように言われる。彼女は外套をはおり、弟のセルゲイが届けてくれた荷物を受け取る。彼はリディアの前に立ち、祖国の裏切り者、造反者、家族みんなを不幸に陥れたエゴイストと罵る。おそらくこれが姉弟の会う最後の機会となる。のちに、セルゲイの死後に書かれた手記のなかで、自分は長い間彼を赦すことができず、あとになってようやく弟が自分と距離をとらざるをえなかったことを理解したと言っている。そうすることでしか残された家族と自分自身をさらなる不幸から守るすべはなかったのだと。

屋外に連れ出され、護送車に乗せられ、ドネツクの管区中央刑務所に押送され、そこで頭を丸坊主に刈られ、地下の独房にひとり収監される。昼も夜も灯りがともり、独房には鉄製の簡易寝台と簡易便所しかない。最初の何週間かは毎日尋問に連れ出され、同じ質問ばかりを何度となくされる。それから尋問が突然なくなり、まるで地下牢にいる彼女のことなど忘れてしまったかのようになる。たしかに鼠やゴキブリには苦しめられるが、独りでいることは悪くはない。長い間「すし詰め」住居しか知らなかったリディアにとって、独りでいられることは幸福なのだ。むかしから静かにものを考えることは好きだったのが、今やっとそのための時間を手に入れたのだ。リディアは目を閉じて簡易寝台に横たわり、自分が抱えていた人生についての多くの問題をすべて深く吟味する。唯一考えようとしないのは自分の将来についてだけである。

三週間後、地下の牢獄世界から呼び出されると、飢え死に寸前のうえ、決して消えることのない、刺すような牢獄の灯りで半ば視力を失っている。移送された未決監は、彼女の運命の出発点となった街、オデッサにある。隔離房での監禁から十一人の女が収監される狭い雑居房に入れられるが、そこでは八台ある簡易寝台をめぐる争いが絶えない。リディアはたいてい床で寝るが、ときおり、逮捕されるのはもう二度目だというドイツ人の若い共産主義者が、自分の簡易寝台の隣にもぐり込ませてくれ、尋問の際の正しいふるまい方を囁き声で伝授してくれる。あるとき、格子窓の向こうにベラ・グラセルが、ふたりの制服姿の男に監獄の中庭を引っ立てられていくのを見る。友人を見たのはそれが最後となる。

自分が受けた取り調べについてリディアは何も書いていない。ただ、ある奇妙な出来事だけは記している。オデッサの尋問官のなかに、かつての隣人で同級生だったスラーヴァ・ブロンシュテインがいることに気づく。学校時代はほかの連中と一緒になって彼女と関わらないようにしていたくせに、のちにぬけぬけと近づいてきて相手にされなかったのだ。いまやその仕返しとばかりに、取り調べ室で彼女を凌辱する。女性の被告に対して間違いなく効き目のある尋問手段のひとつだ。ことが終わると、リディアは自白内容を書き記したいからと、紙とペンを所望する。男は望みどおりのものを渡し、自分のやり方がまんまと効いたと喜ぶ。けれどもリディアがしたためるのは自白ではなく、告発である。彼がトロツキーとの親戚関係を否認していること、国家を憎悪していること、そして彼の父親が自分の樽工場で革命前までろくに給料を支払わずに、二十人の従業員を働かせていたことを報告する。翌日ふたたび取り調べ室に連れていかれるときに、廊下でスラーヴァと遭遇する。相手は顔面蒼白だ。「このくそアマが！」と彼は声を押し殺して鋭く言い放つ。まだそれほど前のことではないが、彼はリディアから本を借りることがあった。くだらない娯楽本の『愛の天使』もそんな一冊だ。そのことをリディアは今思い出す。「まさか、とんでもない」と通りすがりにあっさり答える。「わたしは愛の天使よ」。数日後、殴られて血まみれのスラーヴァが監獄の廊下を引きずられていくのを彼女は目にする。

およそ五か月の未決拘留のあと、リディアはどこかの小部屋に連れていかれ、そこで判決文に署名するよう求められる。半開きの扉越しに刑務官の二人の女がしゃべっている声が聞こえる。「医者と技師は目標をもう十分達成できたわね」とひとりが言う。「でも教師は遅れているから、もうひと頑張りしなければね」ともうひとりが答える。

二十三歳、身長百五十四センチの女性、しかも長期の拘留でせいぜいフライ級の選手程度の体格のリディアがとりわけ危険だとは想像できないが、それでも二人の武装した兵士に護衛され、わざわざ彼女のために予約した列車の車室に乗せられ、メドヴェジヤ・ゴラに送られる。ほかの囚人がみな、何百万人もの有罪犯ひとりひとりがここまで贅沢かつ快適に目的地まで移送されるとはとても思えない。二人の兵士はモスクワまでリディアとは一言も口をきかない。一日に二回、一杯の紅茶といくらかベーコンのついたパンが与えられる。トイレに行かなければならないときは付き添いが必要で、鍵をかけることは許されない。モスクワで列車から降ろされ、護送車で別の駅に運ばれる。そこからさらに、今度も専用の車室で二人の別の兵士の護衛付きでムルマンスクに向けて旅をするが、ひとつ改善されたことがある。今度は窓に目隠しがされず、外を眺めることができるが、見えるのはひとけがなくなるばかりの、雪に覆われた光景だけだ。

一九三四年四月一日にメドヴェジヤ・ゴラに着く。受付のバラックでは若い囚人が親切に出迎えてくれ、リディアの履歴を書き留める。それは、と彼女が書き添えているように、未来の夫ユーリだった。登録をすませると、リディアは「自由」になる。どこでも好きなところに行けるのだ。軽い短靴を履き、薄手の外套をはおって雪の積もった戸外に、空の低いところにかかるいくつかの大きな星だけに照らされた夜のなかに立ってみる。流刑者たちは無防備に荒野に放置され、自力でやっていく方法を見つけねばならない。逃げられないことはわかっている。ここにはどこまで行っても森と沼地と熊と狼しか存在しない。どこか遠くに弱々しくまたたく灯火がわずかに見えるが、二分と経たないうちにリディア自身が氷柱に固まってしまい、灯火に通じる道をどこにも見つけることができない。彼女は途方に暮れて受付バラックに戻る。

ユーリが助けてくれたのはこの夜だけではない。つまるところ、リディアが収容所で生き延びることができたのは、おそらく彼のおかげなのだ。リディアの息子イーゴリから、父親のユーリはロシア正教会司祭の名門一族の出身だが、自分では技術者に向いていると感じたので、後継者の道を選ばなかったと聞いている。追放される羽目になったのはスターリンの側近のひとりだったヴォロシーロフ元帥をおべっか使いと嘲弄したためだった。これにより五年の刑を食らった。今では、収容所ではひとりの囚人にすぎないが、特権をもつ囚人であり、収容所長の覚えもめでたく、生きていくのに大切なコネもつかんでいる若くて有能な技術者だ。この夜、リディアを暖房のある女囚用バラックに連れていき、何日かそこで寝泊まりできるようにしてくれる。彼女のための簡易寝台はないが、暖かい暖炉のそばの床で眠ることができる。女囚たちは配給の食料を気前よく分けてやり、代わりにリディアの荷物の中身をほぼすべてくすねる。

リディアに割り当てられた最初の働き場所は、収容所のお偉方の子ども向けの幼稚園だ。母親たちは彼女を自分の奴隷のように扱うが、この仕事のおかげで、もっと設備の整った別の女囚用バラックで自分だけの簡易寝台で眠ることができ、内務人民委員部の食堂の食券を手に入れ、子どもたちの食べ残しを残さず食べていいことになる。ところが、幸運は長くは続かない。この土地の事情をよく呑みこまないまま、リディアは子どもたちを連れてコケモモ摘みに出かけ、いたるところに危険が潜む沼地のひとつにはまり込んでしまう。何人かの子どもが沈み始めて、あわやというときに遠くにいた歩哨兵のひとりが気づいて、立ち入り禁止区域から彼女たちを連れ出す。リディアは即刻解雇されるが、刑期が延長されなかっただけでも喜ぶべきことだ。もし特権階級の子どもがひとりでも沼地で命を落としていたら、どんなことになったかは想像もつかない。

まごまごしていると伐採作業に割り当てられるので、リディアは独力で仕事探しに出かける。広大な収容所の支配地域をいわゆるカッコウ鉄道に乗って集落から集落をめぐり、挨拶してまわる。この列車は小さな蒸気機関で苦しそうに喘ぎながら、後ろに丸太を積んだ貨物車両を引いて進む。丸太は機関車の燃料となるだけでなく、乗客にとっては座席の代わりにもなる。あるとき、燃料が切れて、機関車が針葉樹林帯《タイガ》の真ん中で止まってしまい、もうひとりの乗客がリディアに、新たに木を切り倒すよりも集落に戻る残りの十五キロを歩いていこうと言う。リディアは同意する。明るい白夜だが、すぐにまた沼地に囲まれることになり、木製の線路の上を歩いて戻らざるをえなくなる。リディアの若い道連れは足が長く、枕木間の距離は普通の歩幅でしかないが、リディアは枕木から枕木へと跳びはねなくてはならない。彼女はほぼ十五キロの道のりを跳びはねる。一度足を踏み外して、冷たく黒い泥濘があっという間に容赦なくリディアを吸い込み始め、同行の男に引っ張り上げてもらわねばならなくなる。巨大な羆が近づいてきたこともある。そこらじゅうを徘徊し、夜になると餌を求めて集落に入り込んでくる奴らだが、幸運にも、ふたりと飢えた巨獣とのあいだには沼地が広がっている。

職を求めても、だれも「政治犯の女囚」を雇いたがらず、むなしく数週間が過ぎるころ、いつの間にかリディアの心に淡い恋心が芽生えていたユーリが手を差し伸べ、流刑地にいる未成年の囚人のための教師の口を見つけてくる。収容所に到着したとき、リディアの生存本能が、ユーリの姿で現れた最初の藁をつかませたが、いまや彼は藁などではなく、収容所の死の原野から自分を引っ張り出してくれる太い綱であることがわかる。きつい肉体労働であれば長くはもたなかったかもしれないので、その点で教師の職は救いとなる。ただこの仕事はユーリと離れて暮らすことを意味する。「北極圏」という名の青少年集落は白海・バルト海運河に面したところにあり、ユーリが働く技術管理部のあるメドヴェジヤ・ゴラから二十キロ離れている。リディアが新しい職に就く前にふたりは結婚する。夫婦でなければ、たまに訪問し合う許可が下りないのだ。

「北極圏」集落には八歳から十七歳までの二千人の子どもや若者が収容されている。浮浪児、孤児、囚人の子など、子どもの年齢でもう犯罪者に、そればかりか殺人者になってしまったような者たちだ。リディアには女性職員用のバラックの簡易寝台があてがわれる。おがくずの詰まった袋が敷布団代わりになり、ブリキの鉢とコップ、匙が渡される。夜にはだるまストーブが焚かれ、薪は女たちが自ら森で集めてこなければならないが、ここではそれで十分足りる。扉には夜のあいだ侵入者や熊を防ぐために太い木の幹でバリケードが築かれる。昼食は教員用食堂でとることができ、夕食は配給のパンを受け取り、持ち帰る。ときどき女たちは、油断ならない沼に落ちないようにいつも気を配りながら、周囲の森で集めてきた茸やコケモモで献立の中身を多少ましなものにする。

犯罪歴のある子どもや若者の再教育のために国家は八十名の教師を用意する。すべての学級で授業は歩哨兵の監視付きで行われる。事情を知らないリディアはこれを拒み、生徒たちと自分だけにしてほしいと訴える。やめたほうがよいと警告されるが、リディアは意思を通し、初回、校長に付き添われて教室に入ると、生徒たちは礼儀正しく起立する。白シャツ姿の二十五人の少年は全員清潔で、身なりもきちんとしている。校長がリディアを紹介し、教室を出ていくやいなや、下品でこのうえなく卑猥な言葉の嵐が起こり、「可愛い子ちゃんをちゃんと可愛がってやらないとな」という叫び声まで飛び出す。リディアはそこから逃げ出そうとするが、扉はもうふさがれている。ちなみに、逃亡がもし成功していれば、それもまたリディアにとってまずい結果になったかもしれない。場合によっては無許可の職場放棄で数日間監禁処分を食らい、さらに木材伐採に回されたかもしれない。

リディアは反撃に出ると決める。できるかぎり落ち着いて、自分ひとりじゃみなさんの欲求は満たせない、それに、いずれにせよあとでみなさんは射殺されることになると生徒たちに説く。どのみちやさしく扱ってもらえることはありえない、だからせめて一回でも授業を受けてみたほうがいいんじゃないかしらと。生徒たちは痛烈に反論する。「あんたの授業なんかクソ食らえだ！」突然、リディアは自分の空想物語をシェエラザードにならって自由に語り始める。初めのうちは笑われ、からかわれる。それから教室はだんだん静かになり、少年たちの顔が真剣になり、注意深くなる。休憩を告げるベルが鳴ると、抗議の声があがる。「休み時間はいらない、続きを話して」。リディアは、疲れたので続きは明日にすると説明する。でも、規定の教材もちゃんとみなさんにやってもらわないといけない、でなければ自分はここから追い出されてしまう、とはっきり言う。リディアは、授業時間ではさっさと課題をすませて、そのあと物語の続きを聞かせるということでどうかと提案する。生徒たちはそれでいいと言う。

翌日、二十五冊のノートを抱えて教室に入ると、彼女は生徒たちの大合唱に迎えられる。「おまんこ、おまんこ、おまんこのお出まし、なんかいいもの、なんかいいもの、持ってきた、ばんざあい！」リディアはこの挨拶を聞き流し、ノートを置き、外套を脱いでフックに掛ける。振り返ると、ノートが消えている。不思議なことがあるものだと口にすると、ノートなんてなかった、先生の勘違いに決まってる、とクラス全員が声を合わせる。

リディアはどう反応すべきか考え込む。校長は、まず学級委員を選ぶといいと強く勧めた。初日にもう生き生きとした賢そうなまなざしの少年が目に留まっていたので、その子を呼ぶと、イワノフ二十六番です、と名乗る。あとで知ることだが、集落では全員がイワノフと呼ばれ、番号でのみ識別されるのだ。本名が明かされることは絶対になく、漏らせば仲間から厳しく罰せられる。かつて、収容所管理室長は若い囚人のひとりから、ほかの者たちよりいい食べ物と衣服、そればかりかピオネールの団員資格まで約束して、本名を聞き出すのに成功したことがあった。彼は赤いスカーフを首に巻いてもらい、豪勢な夕食とたっぷりの酒をふるまわれてバラックに帰された。翌朝、簡易寝台の下で、赤いスカーフで縊《くび》られた姿で彼は発見された。

放課後、リディアは学級委員に指名したイワノフ二十六番の記録を閲覧する。澄んだ青い目をしたこの十六歳の少年はすでに三人を殺していた。祖母を枕で窒息死させ、ほかでもない孫のために貯めていた金を奪った。住居に侵入し、ハンマーで男の頭蓋骨を打ち砕いた。そして警官を射殺したのが最後だった。当時、彼は十二歳だった。

リディアはためらうが、次の機会に、消えたノートのことを彼に話してみる。生徒たちは紙でトランプだけでなく、紙幣も作っていることがわかる。それを完璧にやり遂げるので、だれにも見破られたことがない。生徒たちは収容所の売店ではものを買うことが許されておらず、表向きは金を持っていないことになっている。そのため、ほかの収容者に贋札を売って、煙草やオーデコロンの形で見返りを受け取る。オーデコロンはアルコールを含むので酒代わりに飲むのだ。トランプ遊びでの賭け金は高い。たとえば自分の声を賭けることもできるが、負けるとその後は蛙のごとくゲロゲロ、犬のごとくワンワンとしか声を出せなくなる。賭物は配給のパン、昼食、一足しかない靴などで、ときには命すら賭ける

――命はその程度のものでしかないのだ。

あるとき自分の命をすってしまった子どもが、勝った相手に言われるままについていく。十一歳のふたりは竪穴に降りていき、そこで勝ったほうが負けた相手の両手を縄で縛り、切れ味の悪い剃刀を喉に

当てて鋸のように引き始める。収容所の仮借ない掟に慣れている子どもは、しばらくは必死でじっと耐えているが、隙を見て身を振りほどき、血まみれになって大声をあげながら穴をのぼって逃げ出すと、すぐに歩哨兵たちがそこに駆けつける。子どもは診療所に運び込まれ、犯人は即座に判決を下される。銃身がこめかみに当てられ、まだ何か言いたいことがあるかと問われる。「おじさん、ぼくは二度とこんなことしません」と小さな声で言う。そして鈍い銃声が響きわたり、少年の体ががくんとくずおれる。

リディアが授業の終わりに物語を話して聞かせると、もう長いこと人間の言葉を聞いたことがないこうした少年たちが変化するのを見てとることができる。表情がやわらかく、そしてにこやかになるのだ。ときおり無邪気な質問を発し、あどけない反応を返したりもする。生徒たちとのあいだに、時とともに友情のようなものが生まれるが、リディアは自分が相手にしているのがどんな人間か決して忘れることはなく、用心を怠らない。

極夜と長い薄明の影響で、リディアは空き時間に眠ることが多くなる。昼間がせいぜい一、二時間しかなく、その時間ですらわずかに灰色がかった空があるだけだ。ときには闇のなかで雪が輝くこともあり、天空のガラスのように透明な大きな星や、くりかえし出現するオーロラの夢のような光景を見ることもある。しかしリディアの疲労は増し、徐々に弱っていく。あるときなどは、週末に続けて二十時間眠る。医者は壊血病の初期症状だと診断し、漿果類やニンニクをもっと食べ、トウヒの葉を煎じたものを飲み、そして寝る前に散歩することを勧める。口で言うのは簡単だが、集落で散歩に出かける者などひとりもいない。熊や狼、そして野生の猛犬よりも、ここで会う人間のほうがリディアには怖い。

ある朝、リディアは簡易寝台からもう起き上がれないと感じる。無断で仕事を休めば監禁処分を受ける恐れがあるのは知っているが、起き上がるのは無理だし、体は鉛のように重い。じっと横になって、バラックの暗い天井を見つめる。もう起き上がれないことは間違いない。バラックの同居人たちはこの状態がどういうものか知っている。リディアに自分たちの配給のパンを分け与え、処方されたとおりにだるまストーブでトウヒの葉の煎じ茶をつくり、貴重なコケモモの砂糖煮《ヴァレニエ》を匙一杯分混ぜてやる。

三日目、同居人たちが学校でリディアを元気づける話を聞いてくる。彼女が欠勤している間、レニングラードから偉い教授が集落にやってきたという。彼はカレリアの有名な再教育学校についてすでにいろいろ聞き知っていて、この機会を利用して、リディアの生徒たちと模擬授業をしようとした。この若い女性教師が歩哨兵の同席する授業を拒んだことは耳に入っていたので、自分もその感銘を与える模範例にならおうとしたのだ。校長がクラスの一同に教授を紹介し、部屋を出ていくやいなや、学級委員のイワノフ二十六番が立ち上がり、自分たちの若くてきれいな先生はどこに行ってしまったのか、こんなむかつく老いぼれがここで何をしたいのか知りたいと述べた。この質問を無礼千万の罵詈雑言とますます高まる怒号が援護射撃した。教授は釈明に努め、授業を始めようとしたが、騒ぎは激しくなるばかり。とうとう拳で教卓を叩いて、静粛を求めると、生徒たちは教授に向かってインク壺を投げつけた。教授は死ぬほど驚き、インクまみれになって教室から退散した。クラス全員が二十四時間の監禁処分になったが、監禁場所への道々ですら生徒たちは、俺たちから先生を取り上げるのは許さない、すぐに取り返してみせると息巻いた。

翌日、教室に戻ってくることになったリディアは生徒たちに言動を慎むように注意する。みなさんはもう若くもない方に感心しない振る舞いをしただけでなく、自分たちの将来にとって深刻な結果をもたらす危険を冒したのだと。しかし少年たちは、ああいう下劣な奴らはあっさり片づけちまわないといけないと頑なに言い張り、先生には、つまりリディアにはだれも手出しさせない、先生を守るのはおれたちの勝手なんだと強く言う。

ある日、生徒たちがいつになく熱心に勉強するのに気づく。そればかりか、ほとんど愛おしむように彼女に接し、片時もリディアから目を離さない。イワノフ二十六番が、ほかの学級のひとりがトランプで先生の、つまりリディアの所持品を賭けて負けた、だからしばらくはひとりで出歩いては絶対にだめだと彼女に囁く。毎朝リディアが学校に向かおうとすると、本当に二、三人の生徒が戸口で待ち受け、授業のあともバラックまで付き添ってくるようになる。

大晦日、リディアは数日のあいだ夫のいるメドヴェジヤ・ゴラを訪ねることを許される。生徒たちには知らせず、授業のあと気づかれないようにこっそり抜け出し、通行許可証を事務室で受け取り、その足ですぐに監視塔のある柵まで来る。通行許可証の点検を終えると、すぐに門の外に出る。リディアの前に二十キロの道のりが極夜をつらぬいている。マイナス十五度、何もない広い森の道、明るい月、静寂。足早に、弾むように、ユーリとの再会に胸躍らせて先を急ぐ。管区の規則に従って、自分の身の回りのものを入れた書類鞄を手に提げ、通行許可証と金はシャツの下に隠している。枝のパキッと折れる音がするが、気にしない——たぶん栗鼠だろう、だって熊はこの季節は穴のなかで冬眠しているし、狼はふつうもっと開拓集落に近いところにいるものだ。ところが不意に暗闇から何かが飛びかかってきて、リディアを地面に投げ飛ばす。リディアは二つの人影のようなものに気づく。二人の男のうちのひとりが彼女の胸に馬乗りになり、体に隠しているものがないかとまさぐり、もうひとりは書類鞄のなかを引っかき回す。「金と通行許可書をよこせ、さもないと命はないぞ！」と低い声で命じる。リディアの体は徐々に雪のなかにめり込んでいくが、それでも声を限りに叫び出す。二人目の男が彼女の足をつかみ、ギシギシ音が聞こえるほど乱暴にねじる。突然銃声がして、馬のひづめの音が聞こえる――騎馬巡察隊だ。二つの人影が森へと駆け去る。リディアは馬に乗せられ、駅まで運ばれる。そこで救急車が呼ばれ、メドヴェジヤ・ゴラの診療所まで運ばれ、脱臼した骨を元通りにしてもらう。翌日、二人の男と対面させられる。すがるようなまなざしの薄汚れた邪悪な顔を見て、首を横に振る。リディアは、自分が犯人かどうかを証言せずとも、二人が当然罰せられることを知っている。

休暇が終わってまだ痛みの取れない足で集落に帰っても、だれも何も尋ねない。その代わり生徒たちは手短かに、危険が去ったので、もう特別警護する必要がなくなったとのみ告げる。リディアには事情が呑みこめないが、そのときから自分が「家族」の一員になったと感じる。

教室が凍るような寒さになると、生徒たちはまずインク壺を服の下で温めてからでなければ字が書けないことがよくある。ときおり何週間も吹雪が荒れ狂い、世界が闇に沈み、一日中教室に明かりがともることもある。静まり返った教室で、紙の上にペンを走らせるカリカリという音しか聞こえない、そんなあるとき、まるで無の世界から現れるように一条の日の光が射し込む。全員が電気に打たれたように、ペンを落とし、窓辺に殺到する。いっさいが永遠の暗灰色に覆われているところに、日輪の縁がひと筋輝くのが見える。それは手でつかめそうなほど間近で光る。幻影は一分と続かず、輝く鎌はふたたび地平線の向こうに沈む――暗黒の世界におとずれた一瞬の光、希望の光線。

ある日リディアは収容所管理室に呼び出される。集落での生活の様子について、そして不満はないかと尋ねられる。そのあと祖国愛はあるかと訊かれる。この問いかけが意味することは明白だ。密告者になれそうな者にいつもする質問である。実際、ある「有害分子」を排除するのに彼女の助けが要るのだ。リディアの同僚のひとりで、博物学教師のゲンナジー・ペトロフのことだ。リディアはその「提案」を断りはしない。そんなことをすれば自分の刑期が大幅に延長されるとわかっているので、うすのろを演じることにする。一週間後、収容所管理室に一通の報告書を提出するが、そこにはおおよそ次のようなことがくどくど書かれている。受刑者Pは毎朝六時に起床し、顔を洗い、髭を剃り、実験用植木鉢の苗木に水をやる。それから職員食堂に行って、蕎麦の実の粥を食べる。授業では北方性気候での豆類の発芽能力について話し、生徒のひとりを爪が汚いと叱責し、自分の腰痛についてこぼしている、云々。収容所管理室では、リディアがこの任務の意味をわかっていない、期待しているのはペトロフの評価を貶める材料なのだと説明される。リディアはしきりにうなずき、そして次の面会の際にも似たような報告をまた提出する。これが北極圏の有名な社会主義再教育学校での彼女の経歴の最後となる。「知的能力不足により」リディアは解雇される。

最後の日、リディアは収容所の売店で釣り針を二十五本買い、生徒ひとりひとりに別れの記念に贈る。少年たちは打ちひしがれているが、文句は言わない。収容所の規則は変えられないこと、リディアも自由な人間ではなく、自分の運命を思いどおりにできないことがわかっている。

彼女はなおも二か月のあいだメドヴェジヤ・ゴラの製材所で働かされ、そしてリディアの刑期が満了する。ユーリもそうこうするうちに自由になる。ふたりに子どもが、およそ八十年後にわたしがシベリアのミアスに見つけることになる息子のイーゴリが生まれる。リディアは自由学校で教師の職に就き、夫は冶金企業連合で技師として働く。子どもを連れて水道も電気もない土壁の小屋に住むことになるが、当面は辺鄙な場所で、権力中枢からなるべく遠く離れた安全なところで辛抱するほうがいいとわかっている。リディアの下した自己評価はつらいものだ。わたしは無神経な人間になってしまった、と彼女は書く。批判精神も、繊細な感情もほとんど失ってしまった、と。体制が勝利したのだ。

リディアが家族とともに針葉樹林帯でひっそりと暮らしているころ、わたしの母はおそらく母親のマチルダとトーニャと三人だけでマリウポリで留守を守っていたのだろう。その間父親のヤコフが亡くなり、兄のセルゲイはキエフの音楽学校に進み、リディアは遠く離れたところにいる。おそらくそのころの母は、白髪の母親と一緒に古い写真に写っているような姿なのだろう――内巻きの黒髪のおかっぱに、無邪気と深慮の交じり合ったまなざしでどきっとさせる、痩せた若い娘。もしかするとこの時期に、母親との間に、つねに身をすくませながらも濃密な関係が生まれたのかもしれない。マチルダもいまや六十歳を過ぎ、かつての大資本家の娘としてあいかわらず政治的に危うい立場に置かれている。それでもいつか母は自分の母親をひとり残して、オデッサの大学に行くのだろうか。リディアと同じように叔母たちのところにもぐり込んで、それぞれから昼食と夕食の面倒をみてもらうのだろうか。やはりグリボエードフの『知恵の悲しみ』の接続詞を数えさせられ、軍事教練で射撃を習い、黄麻の玉と格闘し、やはり子守女から習ったウクライナ語を郵便局員に教えるのだろうか。それにしても、母が優秀な成績で大学を卒業したというのはどういう意味なのか。そうした成績はあの当時、労働者や農民の子弟のためにとっておかれたのではなかったか。

一九四一年、リディアの暮らしに小さな奇跡が起こる。学校の労働組合幹部から三週間のクリミア休暇旅行引換券をもらうのだ。彼女のような社会的地位の人間にはほとんど理解しがたい出来事だが、おそらくこの出来事のおかげでわたしがこの世に存在するという事実が生じるのだ。リディアの夫には仕事があり、幼いイーゴリの世話をひとりではできず、そのためそもそも休暇に旅行などできないのだが、北極圏に長くいるせいでクリミアに旅行するというチャンスはいかにも魅力的だ。そこでリディアはマリウポリの母親に電報を打ち、三週間のあいだ子どもの、つまりまだ会ったことのない孫の面倒を見に来てもらえるかと尋ねる。そして六十四歳のマチルダは、戦争によって帰れなくなり、娘のエウゲニアと二度と会えなくなるとは夢にも思わず、実際に遠くカレリアに出発する。

リディアが休暇旅行引換券をもらわなければ、わたしの祖母はメドヴェジヤ・ゴラに行くことはなかっただろう。そうなれば母はおそらく違った人生を歩んでいただろう。わたしの父と結婚することはなかっただろうし、たぶん知り合うこともなかっただろうし、ましてやドイツに移送されることもなかっただろう。戦争のまっただなかに母親をひとり残して去ることもなく、ドイツ人からは身を隠しただろう。マリウポリにとどまって、もしかしたらいつか別の子を、わたしではない子を産んでいたかもしれない。わたしという人間は、ソヴィエトの幹部のだれかが何かよくわからない理由で、かつての反革命運動家のわたしの伯母に交付した休暇旅行引換券の産物なのだ。

クリミアでのリディアの幸運な休暇は一週間と続かない。五日目か六日目だったか、朝方遠くから雷鳴が聞こえて、ホテルの部屋で目を覚ます。最初は雷雨かと思うがそうではない。戦争の勃発、ドイツ軍のソヴィエト連邦への奇襲攻撃だ。宿泊客は全員ホテルから退去しなければならず、バスに分乗してシンフェロポリに運ばれる。そこから先は満員の列車で先に進む。窓の外では畑で実った麦が燃え、列車は少し進んだかと思えば引き返し、爆撃機隊を避けるために前進と後退をくりかえす。人々は恐怖の叫び声をあげ、リディアと同じ車室にいた裸足の若い女性のワンピースが突然赤く染まる。腕に抱いていた子どもに爆弾の破片が当たったのだ。

ハリコフから先は線路が爆撃で破壊されてそれ以上進めない。駅周辺の建物は炎上し、路上には何人もの人間が横たわっている。もう一度よく見て初めて、リディアはそれが眠っているのではなく死んでいるのだとわかる。通りでパニックを起こした人の群れに巻き込まれながら、ようやくレニングラード行きの列車が出る別の駅にたどり着くものの、ホームはすでに閉ざされている。小柄で敏捷なリディアは鉄柵によじ登る。列車はもう動き始めていたので、トランクを開いている窓に投げ込むと、何本かの手が伸びてきて、彼女を別の窓から列車のなかへ引っ張り上げる。三日間、前進と後退をくりかえしながら少しずつ進む。いたるところで森が燃え、空からは飛行機の破片が降ってくる。食べ物も飲み水もなく、便所は溢れて耐えがたい臭いをまき散らしている。

列車がようやく朝まだ暗いレニングラードに到着すると、もう遠くから食品倉庫が燃えているのが見える。雨が降っているのに、炎が空を焦がし、街全体を明るく照らす。阻塞気球が空に浮かんでいる。ロシア人が「メッサーシュミット」と呼ぶドイツの戦闘機を墜落させるはずのものだ。通りのいたるところに武装した人民防衛部隊がいる。リディアはかろうじて街を脱出することができるが、その直後に住民は包囲されてしまう――人類史上未曾有の、二年以上も続いた軍事封鎖であり、その間およそ百万の人間が徐々に飢えて死ぬことになる。街にはもはや犬一匹、鼠一匹いなくなったといわれる。人間はあらゆるものを、靴底を、壁紙の糊を、死体を食べた。

メドヴェジヤ・ゴラの駅からリディアは家に急ぐ。みんな、幼い息子イーゴリも、夫も母親もまだ生きている。ユーリは従軍せずにすむ。徴兵検査で結核に罹っていることが判明したのだ。病気は夫の命だけでなく、家族全体をも救う。ユーリがいなければ、とリディアは書く。幼い子と老いた母親を抱えて、メドヴェジヤ・ゴラでも荒れ狂った戦争を生き抜くことはできなかっただろう、と。日々空襲があり、空中戦がくりかえされ、空から戦闘機が赤々と燃えながら落下してくる。ソヴィエト兵は旧式の銃でドイツ機を狙い、ドイツ軍のパイロットは機銃掃射であいさつを返す。マチルダは外に洗濯物を干しながら、激高して叫ぶ。「むやみやたらに撃つのはいいかげんにやめて！　ここには子どもがいるのよ、見えないの?!」

あるときビラが撒かれる。表にはひとりの農夫が、靭皮《じんぴ》を編んだ靴を履き、襤褸《ぼろ》を身にまとい、背を丸めて鋤の後ろを歩くさまが描かれている。説明文には「ロシアの農民はソヴィエト政権下でこんなふうに暮らす」とある。裏面には同じ農夫が恰幅もよく、フェルト帽に革の長靴を履いて、真新しいトラクターに座っている。「ロシアの農民はドイツの総統《フューラー》の下でこんなふうに暮らす」。ときおり尾翼に鉤十字《ハーケンクロイツ》をつけた戦闘機が、操縦席のドイツ兵の顔が見分けられるほど低空飛行することもある。

リディアの生徒のひとりが負傷する。地面に横たわり、内臓が腹からはみ出している。リディアは屈み込んで、血まみれの温かいはらわたが泥のなかに落ちないよう両手でつかむ。少年は槍で突かれたような叫び声をあげる。ふたりの看護兵が走ってきて、少年を担架に乗せる——叫び続ける少年の腸をしっかり握ったまま、野戦病院に着くまでリディアは彼らと一緒に駆けていく。半ばまで来たところで気分が悪くなり、今にも気を失いそうになるのがわかるが、看護兵のひとりに怒鳴りつけられて、ふたたび頭に血が巡ってくるのを感じる。病院の入口で女性看護兵が出迎え、リディアに琺瑯引きの深皿を差し出す。いつの間にか意識を失っている少年の内臓をそれに入れる。彼が助かったことはあとで聞かされる。

逃げ出す住民の数は増えるばかりだ。放置された家や店の扉は開いたままだが、だれもそんなことは気にしない。飼い主のいなくなった鶏や牛があたりをうろつく。裸足の若い女が病気の父親を両手で抱え、金切り声をあげながら逃げていく。住民が皆殺しにされた村のことは始終聞かされる。

十月にリディアは家族とともにカザフスタンに避難させられる。貨物列車での旅はロシア全土、およそ五千キロを縦断するもので、一か月以上かけて燃える大地を抜けて、行きつ戻りつしながら中国国境にまで達する長い苦難の旅となる。避難者の何人かは途中で亡くなり、ほかの大半の者たちは雪の夜に、最後はカザフの荒野に置き去りにされ、それぞれ運命に身をゆだね、命を落とす。ユーリは徒歩でなんとかアルマ・アタまでたどり着き、荷馬車で帰ってくる。

つまるところ、リディアの書くところによれば、ユーリと彼女は戦争のおかげで命拾いする。ふたりは人民の敵という自分たちの前史の情報がすべてしっかり記載された旅券を燃やし、アルマ・アタの役所では戦争の混乱のなかで失くしたと主張する。ふたりは話を信じてもらい、新しい旅券が交付される。リディアはふたたびまっさらな状態になり、生まれ変わる。もう一度すべてを一から始めることができるのだ。

第二部

一九四一年十月八日、母が二十一歳のときマリウポリはドイツ国防軍に占領される——スラヴ人を激減させ、支配人種たるアーリア人の生存圏を生み出すというヒトラーのバルバロッサ作戦である。占領されるまでマリウポリには二十四万の人口があったが、二年後にはたった八万五千人となる。

なぜ父がロシアを去り、ウクライナに移住する気になったのかは知らない。いつ、どんなふうに両親が出会ったのかも知らない。でもそれが戦時中のことで、戦争がこの結婚生活をもたらしたのだと思っている。もしかしたらスターリンへの憎しみも一役買ったかもしれない。従兄のイーゴリは、両親のリディアとユーリをつなぐ最も強い絆はこの憎しみだったと思っている。しかし決定的だったのはおそらく、戦争の地獄のなかで母にとって身近な存在はトーニャだけで、ほかに頼れるものがなかったことだろう。もしかしたら孤独と死の不安にさらされて、守ると約束してくれればだれにでもついていったのかもしれない。ヴォルガ地方出身のこのロシア人は母より二十も年嵩で、まさに彼女に欠落していた能力を持っていた。戦い、困難を切り抜け、そして生き延びることができたのだ。ハンサムで、男らしく精力的で、おそらく母の人生をたちまち引き受けたのだ。そして父にしてみれば彼女は思いもかけぬ果報だ——革命前の支配階級の雰囲気をいまだ漂わせ、しがない雑貨屋の息子には高嶺の花の若い女性。美しく、無垢で、まったく見捨てられたうら若き娘が、熟れた実のように彼の手に落ちてくる。戦争の賜物。強さに惹かれ、がさつで横柄な求愛に魅せられ、戦争のさなかに初めて母が経験した恋の情熱は、おそらく死がつねに存在するなかでいっそうかけがえのないものなのだ。

父と結婚するとき母は、夫の最初の妻のことを、それがユダヤ人女性で父との間に二人の子がいるということを知っていたのだろうか。この最初の結婚についてはのちにたまたま知ることになるのだが、わからないことの多い父の生涯でもひときわ不可解な時期である。父はソ連時代の自分の過去を話したことは一度もなく、心のなかの金庫のようなものにしまい込んでいたが、それを開ける鍵を父自身すら持っていなかったのかもしれない。母のことも死後はただの一度も語らず、まるで初めから存在しなかったかのようだった。妹とわたしは二人だけで父のもとに、心のなかの、だれも入れないどこかに亡命して生きている男のもとに残された。気まぐれに暴力を振るうことをのぞけば、無口で、酒飲みで、煙草をふかし、月に一度ミュンヘンにあるトルストイ図書館から大きな荷物で取り寄せる分厚いロシア語の本を読んでいる父しかわたしたちは知らなかった。ときおり機嫌がよければ革命前のカムイシンでの暮らし、伝統的な宗教の祭り、結婚式と葬式、そして聖歌隊で自分が歌ったことを語り、ほとんど無限に続くヴォルガ川——それと比べればドイツのエルベ川なんて小川みたいなものだと言っていたけれど、エルベ川を見たことがあったのかしら——のほとりで育った世界一大きくて甘い西瓜のことは幾度となく語って聞かせた。それまで自分について話した唯一重要な情報は、十三歳のとき両親がふたりともチフスで死んだこと、そして一袋の小麦と引き換えに両親の小さな家を売って自分と三人の弟たちを餓死から救ったことだった。何十年も経ってリディアの手記で知ることだが、それは彼女の父親が予審判事として追及した例の「不当担保取引」のひとつだったにちがいない。

父の最初の家族の運命についても何もわからなかったが、彼らの存在は母とわたしのあいだに共通点がひとつあることを証明している。わたしたちはふたりとも父親の二度目の結婚で生まれ、最初の結婚を捨てて、ずっと若い妻を娶った老いた男の跡継ぎみたいなものだった。ヤコフの最初の妻はおそらくシベリアに置いていかれ、ふたりの間にできた息子はヤコフがワルシャワに連れていったが、わたしの父はどうだったのだろう。母と知り合ったときにはもう最初の家族と別々に暮らしていたのだろうか、それとも二十三歳の女とドイツへ逃亡するために、妻と子ど

もたちをユダヤ人狩りのまっただなかに捨ててきたのだろうか。最初の妻とわたしの腹違いのきょうだいは、自分たちだけ取り残され、ナチスに殺されたのか、それとも両親が出会ったときにはひょっとしてもう死んでしまっていたのか。それはわからないままだろう。この秘密を、いやきっとこれ以外の秘密も、一九八九年、母の死から三十三年後、目も見えず言葉も話せない老人になってドイツの養老院で亡くなったとき、父は墓まで持っていってしまったのだ。

ウクライナ人のドイツへの集団強制移送は、当時占領軍が行く先々で展開したプロパガンダで始まる。いたるところでソヴィエト市民は、ドイツでの勤労動員に志願するよう呼びかけられる。そこには楽園があると彼らは約束する。洗脳はあらゆる場面で、映画館の本編上映前に、すべてのラジオ局で、職場で、駅で、劇場で、公の広場や通りのすべてで行われる。色刷りの大判ポスターには最新のドイツの作業台で働く幸せそうなウクライナ人、そして小ざっぱりした身なりで、ドイツの日曜日のケーキ作りの材料をかき混ぜるウクライナ人の家事手伝いの女性が描かれている。ウクライナの女性はとりわけ小間使として重宝され、一九四二年にヒトラーは、ドイツ人女性の仕事の負担を軽くするために五十万人をドイツの家庭に送り込むよう命令を下す。新聞では連日以下のような布告が発表される。

　　ウクライナの女性および男性へ

　ボリシェヴィキの人民委員は諸君の工場および職場を破壊し、諸君から仕事とパンを奪った。ドイツは有用かつ高収入の仕事を諸君に提供する。ドイツで諸君は格別の労働条件および生活環境を目のあたりにし、給与体系と実績に応じて賃金が支払われる。ウクライナの労働者にはとくに配慮する。適切な条件で生活し、文化活動にいそしむことができるように、映画館、劇場、病院、ラジオ、浴室など生活に必要なものすべてが揃う専用の団地が作られる。ウクライナ人は設備の整った明るい部屋に住み、ドイツの労働者と同じものを食べられる。さらに従業員食堂では国民性を考慮するので、ウクライナの労働者のためにはウクライナ餃子《ヴァレーニキ》、スープ餃子《ガルシキ》、微炭酸黒麦酒《クワス》などを献立に採り入れた。

ドイツは貴君に期待している！　何十万人ものウクライナ人がすでに自由で幸福なドイツで働いている。現状に貴君は満足しているだろうか。貴君がドイツに滞在する間は、われわれは貴君の故国の家族の面倒も見るつもりである。

初めのうち、このプロパガンダは効果がある。いわゆる東部労働者の全員が強制的に連れてこられたわけではなく、当初は多くの者が自ら望んでやってくる。次第にドイツ帝国の労働条件と生活環境が楽園とはほど遠いという真実が漏れ聞こえてくる。まず手紙に隠された伝言が届く。たとえば十六歳の少年が母親に宛てて花の絵を描いた手紙を送る——花は、状況がひどいという意味の暗号だ。時とともに、すっかり体を壊し、その状態ではもう使いものにならないという理由で、ドイツから故郷へ送り返される強制退去者の数がますます増える。彼らの伝える話が、自由意志で勤労動員に応募する者であふれる有望な流れをたちまち干上がらせてしまう。これはドイツの軍需産業にとって深刻な問題となる。ドイツの男たちは前線に送られているので、労働力がまかなえないからだ。

その間にも戦争は飽くことなく生産物補給を要求する。ドイツの勝利はすべての支配地域から、とりわけソ連つまりウクライナから徴集した労働奴隷にかかっている。ヒトラーはお気に入りの大管区長官フリッツ・ザウケルを労働力配置総監に任命する。この男はフランケン地方の郵便局員とお針子の子として生まれ、「いよいよ甘ったるい人道主義の最後の燃えかすを片づける」との布告によって人間狩りの開始を命じ、のちにニュルンベルク裁判で「ファラオ以来最大にして最も残忍な奴隷使用者」と呼ばれる。ウクライナはこの作戦の格好の舞台となる。ウクライナ人は最大の「東部労働者」であり、最下層のスラヴ人と見なされ、人種の序列でそれより低い地位に置かれていたのはロマとシンティ、そしてユダヤ人だけである。彼らは路上で、映画館で、カフェで、路面電車の停留所で、郵便局で、捕まえられるところならどこででも捕まえられ、警察の手入れで自宅から、隠れている地下室や物置小屋から引っ立てられる。鉄道駅に追い立てられ、家畜運搬車に乗せられてドイツへ運ばれる。無数の人々が跡形もなく、着の身着のままで姿を消す。とくに重宝されたのは体力があって元気な若者で、ウクライナの十代の若者を満載した貨物列車が、毎日ドイツ帝国に向けてゴトゴトとゆっくり進んでいく。しかし、やがて四十代、五十代の者も、のちには老人や病人までも引っ立てられていく。村人すべてが、祖母とその孫たちもひっくるめて徴用され、無人になった村は焼き払われる。初めのうちは労働奴隷の最年少は十二歳だが、やがて十歳に引き下げられる。それればかりか、一九四二年の夏には、ウクライナ出身の十八歳から二十歳の若者すべてに帝国での二年間の奉仕義務が導入される。未来の強制労働者はその数が一万人になるまで連日ドイツに移送され、こうした者たちすべての食事、収容場所、処遇はフリッツ・ザウケルの指示に従って決められるので、考えうる最小限の資金で考えうる最大限の成果がもたらされるのだ。
東ドイツ出身のある友人が、一九六二年にドイツ民主共和国で発行された一冊のレクラム文庫のことを教えてくれる。そこにはウクライナで前線にいたフランツ・フューマンの短い文が収録されている。

われわれの前に、バラックの壁にもたれかかって、もの言わずかすかに腰を揺らして立っている人の列があった。ここで三列になってバラックの壁の前に立ち、腰を揺らして立っているのはウクライナの女と娘たちだった。ぴったりと身を寄せ合い、腕を組んで突っ立ち、風にそよぐ草の茎のようにかすかに揺れている。めいめい荷物をひと括り、着替え、鍋、匙を小さくまとめて自分の前の地面に置いて立っていた。風がバラックの屋根を吹きわたっていく。すると女たちの列の静寂がほころび、何かが聞こえてきた。低く、とても低く、静かな歌を口ずさんでいる。女たちの前には銃を肩から吊り下げ、毛皮の外套を着た歩哨が立っていた。ひとりの下士官が煙草をふかしながら行ったり来たりする。機関車の汽笛が鋭く鳴り、貨物列車が線路をゆっくりと陰鬱に動いた。われわれは一歩も動かなかった。わたしは女たちをじっと見つめた。すると近くにいた女のひとりが振り向き、わたしを見つめ、そしてニコライとウラジーミルを、ＨＩＷＩ（自主協力者）の腕章をつけた二人の対独協力者を見つめた。そして隣の女をつついた。列になった女たちの頭が、次々と、まるで本のページをめくるようにゆっくりと振り向き、対独協力者の顔を、ＨＩＷＩの腕章を見つめ、そしてふたたび黙って順番に頭を元に戻していった。対独協力者たちは真っ青になり、唇を震わせている。貨物列車はゴトゴトと音をたてるのをやめた。灰色の煙がいきなり噴き出し、生暖かい靄がたちこめる。協力者がもうもうたる煙霧に隠れて逃げればいいと思ったが、ふたりは大地に凍りついたかのように動かなかった。貨物列車の引き戸が音を立てて左右に開き、ぱっくりと暗い洞穴が口を開けると、女たちは黙って荷物を拾い上げた。下士官が叫んだ。「さあ、行くぞ、急げ！」兵士が女たちを前へ押しやると、突然ウラジーミルが叫び声をあげ、ケーブルドラムを落とすと、列車に向かって突進した。さっき振り向いた女がふたたび彼のほうに向きなおると、ウラジーミルは喉の奥から絞り出すようにだれかの名前を叫んだ。歩哨のひとりが前に飛び出し、ウラジーミルの胸をどんと突き、われわれには、お前たちは引っこんでろと怒鳴った。ウラジーミルが拳を握りしめると、歩哨は銃に手を伸ばした。わたしはウラジーミルを引き戻した。ウラジーミルは肩をつかんだ手に気づいて、へなへなとくずおれた。そして後ろを向くと、頭を垂れ、よろめきながらバラックの裏手に戻っていった。ニコライは押し黙ったままそこに立ち、何かを噛みしめるようにゆっくり顎を動かした。女たちは貨車の暗闇に消えた。突然、わたしは初めて気がついた。この貨物駅でもう何十回となく見てきたものが何なのか、すでに数えきれないほど、ドイツへ、ベルリンやウィーン、エッセンやハンブルクへの労働力の移送が完了したとテレタイプで送信してきたことが何についてだったのか、今初めて気がついたのだ。だが今わかった。なんてことだ、彼女たちは靴も履いていない、セメント袋の紙を胸と背に巻きつけ、手にしているのは襤褸《ぼろ》包みだけで、だれひとり毛布など持っていない。貨車には暖房はないし、ストーブは燃えていない。床には薄く藁屑が敷かれているだけで、のぞき窓の格子には氷柱がぶら下がっていた。下士官が足を踏み鳴らして近づいてきた。「何をぼんやりしている」と低い声で尋ねた。わたしは報告をすませ、ニコライとともに急いでケーブルドラムをつかみ、その場を離れた。ウラジーミルは駅舎の前で木に寄りかかっていた。目を閉じ、厳しい寒さに身を震わせている。わたしは彼の肩に手をやり、何か言わねばと言葉を探した。キエフの女たちにとってはそのほうがいいんだよ、ドイツでいい働き口を世話してもらえるさと言いたかったが、言葉が出てこなかった。煙草入れを取り出し、ふたりに一本ずつやった。われわれは煙草を吸い、列車の車輪の音がだんだん速く、同時にだんだん小さくなっていくのを聞いた。もう一度機関車の汽笛が鳴り、車輪の音は白みかけた空のもとに消えていった。あれは彼の恋人だったのか、それとも妹だったのか。訊いてみたかったが、尋ねることはなかった。

読みながら、まるで駅のバラックの壁に寄りかかってほかの女たちと一緒に低い声でウクライナの歌を口ずさむ母を見ているような気がした。でも、この光景に母の姿を見つけることができないのはわかっている。母は陸路ではなく海路で、伯父のヴァレンティーノと同じく黒海をわたってウクライナを去ったのだ。わたしの記憶は国際行方不明者調査機関が送ってくれたアメリカの占領軍の記録と一致する。わたしは書類を凝視する。自分がまったく知らずにいた現実の不気味な目撃者でも見るように。すっかり黄色く変色したどのページにも日付は記されていないが、両親がアメリカ合衆国への入国を何度も申請した際に作成した申告書のひとつに関連したものにちがいない。ふたりが道中立ち寄った場所から判断して、赤軍から逃れる旅を続けていたことは疑う余地がない。

父がドイツ軍による占領時代にマリウポリで何をしていたのかは知らない。ひょっとしたらソヴィエトの権力者が戻ってくるのを恐れて逃げる理由が、母以上にあったのかもしれない。でも母の罪は、それまでは人民の敵である資本家かつ反革命主義者一家の出身というところにあったとすれば、いまやさらに職業斡旋所の職員として、ドイツの強制移送機関の歯車として、反ソヴィエト活動の犯罪者、祖国の裏切り者にして敵国協力者になったのだ。懲罰収容所は母を脅かすものでも最も軽いものだった。復権したソ連当局の手に捕まったら、たぶんその場で射殺されただろう。

ふたりは出発前に結婚する。婚姻証明書の左右が反転した複写に記載された日付は、ドイツ占領軍の撤退の六か月前に結婚が行われたことを意味し、どうやらそのときすでにソヴィエト軍がいずれ街を奪回すると察知していたようだ。両親が夫婦として長旅に出たのは、そのほうが途中で離れ離れになる可能性が低かったからだろう。

一九四三年八月のある日、この日を最後に母は自分の家の荒れ果てた迫持門を二度とくぐることがない。あの時代の街はどんな様子だったのだろう。同じ年に、「マリウポリがまるごと爆破、灰燼に」と自由ドイツ国民委員会代表のフリードリヒ・ヴォルフはドイツにいる妻に宛てて書いている。母の眼前に現れた街の光景は途方もない破壊だった。とうの昔に敗戦は明らかなのに、これが最後とばかりにドイツ兵はマリウポリに残っていたものを徹底的に打ち毀《こわ》す。手当り次第に建物を次々に爆破し、火炎放射器をまだ無傷の住居の窓や扉に向け、学校、幼稚園、図書館、穀物倉庫や貯水槽を、焼き尽くした地面の広さを競うかのように破壊する。

母は先の見えない旅に何を持っていったのだろう。わたしの知っているものといえば、ロシア正教会で最も偉い聖者の群像を描いた金地の古い聖像画《イコン》で、今はわたしの家の壁に掛かっている——ただひとつの貴重な家宝だ。それに三枚の写真、そのなかには母がこうありたいと思う自分自身の姿を忘れないために肌身離さず持っていた、たったひとりで写っているあのスカーフの写真がある。婚姻証明書と子どもだったわたしが投げ捨てたあの書類、そして母がよく読んでくれたロシアの詩と物語を収めた二冊の薄い本。この小さな本は失くしてしまったが、つんと黴臭い匂いのする、破れてもうほとんど土色になってしまったページは今に至るまでわたしの一部のようなものなのだ。今でもまだ諳《そら》んじることができる。物識《し》りの牡猫が金の鎖につながれて緑の樫の木のまわりを昼も夜もぐるぐる回るプーシキンの有名な詩や、青い海原の霧のなかで、遠くに何を探しているかも知らず白くきらめくさびしい帆をうたったレールモントフの詩。こうしたものはすべて、ほかの身の回りのものと一緒に母の荷物のなかにある。とうの昔に見知らぬ人間の手に渡ってしまった屋敷の迫持門を最後にくぐるとき、おそらく子守女のトーニャが荷造りを手伝ってくれたのだ。母の荷物を持ってしばらくついてきてくれたのだろう。心根のいい、第二の母として、おむつを替え、腕に抱き、ウクライナの歌を教えてくれたトーニャ――彼女にも母は永遠の別れを告げたのだ。

アメリカ軍の書類から、両親の逃避行で最初に立ち寄ったのがオデッサだったことがわかる。もしかして両親がマリウポリを去ったときは、まだドイツに行くつもりなどなかったのかもしれない。たぶんオデッサまでたどり着きたかっただけなのかもしれない。オデッサは当時まだドイツ占領軍の完全な支配下にあった。ともかく、ふたりはまる八か月黒海沿岸のこの街に滞在する、と少なくともアメリカ軍の文書にはそう書かれている。母の職業欄には何も記載されていないが、父の欄には「簿記係《ブックキーパー》」とある。わたしはずっと、父は戦争の混乱に巻き込まれてロシアからウクライナに流れ着いたものと信じていたが、一九三六年からすでにマリウポリで暮らし、そこで簿記係として働いていたことが今になって判明する。一九四七年発行の、すでに朽ちてばらばらになりつつあるアメリカ軍の文書は、父自身もわたしに伝えることのなかった、そしてまったく新しい問いを投げかける情報をわたしに提供してくれた。

わたしの名前は、両親がオデッサの大叔母ナターリアのもとに身を寄せたことを物語っている。ナターシャはナターリアの愛称で、想像するに、母は、まなざしに虚しさを宿した内気な少女のような女性への感謝の気持ちから、この大叔母にちなんでわたしを名づけたのだ。母は初めての子であるわたしに、ウクライナで同じ屋根の下で暮らした最後の人の名前をつけたのだ。

一九四四年四月十日、オデッサは赤軍に奪還される——両親は間一髪でウクライナを去る。ふたりが自分たちの意志で出発したのか、それともオデッサから強制移送されたのかという問いには答えが出ていない。ただ、ドイツで何が待ち受けているのか、ふたりがこの時点でまだ知らないはずはない。おそらくペストかコレラか、ドイツでの強制労働かウクライナでの死かという二者択一しかないのだ。ことによるとドイツを経由してアメリカにたどり着くという希望をもって出発するのかもしれない。わたしの知るかぎり、ふたりはずっとそれを望んでいた。アメリカこそ最初から本来の目的地で、ドイツは単なるやむをえない迂回路にすぎず、強制労働はアメリカにたどり着くために払わねばならない代償だったのかもしれない。それとも、こうした推測はどれも間違っているのだろうか。ふたりは本当にオデッサに行きたかっただけなのか、そこでほかの多くの人たちと同じように人間狩りに遭い、引っ立てられていったのだろうか。

母がドイツに近づくにつれ、わたしからは遠ざかってしまう。ウクライナでの母の人生の前に垂れていたカーテンはまったく思いがけず開いたのに、ドイツでの強制労働については、すでに知っている以上のことはもう何も見つけられず、父の就労証明書に記載されていることしかわからなかった。ドイツに着くまでのふたりの旅程を再構成するのに、アメリカ軍の書類はなおも案内役を務めてくれ、わたしの仕事はそれにしたがって出来事を記述するだけだ。アメリカ軍の記録は、オデッサからルーマニアまでの両親の経路については何も伝えていないが、ここであることを思い出す。両親はよく船旅のことを、船上のふたりを脅かすソヴィエト軍の爆弾のことを話していたのだ。

目に浮かぶのは、オデッサの人々が大勢、港に停泊する船へと追い立てられ、甲板に押し上げられる光景だ。そのすぐあと母は黒海の岸がただよい離れていくのを見る。空色のウクライナは永遠に視界から消え、四月の嵐の波に沈んでいく。泣いている暇もない。次の瞬間、自分も死ぬかもしれないことはわかっている。撃退され、退却していくドイツ人を乗せた艦隊が容赦なく爆撃されているのだ。

オデッサを出てルーマニアに向かう経路をとるドイツ船の本来の貨物は、いつもであればドイツの軍需産業にとっての戦略的資源だ。貨物とともに運ばれる強制労働者は、敵の船を空と海から攻撃するソヴィエト軍に対する人間の盾の役割を果たす。死の恐怖に取り憑かれた何百、何千もの人間が甲板に、ところどころ折り重なるように、雨と寒さ、風除けに防水シートだけをかぶって横たわっている。ときには貨客船とは気づかず、ときにはそれと知りながら、ソヴィエト軍の爆撃手はドイツ船を沈めるために同胞を犠牲にする。犠牲になったのは敵に屈服し、生きる価値のない裏切り者、敵国協力者にすぎないのだ。こうした攻撃で、あるときは八千の人々が黒海の波間に呑まれて命を落とす。

両親の乗る船はルーマニアに着くが、どこに接岸したのかはわからない。アメリカ軍の記録では、ドイツに向かう途中、ふたりが次に立ち寄るのは「ブライロフ一時収容所」と記載されている。ブライロフとはドナウ川下流の内陸部にある町、ブライラの英語表記である。ひょっとすると船はそこまで上ったのかもしれないし、あるいはルーマニア側の黒海の大きな港コンスタンツァに接岸して、そこから列車でおよそ二百キロ先のブライラに向かったのかもしれない。実際はどうであったにせよ、ルーマニアは両親にとってはすでに反対側の世界なのだ。ルーマニアとドイツは軍事同盟国であり、ルーマニア領ではソヴィエト当局はもはやふたりに手出しできない。母はまだ信じられないだろうが、不可能だと思ったことが起こったのだ。逃げおおせたのだ、本当に脱出したのだ。救われた。自由だ。母にはそんなふうに思えたかもしれない。

インターネットでさまざまな検索語句をたよりにブライラの一時収容所について調べてみるが、予想どおり答えは見つからない。ヨーロッパ各地の無数の通過収容所、一時収容所、選別審査収容所すべてを一覧表にする者などいるのだろうか！　地図でブライラがルーマニアのワラキアにあることがわかり、自分の指がすでに一度このあたりを探っていたことを思い出す。曾祖母のアンナ・フォン・エーレンシュトライトの先祖かもしれない人物、わたしが十九世紀のオーストリア貴族名鑑で見つけた「第一ワラキア歩兵連隊」のエーレンシュトライトの爵位をもつヤーコプ・ツヴィラッハがここの出身なのだ。母は、自分たちが反対側の世界で最初に立ち寄ったブライラが、ひょっとすると父方の先祖の出身地かもしれないワラキアにあるとわかっていたのだろうか。先祖の歴史を知っていたのだろうか。それとも、いつの間にか一族についてはわたしのほうが母より多くを知ることになってしまったのだろうか。母は自分の先祖を、わたしがこれまでの人生で自分自身のことを知らなかったのと同じくらいほとんど知らなかったのではないか。母は未来だけでなく、過去もない人間だったのだろうか。

この延々と続く人間の流れのなかに突然、二十四歳の母の顔が見つかればと願いながら、何時間も通過収容所の写真を眺める。スカーフを被り、厚紙旅行鞄と布の包みを手にした若い女たち少女たち、そのうち何人かはほとんどまだ子どもで、襤褸を身にまとっている。だれもが故郷の町や村からどこに連れていかれるのか理解できずに怯えている。ただ数としてのみ存在する名もなき人々の群れ。そのひとりひとりがわたしの母なのだ。

通過収容所《ドゥルヒガングスラーガー》、通称ドゥラに着くと、到着したばかりの者たちは登録され、数えられ、作業の適性を検査され、分類される。そして、体毛の生えている部分に服の上から灯油のような液体を散布されて消毒される。あるいは裸にされてから、いわゆる害虫駆除室で荷物も衣服も一緒くたに消毒される。シャワーがあれば浴びることができる。だが、ひょっとするとブライラのドゥラは収容所ではあっても休閑地でしかなく、要するに野ざらしで次の移送まで待たされるただの一区画の土地にすぎないのかもしれない。次々と病人が出る。移送のせいですでに弱り、食べるものもなく、汚物に囲まれ、寒さと雨のなかで地面の上にじかに寝なければならないからだ。そのためこうした収容所での死亡率は高く、移送者の多くが目的地に到達できない。

父の就労証明書では一九四四年五月十四日にドイツに到着したことになっているが、証明書そのものの発行は八月八日になっている――ほぼ三か月の空白はまたもや推測で埋めるしかない。両親は、ほかの多くの人々と同じように、大混乱のなかでドゥラからドゥラへたらい回しにされるのか。登録、そしてさらに登録、新たな検査、選別、点呼、消毒、作業適性検査のくりかえしなのか。職業斡旋所には群れをなして次々にやってくる人々が押し寄せ、割り当てられた人数をさばき切れず、おまけに相手にしなければならないのが、すっかり気力を奪われ、もはや自律した存在ではなく、ぞんざいに扱われるものであることに慣れてしまった人間のはずだ。だが、両親が通過収容所の苦難に満ちた旅を逃れ、ブライラから直接ライプツィヒに移送された可能性も十分ある。もしそうなら、当地の職業斡旋所が三か月遅れで書類を交付したのかもしれない。

どの経路を通ってブライラからライプツィヒに至ったのか、アメリカ軍の文書はやはり何も教えてはくれない。今回も水路で、ドナウ川をセルビアとハンガリーを経由してドイツ帝国に至る船で、パッサウ近くのどこかに向かうのか、あるいは四方八方から尽きることなく集まる人間貨物をドイツに運ぶ家畜運搬車で移送されるかだ。そこでは、特にウクライナ人が多数を占めるが、ロシア人、ポーランド人、ラトビア人、リトアニア人、エストニア人、ベラルーシ人、アゼルバイジャン人、タジク人、ウズベク人、ギリシア人、ブルガリア人、ユーゴスラヴィア人、ハンガリー人、チェコ人、フランス人、イタリア人、そのほかいろいろ、中国人までいる。母は初めての外国旅行で国際社会に遭遇したのだ。

ブライラからライプツィヒまで千八百キロメートル、ゴットフリート・ヴィルヘルム・ライプニッツとフリードリヒ・ニーチェ、カール・リープクネヒトそしてヨハン・ゼバスチアン・バッハの街。それがいまや国家社会主義の野蛮人の手に落ちていた。鉄道の有名な終着駅は、ホールを除いてたった一日で四十六トンのアメリカ軍の爆弾を浴び、破壊された。母はこの街に何を見るのだろう。おそらく鉤十字の旗のはためく廃墟だけだろう。廃墟と収容所、いたるところに収容所。楽園ではなく地獄に来たことは、永遠に逃れられたと思っていた強制収容所のまっただなかにやってきたことはとうにわかっている。

運のいい強制労働者もいる。小さな会社や一般世帯、農家ではひどい扱いを受けずにすむこともあり、そればかりか家族の一員として受け入れられるという特例もある。けれども母にはそうした働き口からお呼びがかからず、かかったとしてもたぶん母にとっては幸運とはいえなかっただろう。日常のあらゆる仕事に無器用なのに、ましてドイツの家庭や農家となると、雇い主の怒りを買うだけだったのではないか。それに性的搾取も日常茶飯事で、特に若いスラヴ人女性は外からは見えない私的な空間でこの危険にさらされていた。

　フランケン地方の農夫のことを思い出す。ずっと前、夏のあいだ落ち着いて仕事をするため、村はずれにその農夫の所有する小さな家を借りていた。週末には当時付き合っていた恋人がわたしを訪ねてきたが、それ以外はたいていひとりだった。隣の村で農園レストハウスを経営し、飲酒癖がたたって早期退職していた大家はときおりわたしのところに立ち寄った。まだ残っている鶏の産んだ卵やベーコンを持参したが、それは訪問の口実だった。アルコール中毒者のまなざしが別の動機を物語っていた。よろめき、重い息を吐きながら、虚ろないやらしい目でわたしを見つめた。ひどく酔っぱらってほとんど立っていられないくらいなので、いざというときはこの男をおそらくたやすく片づけただろうが、それでも、たいてい夕方、村はずれのさびしい一軒家が暮れなずむ近くの森の気配にもう押し包まれるころ姿を見せるたびに、ひどく狼狽した。男はわたしをこの地方の方言で「ロシ公《ルスラ》」と呼んでいたが、あるときそのわけがわかった。この言葉は彼の勝手な思い込みから出てきたものではなく、ドイツ人農夫のほとんどだれもが自分のところに「ロシ公」を置いていた時代からその言葉を知っていたのだ。当時のフランケン地方ではわたしの母のような人々をそんなふうに呼び、悪意はなかったのだ――乳牛を「ロシ公」と呼ぶことだってできただろう。わたしが母と同じ立場だったら、この農夫は卵とベーコンでわたしのご機嫌をとる必要などなかったかもしれない。かまうことすらなかっただろう。

農家からはお呼びがかからなかったが、それでも母には運がなく、しかも不運が三つ重なる。母と父は四六時中連合国軍の爆撃にさらされている場所にやってきて、危険な軍需工場のひとつに配属され、おまけにそこはよりによって労働条件と生活環境がとりわけ非人間的なことで有名なフリック財閥の工場なのだ。ライプツィヒ市シェーナウアー通り一〇一番地にある総合運送機器有限会社《アルゲマイネ・トランスポルト・ゲゼルシャフト》、通称ＡＴＧ、ドイツ軍の戦闘機パイロットが熱狂的に歌い賛美する軍用機の組み立て工場だ。

エンジンの歌を轟かせん、
今こそ自由の刻限なり。
誇り高き鳥たちを率いるところ、
御身らの飛行に勝利あれ……

「誇り高き鳥たち」はフリック社で九千五百人の労働者によって作られ、そのうち二千五百人が強制労働者で、彼らは故国を破壊する兵器の製造にたずさわらなければならない。両親は離れ離れになり、男女別々の収容所に振り分けられる。そのときからふたりはもはや名前を持たず、就労証に書かれたそれぞれの番号でしか呼ばれなくなる。服の右胸には青地に白い三文字のＯＳＴ（東部）の記章布をつけねばならない。ユダヤの星の次に不利な扱いを受ける「東部労働者」の略称である。ほかの国の労働者は彼らと話すと処罰される。
到着したばかりの者には、ウクライナ語、ロシア語そしてドイツ語の注意書きが渡される。

旧ソヴィエト・ロシア被占領地域出身の労働者には以下の規則が適用される。

1 監督者の命令にはいかなるときも従わねばならない。
2 監督者の同道がある場合のみ収容所からの外出を許可する。
3 ドイツ国籍を有する者、それ以外の国の労働者あるいは戦争捕虜との性交はいかなる場合も死刑に処す。女性は強制収容所送りとする。
4 職務を放棄する者、他の労働者を扇動する者、持ち場を独断で離れる者、あるいは帝国に対する敵対的活動を支援する者は強制収容所にて強制労働が命じられる。重罪の場合は死刑に処す。
5 「東部」と記された所定の記章布は各自上衣の右胸に付すこと。
規律を守り、勤務態度が良好の者は相応に遇される。

スラヴ系の強制労働者を損得勘定からしか見ていないことは、ハインリヒ・ヒムラーのポーゼンでの秘密演説から疑問の余地はない。「ロシア人がどうなろうと、チェコ人がどうなろうと、まったくどうでもいい。[…]連中が腹を減らしてくたばるかどうか案ずるのは、我々の文化のために連中を奴隷として必要とするかぎりにおいてのみである。対戦車濠を掘って一万人のロシア女が衰弱して倒れるかどうか案ずるのは、ドイツのための対戦車濠が完成するかぎりにおいてのみである」

強制労働者が自分から辞められないこと、職場を替えるのが不可能であることは言うまでもない。もちろん、故郷に帰ることも許されない。

ＡＴＧの労働者は二十の居住収容施設に割り振られる。全体で六百あるうち、広域都市のライプツィヒには二十か所がある。ＡＴＧは巨大企業で、作業場、秘密の地下生産施設、居住バラック、経済バラック、厨房バラック、洗濯場バラック、便所バラック、食堂バラックからなる小さな都市だ。女性の強制労働者が男性用の棟に足を踏み入れること、そしてその逆も禁止されている。そもそも母は父がどの棟に住み、広大な工場の敷地のどこで働いているか知っているのだろうか。ふたりがすれ違い、視線を交わし、言葉を少しでもかけ合う機会はあるのだろうか。ひょっとして食事の際の食堂バラックや、どこか男女が一緒にいられる場所で会えるのだろうか。性別、国別に分けられた強制労働者たちが互いに接触することのできる場所が収容所のどこか片隅に存在するのだろうか。

各収容所には画趣に富む名前がつけられていて、ほんのいくつか挙げるだけでも、向日葵、白樺林、牧場の緑、カミガヤツリ、コナジラミ、おとぎの野原、原皮、平穏無事、晴れやかな眺望、黒薔薇、ブルンヒルデ、サンザシ、シロツメクサ、低地などがある。母はどの建物にいたのだろう。このことを教えてくれる資料はもはや存在しない。ＡＴＧの企業資料はもはや存在しない。焼失したのか、アメリカかロシアの占領軍が持ち去ったのか、会社の幹部が、戦争の終わるときに証拠物件を残さないように、早々に破棄したのかもしれない。記念館では薄っぺらい二、三の小冊子をもらう。そのなかにＡＴＧとその収容所の見取り図がある。親族の手がかりを探しているときにいつも遭遇するお馴染みの現象にまたしても出くわす。二十あるＡＴＧの収容所のうち、記録が残されているのはブーヘンヴァルト強制収容所の外部収容所だけで、そこにはＡＴＧのために働くハンガリー系ユダヤ人女性五百人が収容されていた。この収容所については膨大な量の資料があり、収容所の跡地には記念銘板も設置されていた。およそ二千人の、スラヴ人が大半を占めるＡＴＧのほかの強制労働者については一言も書かれておらず、彼らに捧げる記念銘板など言うまでもない。

幾度となく敷地の見取り図を眺め、通りの跡を指でなぞる。ハンガリー系ユダヤ人の収容所は除外できるが、母がいたかもしれないところがほかにまだ十九もある。ここのどこかを母は歩いた、朝、冬のまだ暗いなか、組み立て工場の仕事に向かい、夕方、やはり冬の暗いなかをバラックに戻った。明るい季節にはひょっとすると通りの名称が書かれたドイツ語の標識を読んだかもしれない。アステルン（紫苑）小路、ローゼン（薔薇）小路、ダーリエン（ダリア）通り……芝生のある民家の集まる家庭菜園の脇を通って仕事に行くのだろうか、それとも、戦争で破壊され、花にちなんで名づけられた通りだけが、もはや形をとどめぬ過去の名残である荒廃した工場の敷地を思い浮かべるべきなのか。

監視なしで歩くことを認められた労働者の集団がいる一方、警備兵に付き添われ、罵声と鞭で追い立てられる労働者がいる。通りには女たちの履く木靴の乾いた音が響く。自前の靴を履きつぶしたあとは、恐るべき木靴のほかに履くものがなくなってしまう。あるのは企業幹部のところで高い金を出して買わねばならない木靴だけ。足を歪め、歩くたびに擦れて痛い、舟の形の堅い木靴。運が悪いと足が腫れてただれてしまい、作業場に行くことすらできなくなり、病気になればあっという間に切り捨てられ、死んでしまう恐れがある。女たちのなかには歩調を合わせるために靴を手に持ち、裸足で歩く者もいる。

ときには歩きながら低い声で歌う。歌うことには故郷にいたときから慣れ親しんでいて、故郷では人々はたいてい、野良で、家で、通りで歌う。母も、のちにわたしが何度も聴くことになる美しい澄んだソプラノで歌う。このときはおそらく、むしろウクライナの駅で女たちが家畜運搬車に詰め込まれる前にフランツ・フューマンが耳にした、口ずさむような声かもしれない。ほかの女たちみんなと同じようにスカーフを被り、もしかしたらマリウポリから持参した自分の服をまだ着ているかもしれない。いや、自分の衣類はすでに全部擦り切れ、破れ、そして飢えて痩せ細った体にごわごわした綾織綿布の黒の作業着をだぶつかせ、足には堅くて擦れる木靴という格好かもしれない。強制労働者の集団が作業場に向かう通りに住むドイツ人たちは、毎朝、自分で起きるより前に外の舗道を歩くたくさんの木靴の甲高い響きで起こされたりしないだろうか。

作業場で母を待っているのは一日十二時間の労働だ。母と父が始終言い争っていたことを思い出す。父は「集合舎宅」のほかの大半の女たちと同じように金を稼ぐために働きに出るよう求めた。母はそんなことができるとは思えなかったので、泣いた。おそらく労働収容所が母の健康と神経をとことん損ない、工場という言葉を聞くだけでパニックを引き起こしたのだ。それでもなんとかやってみようとして、一度巻き上げブラインドの工場に雇ってもらったが、一週間で倒れてしまった。

このときはどうやって倒れずにいるのだろうか。来る日も来る日も流れ作業台の前で十二時間、週に六日、人手が足りないときは日曜日も。空腹と、毒虫のはびこる、人であふれるバラックの寒くて不安な夜のせいでひどく弱っているというのに。それに、そこらにある適当な仕事に就いているわけではなく、自分の同胞を殺しに故国に出撃する戦闘機の組み立てにたずさわっているのだ。監督役には懲罰を課す権限が与えられているので、仕事ののろい母が殴られることはおそらく稀ではないのだろう。

ときたま命がけで妨害工作をする者がいて、ドイツの軍需産業に痛手を与えるためにわざと仕事で失敗をやらかす。小心で臆病者の母とはたぶんほとんど無縁の者たちだ。母はむしろできるかぎり周囲に合わせて振る舞い、目立たないようにと努めただろう。こういう心支度はおそらくすでにマリウポリで第二の天性となっていたはずだ——生き延びるためには目立たずにいること。


嫌がらせと懲罰は収容者すべての日常の一部だ。最も被害を受けるのは人種階層の最底辺に置かれたウクライナ人で、ほかの「東部労働者」よりも怠け者で、仕事嫌いで、ずる賢いと見なされている。OSTの記章布の非着用、所長への欠礼、物々交換、盗み食い、職務怠慢とされる行為、器物破損、その他いろいろな行為が懲罰の対象となる。一番軽い刑はいわゆるビンタで、鞭打ち、追加の懲罰労働、食事を抜かれたり、夜間に一時間ごとに起こされる罰がそれに続く。ときには真冬に冷水を浴びせられ、監禁され、そこで低体温症で死ぬこともある。矯正労働収容所に送り込むには取るに足らない罪で十分だ。これは一石二鳥である。強制労働者を罰するとともに、この収容所に拘禁されているドイツ人も罰すれば、スラヴの劣等人種と同等の扱いをすることで彼らをついでに辱め、貶めることになるからだ。こうした収容所で生き延びる可能性はとりわけ低く、強制収容所よりもっと残忍な条件のところもあるという。労働力配置総監のフリッツ・ザウケルは、強制労働者をどんどん処罰しろと監督者にはっぱをかける。「連中が職場でほんのわずかでも過失の罪を犯したら、即座に警察に通報し、絞首刑にでも銃殺にでもしてくれたまえ！　わたしの知ったことではない」

スラヴ人労働者は最悪のバラックに住み、報酬と支給される食料は最低だ。彼らの主食であるロシア風パンはライ麦の屑と砂糖大根の切れ端、藁屑、木の葉でできていて、胃腸疾患を引き起こす。約束のウクライナ餃子《ヴァレーニキ》とスープ餃子《ガルシキ》の代わりに、キャベツの葉っぱが二、三枚、それに豆かビーツの切れ端が沈んだ濁った水一リットルが昼も夜も出る。日によっては虫の浮いたホウレンソウのスープが代わりにあてがわれることもある。この献立を補うのが週一回の百グラムのマーガリンと八十グラムの腸詰か肉で、たいていは屠殺場内の下等肉売り場にある生の馬肉である。労働者たちはアルミの小鉢を手にして配膳口に並ばねばならない――遅れた者は何にもありつけない。

　こうした飢餓的配給量にもかかわらず、労働者の生産性をもっと搾り上げるために、いわゆる能力別食料支給制度が導入される。仕事を多くこなせば、それだけたくさん食べられるというわけだ。といっても、食費は再分配すればいいだけなので、フリック社の負担が増えることはない。仕事ができれば追加分がもらえ、その分は弱い連中の割当量から取り上げるだけだ。必然的に弱い者はいっそう弱くなり、さらに働きが悪くなって、危険な悪循環に陥って奈落へと落下していく。フリック社はこれを気にしない。人的資源はまだ使い減りしていない新鮮な労働力を占領した国々からいつでも補充できるからだ。スラヴ人はとりわけ頑強と思われている。ヨーゼフ・ゲッベルスは「下等ゆえに実に抵抗力のある生き物がいるものだ。野良犬も高度な訓練を受けたシェパード犬より抵抗力がある」と述べた。

　一九八〇年代に目を診てもらっていた医者のことを思い出す。医者はわたしにスラヴの血が流れていることを知っていたので、医療機器を通してわたしの目のなかに見たものに衝撃を受けた。スラヴ系の人に見られると思っていた遺伝的耐性と頑強さの代わりに、わたしの虹彩にあまりに多くの体質的な欠陥と脆弱性が見られることが明らかになったので、もはや医者はわたしがスラヴ系だとは信じようとしなかった。戦後四十年経って彼の世界が崩壊したのだ。愕然として、不信感もあらわに、わたしを詐欺師であるかのように見つめた。

できるだけ多くのスラヴ人を酷使してその数を激減させることは、大量のスラヴ人を殺して支配人種たるアーリア人の生存圏を確保し、生き残ったスラヴ人には奉仕させるというヒトラーの計画にかなっている。そんなスラヴの人間には教育も人との交わりも要らず、固有の文化や国民意識などもってのほかである。元気がいいのはまあかまわない。仕事のやる気が出て、千年帝国にめいっぱいの利益をもたらすように、腹いっぱい食べるがいいし、歌と踊りを楽しむのもいい。ソ連内の占領地域の大学やその他の高等教育機関は遅滞なく閉鎖しろ——家畜に教育は不要だし、連中は命令に従いさえすればいい。いずれ下僕になるのに小学校の四年でも長すぎるくらいだ、とヒトラーは有名な「食卓談話集」で語っている。

強制労働者の報酬など馬鹿げた話だし、女性の実入りは男性よりもずっと少ない。税金や社会保障費、東部労働者税、それに生活費を引けば、きちんと計算してみると、母には週当たり六ライヒスマルクも残らない。これでは何も買えないも同然だ。パン一個がこの時代およそ十ライヒスマルクで、店では購入券なしではほとんど何も手に入らないため、どっちみち闇市の外では金などもうほとんど価値はない。

労働者たちは収容所の敷地内で野良犬のように残飯を、凍りついたり腐ったりしているジャガイモやビーツをあさることもある。また身の危険を冒して、夜、施錠され、監視もされている居住バラックを抜け出して周囲の畑で盗めるものを盗む者もいる。余力のある者は仕事が休みの日曜日に——そんなものは戦争の最後の年にはますます稀になるが——周辺の農家に雇われていくらか余分に稼いだり、腹いっぱい食べさせてもらうこともある。工場や収容所の敷地で見つけた廃材を使って飾り物や玩具を作り、闇市で食べ物と交換する者もいる。万が一捕まれば、生きて戻ってくる者がほとんどいないと恐れられている矯正労働収容所に送られる危険が大きい。

母はそれまでずっと空腹に慣れているが、収容所での日々の暮らしや毎日十二時間の労働が加わると、体そのものが蝕まれていく。おそらくただ食べることしか考えられなくなる栄養不良の悲惨な時期にあるのだろう。流れ作業台の前に立っていると、むくんだ脚が刺すようにさいなみ、背中は痛み、目はひりひりし、耳には機械の轟音が響き、その残響がバラックで眠るときも続く。おそらく母は視力障害と眩暈、腸痙攣をわずらっているが、こうしたことすべてはただ、だれにも盗まれないようにズボンのポケットにしまい込んでいるモルタルのように固いロシア風パンへの強迫観念を強めるばかりだ。誘惑に負けて、夕食のためにとっておいたパンをすぐに食べてしまえば、夜、空腹で眠れなくなってしまうだろうし、朝になれば、板張り寝台から起き上がれなくなるかもしれない。そうなれば最期かもしれない。母は生きるために働いているのであり、労働力が唯一の資本で、弱さに屈して落伍すれば自分はおしまいだとわかっている。

浴室にラジオ、ほかにも快適な設備の整った明るい住まいという謳い文句を、騙されやすい貧しいスラヴ人は真に受けてしまったが、実際は荒れ果てた木造バラック以外の何ものでもない。しかも、空襲で次々と収容所が破壊され、増える一方の人間がますます狭くなる空間にぎゅうぎゅうに詰め込まれるものだから、恐ろしいほど人であふれている。母は飢餓のみならずソヴィエト式人間圧縮政策の下に生まれ、いつまで続くかもわからない見知らぬ人たちとの共同生活を強いられることに慣れているので、たとえば私的空間のようなものはただ漠然としか知らないけれど、それにしても収容所での母の生活空間は、全部合わせても板張り寝台ひとつきりなのだ。衛生上の理由から、藁布団がおがくずを詰めた紙製マットレスに取り換えられたものの、毒虫にはさっぱり効かず、疲弊した女たちをその後も一晩中苦しめ続ける。

　戦争末期の冬は、とりわけ厳しい気温が支配する。バラックにストーブはあるが、燃料が足りない。女たちは外に出て、木っ端や枝、木の葉など燃えるものなら何でも探す。次第にバラックに備え付けの椅子をばらすようになり、しまいに板張り寝台の板を剝がし、わずか数分の暖をとるために火にくべる。寝るときにくるまるものといえば、母にはたぶんぼろぼろの薄い毛布しかないだろう。おそらく夜はまだ手元にある服をすべて重ね着して、さらに灰色の外套を被り、その上に収容所の毛布を掛けるのだろう。冬の間はほとんどずっと風邪をひいていて、乾いた皮膚はひりひり痛み、鱗屑《りんせつ》ができ、手は荒れてひび割れ、唇は裂けて血が滲む。足はしもやけで赤く腫れ、靴に滑り込ませるたびに激痛が走り、昼間、足が温まってくると耐えがたいほどの痒みが始まる。強制労働の時代に発症したリウマチは死ぬまで母を苦しめ、不潔な収容所の食べ物が原因の肝臓疾患とまさに同様の苦痛を味わうことになる。

　一日で最も恐ろしいのは起床、朝の五時に呼子笛で起こされる瞬間だ。ひょっとすると母は悪夢から引き剝がされるのかもしれないが、起床の瞬間にすぐにまた目の前に現れる収容所の現実よりひどい悪夢など存在しない。一日一日に終わりが見えず、まだどのくらい続くのか、そもそもいつか終わるのかすらだれにもわからない時間の一部と化している。囚人ならいつ刑期が終わるかわかるが、ドイツの強制労働収容所には釈放期限などない。母は未来なしに生きているだけでなく、過去もまた自分にはあまりに遠く離れたところにあるように、まるでどこか世界から外れた場所に、無限に遠く離れた、二度と戻ってこられない別の星に置き去りにされたかのように思われる。母は自分を無理やり呑みこもうとする郷愁に全力で抗わねばならない。放っておけば、心を守る仕組みが音を立てて崩れてしまうだろう。それまでの人生では、当たり前でまったく慎ましい日常の事柄がどんなに貴重なものかわかっていなかった――ただ通りに出られる、トイレで後ろの扉に鍵をかける、晩方、好きなときに電灯を点けたり消したりする、アイロンをあてた清潔な服を着る、それがどんなにありがたいことなのか知らずにいた。こうしたことは永遠に失われてしまった計り知れない貴重な幸せなのだと、流れ作業台の脇で、何か自分の意志とは無関係な体の動きのようなものになってしまった同一の作業をいつまでも反復しながら思う。くりかえし何度も、ほとんど強迫的に、母の心の目の前をかつて知っていた人たちの顔が、両親の、兄姉の、友人の、そして知人の顔が横切っていく。そのひとりひとりと言葉を交わしながら、自分自身を、かつて自分であった人間の姿を探し求める。

収容所の毎日はつねに予期せぬことと気まぐれで決められる。次々と新たな命令が下され、監督者の気分は日によってころころ変わり、収容所規則は絶えず変更される。有刺鉄線が取り除かれたかと思うと、その後不可解な理由でまた元に戻される。食料配給がほんのわずか増やされたかと思うと、その後またどん底まで減らされる。外出が許されたかと思うと、今度はまた長期間禁止される。これといった理由がないのに労働者が鞭で打たれたり銃殺されるということがくりかえし起こる。飢餓、恐怖そしてバラックでの耐えがたい密集生活が、密告、窃盗、売春を生む。女たちは一切れのパンのために、一個の石鹼のためにドイツ人に、あるいは人種として高く評価されているという理由で自分たちより上位の外国人労働者に衰弱しきった体を売り、自分の命を危険にさらす。「軽食なら懲役一年、接吻なら懲役二年、性交は斬首」とフリッツ・ザウケルの標語が謳っている。

「東部労働者」はナチスにとって解消不能のジレンマである。ドイツ軍需産業を維持するためには不可欠だが、彼らの使用は国家社会主義の人種イデオロギーと相容れず、ドイツ民族の純血を脅かすことになる。ドイツの男たちはスラヴの女との性交を厳しく禁じられる。にもかかわらず、凌辱は収容所では日常生活の一部なのだ。なぜ母は、ロシアやウクライナの村から無理やり大量に連れてこられた粗野で素朴な娘たちと比べればずっと見映えがよかったのに、無傷のままでいられたのだろうか。おそらく労働者の女である以上外見の違いなど重要ではなく、女たちはみな単なる肉体、唯一いつでも意のままにできる性器でしかないのだ。ドイツの男なら現行犯で捕まっても、軽い罰かまったくお咎めなしですむが、凌辱を受けた女性は死刑か強制収容所送りを覚悟しなければならない。スラヴの男と関係をもったとわかったドイツの女はまさに民族共同体から追放され、頭を丸坊主にされ、売春婦として市中を引き回される。ドイツの女に大胆にも近づいたスラヴの男は公開で絞首刑に処せられる。死体はほかの者たちへの見せしめに何日も絞首台に吊るしたままにされる。

収容所ではチフスと赤痢が蔓延する。労働者は病気になると、人であふれ返る病院バラックに行き、そこで最低限の医療処置とはどういうものかを知る。初めのうちはまだ病人は故国へ送り返されたが、いまやこうした手間さえかけられなくなる。病気の治りが遅いと長期労働不能の証明書が交付される恐れがあり、これはほぼつねに死刑判決を意味する。患者を治療などすれば、緊急に必要な医薬品があまりにも大量にドイツ民族から奪われてしまうので、もはや診てもらえなくなるのだ。病人が頼みにできるのは自分だけだが、いわゆる食事療法が施されるだけで、たいてい短期間のうちに死ぬ。

肺結核もまた典型的な収容所の疫病のひとつだ。免疫系が弱っているため労働者の多くが感染するが、だれもが発病するわけではない。とにかくすでに体力が限界に達した者が真っ先にこの「白い死」に抵抗できなくなる。生産に使えなくなった労働者はいわゆる療養所に入れられ、そこで薬を過剰投与され、始末される。そのうえ、栄養不良や医療処置が施されずに短期間で自然死するのでないかぎり、そういう処理をされる。一九四四年九月、ハインリヒ・ヒムラーは精神病院にいるスラヴ人全員の殺害を命じる。ドイツの病院が満杯なので、ドイツ帝国にもはや労働力として役に立たないスラヴ人をこうした病院で治療するのは無責任だというのだ。別の資料からは、ユダヤ人の囚人だけでなくスラヴ人強制労働者も医学の人体実験に使われたことがわかる。冷たい水槽や気密室での実験に使用し、ワクチンを試験投与し、強いX線を照射されたり、その他ほとんど死ぬほどの苦痛にさらされたのだ。

時が経つにつれ、強制労働者の苦しみは大きくなる一方となる。当時の外務省の役人が次のように書き留めている。

東部労働者はあらゆるものに対して感情鈍磨《アパシー》の状態にあり、人生にもはや何も期待していない。たとえば女性は釘を刺した板で顔を殴られる。男女の別なく、些細な失敗をしただけで真冬に上衣を脱がされ、コンクリートの冷たい地下牢に閉じ込められ、食事抜きで放置される。「衛生上の配慮」と称して、東部労働者は冬、収容所構内でホースで冷水を浴びせられる。飢えた東部労働者がジャガイモを盗んだかどで、集められた収容所入所者の前で最も非人間的な方法で処刑される。

「東部労働者」の権利喪失は、ドイツ人ならだれでも、自分に正当な理由があると思えば彼らを殴ってもかまわないというほど極端なものだったという。戦争末期には、殺人の場合ですら原則としてもはやどんな制裁も覚悟する必要がなくなる。

連合国軍の爆撃もますます容赦ないものとなる。母の居住する収容施設は作業場からかなり離れたところにあるので、毎日長い道のりを、へとへとになるまで行進しなければならないが、もしも作業場の近くに、たとえば工場の敷地内にある第一居住収容施設にでも住んでいたら、ドイツの軍需工場は攻撃目標に選ばれていたので連合国軍の空襲に直接さらされることになる。防空壕は一般にはドイツ人のためのもので、無数の「東部労働者」は夜はバラックに押し込められて、そこで攻撃を受けて命を落とす。同じようにライプツィヒの工場に動員されていたあるロシア人強制労働者は、当時の状況をこう語っている。

イギリス軍の空襲は夜だったが、アメリカ軍は昼間だった……それで時間がわかったくらいだ。暗くなるやいなや空襲警報が鳴り始めるんだ。で、爆撃だ。恐ろしい数の飛行機で、みんなは「空飛ぶ要塞」と呼んでたな。顔を上げると飛行機だらけで空がもう見えないんだ。おれたちの収容所にはちっぽけな焼夷弾が当たっただけだが、そいつは太陽に照らされて霰《あられ》のように落ちてきた。地上で爆発して、燐《りん》をまき散らしながらきらきら光るんだ。あるとき、次の空襲が来るにちがいないと踏んで夜中まで眠れなくてね、でも来なかったんだ。おれたちは変だなと思ったけど、結局寝ちまった。そしたら突然爆弾が降ってきたんだ、朝の四時にだぞ、何の警戒警報もなくだよ。あとは知ってのとおりだ、街の半分、いやそれ以上か……何トンもある大きな爆裂弾だった。街全体が燃えていた。昼は煙で暗いのに、夜になると明るいんだ。それくらいの炎の光だったな。いつの間にかおれたちの工場も爆弾を食らっちまって、そのあとはそのまま野ざらし、吹きっさらしの暮らしよ。操業は停止で、おれたちは監視付きで市内に移送されて、焼け跡の片づけをやらされた。そいつはむしろついてたってことだね。瓦礫のなかで食い物が見つかれば、もちろん胃のなかに直行さ、追加の配給ってことでね。機関銃を持った親衛隊員に作業場まで連れていかれたことがあったな。爆裂弾が落ちてできた大穴を土で埋めろっていうんだ。そこに爆撃で家族全員が死んじまったファシストがひとりいた。そいつは小瓶から酒をひと口啜った、ひと口だけ、ドイツ人はたいして飲まないからな、それから鉤十字のついた腕章をはずして、そいつでチンと鼻をかんだんだ……

母も見たにちがいないものをわたしに教えてくれる見ず知らずの人。「空飛ぶ要塞」、燃える街の光の反射。マリウポリに降り注いだドイツの爆弾のあと、ルーマニアへの船旅の途中で命を脅かしたソヴィエトの爆弾のあと、母はアメリカとイギリスの爆弾の雨を浴びた。少なくともマリウポリでは屋敷の地下室に避難できたが、ドイツの収容所では地獄の猛火に無防備にさらされる。外に逃げることすらできず、今にも燃え落ちそうなバラックに閉じこめられている。

母が理性を失い始めるのは戦況が極限に達したこの爆撃の夜なのか。それともすでに、悪夢としか思えないこの破滅に向かう自分の人生の道のりのどこかで失っていたのだろうか。カトリック信者にもかかわらず、ロシア正教の民間信仰に深く帰依していたらしい自分の母親に、母もまた信仰を、救い主であり解放者である神への信仰を教えられて育った。空襲のあいだ、母は祈っているのだろうか、守護聖人に、かつてその聖像画《イコン》を子ども用寝台にたしかに留めていた殉教者聖エウゲニアに呼びかけているのだろうか。祈っているのか、それとも神との、沈黙によって母を破滅に追いやる無関心で仮借ない裁き手との、勝ち目のない対決をすでに戦っているのだろうか。そのときまだ希望を捨てていなければ、それは解放者にも殺人者にもなりうる連合国軍に向けられていたのかもしれない。

母の死後十年経ってようやく、過去の出来事がいつ起きたのかをあらためて数えてみようと思いついた。結果は明白だった。わたしの命の始まりは世界大戦が最終局面を迎えたころのフリック財閥の労働収容所にあったのだ。どうやってそんなことが起きたのだろう。夫婦には強制労働者でも性交渉が許されたのだろうか、一度でもふたりきりでだれにも監視されずに会う機会などあったのだろうか。考えづらいことだ。強制労働者の子など望まれていなかったし、まして劣等人種のスラヴ人の子ともなればなおさらだ。

想像してみる。日曜日、たいていの労働者が睡眠に、洗濯に、体の手入れに充てる一日。でも三月初めのこの日曜日はもう春の空気がただよっている。両親にとっては特別な日だ。ふたりは外出許可をもらい、一緒に収容所の敷地を出る。許可証が交付され、監視なしで街に行けるのだ。昼も夜も、どこにいても見張り続ける目を気にせずに、やっと一緒に過ごすことのできる数時間。空腹と、もうすっかり縁がなくなったこんなにも広々とした自由な空間に母は目が眩む。父と腕を組む。やせ衰えた体は灰色の外套にすっぽり埋もれてしまう。もしかするとマリウポリから持ってきた継ぎの当たった靴をまだ手元に置いていて、木靴を引きずって歩く代わりに履いているかもしれない。まだ肌寒いのでたぶんスカーフを被り、その下には豊かな髪がピンで留めてあり、ほどけば黒いケープのように肩まで垂れる——たぶんその髪も切られ、虱がつかないよう短く剃られていただろう。父の体からは擦り切れた上着がだらりと垂れ、それに合わせて家からたった一本だけ持ってきたネクタイをこの日のために痩せた首に巻きつけている。ふたりとも決められたとおりにOSTの記章布を服の右胸につけている。もしかするとこの日曜には何か食べ物を買うためにと数マルクを持っているかもしれない。破壊されたゴーストタウンに残っている店の多くは、みすぼらしい強制労働者など相手にしない。扉にすでに「入店お断り」と書かれている店もあるが、金の出どころなど気にしないという店主もいる。もしかするとふたりは本物の小麦でできたパンを、そしてレモネードを奮発して買えたかもしれない。父も闇市で物々交換をしたのかもしれず、母も夫のこの秘密の身過ぎがあってこそようやく生きていられるのかもしれない。

廃墟と化した通りを歩くことは危険をはらんでいる。いつ警報が鳴って、次の空襲を知らせてもおかしくないし、いつ両親がそこらじゅうを巡回する軍用車に、自警団や親衛隊に、それに彼らと好きなように行動を共にすることが許されているあれこれの団体に呼び止められるかもしれず、とくに戦争末期にもなると強制労働者に対する暴力はますます野放しになっている。びくびくしながら母は外出許可証が外套のポケットのなかにあるのを手で触れて確かめる。この許可証がなければ助かりようがなく、即刻逮捕されるか、射殺されることもありうる。あちこちでもう緑の芽吹やおずおずと咲き初むエニシダなど、終わりの見えないこの収容所の冬を過ごす母にとっては存在することも忘れてしまった自然の断片を見ることができるかもしれない。

それはこの日に起こることかもしれない、廃墟のどこかに、あるいは町はずれの茂みの陰に人目につかない場所を見つけるのかもしれない。いや、ひょっとするとわたしという存在は、いつなんどき発見されてもおかしくない、逃亡者を探す監督者の手助けをするシェパード犬に嗅ぎつけられるかもしれない収容所のどこかで、あわただしく息を殺して抱擁し合った結果なのだろうか。もしかすると、わたしを身ごもったことは一時の軽率な行為のせいかもしれない。戦争が終わるという気配がすでに漂い、ことに連合国軍の空爆がいよいよ激しくなってくると、解放も間近だというきうきした噂が収容所内に広まっているからだ。

いずれにしても、ある日、母は妊娠したことに気づく。体はかなり前から合図を送っていたのに、その知らせを理解していなかったのだ。収容所にいる多くの女性は衰弱から無月経になるし、朝方の吐き気は慢性的な飢餓の症状かもしれない。母のやつれた体はもうずっと前から当の本人とは疎遠になり、もはや自分のものではなく、フリック社の所有物なのだ。あるとき、この体に子どもが、これから自分の配給食料を分け合わねばならない第二の生き物が育ちつつあると突然悟る。母の体を使って生きようとする、母の生命力を、庇護を、世界での居場所を要求する子ども。自分自身のためには持っていないものばかりなのに。

収容所で生まれた子がどうなるか、母は知っているのだろうか。もっと早く妊娠していれば、おそらくわたしはこの世に存在しなかっただろう。初めのころ、妊娠した強制労働者は故郷に送り返された。ところが、収容所から逃れたいがために故意に妊娠する女性の数がどんどん増えて、フリッツ・ザウケルは方針を変更する。ドイツの女はゲルマン民族を強くするため、できるだけ多く子を産むべきとされ、堕胎は禁止され、厳罰を課されるようになる。反対にスラヴ人の強制労働者には、劣等人種の跡継ぎなどお呼びでないので、堕胎は許可どころか義務とされる。何千もの、ヒトラーが言うところの「下等で、どたどたせわしなく歩くスラヴ女」は刑罰を受けると脅されて堕胎に追いやられ、従わなければ最後は強制的にそうさせられるまでだ。

それでも臨月までうまくこぎつける女性たちがいるが、妊産婦保護の対象にはならない。ナチスの見解では、スラヴ女の妊娠、出産は動物と同じで難なく終わるから、特別に養生する必要はないというのだ。出産後、新生児は母親から取り上げられ、「外国人児童保護施設」とか「他民族児童施設」、またあるときは「非純血児養護所」と呼ばれる施設に移される。こうした名称はたいてい子殺しの施設であることを隠すために用いられる。新生児のなかには慈悲深く扱われる子もいて、生まれてすぐに毒物注射で殺されるが、大多数はゆっくり時間をかけて、苦しみの果てにひとりで死ななくてはならない。腫れ物、湿疹、疱疹に覆われ、飢えと寒さに震え、不潔なまま捨て置かれ、組織ぐるみの無慈悲と黙殺で死ぬ。赤ん坊の死体はマーガリンの箱に入れて埋葬されるまで、汚物と虫、蛆まみれのバラックに積み上げられる。文献によれば、該当するナチスの施設では十万から二十万人の「東部労働者」の子どもが亡くなったとされるが、実際の数は明らかにもっと多いと見られている。

一九四三年八月、親衛隊分隊長エーリヒ・ヒルゲンフェルトはハインリヒ・ヒムラーに宛ててこう書いている。

ここには二者択一しかありません。まず、子どもを生かしておくことを望まないのなら、遅滞なく餓死させるというものです。この方法なら必ずしも全員に栄養を与える必要はなく、大量のミルクをまだ節約できるというものです。虐待も苦痛もなしに実行する方法です。もうひとつは、子どもたちを後々労働力として活用するために養育をもくろむというものです。しかしながらこの場合、将来の勤労動員で十分に価値ある働きをする程度には食事を与えなければなりません。

どうやらヒムラーは親衛隊分隊長の二つ目の提案に従ったようだ。少なくとも託児所がいくつか設置され、新生児がそこに引き取られて十分な栄養を与えられ、世話を受けたのである。どうやら労働力配置の責任者たちには戦争の最終段階になってもまだ、こうした骨折りが無駄に終わり、遠からずもはや労働奴隷の使い道がなくなるとはわかっていないらしい。

ライプツィヒは大混乱となる。収容所と工場への爆撃と破壊はますます頻繁になる。主人を失った強制労働者たちがねぐらと食べ物を求めて、硝煙のたちこめる街の路上をさまよう。彼らは略奪者と見なされ、親衛隊と国防軍の恣意的な即決軍法会議の格好の餌食となる。もはや存在しない持ち場を無許可で離れたという理由で、あるいは復讐やかつての悪行の証人陳述を恐れて何千人もが射殺される。

しかしとうとうやってくる。アメリカ軍だ。米兵が収容所のバラックに踏み込み、諸君は自由だ、と言う。彼らは笑う。戦争は終わりだ、と言って、煙草やチョコレートを配る。

ATGの経営陣と従業員はすでにいなくなっている。労働者たちは会社幹部の執務室を荒らし、管理棟バラックを襲い、食品在庫に、ジャム缶に、パンやチーズの塊に殺到する。街ではドイツ人の店から略奪し、見つけ次第何でも腹に詰め込み、路上で火を焚き、肉を焼く。彼らは市内にあるすべての収容所からいっせいに外へあふれ出て、通りに友交の輪が広がる。ロシア人がイタリア人と、フランス人がポーランド人と、ウクライナ人がセルビア人と、有頂天になって祝えないほど弱っていなければ、だれもがだれとでも親しくなる。ドイツ人は怯え、だれも入れないように家に閉じこもる。立場が逆転する。支配者が敗者になり、奴隷が勝者になる。勝者は通りをぞろぞろ歩き、その数は数千人にもなる。失業した強制労働者たちだ。もはやだれも使い道がない。徒歩で故郷に向かう者もいれば、あてもなくあたりをうろつく者もいる――野放しにされた人間が、見捨てられ、落ちぶれた人影が、しばしば分散し、群れをなして徘徊する。一晩で人間の新しい範疇が生まれた。追放流民《ディスプレイスド・パーソンズ》、いわゆる難民。何百万ものスラヴ系の無人間あるいは非人間のことだが、彼らはやがてアメリカの解放者たちからも疑惑の目を向けられることになる。アメリカ軍はスターリンと同様、ドイツ軍に協力したとの嫌疑を彼らにかけ、軍新聞「星条旗」で彼らを犯罪浮浪者ならびにファシストにしてボリシェヴィキと決めつける。

それゆえ、ヤルタ会談でソヴィエト国民全員の本国強制送還が決まったものの、これを歓迎したのは、疲弊しきった労働者にはもはや用がなく、彼らからの復讐を恐れてもいるドイツ人だけではない。できるかぎり早く秩序を立て直そうとしているアメリカ人もこれを望んでいるのだ。何百万もの追放者たちの、スターリンの制裁が待ち受ける何百万人もの、人生の最後まで惨めな者たちの本国送還が始まる。スターリンにとってかつての強制労働者は、何百万もの同胞が祖国防衛に命を捧げているときに、敵国による搾取に抵抗せず、膝を屈した売国奴にして敵国協力者なのだ。故郷に帰還後、射殺される者もいれば、ドイツの強制収容所からそのままソヴィエトの収容所に向かう者もいる。大半は残りの人生を社会の片隅で細々と生きる運命となる。仕事も見つからず、両親や親戚の世話になるしかなく、大学に入るなどはなから許されない。困窮のみならず孤立のなかで生きるのだ。裏切り者と宣告された帰還者との付き合いをだれもが恐れているからだ。そればかりか、かつて強制労働者だった女性はドイツ人の売春婦と見なされる。

何十年か後にようやく、旧強制労働者の損害賠償の問題がドイツ連邦共和国で提起される。補償を申請する本国送還者は、強制労働に就いていたという証拠を提出しなければならない。それができるのはごく少数で、それというのも書類は戦争の混乱で紛失したか、ソヴィエト国家の目を恐れて処分してしまったからだ。補償金を手にしても、長くこうむってきた困窮を思えば焼け石に水である。

本国送還の際には何度となくぞっとする場面が生じる。ソヴィエトの難民たちがアメリカ人の足元に身を投げ出し、故国へ送り返すくらいならむしろ撃ち殺してくれと懇願するのだ。スターリンの復讐への恐怖から自死を選び、バラックの梁に首を吊る者もいる。彼らは強制連行され、骨の髄まで働く力を絞り取られ、いまや送り返される段になって、冷酷な暴君の狂気にさらされているのだ。

戦争前にポーランド領内に暮らし、そこからドイツに連れてこられたバルト三国出身者、ベラルーシ人、そしてウクライナ人には例外規定がある。本国に送還されるか、ドイツにとどまるか、それとも第三国に亡命するかは当人の自由に任されるのだ。この抜け穴のおかげで両親は助かる。あるアメリカ人の手が書類の出生地の欄に「クラクフ」と書き入れるのだ——ほんの数行上には、母はマリウポリで、父はカムイシンとマリウポリで暮らしていたこと、ふたりがオデッサから追放されたことが記載されているにもかかわらず。ポーランドにいた痕跡などどこにもない。それなのに送還先としてクラクフと記載されている。アメリカの書類の大いなる謎、両親の嘘、ひょっとしてアメリカ兵の慈悲、それともその兵士が単に地理を知らなかっただけなのか――いずれにしても「クラクフ」というちょっとした言葉のおかげで、両親は本国送還から救われ、結果としてわたしがソ連ではなくドイツで生まれることになったのは間違いない。

一九四五年七月、アメリカ軍はザクセンから撤退し、ドイツのこの地域を赤軍に引き渡す。またしても両親はソヴィエト当局に追いつかれる。ドイツまでふたりを追いかけてきたのだ。ふたたびふたりは逃げる。今度はアメリカ軍の占領地域内で一番近い大都市ニュルンベルクに向かって。ここではまもなく戦争犯罪裁判が開かれ、強制労働は人倫にもとる犯罪であると宣告されることになる。フリック社も告発される。ATGのある従業員は宣誓し、ドイツ人労働者と外国人労働者が区別されたことはない、外国人労働者には申し分のない住居があてがわれ、ドイツ人の収容所長は彼らの間で非常に人気があったと証言する。続けてこう述べる。

たしかに、外国人労働者の生活は楽園というわけにはいきませんでした。家族や故郷から切り離されていましたから。しかし公正を期すためにも言っておかねばなりませんが、経営側としては労働者の生活を楽にするためなら何でもしました……諸条件を考慮すれば食事はまともなものだったといえます……外国人への生活扶養については、経営幹部は割当分以外に率先して食料を、特にジャガイモと野菜を広くライプツィヒ近郊の農村から大量に調達しておりました。それ以外にも労働者からのさまざまな要望に対して同様に現実的な配慮がなされました……外国人労働者向けの定期的な芸術公演も欠かしたことはありません。ATG収容所は長期にわたって模範収容所として挙げられてきましたが、空襲で何棟か破壊され、統合する必要が生じて初めて、みずみずしい緑地に囲まれた、それまでの特別に魅力的な光景を提供できなくなったのであります。

検察側は異なる結論にいたる。

フリック財閥のすべての工場がことのほか劣悪な条件だった。多くの場合、収容施設は悲惨で、労働時間は法外に長かった。恐怖と強制監禁、身体的苦痛と疾病、あらゆる種類の虐待、なかでも鞭打ちは日常茶飯事だった。

この裁判で名指しで強く非難された者のひとりに、両親にとっては最上位の上司にあたるフリッツ・ザウケルがいる。ニュルンベルク育ちのわたしは、よりによって労働力配置総監ザウケルの話したフランケン方言に囲まれていた。この男の使ったドイツ語がわたしが最初に覚えるドイツ語なのである。フランケン方言はザウケルにかなり深く染みついていたらしく、公判の最中もっとわかりやすく話すようにくりかえし求められたという。絞首刑の判決が下されると、ザウケルは泣き崩れた。有罪判決が下りたのは下手な通訳のせいだと思い込んでいた。

フリードリヒ・フリックはいかなる罪も否認し、自ら国家社会主義の暴力支配の犠牲者を演じてみせる。彼には甘い判決が下る。懲役七年を言い渡されるが、三年後には釈放され、新たに建設された連邦共和国でたちまち最も裕福な男のひとりに昇りつめる。彼の財閥だけがかつての労働奴隷たちに一マルクの補償もしないままである。ライプツィヒのATGはソ連軍に解体される。機械設備はソヴィエト連邦に持ち去られ、工場の建物は爆破される。

どんなふうに両親はソヴィエトの手を逃れてひとつの街から別の街へと移動したのか、今回はライプツィヒからニュルンベルクへ、破壊された国を三百キロも縦断したのだろうかとふたたび自問する。とにかく切符を買って列車に乗り込むのか。そんなお金を持っているのだろうか。そもそも列車が走っているのか、線路は爆撃で破壊されているのではないか。ある区間は列車で、ある区間は徒歩でと、道をつなぐように前に進んだのだろうか。同じように移動する人たちがほかに何百万人もいる。追放流民、あらゆる国籍の強制労働者、解放された強制収容所の囚人や戦争捕虜、疎開先から帰郷するドイツ人、シュレージエン、東プロイセン、ボヘミアから追放された無数の人々。だれもがなけなしの家財道具とともにひとりで、あるいは群れをなして西に向かう——歴史上最大の人類の移動のひとつであり、「千年王国」の神々の黄昏である。

ライプツィヒでだったか、それともあとで逃げる途中でかはわからないが、両親は一組のウクライナ人の男女と知り合い、互いに協力してことにあたった。四人はニュルンベルクに着いて初めて、街にはもうたいして何も残っていないことを目のあたりにする。最後の大空襲で英国空軍は三十分間に六千発の爆裂弾と百万発の焼夷弾をフランケン地方の中心都市に投下した。無気味な瓦礫世界。それでも——両親はソヴィエトの手からふたたび逃げおおせたのだ。

何時間も彼らはあちこちをさまよう。雨が降ってきて、すぐに暗くなる。双子都市ニュルンベルク＝フュルトの境界線間近の町はずれの工場の敷地で、鍵のかかっていない倉庫を見つける。どうやら隣接する鉄器工場の一部らしい。二、三時間、倉庫に保管されている錆びた古い鉄桶の間で見つけられずに眠れたらと願いながらここに身を隠す。母は、兄のセルゲイもドイツにいて、まさにふたりが逃げてきたソヴィエト占領地域で、赤軍兵士のためにロシア・オペラのアリアを歌っているとは夢にも思わない。自分の母親がまだ生きていて、戦争のせいで娘のリディアとともに世界の反対側まで追いやられ、ほとんど中国と言ってもいいカザフスタンのアルマ・アタに疎開しているとは思いもよらない。雨に濡れ、腹をすかせ、疲れ切って、半ば気を失うようにして母は硬い板張りの床の上で眠り込む。お腹の子はまだ生きている。動いている。この子の引き起こす恐怖が、安らかな眠りのなかにまで入り込んでくる。

第四部

あの眠られぬ一夜から、ニュルンベルクの工場の敷地にあった倉庫の屋根の下で過ごした夜から、ほぼ五年になる。倉庫を所有する工場主は普通のドイツ人とは違うように見える。スラヴの劣等人種を追い出さず、憐れみ、そんなことをすれば占領軍の法律に違反すると知りながら、自分の地所を隠れ場所に提供する。追放流民たちに滞在場所を選ぶ自由はなく、専用の難民収容所に居住しなければならず、そこでは必要最低限のものを支給されるものの、ふたたび監視下に置かれるのだ。両親とふたりの連れは、どんなに不安定でも新たな収容所に入るよりは日陰者として生きることを選んだらしい。

逃亡生活の初めのころ、占領軍の生活保護なしに、どうやって生き延びることができるのかわたしにはわからない。もしかするとドイツ人の工場主は倉庫を使わせてくれるだけでなく、なにがしかの食料や、「家具」を世話してくれているのかもしれない。今でも覚えている——野営用簡易寝台、赤十字支給の毛布、石油ランプ、そしていまだにそのシルエットを思い浮かべることのできる、歪んで、半ば曇った倉庫の小さな窓ガラスの下に置かれた机。暖炉もあったはずだ、そうでなければ古くて腐りかけた

住処でわたしたちは五回も冬を越せなかっただろう。

母は四六時中不安のなかで生きている。工場主はいつでもわたしたちの生活基盤を奪うことができるし、当局に目をつけられることも、だれかに告発されることもありうる。つまりわたしたちの頭上にはつねに追放と難民収容所送致というダモクレスの剣が吊るされているのだ。五年のあいだ、倉庫は日々を過ごす場所であり、五年のあいだ、ドイツ人工場主はわたしたちを守り、かくまい、罪に問われる危険を冒している。なぜそんなことをするのか。ひょっとすると母の謎めいた美しさにまいってしまって、このどう見ても無防備で救いようのない女性を、連れの者ともども追い払うのは忍びないのだろうか。もしかして自分も強制労働者を雇っていたので、この機会に宿なしとなったスラヴ人を助けて、せめてもの罪滅ぼしとするつもりなのか。

一九四五年十二月のある夜、母の陣痛が始まる。わたしの出生証明書にはフュルトとあるので、ニュルンベルクにあった倉庫で出産した可能性はないことはわかっている。おそらくフュルトの病院でわたしは産声をあげたのだ。どうやってそこまで母がたどり着いたのかは想像するしかない。フュルトとの境界まで数百メートルもないので、陣痛の間隔がまだ短くないうちに、父に付き添われて雪と氷の闇のなかを歩いていくのかもしれない。ひょっとすると救急車を呼んでくれる人がいたのかもしれない――考えられるのは工場の敷地の反対側の家に住み、電話もある工場主しかいないが。

もしかすると母は、いまだかつて、ドイツの病院の産科病棟にいるときほど見捨てられた気分になり、不安を抱いたことはないかもしれない。結局そこにひとり残され、自分を悪しき血で分娩室を汚すスラヴの劣等人種と見なすだけでなく、何百万ものドイツ人の父たち息子たちを殺し、殺人者、略奪者、凌辱者としてドイツに襲いかかり、ドイツの領土の大半を占領する戦勝国ソヴィエトの、共産主義者の、そしてボリシェヴィキの化身と見なす者たちの手に運命をゆだねる。裸で、痛みに張り裂けそうになりながら、加害者として犠牲者の前に横たわり、子を産む手助けをさせるのだ。こうしたことすべてを母は感じていただろうか、それとも出産は、ほかの感覚がすべてかき消されるほどの自然の猛威なのか。朝の七時ころ母は、肉体の消耗と逃避の跡が深く刻みこまれた栄養失調の女は、よくある新生児黄疸の症状はあるにしても、驚くほど丈夫で健康な女の子を産む。

ひと目見たときから母は、ひっきりなしに泣き叫ぶ、頭にはどちらの親からももたらされたはずのない淡いブロンドの産毛が生えている、硫黄色の蛙のようなこの生き物に奇異なものを感じる。最初から自分の体が何か悪しきものを孕み、小さな怪物を産んだという気がしている――ほとんど休みなく大声をあげ、何をやっても静かにならない子ども。前々から暴力にさらされてきたが、ずたずたにされた神経ではなすすべもなく、そこに新手のものが加わり、母を責めさいなむのだ。母乳がほとんど出ない乳房を痛いほど嚙んで傷つける子ども。何をしてやっても拒む。抱いて歩きまわり、揺らし、やさしく話しかけ、歌って聞かせ、キスし、抱きしめてやっても、ただ泣き声が激しくなるばかり。この子にはどこか痛いところがあるのか、母親の体内で伝染した恐怖がいっぱい詰まっているのか。もしかすると病気で、それも重篤で、すぐにも死にそうなのか。母には子のいつまでも続く凶暴な要求が理解できず、意味もわからず、まるで自分を憎み、別の母を求めて泣いているかに思えることもある。母は子を腕に抱いて揺すってやり、絶望と疲労から涙に暮れる。なんとか静かにさせるために、とにかく自分が一時間でも眠るために、自制心を失って何か恐ろしいことをしでかしてしまうのではないかと、自分自身が怖くなる。

彼女が夫とともにアメリカの憲兵に逮捕される夜が来る。わたしがそれを覚えているはずもないので、その光景はのちに起こる出来事の展開から頭に浮かんだ空想が生んだものにちがいないが、わたしは黒いカーテンの小さな穴越しに本当に見たような気がする。暗い倉庫の板壁に二つの裸の人影が両手を挙げて立っている。それはどこから射しているのかわからない無気味な灯りに照らされている。人形だったのかもしれない。でもわたしが後ろから見た、目に見えない力で板壁に押しつけられている奇妙な蠟人形のような体は両親だとわかっている。ほんの一瞬のことで、すぐに光は消え、すべてが有史以前の闇に戻る。だが壁の前の二つの無力な裸の体は、永遠にわたしのなかに焼きつけられる。本当にそれを見たのか、それともでっち上げたのかは、わたしにとっては世界の始まりのごとく皆目わからない。

両親が逮捕されるのはおそらく、アメリカ軍がふたりに、戦後まだドイツにいるソヴィエトの強制労働者全員に対するのと同じように、ナチスに協力した疑いをかけるからだろう。ところが奇妙なことにわたしの両親だけが連行され、わたしたちと一緒に倉庫に住み、同じようにうまいこと強制送還を逃れたもう一組のウクライナ人の男女は捕まっていない。腹をすかせているのに父は獄中で、母乳がなければ倉庫の同居人のもとに残された子の命がもたないと、妻の釈放を求めてハンガーストライキに入る。わたしを心配さえしなければ、留置所は母にはほとんど楽園のような場所だっただろう。本当に久しぶりにお腹いっぱい食べることができ、暖かくて、夜泣きが聞こえないところでやっと眠れるのだから。しかし夫のハンガーストライキが功を奏し、一週間後にはもう解放される。父もその後すぐ自由の身となる。

両親に対する嫌疑は、それがどのようなものであれ、どうやら裏づけがとれなかったらしい。難民収容所への送致指示すらない。逆のことが起こる。父がアメリカ軍に雇われるのだ。子ども時代からロシアの聖歌隊で鍛えた力強いテノールの声がドイツでは資本となる。最初の契約をニュルンベルク劇場で手に入れ、そこでソヴィエト連邦のほかの追放流民とともに、アメリカ兵の聴きたがる有名なロシア民謡を歌う。報酬は戦後のドイツ住民の大半が夢でしか目にすることのできないご馳走の現物支給だ。白パン、缶入りチーズ、有塩バター、粉ミルク、ラッキーストライク、そして板状と缶入りのハーシーのチョコレート。固形と液状のチョコレートはわたしの子ども時代の主食となる。

工場の敷地の倉庫には二つの小さな部屋がある。中庭に面した正面の部屋に両親とわたしが暮らし、工場の壁とじかに接する裏手の部屋では別の一組が所帯を構える。彼らについて語っているこの瞬間に、とうの昔に忘れていた名前がわたしの記憶の底から立ち昇ってきて、なつかしい響きでわたしを驚かせる。ツィガネンコ夫妻——顔はもう思い浮かべることができないが、名前を思い出したおかげで、彼らがはるか昔のわたしにとっても現実だったのだと確かめることができる。

小さな倉庫で使える空間は、わたしたち住人同士だけでなく、何のためにここに保管されているのかわからないが、鼻をつく錆びの臭いを放つ埃だらけの古鉄の束とも分け合わねばならない。何もかも、衣服も、髪も、毛布も、わたしたちの食べるアメリカの白パンも錆びの臭いがする。食器棚も物置台もないので、身の回りのもののいっさいが触れると指が赤くなる鉄の上に置かれている。鉄器工場の機械が打ちつけるリズミカルな振動で、倉庫は一日中かすかに震えるものの、わたしたちは慣れていたので、ほとんど何も聞こえない。短い間隔で近くの線路の築提を走る列車の轟音も聞こえない。たいていは重い鉄製の貨車をつないだ貨物列車で、だれも見たことのない貨物をだれも知らない目的地に向かって、戦争で疲弊した線路に叩きつけるような車輪の音を響かせながら、休むことなく運搬している。

倉庫には電気も水道も通っていない。明かりは窓の取っ手にぶら下げた石油ランプに恵んでもらい、水は工場の敷地の反対側にある踏切番小屋まで取りに行かねばならない。母は運ぶ回数をできるかぎり減らすためにバケツを二つ持つ。踏切番の男はいまだにナチスを信奉していて、ロシア人への憎悪を隠そうとしない。劣等人種が工場の敷地で水道を使用するのを拒まないのは、ひとえに工場主の威光のおかげだ。わたしたちを自分の地所に置いてくれる工場主のすることに、踏切番はあえて逆らおうとはしない。それなのに母は毎回、男がどう反応するか、生活に必要な水をもう一度汲ませてもらえるかどうかわからないでいる。

わたしたちを脅かす黒い影はヴァルカという。バイエルン地方にあるこの種の収容所では最大の規模で、そこを支配する破滅的な状況で悪名が知れ渡り、追放流民すべてにとって恐怖の象徴である。収容所は実際に角を曲がってすぐのニュルンベルク＝ラングヴァッサーにあり、もしわたしたちが倉庫にいられなくなったら、間違いなくそこへ行く羽目になるだろう。水の管理をつかさどる踏切番はわたしたちにとって、ヴァルカ収容所に行くべきか否かの最終決定権をもつ。工場主の意向に逆らい、場合によっては彼を告発するのに必要な怒りと胆力を自身の内に溜め込んでいるかに見える。敵意と同時に情欲のこもった目で、踏切番は着古したワンピースを着たわたしの若い母を見つめる。その間母は彼の前に立ち、いつなんどき、ヴァルカ収容所の外での生活がかかった絹の糸が断ち切られるようなことが起きるのではないかと怯えながら、蛇口から流れる細い水が二つのバケツを満たすのを待つ。よく母は泣きながら、重くて肩が抜けそうなバケツを二つぶら下げ、もうたくさんよ、と言わんばかりの諦めきった顔で水汲みから戻ってくる。父には母の傷つきやすさが理解できず、ヒステリーを起こしてすぐにめそめそする役立たずと思っている。ガソリンストーブの上でスープを作り、服を繕い、ほとんどすべてのことを自分でやるしかなく、生活費も稼がねばならない。妻に期待するのはせいぜい、倉庫を清潔にしておくことと水を汲むことくらいだ。

踏切番のほかにも、工場の敷地に暮らすロシアの胡散臭い輩に反感をもつ者がいる。夜になると窓の外で足音や囁き声、砂利を踏む音が聞こえることがよくあり、突然懐中電灯の光が窓に映り、扉が揺すぶられることもある。子どもが泣き出し、母が飛び起き、あわててその口をふさぐ。外をうろつき、こちらを窺っているのがだれかはわからない。ごろつきか強盗なのか。でもわたしたちのところで何を盗るというのか。一番容易に想像がつくのは踏切番のようなロシア人嫌いで、倉庫の不法居住者を四六時中追い立て、眠りを妨げ、死の恐怖に陥れ、場合によっては殺そうともくろむ連中だ。

それでも、わたしたちにも日常のようなものがある。アメリカ兵相手のロシアの芸人の仕事以外にも、父は別の活計《たつき》にもいそしむ。報酬として得るアメリカの煙草やチョコレートを闇市で物々交換し、さらにあの時代のほかの多くの人々と同じように屑鉄も集める。古鉄に囲まれて暮らしているのに余計なことをするものだが、工場の古鉄はわたしたちのものではないのだ。夜、父がアメリカ人相手に歌っているあいだ、母とわたしは昼間に父が集めた屑鉄を選り分けねばならない。石油ランプの光の下で床に座り込んで作業する。磁石という名の、鉄の良し悪しを選り分ける興味をそそられるものがある。母は、磁石を使えば鉄を跳び上がらせるだけでなく、触らなくても地面で自由に動かせることをわたしに教える。鉄は磁石にいつも従うのだ。質の悪い鉄からわたしたちが引っ張り出さねばならないのはよい鉄で、それを翌日、父が屑鉄商のところに持っていき、なにがしかの報酬をもらうのだ。その金でわたしたちはドイツの黒パンやキャベツ、ビーツ、それに塩を買う。

あるとき父は闇市から古くて重い男性用自転車を、また別のときには母のために小ぶりの上品な腕時計を持ち帰る。母はそんなものを今まで手にしたことがなく、そうした贅沢なものはめったに身につけようとはしない。いつのころからか、ドイツ人がわたしたちを見下していることを理解するようになったので、彼らがわたしたちを見損なっていることを教えてやるつもりで、ある日わたしは金色の輪鎖のついたきれいな腕時計を工場の敷地にいた見ず知らずの男に差し出す。男はまず笑い、首を振るが、片言のドイツ語とそれらしい動作で、気にせず時計を受け取ってくれていい、こういうのをわたしたちはたくさん持っている、とはっきりわからせてやると、男は用心深くあたりを見まわし、この思いがけない贈り物を素早くつかみ、ズボンのポケットに押し込むと、あっという間に自転車で走り去る。何週間か経っても母は時計を探している。失くしたことよりも、贈り物を母が紛失したと信じて疑わない父が怖くて駆けずり回る。時計が跡形もなく消えたことはその後もずっと話にのぼり、母が分別を失い責任能力を欠いていることの実例として父は何度も蒸し返す。

おそらく母は周囲の人々から、初めはウクライナで、次はドイツで劣等感を植えつけられ、せめてひとかけらの自信だけはつけておこうとしたはずなのに、最後に残った気力をたぶん夫が奪いとってしまったのだろう。母へのかつての愛はもうそれほど残っていないかに見え、せいぜいお荷物でしかないらしい。ドイツでは唯一わたしが、母がまだ愛情を当てにすることのできる生き物だ。お母さんはお前の本当のお母さんではないのよ、とわたしに言うたびに、母はわたしを安心させようとすると同時に、わたしに反論させようとして挑発しているのかもしれない。お前の本当のお母さんはね、と母は言う、お前と同じ金髪で、きれいなドイツの女の人で、家具も水道の蛇口もあるちゃんとしたおうちに住んでいて、いつかお前を迎えに来るのよ。母はわたしに、幼な子モーセが母親の手で小さな籠に入れられてナイル川に流されたけれど、最後は葦原で王の娘に発見され、救われたという話をする。雛をなくして、悲しい声で鳴き続ける「郭公《ククーシュカ》」というロシア民謡を歌う。こうしたことすべてのせいで、自分は捨て子なのだという思いがわたしのなかに育つことになり、心は千々に乱れる。一方ではドイツ人の母親がいる子どもになりたくてたまらないし、敷地の反対側に建つ工場主の家のように、果樹や薔薇を植えた庭付きの上品なドイツの家に住んでみたい。もう一方では自分が母の子でないらしいことで底なしの悲しみに満たされるのだ。わたしは泣き出し、叫び出し、暴れ出す。母は、嘘よ、わたしはお前の本当のお母さんよ、と言うべきなのだが、決してそうは言わない。

ときおり母はガラスの街という謎めいた話もする。すべてが、家も家具も道路も、住民の履く靴までガラスでできているという街の話だ。だれもが真っ白な雑巾を持って駆けまわり、ガラスを磨き、どんな塵も、どんな息の曇りも拭き取っていく。この話で母が何を言おうとしているのか、何のために街がガラスでできているのか、わたしにはわからない。もしかするとそれは自分の暮らす貧民の掃き溜めとは正反対の光景なのかもしれない。母は自分自身を塵芥のように感じているのかもしれず、その光景はすでにあの当時、何も感じなくなることへの、死への憧れの表現だったのかもしれない。

追放流民の大多数は、わたしたちがまさにそうであるように、アメリカに移住できたらと願いながら生きている。アメリカ軍の占領地区に、出国希望の難民を収容する灰色の兵営街にアメリカ総領事館の臨時代表部が設けられ、申請書が処理される。そこに行くのがおそらくわたしの生まれて初めての旅だが、そのことはよく覚えていない。記憶にあるのはうらぶれた兵営と、人であふれ返る、隙間風の入る廊下に何日も並んでようやく顔を合わせるアメリカ人女性のことだけだ。彼女は両親に片言のロシア語で質問しながら、赤いマニキュアをした長い爪を光らせ、息もつけないほどの速さで鋳鉄製のタイプライターのキーを叩く。パーマをかけたプラチナブロンドの髪に、けばけばしい赤の口紅を塗った大きな唇の端で煙草をふかし、煙の臭いがえも言われぬ香水の芳香と混じり合う——わたしが初めて眺めたアメリカの姿だ。

冬のことで、兵営は寒く、だれもが咳き込んでいる。わたしも病み、肺炎になる。夜、見知らぬ人で埋め尽くされたホールで眠っていると、大きな黒いウサギがわたしの胸の上に座り込み、黄色い邪悪な目で暗闇からこちらを見つめている。あまりに重くて、もう息ができない。圧迫され、体は熱を帯び、息を切らし、激しく喘ぐ。するとそのとき、母のひんやりした指がわたしの胸にアメリカ人の医者が処方してくれた緑色の万能軟膏を塗りこむのを感じる。この軟膏のようなものほど、心底欲しいと願ったものはない。つんとした臭いが鼻をつき、すぐに救われ、すぐに空気がふたたびわたしのなかに流れ込み、そして恐ろしいウサギは消える。

わたしの記憶の深いところに、アメリカに渡ろうとする何千人もの難民の溜まり場で過ごした時間があるけれど、そのなかでかろうじて覚えているのはロシア人の双子の娘だけだ。肺炎から回復し、母と手をつないで通りを歩いているとき、蜂蜜色の髪を太いお下げにしたその子たちがこちらに近づいてくる。ビザを手に入れ、両親と一緒にアメリカに行くことが許された選ばれた者たち。すでにこのとき、へげ疵だらけの汚い兵営に挟まれた、救いようのないこの敗戦後のドイツの通りでさえ、遠い別世界からの後光が、自由と幸運の神話的王国で彼女たちを待ち受ける人生の輝きがふたりを包み込んでいる。そこにはおそらく、何にでも効く万能軟膏もあるのだろう。

母の心の奥底には、わたしたちにもビザが実際に下りることへの不安がある。アメリカに行く途中で船が沈むことを、オデッサからルーマニアへ船で渡ったときは逃れられた運命に、とうとう今度は自分が捕らえられることを確信しているのだ。もっとも、母の不安はまったくの取り越し苦労となる。わたしたちはビザを拒絶された圧倒的多数に含まれているのだ。ごくわずかな幸運な者たちだけが約束の地に入ることを認められ、ほかのみんなはそれぞれの難民収容所に、わたしたちは工場の敷地に戻らねばならない。そもそも母はビザが下りるとは思っていない。幸運に恵まれる人生など母にはふさわしくないだろうし、そんなものは自分があとに残してきた人たち、ウクライナで投獄され、虐待された人たちへのさらなる裏切りのように思われただろう。その意味で、倉庫に戻る道はもしかすると母にとっては帰郷のようなものなのかもしれない。

倉庫の同居人のツィガネンコ夫妻は実に賢明で、アメリカのビザ取得の可能性などあてにせず、ブラジルへの移住を申請し、少ししてすぐにビザを手に入れる。隣人とその家財道具を載せた三輪トラック「ゴリアテ」が工場の敷地をガタガタ音を立てて出ていき、遊びだと思っていたことが深刻になったことを理解せざるをえなくなったとき、激しい痛みに襲われて呆然自失となったのを覚えている。なくてはならない人が、だれにも手出しできない自明の世界の一部が、わたしの意志とは関係なく、わたしを永遠に捨てて去ってしまうということが起こりうるのだ。死にたくなって、倉庫と工場のあいだの暗い隙間に、鼠のいる、あらゆるものが振動し、機械の打撃音以外に何もない場所に体を押し込める。何時間も母はわたしを探して、敷地じゅうを駆けまわる。夕方になり、ドイツの警察に助けを求めねばならないかもしれないという考えが母の頭のなかにちらつき始めたときにようやく、懐中電灯で隙間を照らし、わたしを発見する。たしかに母はとても痩せているが、隙間に体を無理やり押し込めるほどではない。わたしのような子どもの体がやっと入るくらいの空間しかないので、お願いだから自分で出てきてちょうだいと哀願せざるをえない。そして汚らしい姿で、涙に濡れて、寒さで体をこわばらせて外に出るやいなや、父の平手打ちが続けざまに飛んでくる。母は父の上着をつかんで、やめてと叫ぶが、わたしが地面に倒れて、鼻から暖かい血が滴るまで殴り続ける。母はわたしの上に身を投げ出して叫ぶ。父がもう倉庫に戻って酒を飲み始めているのに、ずっと叫び続ける。そのころから父のこんな振る舞いがいよいよ増えてくる。

　ツィガネンコ夫妻はわたしたちに手紙をくれると約束したが、彼らからの消息は一度も届かない。自分たちと運命をともにした人をブラジルに送り届けてくれるはずの船が沈没したにちがいない、という母の縁起でもない予感がすべて当たったかのように思われる。そのあとどこからか、彼らがもっと残酷な形で死んでしまった、ブラジルの食人種に殺され、肉を食い尽くされたという話が聞こえてくる。おそらく、のちにわたしもしばしば出くわすことになる、ロシア特有の強迫的な不安妄想の発露なのだろう。

　母は夫と子とともに倉庫に取り残される。異国で自分を守ってくれる、ドイツのなかの小さなウクライナといえる唯一の人たちを失ってしまったのだ。もしかすると不吉な覚醒の瞬間なのかもしれない。不意に心の奥底で、自分は本当にウクライナから永遠に切り離されてしまったことを、ドイツ人の工場主の慈悲だけがたよりのこの倉庫以外に世界にはもうほかに居場所がないことを、自分が異邦人で、追放された女であり続ける国で、自分を憎んでいるらしい男のなすがままに暮らすという罰を永遠に宣告されたことを理解するのだ。おそらくわたしはあの当時すでに、母が人生に耐えきれず、今にもそこから立ち去り、わたしの手の届かないところに行ってしまうと感じている。おそらくあのときもう役割が逆転してしまい、わたしは四歳にしてすでに母を肩に背負い、この人を失ってしまうという不安、生まれたときにすでに感じていた不安を抱えていたのかもしれない。

　ほとんどの時間をわたしは戸外の工場の敷地で過ごす。屑鉄で遊ぶか、倉庫の敷居に座って汽車が通り過ぎるのを目で追い、どこから来てどこへ行くのか思い浮かべようとする。母は故郷を恋い焦がれ、わたしははるか遠方に憧れる。工場の敷地の向こう側の世界はどうなっているのだろうという疑問がいつも心を捉えている。すぐその向こうには大きくて危険なライアー通りがあるから、行ってはいけないと言われているのだ。だれかが敷地を通りかかると、いい機会だとばかりに知っているドイツ語の言葉をいくつか披露する。「こんにちは《グリュス・ゴット》」と「さようなら《アウフ・ヴィーダーゼーエン》」を矢継ぎ早に口にする。最初のは出会いの、後のは別れの挨拶だけど、どうしてドイツ人が笑うのか理解できない。

ときおり我慢できなくなって、舗装していない狭い道の先にある大通りに走っていく。そして立ち止まり、眺める。ドイツの建物に、まるで宮殿のような石造りの本物の大きな建物に目を瞠る。ドイツ人は窓に白いレースのカーテンをかけ、窓ガラスの向こうには表面が緑色の革のような観葉植物を植えた鉢が置いている。パン屋の陳列窓で初めて見る砂糖をまぶしたクッキーにうっとりする。このパン屋で、うちにお金があるときは母はドイツの黒パンを買ってくるが、それはふわふわしたアメリカの白パンとはまるで別の味がする。わたしはドイツ人の顔、眼鏡、髪、鞄、傘そして帽子を観察する。なにより驚いたのはドイツにも子どもがいることだ。子どもたちは舗道にチョークで枡目を描き、枡目から枡目へとケンケン跳びをしている。わたしは一言も聞き漏らすまいと未知の言葉に耳を澄ます。わたしには理解できない異質な響きだけど、それがドイツ世界を、水道の蛇口と電気のある世界を開く鍵になるとそれとなく気づいている。

外の世界へのわたしの遠出はたいがい高くつく。もし母に見つかれば、こうなるのが常なのだが、罰として革紐で十回、裸の尻をぶたれる。それは母とわたしの間の取り決めであり、遠出をあきらめるか痛みに耐えるかはわたしが選ぶ。母はがみがみ叱ることはなく、意地悪でもない。ただ取り決めが課した義務を果たすだけだ。わたしは痛みを選び、それを受け入れる。革紐でぶたれると燃えるようにひりひり痛むが、赤ん坊のように思い切り泣きわめいたぶん、そのうちうまいこと死んだふりをするのを覚えた。いつまでも痙攣したりうめき声をあげていれば、母の罰が効いていて、痛いところをついていると思ってもらえるからだ。

ある日、工場主の家の前にある緑の茂みの向こうに小さな女の子がいるのに気づく――工場の敷地で初めて出会ったわたしと同年代の生き物だ。ドイツ人工場主の家に近づくことは厳しく止められているが、庭の門の後ろに立つ見知らぬ女の子は、こっちへおいでと手招きし、その魅力にわたしは抗いがたく引き寄せられる。わたしたちは互いに向き合い、まじまじと見つめ合う。女の子の髪は鳶色の巻き毛で、キャップスリーブの明るい色のワンピースを着ている。その子は微笑み、庭の門を開けてくれて、わたしは初めて垣根の向こうの未踏の地に、わたしたちの生死を握る君主にして支配者の王国に足を踏み入れる。女の子は、まばたきすることができ、「ママ」と言うこともできる生きているような人形を見せてくれる。この人形を手にとり、抱かせてもらえて、あまりの嬉しさに眩暈がする。その子は子ども用のキックスクーターも持っていて、乗り方を教えてくれ、わたしも試してみるように勧める。でもそこまでには至らない。母がわたしの襟をつかんで庭から引きずり出すのだ。母の足の運びについていけず、転んでしまい、工場の敷地のなかをずっと、鉄屑とガラスの破片の上を引きずられ、その後一週間経ってもわたしの膝は膿んでいる。あの子がまた姿を見せてくれないかと垣根の向こうをいつも見張るけれど、見知らぬ女の子とは二度と会うことはなく、今では右膝の傷跡だけが彼女の記憶を呼び起こすのだった。

予想はしていたけれど、母がずっと恐れていた日がとうとうやってくる。どうしてそうなったのかは知らないが、ドイツ当局にヴァルカ収容所への入所を命じられる。工場主にはもはやなすすべがなく、打つ手は尽きてしまった。別れの贈り物に、工場主は母に高価な古いブローチをくれる。背中に緑に輝く小さなエメラルドをあしらった金の火蜥蜴《サラマンダー》。

この装身具を、なぜだかわからないが、両親はどんなに困っても決して現金に換えようとはせず、母の死後は長いあいだわたしが身につけていたが、いつの間にか失くしてしまった。それにしても、この肝のすわったドイツ人工場主はいったいだれだったのだろうと今でも考える。ほとんど五年にわたって自分の土地で違法の隠れ家を提供し、母には高価なブローチという形で、いわばフリードリヒ・フリックが強制労働者に支払うべき賠償金を出してくれた人物。わたしは謎の恩人の名前を忘れてしまったのか、そもそも知らなかった。一度、痕跡を探しに、ニュルンベルクとフュルトの境界の、倉庫があったにちがいない場所に車で出かけたが、そこにはもう何もなく、工場も消えていた。わたしが見たのはいくつかの大型スーパーマーケットと高速道路と、あいかわらず列車が疾走している当時の線路の築提だけだった。

ニュルンベルク＝ラングヴァッサーのヴァルカ収容所は一九三八年まで、ナチス党大会で大行進と血染めの旗奉献式（ミュンヘン一揆の際の隊員の血で染まった旗に新たな旗を触れさせて聖別する儀式）の参加者向けの宿舎として利用された。のちにソヴィエト軍の戦争捕虜も一時的にそこに収容された。わたしたちが入所するころ、バラック群はひとつの街を形成していて、三十か国から来た四千人の追放流民が収容され、その大半は終戦以来、すし詰め状態に押し込まれている——救われた命でこれから何をすればいいのかわからない四千の人々。二、三十の言語が入り乱れ、飛び交い、ドイツ語が話せる者はほとんどいない。ここにいる者すべてに共通するのは唯一、かつてヒトラーの帝国で強制労働に従事させられたことだけだ。かつてあれほど必要とされた労働奴隷たちが今では失業し、重くのしかかる敗戦の残滓となる。

アメリカ軍の収容所はラトビアとエストニアの国境の都市にちなんでヴァルカと命名されるが、ロシア人はその前にSを加えて、スヴァルカと呼ぶ。ドイツ語で「ゴミの山」の意だ。バルトの都市ヴァルカと同様、この収容所も少し前まで二つに分かれていた。東半分は一九四九年までナチ党の高官が収監され、西半分はあのころすでに追放流民用に確保されていた。被害者と加害者がほとんど隣合わせに、わたしたちの運命と同じく、もう必要とされず荒れ放題の党大会会場を風隠れにして暮らしていた。石造りの荒野で、かつてヒトラーが演説した巨大な演壇の下で、今ではアメリカ兵がラグビーをしていた。

連合国は解放した労働奴隷たちから感謝と服従を期待していた。ところがそれが間違いだとわかる。労働収容所は彼らからドイツでの法と秩序への信頼を奪ってしまった。風紀は乱れ、あいかわらずほとんど統制がとれず、攻撃的だと見なされている。なかでも有名なのがヴァルカ収容所だ。無法な犯罪がまかり通ることで恐れられ、敵国と友好国の入り乱れる坩堝《るつぼ》、ソドムとゴモラであり、おそらく世界最悪の極印を押された場所である。だれもが仕事を、稼ぎを、活計をあさる。ありとあらゆるものが、想像できるものから想像を絶するものまで商売の種となる。屑鉄やまだ使えるごみを求めて瓦礫置き場をほじくり返す者もいれば、免税の煙草をこっそり持ち込み、ポルノ写真やインスリン、その他の薬品を取引し、夜になると屋台に押し入り、いかさま賭場を開帳し、窃盗と詐欺で生計を立てる者もいる。もめごと、乱闘騒ぎが絶えず、刃傷沙汰に殺人、自殺もある。スラヴ人というのは未開人《ホッテントット》だと認識するドイツ人の偏見の正しさがすべて証明される。ナチスの宣伝機関はスラヴ人を危険で野蛮な獣だと断じて、ときには角や尻尾をつけて描くこともある。ドイツ人たちは復讐を恐れてあいかわらずびくびくしながら暮らしているが、そうしたことはほとんど何も起こらない。収容所の住人たちはドイツ人とは別の、自分たちの仲間内の世界に閉じこもっている。そこに来るドイツ人といえば常駐の警察官だけで、手入れはほぼ毎日行われている。父も口外できない何か怪しげな商売に関わっている。母は、警察が自分たちのところにもやってくるのではという恐怖に四六時中さいなまれている。

追放流民は一日に三回食事が与えられ、用意された食器で配膳口から受け取らねばならない。そのほか月に十二・五マルクの小遣い銭が支給される。電気は二日に一度、木造バラックと石造バラックで交互に使用できる。各バラックにおよそ三十人が暮らし、便所と水道がひとつずつ設けられている。

わたしたちは木造バラックのひとつに住み、鼠と毒虫も一緒で、一晩中悩まされる。雨が降ると、雨漏りしがちな屋根から水が滴り、使える容器をかき集めてあわてて下に並べねばならない。歪んだ窓はきちんと閉まらず、ストーブは通気が悪くて煙ばかり吐き、わたしたちは冬じゅう震え、咳ばかりしている。この時期わたしは麻疹、風疹、水疱瘡そして百日咳と、子どもの罹る病気はひととおり経験する。

この時期の大事件のひとつが妊娠した母の姿だ。三十歳を超えたばかりなのに、わたしの記憶の光景では老けて、容色も衰え、どこか具合が悪そうに見える。真ん中で分けた髪をひっつめにして後ろできつく結んでいる。母の着ていた緑と白の柄物のワンピースは、痩せた体に張りついた巨大なボールのようなまるい腹のせいで、前の裾の襞が迫り上がって三角形になって垂れている。どうしてこんな大きなおなかをしているのかと尋ねると、母が父と秘密を共有するようなかすかな微笑みを交わす。わたしの記憶に残るほとんど唯一の、両親が親密だった瞬間。それまでふたりが抱き合っているところを見た記憶はないし、ましてやキスや何かやさしい仕草などなおさらだ。子ども時代はほぼずっと両親と同じ部屋で寝ていたので、両親が、このふたりの場合たぶん愛とはとても呼べないようなことをしたときはわたしも普通はその場に居合わせたはずだ。音も立てず、だれにもわからないようにすませたのか、それとも両親の暗いベッドでの顚末があまりにおぞましく思えて、子ども心に立ちどころに記憶から消し去ったのか。

ヴァルカ収容所の騒音は母にとって日々の拷問であり、慣れることのできるものではない。音の響き具合はおそらく労働収容所のほうがましだった。一日の仕事を終えて疲れ切り、みんなそのまま簡易寝台に倒れ込んで寝てしまったからだ。ヴァルカ収容所では、一日中することが何もなく、入所者の大半が、今なら心的外傷後ストレス障害と呼ばれるものを病む者たちの喧噪に満ちた生活が繰り広げられている。不眠、悪夢、不安状態、神経過敏、抑鬱、妄想、抑制不能の攻撃、その他諸々に苦しみ、それにありとあらゆる類の肉体の苦痛が加わり、解放されたあとでも少なからぬ追放流民がそれがもとで亡くなった。バラックの狭い部屋はちょっとした軋轢で振動する。小さな声で話す者はだれもいない。部屋全体をどよもす騒音のなかで自分の話を聞いてもらうにはだれもが叫ばざるをえない。悲嘆の叫びと大笑いが互いに交錯し、隣の部屋の言葉、くしゃみ、ため息はひとつ残らず聞こえ、物音は混じり合い、終わることのないひとつの大いなる不協和音へと流れ込む。なかんずく冬や天気の悪いときなど、暗くて長い廊下は子どもたちの遊び場になる。ちょうど便所に行こうとする者や廊下の端にあるたったひとつの水道に向かって手にした容器で人をかき分けて進まねばならない者に、子どもたちはいつも追い払われている。
騒音のせいでますます母はいたたまれない気持ちになる。そうでなくてもすでにそこが自分の居場所ではないと感じているのだからなおさらだ。耳をふさぎ、いきなり立ち上がり、バラックから走り出す。騒音の拷問に加えて、隣に住む偏執狂のエストニア人の老女から、ロシア語でたわけた罵詈雑言を薄い板壁越しにしつこく浴びせかけられ、苦しめられているのだ。なぜだかわからないが、この頭のおかしい女は、あらゆる憎むべきイメージをよりによって母に投影し、共産主義者、ユダヤの売女、アメリカのスパイ、ナチスの尻軽女と罵る。母はなすすべもなく、ときには一日中泣き濡れ、要するにいつも泣いている。最も重い病は望郷だ。望郷の念は母を四六時中さいなみ、決しておさまるどころか、いや増すばかりで、ついにはある日死に至らしめる喉の渇きのようなものに思われる。

わたしにとって、ヴァルカ収容所はなによりもドイツでの学校生活が始まる場所である。入学の日の写真がその証拠だ。みすぼらしいバラックを背景に二十九人の生徒が三列に並んでいる。少女たちが二列になり、その前に少年たちがあぐらを組んで一列に座っている。入学祝いの菓子を詰めた円錐形の袋《シュールテューテ》を持っていない子が四人いる。その一人がわたしだ。だれよりも明るい金髪で、シュールテューテがないのに満面の笑みをたたえている。

それは収容所の子どものための収容所学校で、そこでは全員まず一度はドイツ語を学ばねばならない。ロシア語はすでに工場の敷地の倉庫で母から教わっていたので、ドイツの学校に入学するときにはロシア語で読み書きができ、イヴァン・クルィロフの寓話やサムイル・マルシャークのうっとりさせるような子ども向けの物語を知っているし、アレクサンドル・プーシキンやアレクセイ・トルストイの詩なら少なくとも一ダースは暗唱できる。でも、ドイツ語はあいかわらずわたしには一種の暗騒音（特定の音を測定する際、対象外となる音）だ。ところがドイツの学校に入学すると状況が一変する。ドイツ語の単語が稲光を発し始めるのだ――まるでこうした単語はずっと前からわたしのなかでまどろんでいて、ただ目覚める瞬間を待っていたかのように。ドイツ語はわたしが対岸に、ドイツ世界に飛び移るために摑む太い綱となる。その世界はまだ手が届かないけれど、わたしを待ってくれていて、いつか自分がその一部になるとわかっている。

　両親とのあいだに言語戦争が勃発する。ふたりはわたしのドイツ語を拒絶する。父は実際ドイツ語が聞きとれず、死ぬまで理解できない。母はわたしのまわりにいるほかのだれよりも上手に話せるのに、わたしのドイツ語をわかろうとしない。それで、わたしも母のロシア語をわかろうとする気がもはやなくなり、そもそも母とはいっさい関わりを断つことにする。絶えず争いが起こる。母はわたしをぶとうとするが、わたしは身をかわす。母の手はわたしを痛い目に遭わせるにはあまりにも弱々しい。わたしが怖がらないので、どうしようもない。恐れていたのは父の手だ。殴られることはめったにないけれど、最後の手段として母がわたしを父に引き渡すときは必ずそうなる。「お父さんに言いつける」というのは、母の用いる唯一の対抗手段であり、わたしを不安にさせる唯一の脅しだ。涙ながらにロシア語で生意気や嘘を詫びれば、大目に見てくれることもあるが、たいていは、晩方になって父が怪しげな仕事から、たいてい酔っぱらって帰ってくると、刑が執行される。父は酒が入ると粗暴になる人間で、母の告発は父にとってはおあつらえ向きだ。父はわたしを「コレラ菌《コレラ》、寄生虫《パラシトカ》、愚か者《クレチンカ》」と呼び、片手でわたしの体を抑え込み、もう一方の手を斧のように振り下ろす。母が判事で、父が死刑執行人、執行機関というわけだ。

学校から帰るとたいてい収容所の敷地内をぶらつく。ほかの子どもたちのことは何も覚えていないが、何か荒れ果てた灰色のもの、記憶では木一本生えていない、いわば灰燼に帰した土地だけは覚えている。両親から逃れて、それ以上先に行くことはできない――収容所の縄張りは工場の敷地よりもはるかに広いけれど、有刺鉄線の張られた塀に囲まれた刑務所でもある。出入りできるのは歩哨が入口の遮断棒を上げるときだけだ。

怪しげな稼ぎをしているのは父だけでなく、わたしも同じだ。むくんだ体で、片言のロシア語を話し、いつもヘアネットを被っている不快な男が、ひとりで暮らすバラックの部屋から窓越しに手招きする。わたしは下穿きを脱ぎ、スカートをたくし上げたまま男のために踊らなければならない。男が恐ろしくなり、吐き気を催す。でも、男がむさぼるような目でわたしを見つめ、ズボンの前開きから突き出た、想像外の象の鼻のようなものを揺すり、うめき声をあげるあいだ、わが身をさらしながら、わたしのなかに露出狂的な悦びがないわけではなく、この男を意のままにできる暗い力に気づいていないわけでもない。男がなぜそんなことをするのかはわからないが、その直後にミルク状の液体が身体の謎の部分から噴き出し、それを男がハンカチで受け止めることは知っている。そうしてわたしのショーは終わる。男は縮んでしまった象鼻をズボンのなかに隠すと、自分のところに来たことはだれにも言うなと釘を刺し、十ペニヒよこす。わたしは稼いだ金を手にして売店に走り、サクランボ味の棒付きキャンディとチューインガムを買う。こんなことが、男がわたしをしっかりつかみ、象鼻をわたしの口に押し込もうとする日までくりかえされる。言うことを聞けば五十ペニヒ――ひと財産だ――やると男は約束するが、吐き気には耐えられない。なんとか男から逃げ出すと、秘密の賃金労働はやめ、そのときから甘いものへの渇望を抑え込む。

ときどき母は、まだウクライナで暮らしていたころ、修道院に入って尼僧《モナシュカ》になろうと思ったことがあるという話をする。母は泣きながら、今の自分の生活は神の呼びかけに従わなかったことへの神の罰なのだと言う。わたしは尼僧は子どもを産まないことを知っているので、こう尋ねる。「じゃあ、わたしはどうなるの？　尼僧になっていたら、わたしはこの世にいなかったの？」母は暗い目でわたしをじっと見る。「生まれてこないほうがよかったかもしれないわね」と言う。「もしもお前が、お母さんの見てきたものを見たなら……」。そしてまたその目はわたしには見えないどこかを、わたしの存在しないどこかをじっと見つめる。

日中、父が留守のあいだはよくひとりの僧がわたしたちを訪ねてくる。ロシア人で、何年も前のものなのにヴァルカ収容所のバラックの部屋の壁にかかったままのカレンダーのレフ・トルストイのような風貌だ。アンドレイ・ザハーロヴィチは菜食主義者の皮膚の色をしてまばらな白い髭を生やした貧相な小柄な男だ。鉱山で強制労働に従事した過去があり、いつも新聞紙に包んだ聖書を持ち歩いている。父は、あいつは母さんによくないことを吹き込んでいる、母さんの心の病気を悪化させる、と言う。しかもふたりがひそかに不義をはたらいているのではと疑い、これ以上会うのを禁じる。母がまたしても、父の鉄拳に訴えると言ってわたしを脅すようなことがあると、「それなら、アンドレイ・ザハーロヴィチがまた来ていたってお父さんに言いつけてやる」と言って、脅し返す。

わたしの見立てでは、僧と母の間柄は純粋に神秘的、宗教的なものだ。救い主と、信仰から外れて尼僧になりそこねた女の関係。母は彼の祝福を受けて回心したのだと、かつてその存在を確信していた情け深く慈愛に満ちた神がいるともう一度信じたいと思っているのだ。母は、僧が話すことや聖書の一節の朗読に熱心に耳を傾けるのだが、ふたりの逢瀬はほとんどいつも、中身はよくわからないけれど激しい言い争いで終わる。わたしに理解できるのは、アンドレイ・ザハーロヴィチが神を擁護し、母が神を、おそらく自分が見たもののために非難しているということだけだ。そして母が感じていることを、母の絶え間ない、計り知れない苦痛の秘密がどこから生まれるのかを理解するために、母の見たものをわたしも一度でいいから見てみたい。その苦痛がいかに恐ろしいものであれ、一度でいいから経験してみたい。そのためたいてい夜のお祈りでは、「神さま、お願いです、お母さんが感じていることを一瞬でもいいのでわたしにも感じさせてください。お母さんの思いがわかるように」と心をこめて唱える。

アンドレイ・ザハーロヴィチがわたしたちを訪ねてくるときは、聖書だけでなく、たいてい焼きたての小さなケーキを、同じように新聞紙に包んで手土産に持参する。自宅の石油コンロで焼いた、わたしたちが日々収容所で食べているものからすれば別世界のお菓子だ。収容所の一匙すくえば二度と口にしたくない粥やどろどろのスープのせいで、命に関わるほどわたしは痩せてしまい、戦後欠食児童のひとりになって、赤十字が出資する保養所に滞在することになる。この滞在をさらにもう二回、バイエルン地方のどこかの山にある肥育施設でこなさなくてはならなくなって、行く前よりもいっそう痩せてそこの施設から帰ってくる。というのも茹で団子や血入り腸詰、豚の肺臓煮込み、巨大な蒸しパンなど、食べ慣れないドイツ料理を飲み下すことができず、職員に力ずくで口に押し込まれたものを全部その場で吐いてしまうからだ。

でも、アンドレイ・ザハーロヴィチの作るクリームの入った甘いロシアのケーキはこれまで口にしたもののなかで一番おいしい。イスラエルの民のために神が空から荒野に降らせたと母が話してくれたマナは、こんな味なのかもしれない。もっとも、アンドレイ・ザハーロヴィチは甘いものだけでなく、キニーネと呼ばれる黄緑色の苦い粉末も持参する。どんな病気も治し、母のリウマチや頭痛、心臓の痛み、腹痛、そして心だけでなく体をつねにさいなむあらゆる種類の痛みに効くという。わたしもそれをほんの少し、きちんと服用しなければならないが、筆舌に尽くしがたいほど苦くて、母もわたしも、大きなコップ一杯の水をその後すぐに飲まねば喉を通るものではない。ところがアンドレイ・ザハーロヴィチは水なしで飲み下し、表情ひとつ変えない。「苦くありません」と言う。「苦いと思い込んでいるだけです」

実際、キニーネの効果に気づく。前よりも速く、長く走れるようになり、わたしのなかに、何かはわからないけれど新たなエネルギーが、ほとんど無敵の力のようなものが生まれる。そのおかげかもしれないが、母との争いがますます激しくなる。わたしはもうだれからも、自分がやっていいこと、やってはいけないことの指図は受けない。そもそも出歩いてばかりいるようになり、なにより嘘ばかりつくようになる。嘘はわたしの子ども時代の汚点であり、逃れられない呪いだ。とにかく、わけもなく、意味もなく嘘をつくのだ。単に本当のことが、理由は何であれ、口から出てこないので嘘をつく。わたしをどうしていいのかわからなくなった母は絶望して、旧約聖書に書かれている処罰の手段に出る。大きなボール紙を壁に貼りつけ、その上に黒々とした太い文字でこう記すのだ。ロシア語とドイツ語で「ナターシャは母親に嘘をつきます」と。わたしは外出を禁じられ、晒し者の刑に甘んじなければならず、だれかが部屋に入ってきて、最初に壁の文字を、そして次にわたしを見るたびに、恥ずかしさで全身が熱くなる。なによりも、アンドレイ・ザハーロヴィチがやってくるのが怖い。そのまなざしに見据えられるとたちまち燃え尽きてしまうような気がする。そして実際やってくる。僧はボール紙の前で立ち止まり、眼鏡をかけ、母の書いたものを時間をかけてじっくり吟味する。そのとき信じられないことが起こる。眼鏡をふたたび外すと、ボール紙を壁から剝がすのだ。「自分の子になんてことをするのですか、エウゲニア・ヤコヴレヴナ」と怒って言う。「あなたのように聡明な女性が……これはスターリンやヒトラーのやったような、神をも恐れぬやり方ではありませんか。わたしたちはみんなどうなってしまったのでしょう?」と悲しげに付け加える。母の顔がさっと赤くなるのがわかる。立場が逆転し、いまや恥じるのは母となる。視線を落とし、わたしのほうに向き直ると、小さな声で「外で遊んでもいいわよ」と言う。

妹の誕生は新しい住所に移る時期と重なる。ヴァルカ収容所は一九六〇年代半ばになってようやく解体されるが、わたしたちが引っ越すのは、追放流民がアメリカ人の手からちょうど設立されたばかりのドイツの難民局の管轄下に移され、新たな身分を与えられた一九五二年のことだ。そのときからもう追放流民ではなく、「無国籍外国人」と称されるようになる。国籍は失うが、ドイツの在留資格を手に入れるのだ。ほんの一握りのそういう者たちのために、ニュルンベルクの北のフランケン地方にある田舎町の郊外に、小さなヴァルカ収容所のような集落が建設される。ただ、今度のは一時しのぎの仮の宿ではなく、永住地であり、追放流民にとってはドイツでの最初にして最後の住まいであり、終着駅となる。地元の住民は、レグニッツ河畔にわたしたちのために建てられた街区を「集合舎宅」と呼ぶ。わたしたちの新たな隔離場所は、それまで夢想していたものよりもはるかに快適だ。もはやバラックではなく、石造りの本物の家で、街区には四つの建物があり、中庭の緑地には東欧系の住人に故郷を思い起こさせる白樺の若木が三本植えられている。各家族に割り当てられた住居は水道と電気、オーブンと湯沸かし器付きの大きな鋳物製のかまど、そして——なんという贅沢！——ボイラー付きの浴室が完備されている。わたしたちのゲットーは市の端にある家々の裏手にあり、その小さくて高さが不ぞろいの家々も、やはりアスファルトで舗装された通りの向こうに建っているので、土地の性格からいえば市というよりもわたしたちの街区の側に含まれるものだ。とくに暑くて風のない日には、動物の骨から膠《にかわ》を作るいわゆる骨加工工場がまき散らす、地元の住民が「ガス」と呼ぶ腐敗臭が大気中に充満する。その排出物に近くのチョコレート工場から漏れ出る甘く絡みつくような匂いが混じり合い、眩暈のするような唯一無二の香りのカクテルとなる。

街は戦火に巻き込まれず無傷のままで、中心部の旧市街はわたしにとってドイツのおとぎ話の世界だ。中世に建てられた木組み造りの市庁舎の正面《ファサード》は、夏になると色とりどりのゼラニウムの鉢植えに埋め尽くされる。迷路のような小路は物音ひとつせず、それを通路のように両側から挟んで、窓も扉も閉め切ったまま小さな木組み造りの家々が互いに身を寄せ合い、流れの速い小川で木製の水車が回る。見張り塔と銃眼のある市壁は苔むし、堀に囲まれたかつての皇帝の居城は荒れ果てている。風光明媚な、いわゆるフレンキシェ・シュヴァイツ地域の玄関口にして、僻遠の田舎。そこではいたるところにいる傷痍軍人だけが過ぎ去った破局を思い出させる。彼らはわたしとは逆にロシアを目にし、そしていまや片手を失い、空っぽの上着の袖をぶら下げ、あるいは黒い眼帯を当ててあたりをうろつき、あるいは自作の木製の松葉杖をたよりに片足を引きずっている。アメリカ軍の戦車が単独で、あるいは列をなして、狭い通りをのろのろ移動しながら、何度も小さな街を震わせていくのは日常茶飯事だ。幌なしのジープからアメリカ兵が、道端で期待に胸をふくらませて待ち受けている子どもたちにキャンディやガムを投げ与える。近郊の村から街に買い物に来る農婦たちは、今でも昔ながらのフランケン地方の衣装を身に着けている。二、三年して、ここで『非情の町』というアメリカ映画が撮影される。テーマは地方都市の住民の二重規範と迫害気質だ。クリスティーネ・カウフマン演じる映画の主人公には母とどこか共通するところがある。母も最後にレグニッツ川に身を投げるのだ。

母は父とわたしと一緒に引っ越さず、あとで病院から直接やってくる。わたしは新しい台所の窓辺に立って、外の中庭で車から降りてくる母を見ている。新しい住まいを喜んでいるようには見えず、その顔は激しい絶望と言葉にならない諦めのあいだで何かを訴えている。腕に白いおくるみを抱え、そのなかにわたしの妹が隠れている――のちにすぐにわかるように――まだ幼児のときから母とそっくりのふさふさの黒髪をした、おとなしくて華奢な女の子だ。わたしには謎めいた小さな生き物で、ほとんど泣かず、満足げに、見たところこれで十分といった様子で小さなベッドに横たわり、たいていは眠っている。

今度の居住地では食事はもう出てこない。月に一回、役所で福祉手当を受け取り、自分たちで食料を調達しなければならない。カリタス（カトリックの慈善団体）が家具をいくつか提供してくれ、そのなかには小さな窓付きの食器棚、黴とお香の匂いがするどっしりした船旅用大型トランク、そして今なら骨董品の価値があるかもしれないが、当時はがらくたでしかなかった唐草模様をあしらった古い箪笥がある。ドイツではすべてが、建物も家具も人間も新しくなろうとしている時代だ。戦後の再生と忘却の時代。もうそれだけで町はずれの「集合舎宅」は、もはやだれも耳にしたくないものを思い出させるので疎んじられる。ヴァルカ収容所の噂はここまでつきまとい、わたしたちはここでもまた野蛮人、恥知らずの無法者と見なされる。

母は二重の意味で自分がのけ者だと感じていたにちがいない。ヴァルカ収容所には、大量の本国強制送還があったにもかかわらず、ロシア語を話すロシア人、ウクライナ人のほかにもソ連の人間がいたが、ここにはもうそういう人たちがいない。わたしたちは結局のところ東欧のバビロンに、外国語は自分たちの言語と似ているわずかばかりの単語しか理解しない、言語の入り乱れた世界にたどり着いたのだ。わたしたちのほかにロシア人はたったひとりで、片足を失った傷痍軍人だが、その人も長くはいなかった。望郷の念に耐えきれず、死をも恐れず、切符代が貯まったある日、母の懇願にもかかわらず、松葉杖をついて故郷ロシアへ旅立つ。手紙を書くと約束するが、彼の消息もまた二度と聞くことはなく、ツィガネンコ夫妻とまさに同じように永遠に姿を消してしまう。

わたしたちはロシア人ゆえにドイツ人からすれば明らかに政治的な敵だが、ゲットーのなかでもよそ者であることに変わりはない。ある晩、わたしたちに対する不穏な動きが、一種の迫害《ポグロム》が起こる。酔っぱらった男たちが窓の下に集まり、「共産主義者」「ボリシェヴィキ」「スターリン主義者」といった万国共通の言葉が発せられる。石がひとつ、窓ガラスの破片とともに、わたしたちのいる部屋に飛んでくる。

茫漠とした灰色の霧のような「集合舎宅」の記憶の向こうから、一人また一人と、いまだに見分けのつく人々の姿が浮かび上がってくる。マリアンカというポーランド人の女がいた。酒でむくんだ巨体は、触れられればだれの腕にもしなだれかかっていくように見えた。「集合舎宅」に自分の居場所はないらしく、あるときはここ、またあるときはあそこと、子どもたちの一団を引き連れて男から男へと渡り歩いた。男たちはみなマリアンカを孕ませ、さんざんぶちのめし、自分の家から追い出した。最後に行き着いたのがわたしたちの隣に住む片方が義眼のルーマニア人だった。彼女が腸閉塞で死ぬと、その子どもたちは男ひとりに残された。男は子どもたちをどうしていいかわからず、手元に引き取った。たいてい外の中庭でビールを飲み、喧嘩を吹っかけてはなんとか男の体面を守り、食べさせねばならない名もない子どもたちの本当の父親たちを探し続けた。

ファリダというセルビア人の秘密の友だちがいた。その子はわたしと遊ぶことを禁じられていた。わたしが街中や川辺の草地、砂利採取場へと、夏の夜が更けるまで危険な遠出に誘い出したからだ。わたしたちが神をも恐れぬ罪を犯したことなどだれも知らなかった。川辺の草地に小さな礼拝堂が建っていて、驚いたことに扉に鍵がかかっていなかったので、開けてみた。外は日射しがじりじり照りつけたが、なかに入るとひんやりした日陰の静けさがわたしたちを包み込み、湿っぽく黴臭い匂いがこもっていた。凝った作りの古い椅子席、明るい青の衣装を身にまとい、星の冠を載いたドイツの聖母、そしてブロンズの重い燭台を眺めた。薄手の白い祭壇布に触れ、洗礼盤のすえた匂いのするよどんだ水に指を浸し、ドイツのイエス・キリストをじっくり観察した。あばら骨が浮き出て、腰布しかつけず、祭壇のはるか上方で木の十字架にかけられたその像は、イスラム教徒を両親にもつファリダにとってはわたし以上に馴染みのないものだった。この秘密の発見をどうしたらいいものかわからなかったけれど、突然わき上がった勇気にまかせてファリダが、太い釘に穿たれて血を流しているキリストの足の傷口に自分の指を這わせた。奇妙なことにまったく何も起きず、ドイツのキリストは眉ひとつ動かさなかった。十字架を揺すっても何の反応も見せず、汚い言葉を吐きかけてもすげなくされた。わたしが脛を小突いてみると、はるか高みでキリストはかすかに震えたが、あいかわらずわたしたちに雷が落ちることもなかったので、ドイツ人にとって神聖なこの沈黙したままのものに唾を吐きかけ、花瓶から花をむしり取り、ぬるぬるした半ば腐った茎を祭壇に向かって投げつけた。乱暴狼藉を続けているうちに、陶製の救世主の頭から茨の冠が落ちて、石の床の上で粉々に砕けた。そのときやっと破壊の陶酔から覚め、自分たちのしでかしたことを眺め、畑を横切り、追手から見えないように実った穀物の間を抜けて逃げた。捕まったりすれば、わたしたちの冒瀆行為を理由に永遠に牢屋に閉じ込められてしまうだろうと、あのときは本気で思い込んでいた。

どこのだれかは知らないが、陰気で寡黙な男がいた。ヘラクレスのような男で、いつも小柄な女を連れてジプシーの住むバラックから出てきては中庭を歩きまわった。女は、踵まで届きそうな男の上着を身に着けていたが、その下からギャザースカートの黒い縁取りがのぞいていた。ふたりが話しているところを見たことは一度もない。たぶん互いに相手の言語が理解できなかったのだろう。ひょっとすると互いに話すことがなかったのかもしれない。女は金色の装飾具をジャラジャラ鳴らし、油光りする髪には赤い造花の薔薇を挿していた。そうやっていつも男物の巨大な上着をまとい、あたりを威嚇するような目つきの寡黙なヘラクレスと並んで歩いていた。何かの幸運に恵まれてガス室送りをまぬがれたのだ。

若いチェコ人の男がいた。「集合舎宅」のほかの多くの者たちと同じように、当時はまだ貧しい者には命取りの、戦後特有の病気の肺結核を患っていた。少し前にドイツ人女性と結婚したばかりだったが、たいていは外の中庭で「ロザムンデ」や「美しき青きドナウ」、そしてわたしたちの知らないチェコの曲をアコーディオンで演奏していた。わたしは少しばかり彼に恋していた。演奏はとても美しく、いつも目にほのかな悲しみを浮かべながらも、倦むことなくほとんど取り憑かれたように陽気に弾いたからだ。ある日、妻が仕事から帰ってきて、床の上で死んでいる彼を見つけた。破裂した肺から噴き出した血の海にうつ伏せになって倒れていた。

ジェミラという女の子の母親がいた。開いた窓から日がな一日、中庭に響き渡る声で、ドイツ人の子どもたちにレグニッツ川に突き落とされた幼い娘の死を嘆き悲しんだ。中庭は死んだように静まり返り、だれも外に出てこない。わたしはひとり戸口の敷居に座って、波のように、膨れ上がっては退いていく、ときに無言で、ときにわたしの知らない言語で、ジェミラの暮らしていた部屋の窓の四角い闇のなかから発せられる耳慣れない悲嘆の叫びに聞き耳をたてた。大事なニュースがすべてそこに張り出される中庭の街灯の柱では、一枚の紙きれがジェミラの葬儀の日取りを知らせていた。それは報復も処罰もされない、ドイツの警察が捜査することもない殺人だった。

少しずつ、数人のドイツ人も「集合舎宅」に入居してきた。わたしたちの好きな連中ではなかった。闖入者であり、わたしたちだけが使えるはずだった、そうでなくてもすでに余裕のない空間をぎりぎりまで手狭にしてしまったからだ。彼らは「集合舎宅」を割り当てられたことを明らかに侮辱と感じていた。場所からしてたしかに社会の片隅に追いやられたこともあるが、かつての強制労働者と一緒にされたことで、ゴミ捨て場に放り出されたような気持ちになったにちがいない。

ドイツ人の双子のことを覚えている。ふたりとも金髪を角刈りにし、当世風の千鳥格子の上着を着た若者で、塗装工の仕事に毎日一緒に出かけ、一緒に帰宅し、いつも何を考えているのかわからない顔をしていた。ふたりの母親は、髪をきちんと結った小太りの物静かな女性で、体の不自由な夫を乗せた車椅子を中庭で押していた。四人そろってすっかり引きこもり、挨拶ひとつせず、だれとも言葉を交わさなかった。

よりによって「集合舎宅」で一番凶暴な乱暴者、クレラー氏がわたしたちの上の階に家族と一緒に住んでいた。大酒飲みで、妻と成人した娘のアンネリーゼをさんざん打ちのめすのは日常茶飯事で、あまりの激しさに今にも天井が抜けるのではと思った。不安におののきながら母とわたしは上から響いてくる雷鳴に身をすくめた。家具が壊されているらしく、クレラー夫人と娘の甲高い悲鳴が中庭じゅうに響いた。アンネリーゼは美容師の仕事に就き、稼いだ金を隠していた。この金が揉めごとのもとになり、クレラー氏が隠し場所を探し回ったのだ。夫人がわたしの母に漏らしたところでは、ミシンのなかに隠していたらしい。美人で野心家のアンネリーゼはまもなく攻守交替に成功した。目抜き通りの名の知れた大きな革物商に嫁入りし、最下層から街の名望ある富裕な市民階級へと成り上がったのだ。あのころのわたしの頭では星のなかでも最も遠いところにある星、人間に起こりうる最高の幸運だった。彼女は白い波しぶきのようなウェディングドレスに身を包み、わたしたちの暮らす建物の玄関口で、開閉ルーフ付きの空色のオペル・レコルトから新郎に手をとられて降り立った――「集合舎宅」でこの種のものとしては最初にして最後の大事件だった。娘の結婚式からまもなく、クレラー氏は卒中の発作に見舞われ、上の階は静かになった。ただときおり、かすれ声で何か悪態をついたり、低い声で呻くのが聞こえた。

向かいの街区にはマンモスのような巨大な体軀で前歯の欠けたドイツ人の女が住んでいた。情夫をもてなすために、コーヒー豆と蒸留酒を店から盗んだと陰で言われていた。女は痩せこけた肺病やみの小男と結婚していた。男はたいてい外の中庭に座って瓶ビールを飲み、咳き込んでは血を吐き、衰弱した体を太陽の下であたためた。首の細い、栗毛色の巻き毛の十歳くらいの娘は母親の下働きをさせられていた。娘が階段室の汚れを拭き取り、中庭を箒で掃く姿をみんなが見ていた。買い物袋を家まで引きずり、窓を磨いた。冬には石炭屋から石炭を運んで帰らねばならなかったが、金が十分になかったのでいつも量は少なかった。痩せて血の気がなく、ひょっとしたら父親から結核をうつされていたのかもしれないが、冬のあいだ毎週、中庭をひと山の無煙炭と練炭を数個積んだ小さな荷車を引いていった。

管理人もドイツ人だった。ぱっとしない中年男で、朝から晩まで窓に寄りかかり、疑り深げに中庭の中央にあるドイツの芝の、緑のドイツの聖域の見張りをしていた。わたしたちのだれかが一歩でも足を踏み入れようとしたり、芝生を通って近道をしたり、ボールが転がり込んだりすれば大変なことになった。夏はどこも窓を開け放しているので、一日中、わたしたち未開人《ホッテントット》に秩序を植えつけるのに失敗したヘンシュ氏ががみがみ説教する声が聞こえた。

母にしてみれば、「集合舎宅」は新たな苦難の時代の始まりとなる。初めての子からしてすでに災難だったのに、いまや二人も面倒を見なければならず、しかも自分の住まいを持つというのは、結局のところ主婦の役割を引き受けねばならないことなのだ。母に対する父の我慢も限界に達し、もはや家事を手伝おうとはしないので、今後は全部ひとりでしなければならなくなる。炊事、掃除、洗濯、靴下の繕い、アイロンがけ、つまり母の生きていた時代や世界では当然のごとく女性の義務と見なされてきたことすべてだ。

ヴァルカ収容所には、母が話せたり、故郷の思い出を分かち合える人が二人か三人いて、なかでもアンドレイ・ザハーロヴィチは母の孤立無援状態に迷わず神への信頼で対抗した。母にとっては父親のような存在だったかもしれない。いまやもうだれもいない。完全に独りになり、どこへ行ってもの け者で、周囲のドイツ世界だけでなく、また「ロシア人」ゆえに馴染めない「集合舎宅」だけでなく、地獄となった結婚生活でも居場所がない。

カトリックの学校に転入を拒絶されたあと、わたしはプロテスタントの小学校の二年生に入れてもらう。プロテスタントの学校も、わたしがロシア正教徒だという理由で、初めは受け入れるつもりはないが、最後は校長の恩情で特別に入学許可が下りる。収容所の学校ではほかのどの子どもとも同じ存在だったのに、ここでは登校初日から自分の例外的立場を、否定的特質を思い知らされることになる。

校舎はどっしりした古い市壁のある市の公園の向こうにあり、学校の正面玄関の上には二匹の鱒をあしらった市の紋章が掲げられている。毎朝、それは冥界への入口となる。冥界には二十三人の子どもが生息し、みんなわたしと同じように終戦前後の生まれで、生まれたときからロシア人への憎しみを身につけ、七、八歳にしてすでにロシア人は劣等人種で、とにかく世界の悪であると知っている。担任のシヨルン先生は金髪碧眼のゲルマン女性で、籐製の鞭を手放さず、恐るべき打擲も惜しまず、わたしを庇護してくれるどころか、その逆だ。ロシア人の残虐行為、殺意そして凶暴性を並べたて、わたしに襲いかかるように迷うことなく同級生をけしかける。家庭ではあいかわらずナチズムの規律精神が支配し、戦後の何も話せない息苦しさのなかで子どもたちの抑圧された攻撃性の格好のはけ口がわたしなのだ。彼らはわたしに対する暴力で一時的に鬱憤を晴らす。

　校庭での襲撃や放課後の狩り込みよりもっとわたしが怖れているのは嘲弄だ。ドイツ人の同級生が手にする最も手のかからず最も効果的な武器。ショルン先生はわたしを名前ではなく、自分が発音できない名字でのみ呼ぶ。ヴドヴィン（著者の本名はナターリア・ヴドヴィナ）ではなくドーヴィンと呼び、同級生はそれをとんま《ドーフィン》と言い換える。それが学校でのわたしのあだ名になる。わたしのことなら何でもかんでも、わたしの足、わたしの髪、わたしの鼻、わたしの服が笑いものにされる。「小便たれ」と呼ばれるようになったのは、あるとき黒板の前で不安が昂じてズボンに漏らしてしまってからだ。みんなは「臭い奴」と叫ぶ。「ドーフィンはパンツをはいてない、ドーフィンは体を洗わない、ドーフィンは臭い、ロシア人はジャガイモを便器で洗う」。何かが教室でなくなると、消しゴムでも鉛筆削りでも、すぐに疑われるのがわたしだ。「嘘つきは泥棒の始まり」というドイツ語の諺があるが、嘘はいつもついているので、わたしは泥棒にちがいない。「盗む」という言葉をだれかが口にするだけでもう、頭に血がのぼり、顔は真っ赤にほてったまま椅子から動けなくなり、ドイツ人の持ち物にはまだ手をつけたことはないのに、自分に疑いが向けられるのは当然だという証拠をわざわざ目に見える形で示しているようなものだ。

　わたしが盗むとしたら、それは母の小銭入れの金だけで、学校に行く途中、アメリカーナーという砂糖衣をかけたケーキか、弁当の代わりにパン屋でせいぜい丸パンを買うためだ。ほかの子どもたちは学校に弁当を持参するけれど、母には用意することができない。まっすぐパンを切れないし、なかに挟む具もなければ、そもそもそれを包む紙もない。病気ですっかり弱っていると感じ、毎朝わたしが学校に出かける時間になってもまだベッドから起き上がることができないほどなのだ。母をますます弱らせたのは、なによりも不治の謎めいた望郷の病のようだ。早々と死んでしまった父のことを、あんなに好きだった兄のことを、そしてとりわけ、まだ生きているのかどうかもわからない母親のことを毎日のように話す。そのたびに泣き、いつも泣き、涙に呑まれてどんどん溶けてしまいそうに見える。いったい何を失ったらこんなにもいつまでも続く底なしの苦痛がもたらされるのか理解できない。ときどき母は台所のテーブルで顔を、実のところ同じ顔を鉛筆で何度も描く。想像するに、母がわたしに語って聞かせたガラスの街の住人たちは、空虚を覗く冷たい目をしたガラスの人間たちはこんなふうな顔をしているのだろう。スケッチは毎日新しいのが一枚加わって、台所のテーブルの抽斗に溜まっていく。

ただひとつ、短いあいだでも母を憂鬱から救い出すのは歌うことだ。歌うことはわたしたちにとって一時的に亡霊を追い払う調伏行為なのだ。家族の持ち歌にはロシアとウクライナの歌だけでなく、わたしが学校で習い、両親も気に入っているドイツの歌もある。「いたるところに夕べの静けさ」、「わたしが小鳥だったら」、「あの雪山で」などがそうだ。たいていは母が明るいソプラノで第一声部を歌い、わたしが第二を、そして父が第三を歌う。父はもともとテノールだけど、母と違ってドイツ語の歌詞を一緒に歌えないので、バスに下げてハミングで合わせる。低音の鐘の音を真似たさまざまな音程を響かせることで、ドイツの歌にロシアの雰囲気を醸し出すのだ。夏にはよく近所の人たちが開け放ったわが家の窓の下に集まってきて、耳をかたむけ、拍手する。こうした内輪のコンサートは、わたしたち家族が歌っているあいだは仲直りし、互いに連帯感を感じるのと同じように、隣人たちとわたしたちロシア人とのしばしの和解をもたらす。

放課後、「集合舎宅」まで追っかけられず、同級生にもその気がなくて、放っておいてもらえるときには、墓地を経由して市の公園を抜ける回り道をする。緑の葉先が泥土だらけの暗い池に垂れ下がる巨大な枝垂れ柳の横を通り、ドイツ人たちが色とりどりのパラソルの下に座り込んでアイスクリームを食べている公園の脇を通るのだ。目的地は霊安室で、当時そこではまだ開いた棺に安置されている死者を見物することができ、なんとも言いがたい魅力でわたしを惹きつける。霊安室のガラス窓の向こうで、頭の両側を暗い色の糸杉と白い蠟燭にはさまれて厳かな静寂のなかに横たわるドイツ人の死者たちの顔をじっくりと観察する。閉じた両目、上下の唇、髪、白い棺衣の上で組んだ手に見入るのだ。あるとき、一匹の蠅が老女の皺だらけの小さな顔の上をあちこち歩きまわりながら、鼻の穴のなかに消えてしまい、そのあとすぐにぽかんと開いた大きな黒い口の奥からまた出てくるのを見てしまう。死者は本当は死んでいるのではなく、何でも聞こえるし感じるのに、だれにも気づいてもらえずに生きたまま埋められているのだという観念にさいなまれる。遺体のどれかひとつで、母が倒れて死んだように横たわるときみたいに、まつ毛や口元がぴくぴく動き出すのをいつも待っている。父から、母がある親族の女性から精神病だけでなく小さすぎて虚弱な心臓も受け継いだと聞いていた。この心臓を母は突然ぎゅっとつかみ、床にくずれ落ちることがある。演技だともうわかっているけれど、今度もやっぱりお遊びなのかどうかはわたしにはわからない。それで、母の目を覚まさせようとして、つねったり、何かものを投げつけたり、髪の毛を引っ張ったりするが、動く気配がないのでいよいよ取り乱し、叫び声をあげ、さんざん痛めつける。すると母の口元がぴくっと動いて微笑が浮かび、いきなり軽やかに立ち上がると、信じられないほど手荒なわたしの振る舞いを罰するのだ。わたしのなかには母の死を願う気持ちと、そのとおりのことが起こることへの不安があるが、どちらが強いのか自分でもわからない。ある日もう母を目覚めさせることができなくなるのを、あるいはいつもは脅しだったことを本当に実行して入水するのを願っているのか怖れているのかわからない。夜、わたしは眠らないようにする。目が覚めたときにもう母がいなくなっているのが怖いのだ。母の片足に縄をつなぎ、反対側の端を自分のベッドに引き込んで、しっかり握る。いつも母を心配しながら、同時に恐れてもいるのだ。

あるとき母はわたしにこう尋ねる。父と一緒に残るか、それとも母と一緒に、小さな妹も連れて入水するのがいいかと。「痛くないのよ」と母は言い、わたしは父のもとにとどまる気は毛頭ないので、本当に痛くないならと、ふたりと一緒に入水するほうに即座に賛成する。母がわたしを連れていきたがっていることは、わたしにはほとんど勲章のように思える。

川にしてみれば、わたしたちが、母と妹とわたしがそこに来るのに時間がかかりすぎていると思ったらしい。そこで川のほうからわたしたちのところにやってくる。何日も土砂降りの雨が続いて、いつもは無害な小さなレグニッツ川が、褐色の汚れた激流へと膨れ上がり、木々や岩屑を押し流し、刻々と周囲に広がっていく。すぐに水はわたしたちの中庭にも溜まり始め、初めのうちはせいぜいいくつか水たまりができるだけで、子どもたちが裸足でそこを跳ねまわって楽しむが、やがて水たまりはひとつの水面と化して、静かになめらかに玄関の扉まで達し、そのあと徐々に流れや渦となる。またもや一晩中まんじりともせずわたしは横になっている。もしかするとわたしたちはもう水に取り囲まれていて、水はもう窓の高さまで来ていて、今にも部屋のなかに押し入ってわたしたちを呑み込んでしまうのかもしれないと。けれども水は脅かしただけだった。なおも数日、中庭のあちこちでぴちゃぴちゃ音をたて、それからゆっくりと、やってきたときとまったく同じように不可解な形で引いていく。レグニッツ川はふたたび平穏で牧歌的な小さな川の姿に戻り、以前のように青くきらめきながら、わたしたちの住む建物の裏手を、穏やかな景色のあいだを蛇行する。畑と草地だけは荒らされてしまい、そこでとれる胡瓜やトマト、南瓜が夏のあいだずっとわたしたちの食事を支えてくれた河畔の小さな家庭菜園も同じありさまとなる。

そしてあの日がやってくる。両親はラジオの前に座って、バッハの音楽を背景に流すニュースの合間に聞こえる、雑音混じりのロシア語の声に耳をかたむけている。スターリンが死に瀕していた。あの男ほど母が恐れ、憎んだ者はいない。片腕の麻痺した小男のグルジア人、靴職人と農奴の息子で、本名はジュガシヴィリといい、自ら「鋼鉄の人」を意味するスターリンに改名したけれど、母は怪物としか呼ばなかった男。今、その男が死の床に伏しているのに、突然母が彼を哀れんでいるのだ。バッハの音楽に耳をかたむけ、そして目の涙をぬぐう。「だって、悪い奴だったのでしょ」とびっくりしたわたしが口をはさむ。「そうよ、ひどい奴よ」と母は言う、「でも今、あの男がどんな目に遭っているかはわたしたちにはわからないわ。これから神の裁きが待っているのよ」。覚えているかぎり、母の口から何か、神の正義への信仰から生まれた言葉を聞くのはこれが最後となる。

スターリンの死というのは、すべてを変えうる前代未聞のことが起きたということだ。これでウクライナに帰れるのか。世界はもう一度初めからやり直せるのか。ウクライナはまた自由な国になれるのか。両親がこうした問いを考えたかどうかはわからない。でも、もし考えていたとすれば、スターリンの死でさえふたりにとって何も変わらなかったということをすぐに悟らなくてはならなかった。いわゆる雪解けの時代にもソヴィエト連邦は全体主義国家のまま、外の世界に扉を閉ざす。そこでは両親のような人々は引き続き国家の敵であり、祖国の裏切り者、敵国協力者と見なされる。それなのにドイツ当局は両親を呼び出すたびに帰国を強く勧める。彼らにとっては、ソ連に戻った両親に何が起ころうとどうでもいいのだ。母は役所の呼び出しから帰ってくると、さんざん殴られたみたいにいつも泣いていた。

そしてまもなく、アメリカ移住の希望もついえる。すでに何度もビザを申請していたが、義務とされている健康診断のあと、父は肺結核に罹っていると告げられるのだ。よく知られているように、アメリカでは申し分のない健康体の人間のみが歓迎され、結核という診断結果はビザ発給を却下する根拠として決定的であり、覆すことはできない。そしてこの診断結果は父を、いやひょっとすると家族全員を死の恐怖に陥れるものだ。わたしたちも感染しているかもしれず、ただまだそれを知らないだけなのだから。ときおりマラリアの発作に襲われることを除けば、これまで病気になったことのない父が突然、家族のなかで一番弱い存在になり、いつも具合の悪い母よりも死に接近することになる。

わたしたち四人はドイツの保健所に出向くことになり、感染の有無を調べるために、レントゲンを撮り、採血される。数日経って、家の扉の呼び鈴が鳴り、玄関口には、心底驚いたことに、ドイツ人の医系技官が白衣ではなく灰色の背広にネクタイを締めて立っている。地位の高い役人がわざわざわたしたちを訪ねて「集合舎宅」にやってきたのは、わたしたちがみんな健康で、心配する必要がなく、アメリカの医者の診断は間違いで、父の肺に映っていた痕はおそらくずっと以前に罹った肺炎による古いもので問題はないということを母に知らせるためだ。母は医系技官を招き入れ、紅茶と川沿いの家庭菜園でとれたラズベリーの砂糖煮《ヴァレニエ》でもてなす。ハンサムで若い医師は紅茶をおかわりし、ドイツ人がこんなふうに話すのを聞いたことがないほど、とても愛想よく母とおしゃべりする。のちに母は神さまがあの方を遣わしてくれたのだと言う。肺結核という診断は間違いなどではなく、わたしたちのような者を永久に厄介払いするためには、恐ろしい病気を口実にするのもためらわないアメリカ人のあくどい嘘だと母は思い込んでいる。

けれどもこのショックが両親を立ち直らせる。ふたりは移住計画をあきらめ、失業中の父は新しい商売のアイデアを温めている。養鶏場を始めようとしているのだ。ドイツ人の店に卵を、そして駅前の大きなホテルに鶏肉を卸すために、少なくとも百羽の採卵鶏と数羽の雄鶏を買うのだという。いつものように父とドイツ人のあいだで通訳を務める母の助けを借りて、目抜き通りの貯蓄銀行で融資を申し込む。わたしたちのような者がドイツ人から融資を受けられるとは母は思っていないが、数週間後、それまでに銀行やら役所に何度も足を運ばねばならなかったものの、それが認められる。千マルクという、気の遠くなるような信じがたい額だ。

市は父にわずかな借地料でレグニッツ河畔の遠く離れた休閑地に養鶏場を作ることを許可する。その際、アゼルバイジャン人の胃腸の悪い老人が手助けしてくれる。報酬は鶏小屋の横の地所に避難小屋としても利用できる納屋をついでに建て、そこで寝起きすることだ――老人は「集合舎宅」に娘とその夫、そして四人の孫とともに、わたしたちとまったく同じ二部屋の狭い住居に住んでいる。

そのときから父は一日中留守にするようになるが、わたしたちは前よりもいっそう不安と恐怖を抱いて暮らす。父が夕方、たいていほろ酔い加減で工事現場から自転車で帰ってくるのを窓越しに見る瞬間が怖いのだ。父が働いているからには、わたしたち女性の義務として家事がますます重くのしかかってくる。

毎日、母とわたしは住居の汚れと無秩序にむなしい戦いを挑む。父はわたしたちの家を豚小屋と呼ぶ。だれもこれまでドイツ人の住居に足を踏み入れたことがないのに、どこから聞いてきたものか、床に落としたものでも食べられるほど家を清潔にするというドイツ女性を手本にしろと言って何度も母を責める。わが家でそんなことは絶対に不可能で、箒代わりのぼろぼろのガチョウの羽で何度床を掃こうと、どれだけ拭き掃除をしようと、靴の裏ではいつも砂がジャリジャリと音をたてる。こうした物質をあるべき場所に移すのもうまくいかない――どんなに努力しても言うことを聞かず、雑巾がけをしようと、水拭きしようと元の木阿弥なのだ。たぶん家のなかの半分朽ちかけた古い家具の素材がわたしたちのまったくついていけない速さで分解していて、家具そのものがわたしたちが絶えず除去している塵埃の出どころなのだろう。それに輪をかけたのが散らかし放題という現実で、これにはなおのことお手上げだ。いつも片づけているのに、いつも物を探さねばならず、それなのに物の置き場所をひとつに決めることができないのだ。わたしたちはこの無秩序をいかに整理すべきかわからないでいる。

母の作る食事も父は気に入らない。あるとき、ボルシチのなかにどろどろになった十マルク紙幣を父が見つける。どういう経緯で鍋に紛れ込んだかはわからないが、よりによって父の皿に行き着いてしまったのだ。母は真っ青になり、わたしも一緒に青くなる。父は今にも殴り殺しかねないような形相で母を見つめる。そして皿をテーブルから払いのける。「コレラ菌《コレラ》、愚か者《クレチンカ》、寄生虫《パラシトカ》、脳たりん《デビルカ》」とわめき散らすあいだ、母は震える手で皿の破片を床から拾い上げる。父が蹴り上げると、母はもうスープのなかに顔から倒れ込み、皿の破片で頬を切ってしまう。床の深紅のスープに鮮血が滴る。

もうひとつ、父をめぐる剣呑な事件でぼんやりと覚えているものがある。わたしたち、つまり母と妹とわたしは寝室のベッドで縮こまり、危険から身を隠している。突然、扉が押し開けられ、暗い部屋に光が射し込む。父はどうやら泥酔していて、よろめきながら明るい戸口に立ち、ろれつの回らぬ舌で母の「白い御手々」だの、「貴族の血」だの、「先天性の精神病」だのと口走る。母はわたしたちを、わたしと妹を両手で抱き寄せて叫ぶ。「子どもたちにはやめて、お願いだから子どもたちには！　殴るならわたしを殴って。子どもたちには手を出さないで！」ウクライナでなら父のもとを去り、父から逃げ、離婚もできただろう。でもドイツでは母に選択肢はなく、父の掌中にある。

幼いころの妹はずっと華奢で、おとなしく、これは生まれたときからだが、じっと何かを思っているような子どもだ。母と同じ黒髪に青白い肌、少しうるんだ青い目をしている。妹のことは疎ましく思っている。しょっちゅう面倒を見なければならないし、一緒にいると何もできないからだ。あるとき鬱陶しくなって、妹をテーブルの脚につないだことがある。ほとんど何にでもそうだが、文句ひとつ言わずに我慢する。珍しいご馳走が、たとえばサクランボがあれば、たいがいわたしが二人分をいただく。わたしがあわてて自分の分を呑み込むあいだ、妹は長いことそれを目で味わっている。サクランボをひとつずつ手にとり、ためつすがめつじっと観察し、物思いにふけるのだ。目の前のテーブルの上に謎めいた形に並べ、まるでトランプの一人遊びのように一心不乱に位置を取り替え、味見するのをいつまでも先伸ばしにする。だが、その一方でこれがどんな結果になるのか、毎回同じなので、すでにわかっているにちがいない。妹からは何も取り上げる必要はない。ただお願いするか、そもそもそれすら不要だ。妹はごく自然に一つ目のサクランボを、そして二つ目を、三つ目を、そのたびに慈悲深い笑顔を浮かべて差し出し、最後のひとつになって初めてためらう。ひとつくらいは食べたいだろうし、ひとつで十分なのかもしれないが、妹はその自分の取り分も守ることができない。わたしの口の賤《いや》しさを知っているがゆえに、最後のサクランボも、非の打ちどころのない品位ある態度で進呈せざるをえないのだ。

わたしのなかには絶えず空腹が、妹の知らないらしい欠乏感がある。なかでもほかの子どもたちへの、ドイツ人だけでなく「集合舎宅」の子どもたちへの羨望にじりじり身を焦がしている。ドイツ風ジャガイモ炒めを作り、ケーキを焼き、窓のカーテンを縫い、ばつの悪い思いをしたくないからと釣り銭を受け取らずに店のカウンターに置いたままにしない母が欲しいとも思う。学校では、靴下に穴があいているからといって、手芸の成績が落第点だからといって馬鹿にされる。「こんなものではまともな女の子とはいえないわ」とショルン先生に言われる。「ほかの科目で最高点を取っても、これではどうしようもないわね」。またひとつわたしに泥が塗られる。ドイツ人でないこと、嘘つきであること、泥棒であること、そして今度はまともな女の子ではないときた。ドイツの子どもにはミシンで服を繕い、セーターを編んでくれる母親がいる。わたしの母はボタンを縫いつけることすらできず、手芸ほど苦手なものはない。クロスステッチのやり方も、裏編みも、リリアンの仕組みもわたしに教えることができない。どうやらわたしも母の「白い御手々」を受け継いでいるらしく、いつも編み目を針が捕えそこねるので、また全部ほどかなければならない。ほかの子どもたちがもう靴下を編んでいるのに、わたしはあいかわらず鍋つかみをぐずぐず縫っている。

夏の初めに父の養鶏場が完成する。レグニッツ河畔の遠く離れた土地を、百羽のレグホン種の白い雌鶏と肉厚の赤い鶏冠を頂く数羽の堂々たる白い雄鶏が闊歩している。ヴァルカ収容所のバラックに似た、木造の鶏小屋には開閉可能な跳ね上げ戸が二つついていて、細い梯子をつたって鶏たちが外に出られるようになっている。アゼルバイジャン人の物置小屋は、手製のベッドが置かれているが、窓一枚で仕切られた鶏小屋の一部にすぎない。父も野菜畑を作り、まだ小さな南瓜に自分の名前を彫り込み、南瓜と一緒に文字が大きくなる様子を夏のあいだずっと観察できることをわたしに教える。父がアーダと名づけたシェパード犬は自分の小屋の前につながれたまま寝そべり、わたしの素足をなめる。

わたしたち、つまり母と妹とわたしは父を手伝わねばならないので、よく一緒に養鶏場に出かける。長い道のりを母は、妹がまだ小さくて遠くまでは歩けないので、取っ手と車輪をつけた板の上に乗せて引く。レグニッツ川に沿ってどこまでも歩き続ける。暑くて、疲れて喉が渇き、それでも道のりは果てしない。あるとき、やっとの思いで到着すると門の前で母は立ち止まり、妹とわたしのために父が作った木製のブランコをじっと見つめる。「ブランコに骸骨がぶら下がっている」と抑揚のない声で言う。わたしには何も見えないが、母はじっとそこに、顔面蒼白で、腰かけ板が二本のロープでだらりと垂れている木製のブランコの支柱に呪縛されたように立ち尽くす。

この時期、母はもはやあまり話さなくなっている。ますます奇矯になり、ますます心うつろになり、入水の前兆が以前より頻繁に現れてくる。けれどもその前には、そんな母をこれまで見たことがないくらい、まだなんとか屈託がなく陽気だったこともあるのだ。突然長い黒髪を梳かし、新しい髪型を試し始めた。ただなんとなく鏡の前に立って、長々と自分の姿を眺めることもよくあり、まるで自分の外見を忘れてしまったかのように、あるいは初めてわが身を見たかのように驚いた。ドイツ人の医系技官は最初の訪問以来、いつも父が養鶏場にいる昼間にたびたび立ち寄るようになったが、彼が来るのを待っているときは裾にひだ飾りのついた花柄の黒いワンピースを着て、ニュルンベルクの工場主に贈られた火蜥蜴のブローチを留めた。突然妹やわたしに冗談を言い、「風よ、ウクライナに吹け《ポヴィー・ヴィートレ・ナウクライーヌ》」を、そして川辺でそよぐ歌う風と戯れる空色の布の歌をうたった。ときには「満州の丘に立ちて《ナ・ソプカフ・マンチューリイ》」を歌い出すこともあった。きっと母の母親が歌っていた古いロシアのワルツで、母はリズムに合わせてくるくる回った。そして唐突に動きを止め、自分の両足を見つめ、まるで、いま自分が何をしていたのかわからない、あるいはそこにある両足は本当に自分の足なのか確かめねばならないというかのように、またもや不思議そうな顔をした。

若い医系技官はヴィルフリートという名で、とても背が高く、彼の顔を拝みたければ教会の塔を仰ぎ見るように頭を上げなければならなかった。彼のすべてが、髪も、背広も、眼鏡の奥の瞳も明るい色をしていた。来るたびに何か手土産を持参した。オレンジやチョコレート、母にはフランスの香水の紺青色の小瓶、あるときは壁掛け時計のこともあり、これはそれ以来台所のラジオの上に掛けられて、時を刻んでいた。ヴィルフリートはカリタスからもらったわが家の椅子に腰かけ、母が自分の人生を語るのに耳をかたむけた。おそらく彼は母に問いかけをした最初のドイツ人であり、そもそものはるか以前から数えても母に質問した初めての人間なのだろう。わたしたちに、妹とわたしに、これまでこんなに親切に接してくれたドイツ人もいなかった。わたしたちのことを雪白ちゃんと紅薔薇ちゃんと呼び、ふざけ合い、小さな妹を膝に乗せて、「お馬さん、パカ、パカ」をして大喜びさせた。いつだったか母はわたしたち二人を、中庭で遊ぶようにと外に行かせたことがあった。いや、ひょっとすると外は天気が悪くて別の部屋に行かされたのかもしれない。ふたりのいる部屋から扉越しに半ば囁くようなドイツ語の単語が、ときに声高になったり、ときに低くなったりしながら、わたしには何を言っているのかわからなかったけれど、ただ母の怯えたように拒絶する「だめです《ナイン》！　だめです《ナイン》！」という声は何度も聞こえた。そしてまた囁きとため息が続いた。

いつの間にかヴィルフリートは二度と来なくなった。そのことについて母は一言も話さず、ただまたしても萎れていった。まるで凍死しつつあるような、体がしぼんでいくかのようだった。もう鏡を見ることもやめ、歌うこともなくなり、話すこともめったになくなった。

そうこうするうち、父の商売が思っていたほどにはうまくいっていないことがはっきりする。養鶏場の卵を買ってくれる店は市内に一軒もなく、楽しみにしてくれる者はひとりもなく、みんなもう決まった仕入先がある。自分の卵がドイツ人の商店主には少しばかり割高だということはわかっていたが、こんなことになるとは父は思いもしなかったらしい。鮮度を売りにするつもりなのに、わたしたちの卵は生みたてとはほど遠く、だれも買ってくれないので数週間も倉庫に山積みにされているのだ。ほとんどの卵は自分たちで食べるか、アゼルバイジャン人とその大家族に分けている。ときどき「集合舎宅」の住人がお客として呼び鈴を鳴らすこともあるが、それも片手で数えられる程度だ。ここでもたいてい、わたしたちのところよりドイツ人の店で買うほうが好まれるのだ。

それでも駅前の大きなホテルが、父の期待どおり、ときどきつぶしたばかりの鶏を何羽か買い取ってくれる。この取引に先立ち、いつも凄惨な見せ物が繰り広げられる。まるで何が起こるかとっくに察知していたかのように逃げる鶏を父が追いかけるのだ。ようやく一羽捕まえると、斧で首を刎ねる。切り落とされた頭がもう地面に転がっていても、鶏はあいかわらず逃げようとして羽を激しくばたつかせるので、しっかり押さえておかねばならない。あるときそのうちの一羽が実際に逃走に成功し、頭がないのに羽ばたいて、空中に血を撒き散らしながらひとつ飛びして、降下し、草地に激突して動かなくなる。自分の頭から百メートル離れたところで。

毎週土曜日は学校が退けると必ず卵売りに出かけなければならない。ドイツ人の家の呼び鈴を鳴らし、「養鶏場の生みたての卵はいかがですか」と言うのだ。階段室はどこもひんやりとして死んだように静まり返り、本当に清潔で、床に落ちたものも拾って食べられそうだ。開いた扉の隙間から初めてドイツ人の住居の内部を、絨毯、ランプシェード、ゴムの木、そしてわたしたちの家にはないそのほかのものをちらっと見る。ドイツ人の女性はパーマをかけ、エプロンをして室内履きをはいている。やっぱりわたしの知らないものだけど、これがドイツ人の清潔さの秘訣の一部にちがいない。ただ——ほとんどだれもわたしたちの卵を買おうとしない。「どこの養鶏場？」と訊かれる。「いったいどこにあるの？　あ、そう。あなたは『集合舎宅』から来たのね……でもその卵はちょっと高いわ。ヴィーマンの店だと三ペニヒは安いわよ」。わたしは自分の高価な卵が恥ずかしくなり、できることならドイツの女性たちに卵を進呈して、受け取ってくれてありがとうと感謝したいくらいだ。

とはいえ、自分でも恥の上塗りのようなことをしている。父が決めた値段にいつも一ペニヒか二ペニヒ上乗せするのだ。土曜の午後、重い籠を持って家から家へととぼとぼ歩いて疲れてしまったが、卵が三十個売れたら、三十ペニヒか、六十ペニヒすら稼いでいたのだ。それでチョコレートマウンテン《グラニートシュプリッター》をパン屋で買い、残りを筆箱のために、わたし以外は教室の全員が持っているちゃんとしたドイツ製の筆箱のために貯めておく。ある日、十分稼いだので、『今は真夜中ですシュヴァイツァー博士』という、アルベルト・シュヴァイツァーの密林の病院をあつかった映画の午後上映にこっそり出かける。生まれて初めて見る映画で、その後何日もわたしは夢心地になる。

わたしが売り上げをくすねなくても、父の養鶏場がまったくの期待外れだったことは、九歳の子どもにもすでに十分わかっている。わたしたち一家はもはや食べるものにも事欠き、夜になるとお腹を空かせたままベッドにもぐり込むことがよくある。ふたたび救いの手が、母の請け負う内職の形でやってくるが、今度もまた一時的なものに思われる。この仕事は母でもうまくやれる。毎週材料の入った大きな箱が送られてきて、わたしと母は台所のテーブルに向かい、花を、色褪せた小さな薔薇を膠でくっつけ、緑の葉っぱと一緒に穴の開いた板の上で手早く乾かし、それを十二本ずつまとめて小さな花束にするのだ。わたしたちは花をくっつける以外のことはほぼ何もしなくなる。学校はどうでもよくなる。もう外に出て、砂利採取場や川辺の草地のそばの、わたしたちには恵みの自由な遊び場で、ほかの子どもたちと一緒に駆け回ることもせず、指と目が接着剤でひりひり痛んでも、テーブルにへばりついて糊付けをする。母とわたしは競い合って作業し、ふたりともどんどん速くなるが、どんなにたくさんくっつけても、もらえる手当だけでは食べていけない。

これではもうやっていけなくなる。父はもう一度自分の声を試そうと決意し、一年中旅公演をして、ヨーロッパ中のコンサートホールや教会を満員にしているコサック合唱団に加わる。養鶏場は思い切って鶏の数を減らしてアゼルバイジャン人に譲り、母の手を借りてカリタスから調達した大きな古い厚紙旅行鞄に荷物を詰めこみ、合唱団の本拠地で、演奏旅行バスの待つデュッセルドルフへ旅立つ。合唱団の団員に本当にコサックがいたのか、それともドイツ人の耳にはとてもロマンチックに響くというだけの理由でそんな名前がつけられたのかは知らない。いずれにしても合唱団員には、のちに超弩級の声域と、ロシアとは何の関係もないのにロシア魂の権化として有名になるイヴァン・レブロフがいた。彼はイヴァンでもレブロフでもなく、ハンス・リッペルトという名のドイツ人だった。

いまや父の暮らしぶりはわたしたちの想像を絶するものとなる。毎日のように異なる街に移動し、ホテルで眠り、レストランで食事をする。父はわたしたちにお金とにぎやかな色の絵はがきを送ってくる。雪に覆われたアルプスと谷間のちっぽけな家、オランダの広大なチューリップ畑、エッフェル塔、カスタネットを手にしたスペインのフラメンコの踊り子。その絵はがきを妹はもう長いこと掃除をしていない床の上に並べて、謎めいた一人占いをする。母は絵はがきを読まず、父が送ってきた金もテーブルの上に無頓着に放置するので、わたしと妹にとってはくすね放題となる。大量のフランケン地方の名物ソーセージやサクランボ味の棒付きキャンディ、アイスクリームケーキをどっさり買い込み、口いっぱいに詰め込み、しまいに吐き出さなければならなくなる。以前なら、街灯がともる夕方にはいつも家にいなければいけなかったのに、そのころにはもう母もそんなことは気にかけなくなっている。わたしはもうろくに学校には行かなくなり、暗くなるまで外をほっつき歩く。ときどき母はなおも卵をとりに養鶏場に出かけるが、それもただ体裁を繕うためにしていることだ。もうわたしが売り歩くことをしなくなった卵は地下室に山積みになり、腐っていく。「集合舎宅」のお客が呼び鈴を鳴らしても、母は扉を開けず、そもそもだれが来ても開けなくなり、呼び鈴の音すら聞こえていないらしい。わたしたち一家に何か異変を感じたらしい隣人の女性があるときケーキを持って立ち寄ってくれるが、母はわたしたちにそれを食べるのを禁じる。ケーキには毒が仕込んであると言い、ゴミ箱に投げ捨てる。

掃除や洗濯をするのをわたしたちはやめてしまう。ただときどき皿だけは何枚か、水道の下ですすいだり、ゴミを地下室の大型ゴミ容器に運んだりはするが、ほかのものはみんな散らかり放題となる。妹とわたしに清潔な下着はもうない。秋になって、夜には部屋は冷え冷えとしてくるが、薪も石炭もないので暖房をつけることもできない。

夜、妹とわたしが寝る前に、いつもの習慣でお祈りするためにひざまずくと、母は「神さまはいないのよ」と言って、祈ることを禁じる。翌日、母は十字を切り、泣き出すと、わたしたちにやっぱりもう一度お祈りするようにと命じる。母はわたしには見えないものをよく見る——白い服を着た尼僧たちが窓の外を通り過ぎるのを、中庭で白樺の木が燃えるのを見る。あるときは台所で蛇が自分に向かって近づいてきたと言って後ずさりし、背中を壁に押しつけ、叫び声をあげる。たいていは台所の椅子に腰かけ、ぼんやり前を見つめている。揺すぶっても、つねっても、髪を引っぱっても無駄で、まったく抵抗せず、もはや何の反応もない。「ママ、いつわたしたちは水に入るの?」とあるときわたしは尋ねる。するとそのとき、母はやっと何かつぶやく。「もうすぐよ」と言う。

ある日、母の目に突然生気がよみがえり、椅子から飛び上がると、わたしの縄跳び用の縄を手にとり、それをわたしの首に巻きつけ、首を絞めつけ始める。わたしが悪魔の子であり、自分が世界にもたらしてしまった悪なのだと思い込んでいる。わたしを殺さねばならないと神が母に命じたのだ。またあるときはベッドの下に隠れているわたしを引きずり出し、喉にナイフを押し当てる。大声で泣きわめくと、母はわたしから手を離す。

そのあと、わたしが母を殺そうとする。眠っているあいだに突き刺さり、血を流しながら心臓に達するようにと、こっそり母のベッドに針を置く。母自身、針で遊ぶとそんなことが起きてしまうとわたしに語ったことがある。一晩中息をこらすが、翌朝、母はいつものように起きてくる。ベッドの針に全然気づかなかったらしい。

やがて何か途方もなく恐ろしいことがわたしたちの身に起こることはわかっている。でもこのことがわかっているのはわたしだけで、ほかのだれにも知らせることができず、どこにも警鐘を鳴らす場所はなく、何もできない。だれかが何かに自然と気づいてくれないかとずっと期待しているが、だれも気づいてはくれない。父がどこにいるのかも知らないし、まさかあの人に助けを求めようなんて思いもしないだろう。

母にはマリア・ニコラエヴナというロシア人の友人がいる。「集合舎宅」ではなく、ヴァインガルトシュタイクの一軒家にドイツ人の夫と暮らしている。そこで、床に絨毯が敷かれ、壁に何枚かの絵が掛かっている部屋で、母がピアノを弾くのを聴いたことがある――それまで耳にしたことがないような、何か言葉に表せない美しさと哀しさがあった。帰り道で母はわたしと手をつないで、あれはフレデリック・ショパンの前奏曲「雨だれ」だと、ポーランドの作曲家で貧しいまま若くして死んだのだと言った。わたしはこのマリア・ニコラエヴナのところに走って、助けを求めたかった。でもそれができないことはわかっている。ある時期、母とマリア・ニコラエヴナは日頃から互いに行き来していたけれど、彼女の夫がこの訪問を禁止した。自分の弁護士事務所での評判を気にして、妻が「集合舎宅」の住人と付き合うのを望まなかったのだ。

母がまたしてもわたしを「悪魔の子」と呼び、気を失いそうになるくらい激しく揺すぶると、わたしは身を振りほどいて寝室に飛び込み、内側から扉に鍵をかける。それからはさみをつかみ、荒れ狂う憎悪にまかせて母の服をすべて、次から次へと、箪笥で見つけた母のものをすべて切り刻む。あまりに長いこと怒りがおさまらず、もう一着も衣類は残っておらず、とうとう母の持ち物はそのとき身に着けているものだけになる。自分のしでかしたことに気づいて、できることなら窓から逃げ出したくなるが、外はもう暗く、それに雨も降っている。結局扉をまた開けるしかなくなる。わたしははさみを手にしたままそこに突っ立ち、母が入ってくるのを待つ。母はやっとなかに入り、切り刻まれた衣服が床に散乱しているのを見て、一瞬立ちすくむが、その後すぐに夢でも見ているような微笑みが母の顔をかすめる。「よくやったこと、さすがだわ」と言うと、やさしくわたしの頭をなでる。「ほんとによくやってのけたわ」

　このときから母は話すことをすっかりやめてしまう。頼んでも、懇願しても、揺すぶっても、もう何も言わなくなる。また座りこみ、虚ろなまなざしで一点を凝視し、どこか別の現実世界で何を見ているのか、毫《ごう》もうかがい知ることができない。

　とうとう十月十日がやってくる。この日わたしは学校に行ったが、だれもわたしが欠席ばかりしている理由を訊きもしないし、新しい先生も、もはやわたしを自分の生徒のひとりに数えていないらしい。帰宅して、いつものようにぺちゃくちゃ早口でしゃべり出す。果てしなくしゃべりまくり、のべつまくなしにしゃべり、必死になってしゃべり、明日はヴァルベラまでクラスのみんなと遠足に行くと母に話す。するとそのとき不意に母が何か言う。「明日は一緒に行くことはないわ《ドゥ・ヴィルスト・モルゲン・ニヒト・ミットゲーエン》」。この五つの単語を口にするだけで、また黙りこんでしまう。学校の決まりなんだから、わたしも一緒に行かなければいけないと説明し、泣き叫び、地団駄を踏む。「行かなきゃいけないのよ！　みんな行くんだから！」と叫ぶが、母はもうわたしの言うことなど聞いていない。

　怒り狂って家を飛び出し、扉を後ろ手にガチャンと閉める。こんなのはいつものことだ。いつも、ドイツの子どもたちの世界では当たり前のことが、わたしには何でもかんでも禁じられた。してもいいことだけでなく、しなければならないことまで。わたしたちはドイツ人じゃない、というのがいつもの言い草だった。今回、母の言葉が禁止ではなく、予言だとは、わたしには知るよしもない。明日は一緒に行くことはないわ――母の口から聞いた最後の言葉だ。

　家には遅くなってから帰る。いつもよりもっと遅くて、家の鍵を玄関の扉の鍵穴で回すときにはすでに九時になっている。ところが扉が開かない。さらに強く押すと、わずかに動く。突然、妹が悲鳴をあげるのが聞こえる。なかでバリケードを築いていたのだ。家にあるありったけの椅子を扉の前に横に並べ、縦に重ねて、妹なりの要塞を作り上げたのだ。もう一度押すと、大きな音をたてて椅子が床に崩れる。なんとかして玄関に体を押し込み、妹が病気であることにすぐに気づく。両目は熱っぽくうるみ、顔も腕も一面、赤い斑点で覆われている。麻疹にかかったとき、わたしもこんなふうだった。

　母は家にいない。こんなに遅い時間では初めてのことだ。どこかに行っているとしたら、養鶏場に卵をとりに行くくらいだが、それならとっくに戻っていなければならない。もうレグニッツ川沿いの道は真っ暗で、目の前の自分の手も見えないくらいだ。妹は熱があり、まったく頭が混乱しているので、母がいつ出かけたのかもう覚えていない。わたしたちは台所のテーブルにつき、そして待つ。しんと静まり返っている。ラジオの上に掛けられた、医系技官が母に贈った壁掛け時計のカチカチいう音だけが聞こえる。わたしの目は一分ごとにカチリと動く長針に釘づけになる。時計の下にぶら下がっているカレンダーには、今日の日付に×印がついている。

どれくらい時間が経ったかわからないが、悪寒で震える妹のために毛布をとりに寝室に入ると、様子がすっかり変わっていることにすぐに気づく。ずっと前からこの部屋の壁には大きく引き伸ばした母の肖像写真が飾られていた。ウクライナのスカーフを被ったその写真を、母はどんなときも自分の並外れた美貌の証しと見なしていた。いまやその写真が取り外されて、ベッドの上に置かれている。真っ二つに引き裂かれていた。

わたしはファリダの両親のところに駆けつけ、母がいなくなったと告げる。ファリダの父親はドイツ人の管理人を呼び鈴を鳴らして起こし、電話で警察に連絡させる。ファリダの母親は熱のある妹をわたしたちの家から連れてくると、ベッドの自分の隣に寝かせる。わたしは、車でやってきた二人の警官を養鶏場まで案内しなければならない。車というものに乗るのは初めてで、もうそれだけでわたしにとっては歴史的なドライブとなる。その夜は寒く、空は冴えわたり、川伝いの車窓から、暗いレグニッツ川に月光が輝くのが見える。

アゼルバイジャン人は物置小屋から寝ぼけ眼で出てきて、警官の姿にびっくりする。いいえ、奥さんは見かけていません、今日は来なかったし、最近はあまり顔を見ないです、と言う。鎖につながれたシェパード犬のアーダがクンクンと鳴く。その琥珀色の目だけが闇のなかで唯一見えるものだ。間抜けな雄鶏が真夜中にコケコッコーと鳴く。

「母はレグニッツ川のなかです」とわたしは警官に言う。ふたりは視線を交わし、そして答えた。「なんてことを、そんなわけないよ」と言う。けれども帰り道に、警官は携行していた投光器を川に向け、岸に沿ってゆっくりと車を進める。光の輪のなかに母が突然、岸辺に死んで横たわる姿で浮かび上がるのではと恐ろしくなる。でも見えるのは暗い水だけだ。

その夜はファリダのところで寝かせてもらう。翌日マリア・ニコラエヴナが迎えに来て、わたしをヴァインガルトシュタイクの、絵が飾られ、母が弾いたピアノのある家に連れていく。彼女のドイツ人の夫がわたしを見たらきっと腹を立てるのではと不安になるが、眼鏡の奥から悲しそうなまなざしでわたしをじっと見つめるばかりだ。

次の二日間、マリア・ニコラエヴナは何度もわたしに何か言おうとするが、頭を振って泣き出す。「そんなはずは」と言って嗚咽する。「そんなはずはないわ。あなたのお母さんはちょっと出かけただけなのよ。知り合いのところに行って、すぐにまた戻ってくるわ」。妙なことを言うと思う。いったい誰のところへ行くというのだろう。母には知り合いなんていないのに。それに、もしそうならいい靴を履いていくはずだけど、靴は家の玄関に置いてある。

ヴァインガルトシュタイクから墓地まではかなりの道のりだが、走ることにかけてはだれにも負けない。一度も休まず市の端からもう一方の端まで走り、遺体安置所の前で喘ぎながら止まる。そしてそこに彼女が、母がいる。ガラスの向こう側の母を見ずにすむとは思っていなかった。ずっと前から、いつの日かここに立って、母を見つめること、そしてあんなにしょっちゅうわたしをからかった意地悪な戯れが、いずれ笑いごとでなくなることはわかっていた。今となっては、母を揺すぶったり、つねったりしてももはや無意味なのだろう、微笑を誘うこともできないのだろう、母の死にはもはやなすすべはないのだろう。ガラス窓の向こうの死者は実はただ死んで見えるだけであって、何でも聞こえるし感じるのに気づいてもらえないだけなのだという観念にわたしはずっと取り憑かれてきた。でも母がもう何も感じないことはわかる。いまや母は本当に死んだのだ。

こんなことになって、母はどんなに喜んでいるだろう、とわたしは思う。あんなに苦しめられた人生をもはや何も感じなくなったのだから――それとも、もし泳げたなら、最後の瞬間にやっぱり岸に戻ったたろうか、最後の瞬間、やはり意に反して死んでしまっただろうか。なぜだかわからないが、何にもましてぞっとしたのは十月の冷たい水を思い浮かべたときだ。たぶん、とわたしは考える。母は溺れたわけではまったくないのだと、冷たい水のなかに入っていくうちに、母の小さくて虚弱な心臓は溺れる前に止まって、おそらく破裂してしまったのだと。

棺のなかの白い枕に黒髪がほどけたままで横たわる母は、ドイツの童話の本の白雪姫のようで、まるで別人に見える。右の頰の、目のすぐ下に青痣がある。水のなかで何かにぶつかったのだろうか。両手は、その日安置された両隣の死者と同じように棺衣の上で組まれているけれど、手に十字架を握らされてはいない。棺の前には花冠も花もない。まったく飾り気がなく、まったく独りで、そこに、隣にいる二人の死者とは別の世界に横たわっている。

あとになって知ることだが、擦り切れた天鵞絨《ビロード》の襟と袖の折り返しのついた灰色の外套は、母がウクライナから持ってきた最後の衣装は、川の流れに打ち上げられた死体から数百メートルしか離れていない岸辺で見つかった。母は外套を脱いで、丁寧に畳んで、草のなかに置いたのだ。その場所はたぶんずっと前に決めてあったのだろう。ひょっとすると壁掛けカレンダーの十月十日に×印をつけた日かもしれない。カレンダーの×印、引き裂かれた写真、そして岸辺の外套、それが母の遺した合図だった。でもなぜ外套を脱いだのだろう。その重みが沈む助けになったかもしれないのに、そのことを知らなかったのだろうか。

母が亡くなったころ、公園に似た造りの市の古い墓地にはもう空きがなく、新しい墓地の整備がやっと始まったばかりだった。今でこそこの墓地は美しい前庭付き戸建て住宅の街のような印象を与えるが、あの当時は工事現場だった。しばらくの間、ロシア語の墓碑銘が刻まれた墓石は掘削機やブルドーザーで掘り返された荒れ地のなかに立っていた。そのうちに墓はもうなくなってしまった。母のものでまだ残っているのは数枚の古い白黒写真、左右が反転した婚姻証明書の複写、そしてかつて母がウクライナから持参した聖像画《イコン》だけだ。思うに、たまたま没収をまぬがれた家財の一部なのだろう。

わたしはガラスの向こうの母を長いあいだ見つめる。やがて暗くなり、墓地の門が閉じられるので、行かなければならない。母の顔は近づきがたく、だれも寄せつけない。自分の死をめぐる事の次第について何も明かさず、なぜわたしたちを、妹とわたしを一緒に連れていかなかったのか、なぜ最後にひとりで行ってしまったのか、何も語らない。

謝辞

本書の出版に力を貸していただいた方すべてに感謝いたします。なによりもまず、調査にあたって粘り強く、専門的見地から支えてくれたイーゴリ・タシズに。

さらにオレーグ・ドブロズラコフ、アレクセイとドミトリー・ドブロズラコフ、リュドミラ・ドブロズラコヴァ、タチヤナ・アノーヒナ、エウゲニア・イヴァシチェンコ、イリーナ・ヤクーバ、エレーナ・スエーティナ、ドミトリー・モロゾフ、オリガ・チモフェーエヴァ、ロマン・レフチェンコ、エレーナ・レーヴィナ、マリア・ピルゴ、スヴェトラーナ・リハツォヴァ、タチヤナ・マティツィナ、ティム・シャネツキー博士、アレックス・ケーラー、バルバラ・ハインツェ、ベッティーナ・フォン・クライスト、エルケ・リープス＝エトキント博士、ガブリエーレ・レーヴァー、そしてライプツィヒ強制労働記念館のアンネ・フリーベルの諸氏に感謝申し上げます。特にフォルカー・シュトラウス氏には心からの謝意をお伝えします。

最後に、この本の執筆にともに歩んでくれた今は亡きウクライナの親類縁者、マチルダ・デ・マルティーノとヤコフ・イヴァシチェンコ、リディア・イヴァシチェンコ、セルゲイ・イヴァシチェンコ、エピファン・イヴァシチェンコとアンナ・フォン・エーレンシュトライト、ヴァレンチナ・オストスラフスカヤ、オリガ・チェルパーノヴァ、ゲオルギー・チェルパーノフ、ナターリア・マルティノヴィチ、エレーナ・ペルコフスカヤ、レオニード・イヴァシチェンコ、テレーザ・パチェッリとジュゼッペ・デ・マルティーノ、アンジェリーナ・デ・マルティーノ、ヴァレンティーノ・デ・マルティーノ、フェデリーコ・デ・マルティーノ、アントニオ・デ・マルティーノ、マルーシャ・ピチャフチとヴァロージャ・ピチャフチ、レージャ・スエーティナ、エレオノーラ・ズュブランスカヤの諸姉諸兄に心からの感謝を捧げます。伯母のリディア・イヴァシチェンコには、人生譚というかけがえのない貴重な贈り物を残してくれたことに格別の感謝の念を表します。

二〇一六年秋、ベルリン

訳者あとがき

「少し前までドイツでマリウポリを知る人はほとんどいなかったが、一夜にして紛争がこの街に強烈な光をあてることになった。母のことを考えている間に、テレビが、母の生きていた街を、歩いた通りを、馴染みの建物を、ひょっとしたら当時すでにそこにあったかもしれない公園を初めて映し出した。そしてもうもうと煙を上げて燃え上がるゲオルギエフスカヤ通り六十九番地の、攻撃されたときにはマリウポリ警察の本部が置かれていた建物をくりかえし映した」

二〇二二年の春、ほぼ同じ光景が連日テレビのニュース映像で流され、それまでほとんど知られていなかったアゾフ海に面したウクライナの港町の名がにわかに世界的に耳目を集めることになる。ロシア軍の砲撃と空爆で廃墟と化した街マリウポリ。本書の訳稿の手直しに余念のなかった身には、日本語に置き換えたばかりのスラヴの一都市の過去が、いきなりむき出しの現実の相貌を帯びてよみがえりつつあると感じられた。一冊の書物のなかで揺るぎないものに思えていた言葉が、むしろ現実を揺さぶる本来の力を揮い始めているかに見え、ヨーロッパから遠く離れたところで平穏に暮らしながらも、無防備だった神経に鑢《やすり》がかけられているような心地がした。

マリウポリの名はギリシア語の「マリアの街」、つまり聖母マリアに由来するといわれているが、ロシア皇后マリア・フョードロヴナにちなんだものとする説もある。ロシア人、ウクライナ人、ギリシア人、イタリア人それにユダヤ人などからなる多民族都市であり、十九世紀にはウクライナ有数の工業都市に発展する。今回のロシアによる侵攻に抵抗して多くのウクライナ人が立てこもったことで有名になり、本書でも何度か言及される巨大なアゾフ鉄鋼製鉄所は一九三〇年代から稼働している。

マリウポリはこれまでくりかえし激しい破壊を経験してきた。ロシア革命での市街戦、ナチスドイツによる占領と破壊、マイダン革命にともなう親ロシア派、分離主義者による騒乱、そして壊滅的な今回のロシアによるウクライナ侵攻で四度目になる。悲劇の街として歴史に名を残すには十分すぎるといえる。マリウポリを見守るのは「悲しみの聖母」なのかもしれない。

本書は、Natascha Wodin: *Sie kam aus Mariupol*. Rowohlt Verlag, 2017 の全訳である。

戦争と内乱、貧困と飢餓、強権と差別、そして狂気、暴力、破壊、死と、古来より人間を苦しめてきた不幸と悲惨の一切合切が勢ぞろいしたような話が展開する。人道をせせら嗤う無法と法の顔をした非道に翻弄された母とその一族の数奇な運命が次から次と顕わになるさまを作者ナターシャ・ヴォーディンが凝視する。母が生きた痕跡を追い求めるのだが、それはまたヴォーディン自身のよりどころを確かめる道程でもある。多様な民族、言語、宗教、文化が複雑に混じり合い、交錯し、葛藤するヨーロッパでは、自分がどこから来たのか、何者なのかとつねに自問する。この問いかけは自然と浮かび上がるものであり、日本人が想像する以上に痛切でもある。スラヴ人の強制労働者の子として差別され、しかも母が普通でない死を遂げたとあれば、著者にとってはなおさら避けては通れない問題でもある。

物語は、作者ヴォーディンの母の過去探しを発端に、思いがけない新発見の連鎖が母の近親者たちの説明のつかない志向や行動、彼らの被る災禍へと展開し、読む者を途方もない歴史の闇へと導いていく。ただ、この闇は作者が望んで近づこうとしたものではなく、母の家族の背後に影を落としているのは冷酷な世界史そのものである。母とその祖先や縁者をめぐる事実がひとつまたひとつと明らかになるにつれ、ジグゾーパズルのピースが少しずつ埋まり、そこにくっきり浮かび上がってくるのがヨーロッパ現代史のおぞましさなのだ。その意味でこの物語は一族の私的な記録が二十世紀の歴史の非情な必然と交叉する記念碑的作品だといえるかもしれない。

スターリンやナチスドイツの暴虐はこれまでもくりかえし糾弾され、ユダヤ人を襲った悲劇は忘却してはならないと何度となく取り上げられてきた。イムレ・ケルテースやプリーモ・レーヴィなどのナチス強制収容所の死の恐怖を体験したユダヤ人作家の名を挙げるまでもなく、収容所を舞台にした小説や記録は枚挙に暇がない。

ところが、これまで強制収容所でナチスドイツの犯した残虐な行為の研究は山ほどあるものの、ロマやスラヴ系の「東部」出身の強制労働者の実態についてはほとんど何も語られてこなかった。またそのことについてドイツ人はまったく知らないのか、それとも知ろうとしないのか、とにかく関心の外にあるという事実がある。心の重荷は戦前のユダヤ人迫害だけで十分すぎるというわけでもないだろうが、戦後ドイツの未曽有の復興と繁栄に押し隠されて、歴史研究でも文学でもほとんど取り上げられてこなかったのが実情といえる。ドイツは再生するとともに忘却する。

それでも、作者に残る重い違和感だけは要所で端然と言葉にされている。もっとも、ヴォーディンのこの作品の基調は母の生の痕跡を探すところにあるので、めざすところがもとより異なる。暗黒の歴史の暴露を目的としているわけではなく、作者の筆致も悲憤慷慨や嘆息嗟嘆とはいささか異なり、告発でも弾劾でもない。そのため、驚愕すべき事実やその恐るべき背景は、まっとうな感覚から発する疑問や推論を交えて、あくまでも淡々と記述されている。

ヴォーディンの一家は歴史の空白に取り残された存在だったといえる。十月革命後のソヴィエト社会では居場所を失った大資本家の一族として責めさいなまれ、ナチスドイツの占領下ではウクライナ人ゆえに人間以下の扱いを受け、戦後はドイツ軍に協力した強制労働者ゆえに故郷のソ連で裏切り者呼ばわりされ、ドイツに残れば勝者であり占領者であるソ連の化身として憎悪される。いつでもどこでものけ者、嫌われ者として生きなければならない。作者の一族はこうした境遇にあって、妥協、反抗、反体制活動、反革命運動、沈黙、忍従、現実適応あるいは否認、過去への逃避と、それぞれのやり方でなんとか生きる道を探るが、母ひとりだけはうまく立ち回れず、災禍をすべて引き受けるかのようにあらゆる場面で犠牲者となる運命を甘受する。そして自らを始末してしまう。ただ、この母の運命は、作者ヴォーディンの語りが主張も説得もしない無愛想で醒めたものであるほど、それが現実に起きたことなのだという確信を読む者に与え、惻隠の情を誘い、生前には無縁だった、人としての尊厳を母親は初めて得るのかもしれない。それはそのまま、同じような運命をたどった無数の名もない女たち、娘たちの姿と重なる。

この作品の書きぶりについても触れたい。

本書は既成のジャンルの枠内におさめるのが難しい読み物だといえる。いわゆる自伝とはいえず、もちろん純然たる虚構としての小説であるはずもなく、集めた資料や手記、聞き書きをもとにしているのは確かではあるが、徹底して事実の重みに依拠しているわけではないのでノンフィクションに分類することもできない。刊行後、ドイツ本国で出た書評でもそのあたりはだれもが判断に迷ったらしく、自伝的フィクション（Autofiktion）とか事実小説（Tatsacheroman）などと、まだ十分に認知されているとはいえない専門用語に分類して、困惑をそのまま表しているものもある。ただし、伝統的な型からはみだすことと作品の価値はおよそ別の問題で、むしろそうした定型に収まりきらない語りが魅力であるということかもしれない。

第一部はインターネットで戯れに試みた母の手がかり探しに始まり、伯母リディアの手記を発見したところで終わる。失われた貴重なものの探索を託され、途中で助力者の手を借りながら数々の妨害を乗り越えて目的を達成するという、ロシアの民話研究者ウラジミール・プロップの唱えた魔法昔話の構造に重なるものがあるようにも見える。この場合、助力者の役割を市井の系図学者コンスタンチンが引き受け、インターネットを駆使したさまざまな情報という呪具を提供する。敵対者の存在が欠けているようにも見えるが、これはひょっとすると、次々と顕わになる新事実を信じられぬ思いで見つめ、こんなはずがないと茫然とする作者ヴォーディンの反応や憶測、先入観がその機能を果たしているのかもしれない。

第二部は一転して、伯母リディアの遺した覚書がひとりの女性の見事な小伝仕立ての波瀾万丈の物語として再現される。第三部になると両親のドイツへの逃避行とそこでの強制労働の実態が、著者自身の集めた史料や文献、米軍の公的資料を駆使して精彩なドキュメンタリーとして活写される。そして第四部では自身の生い立ち、戦後ドイツでスラヴの追放流民の背負った過酷な境遇、緊迫する家族関係と崩壊していく母の心を作者ヴォーディンの冷静なまなざしで回想しつつ、母の実像に迫ろうとする。

調査、資料、報告、体験、そして推測と想像がない交ぜになって、いわば語りを支える方法が一様ではないので、一定した語り手の立ち位置から物語の進展を追うことに慣れた読者を戸惑わせるかもしれない。けれどもヴォーディンの探索の歩みがひとつの旅のようなものだとすると、それは初めから目的地がはっきりしていない、むしろ何を探しているかを見いだそうとするような旅であり、発見するもの、偶然出会うもの、目をくらませるもののすべてが等しい価値をもち、そのためそれぞれがいかなる方向を指しているのか、自分が探し求めるものといかにして関わるのかを確かめるため、あらゆる角度から、ひとしなみに吟味する必要があるのだ。

単なる事実の次元で理解するだけなら、それこそ母の行動とその周辺をめぐる客観的な記録や証言の収集でおおよそ目的は達せられたことになるかもしれない。だが、母のことはほとんど何も知らないという漠然とした動機が出発点にあって、しかもその動機を推し進める力が、発掘される、あるいは舞い込んでくるさまざまな新事実によって、当初の漠然とした作者の意図を超える別の力が勢いを増していくところにこの本の特異な魅力があるように思われる。想像外の伝記的事実に不意を打たれながら、その強烈な過去の圧力にたいしてヴォーディンはしばしば、「ひょっとしたら」「場合によっては」と問いかけを執拗にくりかえし、「想像するに」「〜だろうか」「〜かもしれない」「いや〜ではないか」と推測と反問の形で判断と結論を開かれたままにしている。過酷な状況にあって何を考え、どのように振る舞ったのかと、過去の近親者たちに寄り添う作者の思いやりや、自身の思い込みを排除しながら挿話から虚構性をはぎ取る試みが、この作品を単なる歴史の記述や事実の報告にとどめず、文学たらしめるゆえんでもあると思われる。没落する上流一族の波乱の物語にまとめてしまえば嘘っぱちに見えかねないという直観にしたがって、通常の小説という衣をかぶせる偽装を拒みつつ、それでも小説という形式でしか語りえないことがこの作品で語られているといえるかもしれない。

物語の結末を読み終えても謎は残る。母の内面で起こっていたことが明快な言葉で解かれることはない。一族に連綿と遺伝するという精神的欠陥、自殺願望、巨大な歴史の渦に巻き込まれた木っ端の運命。もちろんヴォーディンには、説明し尽くせるはずもない現実になんらかの意味づけをするつもりなどない。ただ、この一連の探索に深く関わり、事実と想像のあいだを綱渡り的に言語化する過程で、どこにも根ざすことのない寄る辺なさから一歩踏み出して、そうした一族の末裔としての自分の存在を発見したのではないかと想像する。

あらためて指摘することでもないが、この物語は驚くべき挿話や情景に満ちている。目をそむけたくなるような恐ろしい出来事や極限状況であっても、決して不快なものとしてではなく、現実の厳しさ、非情さを表現して忘れられない。風景描写は実に冴え冴えとし、厳しくも美しい自然と人間世界のさまざまな過ちや愚かさが対比されて、いつまでも心に残る。すぐにでも映画にしたくなる、映像が鮮烈に立ち上がる作品といえるだろう。

作者ナターシャ・ヴォーディンについて簡単に述べたい。

　一九四五年、本書にもあるとおり、ロシアのカムイシン出身の父とウクライナのマリウポリ出身の母のあいだに、ドイツのニュルンベルクの双子都市フュルトで生まれたロシア・ウクライナ系のドイツの作家・翻訳家である。両親はともにナチス時代に強制労働者としてドイツに渡り、戦後もスターリンの迫害を恐れてそのままドイツにとどまり、五年間の不法滞在の後、難民収容所に入れられ、その後ニュルンベルクに近いフォルヒハイム郊外の追放流民向けの「集合舎宅」で暮らす。ちなみにこの集合舎宅というのは少女時代の作者の立場を表すキーワードともいえるもので、ドイツ語でHäuser《ホイザー》と称する、東欧の追放流民のために建てられた住宅のことである。もともとは家、建物を表すHausの複数形であり、難民集落とか難民団地とでも訳せばその意味はすぐに伝わるのだが、それだと一種のゲットーのようなその集落に向けられた周辺のドイツ人からの差別的視線の隠微さが消えてしまう。そこで「集合舎宅」なる造語をひねり出した次第である。母を亡くしたのはそこで暮らしていたときのことで、ヴォーディンはまだ十歳だった。母の死後、妹とともにカトリックの女子施設に移って五年を過ごすが、父がコサック合唱団をやめて戻ってくるとふたたび集合舎宅で暮らすことになる。粗暴で暴君的な父との壮絶な諍い、家出、路上生活、集合舎宅出身者ゆえの差別、思春期特有の苦い経験が次作の『この暗闇のどこかで』（二〇一八）で、父との関係を中心に一貫して小説風に描かれている。『彼女はマリウポリからやってきた』が母探しだとすれば、こちらは父探し、または父殺しの作といえるかもしれない。

　その後、十分な職業教育を受けないままに、電話交換手や速記タイピストを経て、ロシア語を学びなおしたのちに通訳の職に就く。一九八〇年代には一時的にモスクワに暮らし、そこで有力な作家たちと出会い、ロシア文学の翻訳を手がけるようになり、やがて自身も作家としての道を踏み出すことになる。すでにデビュー作の『ガラスの街』（一九八三）で自伝的なるものを出発点にして書くという方法を選び、故郷喪失と帰属への憧れ、精神的亡命、異邦人であること、といった後々まで貫かれる主題が明瞭に示されている。ちなみにこの出版に際して、本名であるロシア語のナターリア・ニコラエヴナ・ヴドヴィナをドイツ語で発音しやすいヴォーディンに変えたらどうか、という編集者の助言にしたがい、その後も筆名として用い続けているという。

その後やはり自身の体験に基づく『結婚』（一九九七）、『老年、未知の国』（二〇一四）など、四十冊近くの著書をものしている。これまでヘルマン・ヘッセ賞やアーデルベルト・フォン・シャミッソー賞、グリム兄弟賞、アルフレート・デーブリーン賞など数多くの文学賞を受けているが、二〇一七年のライプツィヒ書籍見本市賞（文学部門）を受賞した本書はヴォーディンの作品のなかで特に大きな成功を収めたといえる。ただ、代表作ともいうべきものに、よりによって両親が強制労働に従事した地であるライプツィヒの名を冠した賞を授けられたことには、ひょっとすると彼女の心中に複雑な思いが駆け巡ったかもしれない。

翻訳に際して、罵倒語、差別語などの表現は本書の性質を鑑み、原文どおり訳したことをお断りする。また引用された詩の一部が原詩と異なるところがあるが、作者の意図を尊重してそのまま訳出した。ロシアによるウクライナ侵攻を契機に、ウクライナの地名の表記はウクライナ語の発音に近いものを採るという方向で見直されているが、本書では、ソ連時代の文脈ではロシア語名を、独立以降の時代の話についてはウクライナ語名を用いて、使い分けることにした。

最後に、解釈および語義に関する疑問に丁寧にお答えいただいた著者のナターシャ・ヴォーディンさんと帯の推薦文を寄せてくださった作家の多和田葉子さんに感謝したい。そしてロシア語およびロシアに関する事柄については、かつての同僚である秋田大学教授の長谷川章さんに教えを請うた。ウクライナ語の読みについては、白水社語学書編集部を通じて東京外国語大学名誉教授の中澤英彦先生に相談に乗っていただいた。厚くお礼を申し上げる。編集作業のすべてにわたって白水社の金子ちひろさんには格別お世話になった。よそ見、寄り道、ときによろける訳者の斜め後ろから、的確な助言と適切なペース配分の提案で無事ゴールまで導いてくれる伴走者を得たのは望外の幸運だった。心より感謝申し上げる。

二〇二二年十一月

川東雅樹

写真キャプション

本書の写真はすべて著者個人が所蔵するものである。

13頁
エウゲニア・イヴァシチェンコ（1920–1956）とその母マチルダ・ヨシフォヴナ・デ・マルティーノ（1877–1963）。1938年頃。

55頁
エウゲニアの父、ヤコフ・イヴァシチェンコ（1864–1937）とその妹のエレーナ、ヴァレンチナおよびナターリア。1915年から1920年頃。

100頁
ドニエプル河畔にて、エウゲニアの兄、セルゲイ・ヤコヴレヴィチ・イヴァシチェンコ（1915–1984）とその従姉たち。1927年頃。

152頁
セルゲイ、リディア、エウゲニア。1928年。

189頁
エウゲニアの姉、リディア・イヴァシチェンコ（1911–2001）。1935年頃。

233頁
スカーフ姿のエウゲニア。1943年か1944年頃。

278頁
エウゲニアの墓。後ろは二人の娘と父。1957年。

出典

Anna Achmatowa: Requiem (Auszug), in: Russische Lyrik, hers. Von Efim Etkind. Übersetzt von Ludolf Müller. München (Piper Verlag) 1981. [アンナ・アフマートヴァ『レクイエム』木下晴世訳、群像社、2017年]

Georgij Iwanow: hne Titel, in: Russische Lyrik, hers. Von Efim Etkind. Übersetzt von Kay Borowsky. München (Piper Verlag) 1981.

Franz Fühmann: Jedem sein Stalingrad, in: Franz Fühmann, Autorisierte Werkausgabe in acht Bänden, Band 3. Rostock (Hinstorff Verlag) 1933.

[Notateines Beamten des damaligen Auswärtigen Amtes], in: Ulrich Herbert, Geschichte der Ausländerpolitik in Deutschland. Saisonarbeiter, Zwangsarbeiter, Gastarbeiter, Flüchtlinge. München (C. H. Beck) 2008.

[Bericht eines russischen Zwangsarbeiters, der in einem Betrieb in Leipzig eingesetzt war], in: Höraufnahme, Stiftung «Erinnerung, Verantwortung, Zukungt», Berlin.

[Aussage eines Mitarbeiters der ATG im Nürnberger Flick-Prozess], in: RG242, National Archives Collection of Foreign Records Seized, M891-33 (Auszug).

[Aussage der Ankläger im Nürnberger Flick-Prozess], in: Th. Ramge, Totaler Krieg, totaler profit, in: DIE ZEIT, Nr. 34 vom 12. 08. 2004.

訳者略歴
一九五三年大阪生まれ
一九七六年北海道大学文学部独文科卒
一九八〇年同大学院博士課程中退
二〇一九年まで秋田大学教育文化学部教授

彼女はマリウポリからやってきた

二〇二二年一二月一五日 印刷
二〇二三年 一 月一〇日 発行

著者 ナターシャ・ヴォーディン
訳者 © 川《かわ》東《ひがし》雅《まさ》樹《き》
発行者 岩堀雅己
印刷所 株式会社三陽社
発行所 株式会社白水社

東京都千代田区神田小川町三の二四
電話 営業部〇三（三二九一）七八一一
編集部〇三（三二九一）七八二一
振替 〇〇一九〇－五－三三二二八
郵便番号 一〇一－〇〇五二
www.hakusuisha.co.jp

乱丁・落丁本は、送料小社負担にてお取り替えいたします。

株式会社松岳社

ISBN978-4-560-09467-9

Printed in Japan

「20世紀が遺した最後の偉大な作家」の
主要作品を、
鈴木仁子個人訳、
豪華な解説執筆陣、
緒方修一による装幀で贈る！

W・G・ゼーバルト［著］ **鈴木仁子**［訳］

アウステルリッツ［新装版］　解説▸多和田葉子
移民たち　四つの長い物語［新装版］　解説▸堀江敏幸
目眩まし［新装版］　解説▸池内 紀
土星の環　イギリス行脚［新装版］　解説▸柴田元幸
空襲と文学［新装版］　解説▸細見和之
カンポ・サント［新装版］　解説▸池澤夏樹
鄙の宿　解説▸松永美穂